KB270023

테스

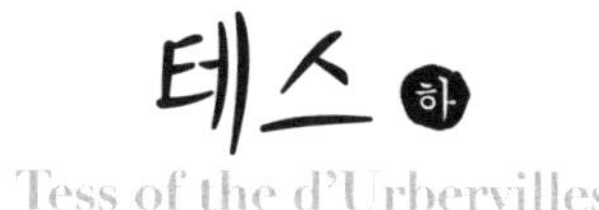

테스 하

Tess of the d'Urbervilles

토머스 하디 장편소설 김문숙 옮김

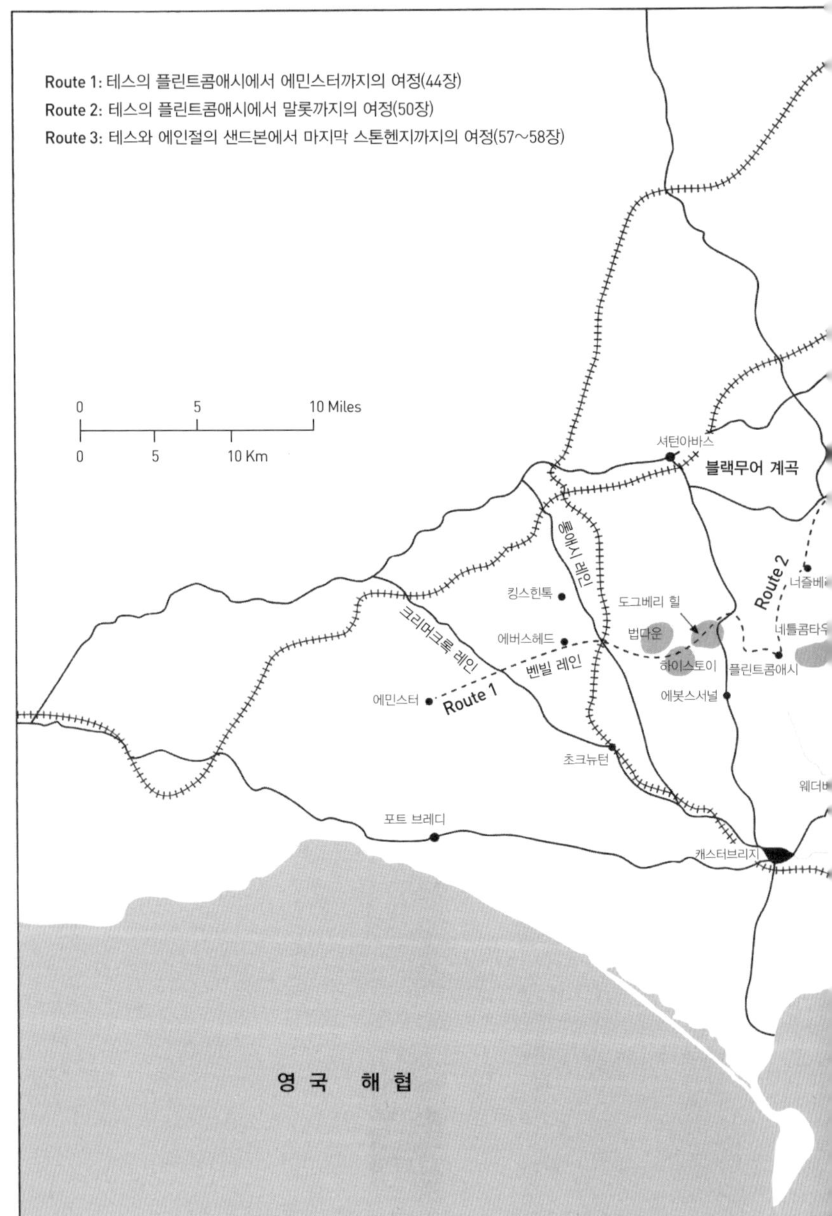

Route 1: 테스의 플린트콤애시에서 에민스터까지의 여정(44장)
Route 2: 테스의 플린트콤애시에서 말롯까지의 여정(50장)
Route 3: 테스와 에인절의 샌드본에서 마지막 스톤헨지까지의 여정(57~58장)
0   5   10 Miles
0   5   10 Km
셔턴아바스
블랙무어 계곡
롱애시 레인
Route 2
너즐베
킹스힌톡
도그베리 힐
크리머크록 레인
에버스헤드
법다운
네틀콤타워
벤빌 레인
하이스토이
플린트콤애시
에민스터
Route 1
에봇스서널
초크뉴턴
웨더버
포트 브레디
캐스터브리지
영 국 해 협

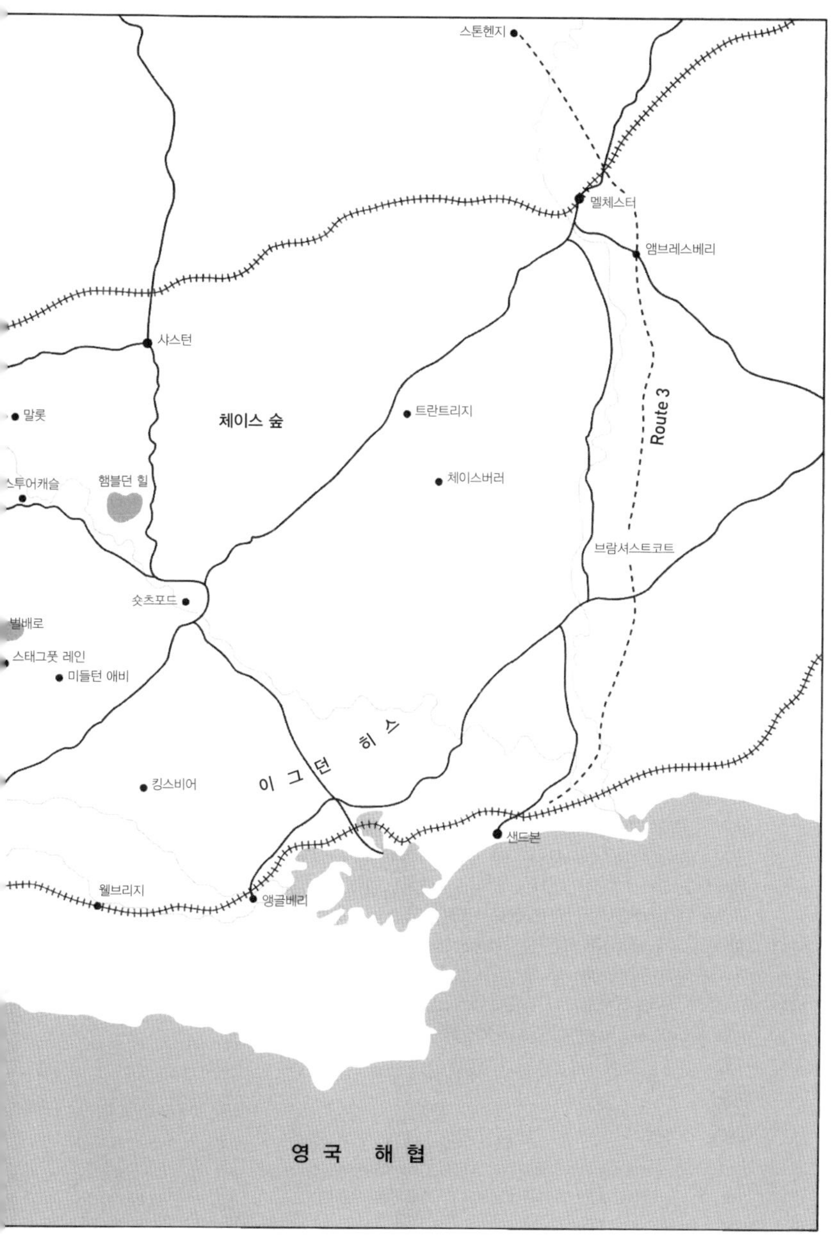

스톤헨지
멜체스터
앰브레스베리
Route 3
샤스턴
체이스 숲
트란트리지
말롯
체이스버러
스투어캐슬
햄블던 힐
브람셔스트코트
숏츠포드
별배로
스태그풋 레인
미들턴 애비
히 스
이 그 던
킹스비어
샌드본
웰브리지
앵글베리
영 국 해 협

TESS OF THE D'URBERVILLES
by THOMAS HARDY (1912)

일러두기

토머스 하디가 이 소설의 집필을 시작한 것은 1888년이었고, 당시 사회적 금기였던 성 및 종교 문제 언급에 대한 내용을 일부 삭제하고 수정해서 『그래픽*Graphic*』지에 연재한 것은 1891년 7월이었다. 하디는 연재 당시 삭제했던 10장에서 남녀가 뒤엉켜 춤추는 장면과 11장에서 테스가 순결을 잃는 장면을 모아 「내셔널 옵서버*National Observer*」지에 「아르카디아의 토요일 밤Saturday Night in Arcady」이라는 제목으로, 그리고 14장에서 테스가 한밤중에 자신의 아기에게 직접 세례를 주는 장면은 『포트나이틀리 리뷰*Fortnightly Review*』지에 「한밤의 세례The Midnight Baptism」란 제목으로 발표했다. 같은 해(1891년) 11월, 하디는 어쩔 수 없이 삭제해야 했던 11장과 14장의 내용을 복원시키고 약간의 손질을 가해서 〈소설의 몸체와 사지를 제 위치에 붙여〉 〈예술적 형태〉를 갖춘 초판본을 내놓는다. 그리고 초판본에는 빠진 10장의 춤 장면이 복원되어 현재 정본으로 통하는 이른바 웨섹스판Wessex Edition이 1912년에 나오게 된다. 이 한국어판은 1912년의 웨섹스판을 원전으로 해서 1979년에 출간된 *Tess of the d'Urbervilles*(Norton Critical Edition)을 번역한 것이다.

이 책은 실로 꿰매어 제본하는 정통적인 사철 방식으로 만들어졌습니다.
사철 방식으로 제본된 책은 오랫동안 보관해도 손상되지 않습니다.

제5부
대가
389

제6부
개종자
521

제7부
성취
629

역자 해설
순결 이데올로기에 스러진 순결한 정신
689

토머스 하디 연보
703

제35장

　테스의 이야기는 끝났다. 자신의 주장을 거듭하고 재차 설명하는 일까지 모두 끝났다. 그녀의 음성은 처음 이야기를 풀어 나갈 때부터 시종일관 같은 톤을 유지했다. 변명도 없었고 울지도 않았다.

　하지만 테스의 고백이 진행됨에 따라 외부의 사물들은 변화를 겪는 듯한 표정을 지었다. 난로의 불은 그녀가 겪고 있는 곤경에 아무런 관심도 없다는 듯 작은 요괴처럼 악마 같은 교활한 웃음을 짓고 있었다. 벽난로를 두른 망 역시 아랑곳없다는 듯 기분 나쁘게 게으른 웃음을 흘리고 있었다. 물병에서 반사되는 빛도 오직 자신의 색채에만 정신이 팔려 있었다. 테스를 둘러싼 사물들은 모두 이 일에 아무런 책임이 없다는 걸 소름이 끼칠 정도로 강하게 주장하고 있었다. 그러나 에인절이 그녀에게 키스를 했던 그 순간 이후 변한 건 아무것도 없었다. 아니, 사물의 실체는 전혀 바뀌지 않았을진 몰라도 사물의 본질은 변하고 말았다.

　이야기를 마치자 그들이 예전에 나누었던 사랑의 언어들이 그림자가 되어 그들 머릿속으로 허겁지겁 숨어들더니, 아무것도 몰랐던 그 바보 같던 시절의 메아리처럼 아득하고 아련하게 끊임없이 들려왔다.

클레어는 애꿎은 난롯불만 뒤적거렸다. 아직은 상황 판단이 완전하게 이루어지지 않은 것이다. 그렇게 타다 남은 불만 뒤적거리던 그가 자리에서 벌떡 일어났다. 이제야 테스의 고백이 무서운 기세로 그의 마음속에 스며들고 있었다. 생기가 그의 얼굴에서 자취를 감춰 버렸다. 그는 생각에 집중하려고 안간힘을 쓰면서 마치 발작을 일으키듯 쿵쿵 소리를 내며 마룻바닥을 서성거렸다. 그러나 아무리 머리를 쥐어짜도 차분하게 생각을 정리할 수 없는 것 같았다. 이도 저도 아닌 그의 애매한 동작이 이를 말해 주고 있었다. 그가 말문을 열었을 때 그 목소리는 테스가 지금까지 들어 온 그의 다양한 목소리 중에서 이 분위기와 가장 어울리지 않는, 아무런 감정이 배어 있지 않은 음성이었다.

「테스!」

「네.」

「나보고 이걸 믿으라는 거요? 당신의 태도로 보면 분명히 사실로 받아들여야 할 것 같소. 당신이 정신이 나간 것은 아닐 테고! 아니, 제정신이 아닌 게 틀림없소! 하지만 당신이 정신이 이상한 건 아니고……. 나의 아내, 나의 테스. 당신의 무엇을 보고 그런 터무니없는 상상을 할 수 있단 말이오?」

「전 온전한 정신으로 말한 거예요.」 그녀가 말했다.

「하지만…….」 물끄러미 테스를 바라보며 그가 넋 나간 표정으로 말을 이어 갔다. 「왜 진작 말하지 않았소? 아, 그렇지, 어쨌거나 말을 하려고는 했지. 그런데 내가 그걸 막았지. 기억나는군!」

그저 입에서 나오는 대로 이런저런 말들을 중얼거리는 것일 뿐 그의 마음속 깊은 곳은 여전히 마비 상태였다. 그는 돌아서서 의자 쪽으로 가더니 그 위로 몸을 수그렸다. 테스는 방 가운데로 그를 따라가서 눈물조차 말라붙은 눈길로 그를 바라보며 서 있었다. 스르르 무너지듯 그의 발 옆에 무릎을 꿇은 테스가 그 자세로 동그랗게 몸을 웅크리며 엎드렸다.

「우리의 사랑을 위해서라도 절 용서해 주세요!」 바싹 말라 타들어 가는 그녀의 입에서 나지막한 목소리가 새어 나왔다. 「전 이미 당신을 용서해 드렸어요!」

그에게선 아무 대답이 없었고, 그러자 테스는 다시 애원했다.

「당신이 용서를 받은 것처럼 절 용서해 주세요! 전 당신을 용서했잖아요, 에인절!」

「당신은…… 그렇지, 당신은 용서했지.」

「그런데도 당신은 절 용서하시지 않는 건가요?」

「아, 테스, 용서란 이런 경우에 쓰는 말이 아니오! 과거의 당신은 지금의 당신이 아니오. 맙소사! 이렇게 괴상망측한 속임수에 용서라니, 이게 가당키나 하단 말이오!」

멈칫 말을 멈추며 자신이 한 말의 뜻을 곱씹어 보던 그가 갑자기 소름 끼치는 섬뜩한 소리로 웃어 대기 시작했다. 지옥에서 들려오는 것처럼 괴기스럽고 음산한 소리였다.

「제발, 제발 그러지 마세요! 당신의 그 웃음은 절 죽이는 거예요.」 비명을 지르며 테스는 애원했다. 「절 가엾게 봐주세요. 제발!」

그는 아무런 대답을 하지 않았다. 아픈 사람처럼 안색이 창백해진 그녀가 벌떡 일어났다.

「에인절, 에인절! 그 웃음이 의미하는 바는 뭔가요!」 테스는 절규했다. 「그 웃음이 제게 어떤 의미인지 알고 계시나요?」

그가 고개를 설레설레 저었다.

「전 내내 당신을 행복하게 해드리고 싶다는 소망을 품고 그것만을 기원해 왔어요! 제가 그렇게 할 수 있다면 얼마나 큰 기쁨일까, 그렇게 할 수 없다면 또 얼마나 쓸모없는 아내일까 생각하면서 말이죠! 전 그런 생각만 하고 있었다고요, 에인절!」

「그건 알고 있소.」

「전, 에인절, 당신이 저를, 절, 다름 아닌 절 사랑하고 있다고 생각했어요! 당신이 정말로 사랑하는 사람이 바로 저라면 어떻게 그런 얼굴로 그런 말을 할 수 있어요? 저는 그런 당신이 무서워요! 당신을 사랑하기 시작한 이상 전 어떤 변화가 있건, 어떤 치욕이 따르건 영원히 당신을 사랑해요. 당신 자신은 변함이 없으니까요. 더 이상 바라지 않아요. 그런데 어떻게 당신이, 내 남편이, 나에 대한 사랑을 멈출 수 있는 거죠?」

「거듭 말하지만, 내가 사랑했던 여인은 당신이 아니오.」

「그러면 누구인가요?」

「당신 모습을 한 다른 여자요.」

이 말에 테스는 혹여 나쁜 일이라도 일어날까 봐 전전긍긍했던 예전의 예감이 현실로 드러났다는 사실을 알게 되었다. 그는 그녀를 순수한 여인의 탈을 쓴 죄 많은 여인, 그러니까 사기꾼으로 여기고 있는 것이다. 이런 사실을 파악하고 창백하게 질린 그녀의 얼굴에 공포가 어른거렸다. 두 뺨은 탄력을 잃었고 그녀의 입은 그저 작게 열려 있는 동그란 구멍처럼 보였다. 그가 자신을 그토록 끔찍하게 나쁜 여자로 생각한다는 사실에 온몸의 기운이 쭉 빠진 테스가 비틀거렸다. 그때 테스가 쓰러질 것 같다고 생각한 그가 그녀 앞으로 다가섰다.

「앉아요, 어서요.」 부드러운 목소리로 그가 말했다. 「몸이 좋지 않은 거요. 그럴 만도 하지.」

테스는 무작정 아무 데나 앉았다. 그녀의 얼굴엔 여전히 긴장한 기색이 역력했고 두 눈은 그를 오싹하게 했다.

「그렇다면 전 더 이상 당신의 사람이 아닌 거죠, 안 그런가요, 에인절?」 절망에 빠진 테스가 물었다. 「내가 아니라, 나를 닮은 다른 여자를 사랑했다는 거지.」

곱씹어 생각해 보던 테스는 모진 푸대접을 받은 사람처럼 자신이 한없이 가엾어졌다. 그런 자신의 처지에 두 눈 가득 눈물이 고였다. 돌아앉은 그녀가 울컥 자기 연민의 눈물을 쏟아 내기 시작했다.

이런 변화에 클레어의 마음이 다소 누그러졌다. 그녀의 고백이 가져온 고뇌보다 덜하긴 해도, 클레어 역시 지금 일어난 일이 그녀에게 미친 영향을 보고 고통을 느끼기 시작했던 것이다. 그녀의 통렬한 슬픔이 잦아들고 하염없이 흘러내리던 눈물이 이따금 울음을 삼키는 간헐적인 흐느낌으로 진정될 때까지 그는 서두르지 않고 냉정하게 기다렸다.

「에인절.」 테스가 평소의 자연스러운 음성으로 불쑥 그를 불렀다. 공포로 이성을 잃고 타들어 가는 듯했던 목소리는 이제 사라졌다. 「에인절, 내가 당신과 함께 산다면 난 너무 뻔뻔한 거죠?」

「우리가 어떻게 해야 할지 판단이 서질 않소.」

「함께 살자고 부탁하지 않겠어요, 에인절. 제겐 그럴 자격이 없으니까요. 우리가 결혼할 거라고는 했지만, 어머니와 동생들에게 이미 결혼했다는 사실은 알리지 않겠어요. 그리고 이곳에 있는 동안 재단을 해서 만들려고 했던 반짇고리도 마무리하지 않겠어요.」

「안 하겠다는 거요?」

「네, 당신이 시키지 않는 한 아무것도 하지 않겠어요. 만일 당신이 절 떠나도 따라가지 않겠어요. 설령 당신이 내게 말을 걸지 않는다고 해도 당신이 허락하지 않으면 이유를 묻지 않겠어요.」

「그러면 내가 당신에게 뭔가를 하라고 하면 어떻게 할 거요?」

「당신의 비천한 노예처럼 그 말을 따르겠어요. 설사 그 자리에 쓰러져 죽어 버리라고 해도 말이죠.」

「갸륵하군. 하지만 자기희생을 감수하겠다는 지금 당신의 태도와 과거 당신의 자기방어의 모습은 어울리지 않는 것 같소.」

처음으로 빈정대는 말을 쏟아 낸 그였다. 하지만 제아무리 기발한 독설을 테스에게 쏟아 낸다고 해도 그건 마치 개나 고양이에게 하는 것과 마찬가지였다. 테스는 그걸 그저 분노에서 나오는 노기 띤 소리로만 받아들였을 뿐 말 속에 숨은 미묘한 의미는 그저 그녀를 스치며 지나가 버렸던 것이다. 에인절이 자신에 대한 사랑을 억누르고 있다는 걸 알 턱이 없는 테스는 계속 입을 꾹 다물고 있었다. 그래서 그녀는 그의 뺨 위로 또르르 흘러내리는 한 방울의 눈물을, 피부의 모공을 현미경의 대물렌즈처럼 커다랗게 확대시켜 보여 줄 만큼 커다란 눈물방울이 천천히 흘러내리는 걸 보지 못했다. 그러는 동안 그는 그녀의 고백으로 말미암아 그의 삶과 우주 전반에 일어난 끔찍한 변화에 대해 다시 정리할 필요가 있다고 생각했다. 그렇게 그는 지금 자신이 처해 있는 낯선 상황 속에서 앞으로 나아가고자 필사적으로 안간힘을 쓰고 있었다. 이에 따른 어떤 적절한 행동이 필요했다. 하지만 그게 뭘까?

「테스.」 애써 상냥하게 그가 말문을 열었다. 「지금은, 여기 이 방에 있을 수 없군요. 잠시 밖에 나가 산책을 해야겠소.」

그가 조용히 방을 나갔다. 식탁 위에는 저녁 식사 때 마시려고 그가 따라 놓았던 두 잔의 와인이 손도 닿지 않은 채 그대로 놓여 있었다. 이렇게 그들의 사랑의 만찬은 끝나 버렸다. 두세 시간 전 차를 마실 때만 해도 그들은 사랑스럽게 서로 장난을 치며 같은 잔에 함께 마시기까지 했는데 말이다.

테스는 멍한 상태에 있다가 그가 밖으로 나가면서 살며시 문을 당겨 닫는 소리에 정신이 번쩍 들었다. 그가 가버린 것이다. 그녀는 그냥 있을 수가 없었다. 허둥지둥 외투를 걸친 그녀가 다시는 돌아오지 않을 것처럼 촛불을 모두 끈 다음 문을 열고 그를 따라나섰다. 비는 그쳤고 그래서 밤공기는 더없이 깨끗했다.

클레어는 천천히 발길 닿는 대로 걸어가고 있었으므로 그녀는 이내 그의 바로 뒤까지 따라갈 수 있었다. 옅은 회색을 띤 그녀의 형체 옆으로 보이는 그의 모습은 어둡고 불길하고 그리고 왠지 가까이 다가갈 수 없을 것처럼 보였다. 잠시나마 뿌듯했던 보석의 감촉도 이젠 그녀를 비웃는 것 같았다. 발소리에 클레어가 뒤를 돌아보았으나 테스를 보고도 마음속에 아무런 변화가 일지 않는 것 같았다. 그는 입을 크게 벌린 다섯 개의 아치가 있는 집 앞의 큰 다리를 건넜다.

소와 말이 지나가면서 남긴 발자국마다 물이 홍건하게 괴어 있었다. 비는 이 발자국들을 쓸어 낼 정도보다는 그저 가득 채울 만큼만 내렸던 것이다. 테스가 지나쳐 가는 그 짧은 순간에도 이들 자그마한 웅덩이에 비친 별들이 그곳에서 놀고 있었다. 발자국에 고인 빗물에서 별들을 보지 않았더라면 그녀는 그 별들이 머리 위에서 빛나고 있다는 것을 몰랐으리라. 그러니까 이 우주에서 가장 대단한 것들이 가장 비천한 물상에 제 모습을 비추고 있다는 사실을 말이다.

그들이 오늘 도착한 곳은 탤벗헤이즈와 같은 계곡에 위치하면서 강에서 몇 마일 아래쪽으로 떨어져 있었다. 사방은 막힌 데 없이 확 트여 있어서 테스가 그를 놓치지 않고 따라가는 건 그리 어렵지 않았다. 길은 집에서 목초지 한가운데로 구불구불하게 이어져 있었고, 테스는 그에게 가까이 다가가거나 그의 시선을 끌어 보려는 생각 없이 이 목초지를 따라 그저 묵묵하고 다소곳하게 그의 뒤를 따라갈 뿐이었다.

하지만 기운 없이 슬슬 걸었는데도 그녀는 어느덧 그와 나란히 걷고 있었다. 그럼에도 그는 아무 말도 하지 않았다. 사실이 밝혀지고 정직함이 우롱당했다는 생각이 들 때 사람들은 극도로 잔인해지는 경우가 왕왕 있는데, 그런 마음이 클레어에겐 지금 가장 강했다. 충동적으로 행동하려는 그의 성향은 바깥 공기를 쐬자 사라진 듯했다. 그녀는 그가 자신을 있는 그대로 아무런 조명 없이 보고 있다는 것과, 그때 시간의 신이 조롱의 송가를 자신에게 불러 주고 있다는 걸 알았다.

보라, 그대가 민얼굴이 되면 그대를 사랑한 자 그대를 미워하게 되리
그대의 운명이 추락할 때 그대의 얼굴도 시들 것이니
그대의 삶 나뭇잎처럼 떨어지고 빗방울처럼 흩어지리니
그대 머리의 베일은 슬픔이 되고 왕관은 고통이 되리라[81]

81 영국의 시인 스윈번의 「칼리돈의 애틀랜타」 중 인용.

398

그는 줄곧 골똘하게 생각에 잠겨 있어서 그녀가 옆에 있다는 사실도 중압감을 없애거나 분위기를 전환시키지 못했다. 이제 그에게 그녀는 얼마나 하찮은 존재가 되어 버렸단 말인가! 그녀는 클레어에게 뭐라 말을 걸지 않을 수 없었다.

「내가 무슨 짓을 했나요. 도대체 내가 무엇을 했는데요! 당신을 사랑하는 내 마음을 방해하거나 속일 만한 건 한마디도 말하지 않았어요. 내가 의도적으로 그랬다고 생각하시는 건 아니시죠, 그런가요? 당신이 화를 내고 있는 대상은 당신의 마음속에 존재한다고요, 에인절. 제 마음속엔 그런 게 없어요. 그리고 전 당신이 생각하는 것처럼 그렇게 뻔뻔한 여자가 아니에요!」

「음, 그래요. 내 아내가 그렇게 간교한 여자는 아니지. 하지만 예전과 똑같은 여자는 아니요. 당신을 비난하게 만들지 말아요. 그러지 않겠다고, 어떡하든 당신을 비난하지 않겠다고 다짐했으니까.」

그러나 어수선한 마음을 수습할 길 없었던 테스는 애원을 멈추지 않았고, 하지 않았으면 좋았을 말까지 하고야 말았다.

「에인절, 에인절! 난 어린애였어요. 그런 일이 일어났을 때 난 어린아이에 불과했다고요! 남자에 대해 전혀 몰랐어요.」

「당신이 죄를 저질렀다기보다는 당한 거지. 그건 나도 인정하오.」

「그렇다면 절 용서해 주실 건가요?」

「당신을 용서해요. 하지만 용서가 다는 아니요.」

「그럼 절 사랑하시나요?」

이 질문에 그는 아무 대꾸도 없었다.

「오, 에인절! 가끔 이런 일이 일어난다고 어머니가 말씀하셨어요! 나보다 더 심한 경우도 몇 가지 알고 계시대요. 그런데 그 남편은 사건을 크게 문제 삼지 않거나, 적어도 그걸 이겨 냈대요. 더구나 그 여자는 제가 당신을 사랑하는 것만큼 남편을 사랑하지 않는데 말이에요!」

「그만둬요, 테스. 말싸움하려 들지 말아요. 신분이 다르면 풍습도 다른 법이니까. 결국 당신이 올바른 사회 관습을 배운 적도 없는, 아무것도 모르는 시골 여자라는 말이 내 입에서 나오게 만드는군. 당신은 자신이 무슨 말을 하고 있는지도 모르고 있어요.」

「현재의 제 위치가 시골 여자일 뿐이지 태생이 그런 건 아니에요!」

불끈 치미는 분노를 느끼며 그녀는 대꾸했으나 그 분노는 금방 사라지고 말았다.

「그래서 그만큼 더 나쁘다는 거요. 당신 가문의 족보를 캐낸 목사가 차라리 입을 다물었다면 나았을 뻔했소. 당신 가문의 몰락을 이 사실, 그러니까 당신의 의지 부족과 연관시켜 생각하지 않을 수 없구려. 노쇠한 가문은 노쇠한 의지와 행동을 보이기 마련이니까. 맙소사, 왜 내게 족보를 들먹거려서 당신을 힐난하게 만드는 거요! 난 당신을 갓 피어난 순수한 자연의 아이로 생각했는데, 당신이란 사람은 무력한 귀족이 뒤늦게 싹을 틔운 묘목이었던 거요!」

「그렇게 본다면 나만큼 불운한 처지에 놓인 가문들이 많잖아요! 레티네 가문도 한때는 엄청난 지주였고, 그 점에선 목장주 빌레트도 마찬가지였어요. 지금은 마차를 몰고 있지만 데비하우스 집안도 옛날엔 드 베이유 가문이었다고요. 이 고장 어디를 가도 제 집안과 같은 경우를 볼 수 있을 거예요. 이

건 우리 고장이 지닌 하나의 특징이고 저도 어쩔 수 없는 일이에요.」

「그렇다면 이 고장도 그만큼 나쁜 거요.」

테스는 이런 힐난을 그저 하나의 덩어리로 받아들일 뿐 그 속에 숨은 세세한 내용까지 마음에 두진 않았다. 예전처럼 그가 지금은 그녀를 사랑하지 않는다는 것, 이 사실 외에 그녀는 아무것에도 관심이 없었다.

그들은 다시 말없이 발길 닿는 대로 거닐기 시작했다. 나중에 들리는 바로는 그날 밤 늦게 의사를 부르러 밖에 나왔던 웰브리지의 한 농부가 목초지에서 두 연인을 봤다고 했다. 두 사람은 천천히 걷고 있었는데 서로 이야기를 나누지도 않았고, 한 사람이 다른 사람 뒤에서 걷고 있는 것이 마치 장례식의 행렬 같았다고 했다. 얼핏 본 그 둘의 얼굴에는 근심이 서려 있었고 슬퍼 보였던 것 같다고 했다. 그리고 집으로 돌아오는 길에도 똑같은 곳에서, 야심한 시각 따위는 전혀 개의치 않는다는 듯 천천히 그리고 쓸쓸히 걷고 있는 그들을 다시 봤다고 했다. 그는 자기 발등에 떨어진 불이 급했고 집에 아픈 사람도 있던 터라 이 의아한 모습을 대수롭지 않게 생각했다가 시간이 아주 많이 흐른 뒤에야 기억해 냈다고 했다.

농부가 오고 가던 그 사이 테스가 남편에게 말했다.

「제가 어쩌다 이렇게 당신을 평생 비참하게 만드는 원인이 되었는지 모르겠어요. 저 아래 강물이 흐르고 있군요. 저기에서 제 목숨을 끊을 수도 있어요. 하나도 무섭지 않아요.」

「어리석었던 내 행동에 살인까지 하나 더 보태고 싶진 않소.」

「수치심 때문에 제가 스스로 그랬다는 걸 보여 줄 뭔가를 남기겠어요. 그러면 당신을 비난하진 않을 거예요.」

「그런 바보 같은 소리는 말아요. 그런 말은 듣고 싶지 않소. 이런 때 그런 생각을 하다니 그저 어처구니가 없을 뿐이요. 그건 비극이라기보다 조롱거리이며 남들의 비웃음만 사게 될 거요. 당신은 이 불행이 얼마나 엄청난 것인지 조금도 이해하지 못하는군. 이 사실이 알려지면 세상 사람들 열에 아홉은 이를 웃음거리로 받아들일 거요. 제발 부탁이니 돌아가서 자도록 해요.」

「그렇게 할게요.」 테스는 순순히 그의 말을 따랐다.

그들은 지금은 달랑 폐허만 남아 있지만 한때 시토 수도회의 유명한 수도원이었던 물방앗간 뒷쪽으로 이어진 길을 천천히 돌아갔다. 물방앗간은 과거 수 세기 동안 수도원에 딸려 있던 부속 시설이었다. 식량은 영원히 인간에게 없어서는 안 될 것이므로 물방앗간은 지금도 여전히 돌아가고 있었지만, 교리란 그저 스치고 지나가는 덧없는 것이어서 수도원은 사라져 버리고 말았다. 인간은 이토록 줄기차게 잠깐 존재하는 대상을 영원히 존재하는 것 섬기듯 한다. 둥글게 원을 그리듯 걸었기 때문에 그들은 집에서 과히 멀리 떨어지지 않았다. 그가 시키는 대로 하려면 강에 놓여 있는 커다란 돌다리를 건너서 거기에서 길을 따라 몇 야드만 가면 되었다. 그녀가 집으로 돌아왔을 때 모든 것이 집을 나섰던 그 순간 그대로 있었고, 난로에선 여전히 불이 타오르고 있었다. 그녀는 아래층에서 채 1분도 머무르지 않고 곧장 짐을 올려다 놓은 그녀의 방으로 올라갔다. 침대 모서리에 걸터앉은 그녀는 멍하니 주변을 바라보고 있다가 이내 옷을 벗기 시작했다. 초를 침대 쪽으로 옮겨 오자 그 빛이 하얀 돋을무늬 면포의 침대 커버 위로 쏟아졌다. 침대 커버 아래에 무언가가 매달려 있었는데,

그녀는 초를 살짝 들어 그게 무엇인지 살펴보았다. 겨우살이 나뭇가지[82]였다. 에인절이 거기에 그걸 달아 놓았다는 걸 금방 알 수 있었다. 이 짐을 싸고 운반하는 일이 왜 그토록 까다로웠는지 고개를 갸우뚱하게 만들었던 의문이 이제야 풀렸다. 그는 때가 되면 그녀에게 목적을 알려 주겠다고만 하면서 짐 속에 무엇이 들어 있는지 한사코 설명하려 들지 않았었다. 흥에 겨워서 행복한 마음으로 이것을 여기에 달아 두었던 것이다. 그랬던 겨우살이 가지가 지금은 얼마나 멍청하고 뜬금없어 보이는가!

클레어가 화를 풀려는 기미가 보이지 않자 그녀는 더 이상 두려워할 것도 희망할 것도 없었고, 그래서 힘없이 침대에 몸을 뉘였다. 꼬리에 꼬리를 무는 슬픈 생각이 잦아들면 잠이 찾아오게 마련이다. 수면을 방해하는 좀 더 행복했던 순간들이 수없이 많았지만 지금은 그저 수면의 휴식이 반가울 뿐이었다. 잠시 후, 옛날 그녀의 조상들이 첫날밤을 치렀을지도 모를 방에 홀로 남겨진 테스는 향기로운 정적에 둘러싸여 그만 자신의 존재를 놓아 버렸다.

클레어는 그날 밤 늦게 집으로 돌아왔다. 조용히 응접실로 들어온 그는 촛불을 켰고, 할 일을 미리 생각해 둔 사람처럼 말총으로 만든 낡은 소파 위에 담요를 깔고 대충 잠자리의 구색을 맞추었다. 자리에 눕기 전 그는 신발을 벗은 채로 위층으로 조용히 올라가서 테스의 방에 귀를 갖다 댔다. 고른 숨소리가 들리는 걸 보니 테스는 곤히 잠들어 있는 것 같았다.

「고마운 일이군!」 클레어가 혼잣말로 중얼거렸다. 하지만,

82 유럽의 여러 나라와 미국에서는 겨우살이 아래서 하는 키스가 행복과 장수를 의미한다고 알려져 있다.

그는 사실에 가깝긴 하지만 전적으로 그렇다고 할 수는 없는 생각 때문에 마음이 아팠으니, 테스가 삶의 짐을 몽땅 자기의 어깨에 올려놓고 지금 아무런 근심 없이 세상모르고 잠들어 있다고 생각했던 것이다.

아래층으로 내려가려고 그는 돌아섰다. 그때, 그는 결심이 서지 않은 듯 다시 그녀의 방을 향해 돌아섰다. 그 순간 테스의 방문 바로 위에 걸려 있던 더버빌 가문의 부인들 중 한 명이 그의 눈에 들어왔다. 촛불에 비친 그 초상화는 불쾌하다는 말로는 다 표현되지 않을 만큼 끔찍했다. 부인의 모습엔 사악한 계략이 숨어 있었고 남성에게 복수하려는 강렬한 의도가 엿보였는데, 적어도 그 순간엔 그렇게 보였다. 초상화에 그려진 캐롤라인 시대의 윗옷은 가슴이 깊게 파여 있었는데, 목걸이가 보이도록 윗옷 끝을 안으로 집어넣었을 때의 테스의 모습과 한 치의 오차도 없이 똑같았다. 다시 한 번 그는 초상화 속의 부인과 테스가 비슷해 보인다는 사실에 통렬한 아픔을 느꼈다.

망설임은 이제 끝났다. 그는 가려던 발길을 재촉해서 계단을 내려갔다.

그의 태도는 여전히 침착했고 냉정했다. 꽉 다문 그의 작은 입이 자제력을 보여 주었고, 그의 얼굴엔 테스의 고백 이후 생긴 끔찍하도록 삭막한 표정이 여전히 자리를 잡고 있었다. 그는 더 이상 정열의 노예가 아닌 얼굴을 하고 있었지만, 그 노예 상태로부터 해방되었다는 사실에서 어떤 기쁨을 찾은 얼굴도 아니었다. 그저 그는 인간이 얼마나 비참하고 우발적인 상황을 경험하고 있는지, 세상은 얼마나 예기치 않게 돌아가고 있는지를 생각하고 있었다. 불과 한 시간 전까지만 해

도 그는 테스처럼 순수하고 사랑스럽고 순결한 여자는 찾아
볼 수 없다고 생각하며 그녀를 사랑했었다. 하지만

조금만 모자라면, 그러면 온 세상이 얼마나 달라지는가![83]

테스의 정직하고 상큼한 얼굴에서 그녀의 온전한 마음을
볼 수 없었다고 혼잣말로 중얼거렸으나, 그런 그의 주장은 옳
지 않았다. 하지만 테스에겐 그의 생각을 바로잡아 줄 마땅한
변호인이 없었다. 그는 계속 생각에 잠겼다. 서로를 바라보고
이야기를 나누면서, 입에서 나오는 말과 다른 그 어떤 차이도
없었던 그 두 눈으로 표면적인 세계 너머의 조화롭지 못한 또
다른 세계를 바라보고 있었다는 게 가능할 수 있을까.
　그는 응접실 소파에 누워 불을 껐다. 아무것도 개의치 않는
무심하고 무관심한 밤이 찾아들어 그곳을 차지해 버렸다. 이
미 그의 행복을 꿀꺽 삼켜 버린 밤은 그 행복을 아무 생각 없
이 소화시키며 한 치의 미동이나 표정 변화도 없이 수없이 많
은 다른 사람들의 행복을 삼켜 버릴 만반의 준비를 갖추고
있었다.

83 영국의 시인 로버트 브라우닝의 「노변에서」 중 인용.

제36장

　범죄와 손이라도 잡은 듯 남몰래 밝아 오는 새벽의 잿빛 햇살을 받으며 클레어는 일어났다. 다 꺼진 재만 남은 벽난로가 그를 마주 보고 있었다. 식사가 차려진 저녁 식탁 위에는 김이 다 빠져 이제 엷은 막까지 생긴, 입도 대지 않은 포도주가 두 잔 가득 그대로 있었다. 테스의 자리가 비어 있었고 자신의 자리도 마찬가지였다. 다른 가구들은 어쩔 줄 몰라 하며 이젠 더 이상 참을 수 없다는 듯 도대체 어떻게 되는 거냐고 물어보는 표정이었다. 위층에서는 아무 소리도 나지 않았다. 잠시 후 문을 두드리는 소리가 들렸다. 그들이 이곳에 있는 동안 일을 봐주기로 한 이웃집 여자일 거라는 생각이 들었다.

　이런 판국에 제삼자가 집 안에 있으면 매우 어색할 것이다. 이미 옷도 갖춰 입고 있던 터라 에인절은 창문을 열고 아침은 알아서 해결할 수 있을 것 같다고 여자에게 말했다. 그리고 우유 캔을 들고 있던 여자에게 우유는 문에 놓고 가라고 일렀다. 여자가 돌아가자 그는 뒤꼍으로 가서 땔감거리를 찾아왔고 신속하게 불을 지폈다. 찬장에는 달걀과 버터와 빵이 가득 들어 있었고, 클레어는 가사 준비에 숙달된 농장에서의 경험을 살려 아침상을 뚝딱 차려 냈다. 땔감에 불이 붙자 바깥 굴뚝에서 연기가 연꽃 모양으로 피어올랐다. 근처를 지나가면서 연기를 본 마을 사람들은 신혼부부를 떠올리면서 부부의 행복을 마냥 부러워했다.

마지막 점검을 하는 눈길로 식탁을 죽 둘러본 에인절은 계단 아래로 가서 아무 일도 없다는 듯 평범한 목소리로 그녀를 불렀다.

「아침 식사가 준비되었소.」

그는 현관문을 열고 몇 걸음 나아가 아침 공기를 맞이했다. 잠시 후 그가 돌아왔을 때 테스는 이미 응접실에 내려와 있었고 무심한 손길로 아침상을 손보고 있었다. 그녀를 부르고 나서 고작 2~3분 정도 밖에 지나지 않았건만 완벽하게 옷을 갖춰 입고 있는 걸로 보아, 그녀는 이미 그가 부르기 전에 옷을 다 입고 있었거나 아니면 옷 입기가 거의 끝나가던 중이었을 것이다. 그녀는 머리카락을 크고 동그랗게 틀어 올렸고, 목 주변에 하얀 주름 장식이 달린 모직으로 만든 하늘색 새 옷을 입고 있었다. 손과 얼굴이 추워 보였는데, 필시 옷을 입은 채 불도 없는 방에서 오래 앉아 있었던 것 같았다. 그녀를 부르는 클레어의 음성이 상당히 정중해서 잠시나마 희망의 불씨 하나가 새롭게 생겨난 듯했다. 하지만 그 불씨는 그를 보는 순간 이내 꺼지고 말았다.

사실 두 사람은 타오르던 과거의 불길이 잦아들면서 재만 남은 것 같았다. 전날 밤의 통렬한 슬픔에 뒤이어 무겁게 마음을 짓누르는 괴로움이 찾아들었다. 이제 더 이상 그들을 부추겨 열정을 되살릴 만한 것은 하나도 없는 것 같았다.

그는 부드럽게 테스에게 말을 건넸고, 테스도 똑같이 감정

을 드러내지 않고 대답했다. 테스가 이윽고 그에게로 다가가
더니, 자신에게도 타인의 눈에 뚜렷하게 보이는 형체가 있다
는 것도 잊은 듯 윤곽선이 뚜렷한 그의 얼굴을 들여다보았다.
「에인절.」 남편의 이름을 부른 그녀는 잠시 멈칫하더니, 산
들바람이 불어오듯 부드러운 손길로 그를 만져 보았다. 마치
한때 그녀의 연인이었던 남자가 거기에 실제로 존재하고 있
다는 걸 믿을 수 없다는 태도였다. 그녀의 두 눈은 맑게 빛났
고, 눈물이 반쯤 말라 번들거리는 자국으로 남은 두 뺨은 여
전히 창백하긴 했으나 예전의 토실토실한 모습이었다. 늘 앵
두처럼 탐스럽던 입은 뺨처럼 핏기를 잃어버렸다. 마음속 슬
픔에서 온 스트레스에도 불구하고 심장은 살아 고동치고 있
었으나, 그 생명의 맥박이 너무도 쇠약하여 스트레스가 조금
만 더 심해져서 진짜 병이라도 난다면 그녀만의 독특한 눈빛
은 흐려질 것이고 입도 탐스러움을 잃고 가늘게 여월 것만 같
았다.

테스의 모습은 그야말로 순수함 그 자체였다. 자연이 기가
막히도록 놀라운 요술을 부려서 테스의 얼굴을 정말 순수한
처녀다움의 봉인으로 장식했고 그래서 에인절은 넋 나간 사
람처럼 그녀에게서 눈을 떼지 못했다.

「테스! 사실이 아니라고 말해 줘요! 아니야, 그건 사실이
아니야.」

「사실이에요.」

「한마디도 빠짐없이?」

「네, 전부 사실이에요.」

그는 애원하는 눈길로 그녀를 바라보았다. 그녀의 입술을
통해 나오는 말이면 무엇이든, 설령 그게 거짓인 줄 알아도

408

기꺼이 받아들이려는 것 같았고, 무슨 수를 써서라도 그 말을 부정하는 타당성을 찾고 싶어 했다. 하지만 그녀는 그저 같은 말을 되풀이할 뿐이었다.

「사실이에요.」

「그 남자는 살아 있소?」

「아기는 죽었어요.」

「남자는?」

「살아 있어요.」

돌이킬 수 없는 절망감이 클레어의 얼굴을 스치고 지나갔다.

「영국에 있소?」

「네.」

아무 생각 없이 몇 발자국 걷던 그가 느닷없이 말을 꺼냈다.

「내 입장은 이렇소.」 그가 무뚝뚝하게 말했다. 「사회적 지위나 재산 그리고 세상 물정에 밝은 여자를 아내로 취하려는 야심을 모두 버리면, 발그레한 뺨처럼 진실로 순결한 시골 여자를 얻을 수 있을 거라고 말이오. 어떤 남자라도 그렇게 생각했을 거요. 하지만 난 지금 당신을 비난할 입장이 아니고, 비난하지도 않을 거요.」

테스는 그의 입장을 충분히 이해할 수 있었기 때문에 나머지 말은 들을 필요도 없었다. 고통은 바로 거기에, 그가 모든 걸 잃었다는 걸 그녀가 알고 있다는 사실에 있었다.

「에인절, 당신이 절대로 그러지 않기를 바라긴 하지만, 만일 당신에게 여기서 벗어날 마지막 방법이 있다는 걸 몰랐더라면, 당신과의 결혼까지 이렇게 끌고 오진 않았을 거예요.」

테스의 목소리가 점점 갈라졌다.

「마지막 방법?」

「제 말은, 절 떠나는 거요. 당신은 절 떠날 수 있잖아요.」
「어떻게?」
「저와 이혼하시면.」
「세상에! 당신이란 사람은 어떻게 그토록 단순할 수 있단 말이오! 내가 당신과 어떻게 이혼할 수 있지?」
「그럴 수 없나요? 제가 모든 걸 말씀드렸는데요. 전 제 고백이 당신에게 이혼할 수 있는 빌미를 줄 거라고 생각했어요.」
「오, 테스 당신은 정말이지 너무, 너무 철딱서니도 없고 미숙하고 아는 게 없는 것 같구려! 도대체 당신이란 사람이 어떤 사람인지 감을 잡을 수가 없어. 당신은 법을 모르고 있어. 모르고 있는 거야!」
「할 수 없다고요?」
「할 수 없소.」
그의 말을 들은 테스의 얼굴에 괴로운 심경이 드러났고 그 위로 언뜻 수치심이 스치고 지나갔다.
「제 생각엔, 제가 생각하기론…….」 테스가 기어들어 가는 목소리로 말했다. 「아, 이제야 당신이 절 얼마나 나쁜 여자로 생각하실지 알겠어요! 제 말을 믿어 주세요. 믿어 주셔야 해요. 당신이 이혼할 수 있다고 생각했어요! 당신이 그러지 않기를 바라지만, 전 추호의 의심도 없이 당신이 마음만 먹는다면, 절 전혀 사랑하지 않는다면 절 버릴 수 있다고 믿었어요!」
「잘못 알고 있었던 거요.」
「아, 그렇다면 제가 그 일을, 어젯밤에, 끝냈어야 했는데! 하지만 용기가 나지 않았어요. 저란 사람은 늘 그러니까요!」
「무슨 용기?」
대답이 없자 그가 테스의 손을 잡았다.

「무슨 일을 하려고 했소?」 그가 캐물었다.

「목숨을 끊으려고 했어요.」

「언제?」

그의 이런 캐묻는 태도가 그녀는 괴로웠다. 「어젯밤에요.」 그녀가 대답했다.

「어디서?」

「당신이 가져온 겨우살이 아래에서요.」

「세상에! 어떻게 하려고 했소?」 준엄한 태도로 그가 물었다.

「말씀드릴게요. 제게 화를 내지 않으시면요!」 몸을 움츠리며 그녀가 대답했다.

「제 짐을 묶었던 끈으로요. 그러나 전 그 마지막 단계를 할 수가 없었어요! 당신의 이름에 먹칠이나 하는 것은 아닐까 두려웠어요.」

자의가 아니라 강제로 받아 낸 그녀의 고백은 전혀 생각지도 못했던 것이어서 클레어는 부르르 떨었다. 그는 그녀를 잡고 있던 손을 놓지 않은 채 시선을 그녀의 얼굴에서 아래로 떨어뜨리며 말했다.

「자, 똑바로 들어요. 그런 끔찍한 생각일랑 절대로 하면 안 돼요! 당신 어떻게 그럴 수가! 다시는 그러지 않겠다고 남편인 내게 맹세해요.」

「약속드릴게요. 얼마나 나쁜 짓인지 알아요.」

「나쁜 짓이라! 정말이지 그건 당신답지 않은 생각이오.」

「하지만, 에인절.」 테스는 눈을 크게 뜨고 차분하고 냉정하게 그를 바라보면서 이유를 설명했다. 「그건 순전히 당신을 위해서였어요. 당신이 이혼을 해야 할 거라고 생각했고, 그러면 나쁜 소문이 돌 것이 뻔하니 그런 소문에서 당신을 자유롭게 해드리려고 그랬어요. 절 위해서 그런 짓을 한다는 건 꿈도 꾸지 않았어요. 하지만 제 손으로 그런 일을 한다는 건 제겐 너무 과분한 일이죠. 나 때문에 황폐해진 나의 남편, 바로 당신이 내게 벌을 내리셔야 하니까요. 만일 그럴 수 있어서, 당신이 그렇게 할 수 있다고 해도 전 당신을 더욱 사랑해야 한다고 생각해요. 당신에겐 달리 벗어날 수 있는 다른 방법이 없으니까요. 전 정말 아무짝에도 쓸모없는 인간이에요. 당신에게 짐스러운 존재만 되고!」

「쉬!」

「그래요, 그만두라고 하시니 말하지 않을게요. 당신의 뜻을 거스르고 싶지 않아요.」

그는 그녀의 말이 틀림없는 사실이라는 걸 알고 있었다. 그날 밤 절망적인 그 일이 있은 이후 테스의 움직임은 제로 상태였고 그래서 그녀가 더 이상 무모한 짓을 할까 봐 걱정할 필요는 없을 것 같았다.

테스는 아침 식사를 차리며 스스로를 바쁘게 몰아가려고 애를 썼고, 그 의도가 어느 정도 성공을 거둔 듯했다. 그 둘은 서로의 눈길을 마주볼 필요가 없도록 식탁의 같은 쪽에 나란히 앉았다. 처음엔 상대방이 먹고 마시는 소리를 듣는 게 조금 신경 쓰이기도 했지만 어쩔 수 없는 일이었다. 둘 다 식사량이 적었다. 식사를 마치자 클레어는 곧 일어섰고, 점심 먹으러 돌아올 예상 시간을 테스에게 일러 주면서 물방앗간으로 향했다. 이곳에 온 유일한 실용적 이유인 방앗간의 기계 등을 둘러보겠다는 자신의 계획을 실천에 옮기기 위해서였다.

그가 나간 뒤 테스는 창가에 서서 그의 형체가 방앗간으로 연결된 커다란 돌다리를 건너고 있는 것을 바라보고 있었다.

다리 뒤로 내려간 그는 그 너머의 철길을 가로질러 가더니 그녀의 시야에서 사라져 버렸다. 그러자 그녀는 숨소리 하나 내지 않고 방을 죽 둘러보더니 곧 식탁을 치우고 다시 정돈하기 시작했다.

얼마 안 있어 이웃 여자가 왔다. 처음에 테스는 여자와 함께 있다는 사실이 부담스러웠지만 나중에는 위로가 되었다. 12시 30분이 되자 테스는 주방에 여자를 혼자 놔두고 응접실로 와서 다리 너머로 에인절의 모습이 다시 나타나기를 기다렸다.

1시 무렵쯤 그의 모습이 보였다. 상당히 거리가 떨어져 있었지만 그를 바라보는 그녀의 얼굴이 발그레하게 물들었다. 그가 들어올 때에 맞춰 점심 준비를 끝내기 위해 그녀는 서둘러 주방으로 갔다. 그는 전날 둘이서 함께 손을 씻었던 방으로 들어갔다. 그가 응접실로 들어오는 순간 마치 그가 직접 거둔 것처럼 음식들을 덮어 두었던 식탁보가 벗겨졌다.

「정말 정확하군!」 그가 말했다.

「네, 당신이 다리 너머로 오시는 걸 봤어요.」

수도원 물방앗간에서 오전 내내 무슨 일을 했는지, 발전된 현대식 방식과 비교해 볼 때 체로 치는 작업 및 구닥다리 기계들은 그다지 도움이 될 것 같지 않다는 우려와 그 기계들이 지금은 폐허 더미로 변한 인근 수도원 건물에 살던 수사들을 위해 제분 작업을 했던 시절부터 쓰였던 것 같다는 등 소소한 이야기를 하면서 그들은 식사를 했다. 한 시간 쯤 후에 그는 다시 집을 나갔고 저녁 무렵이 되어서야 돌아와서는 저녁 시간 내내 서류를 뒤적거리며 분주하게 시간을 보냈다. 혹여 자신이 방해라도 되는 게 아닐까 우려한 테스는 이웃 여자가 돌아가자 다시 주방으로 들어갔고, 그곳에서 한 시간이 넘도록 될 수 있는 한 바삐 몸을 움직였다.

클레어가 주방 문가에 모습을 드러냈다.

「이렇게 일하지 말아요. 당신은 내 아내이지 하녀가 아니오.」

시선을 들어 올린 테스의 얼굴이 조금 환해졌다. 「정말 그렇게 생각해도 될까요?」 슬픈 농담처럼 그녀가 중얼거렸다. 「명분이 그렇다는 거겠죠? 그 이상은 저도 원하지 않아요.」

「그렇게 생각해도 된다니, 테스! 당신은 내 아내요. 무슨 소리를 하는 거요?」

「모르겠어요.」 눈물이 묻어 있는 목소리로 그녀가 바로 대답했다. 「제 생각에, 말하자면 저는 정숙한 여자가 아니기 때문에, 오래전에 당신의 아내가 되기에는 부족한 여자라고 말씀드렸어요. 그 이유로 당신과 결혼할 생각이 없었어요. 그런데 바로 당신이 절 재촉했어요!」

그녀는 왈칵 울음을 터뜨리면서 그에게서 돌아섰다. 그 모습을 봤더라면 어떤 남자라도 마음이 돌아서지 않을 수 없었을 테지만 에인절은 그렇지 않았다. 그를 전체적으로 보면 상당히 섬세하고 사랑이 넘치는 사람이었지만 부드러운 양토에 박혀 있는 철 광맥처럼 딱딱하고 논리적인 퇴적물이 그의 마음속 깊은 곳에 숨어 있어서, 그것을 뚫고 가려는 것은 무엇이든 그 가장자리가 구부러지고 말았다. 그가 교회를 받아들이지 못한 것도 이것 때문이었고 테스를 인정하지 못하는 이유도 마찬가지였다. 더구나 그의 애정은 활활 타오르는 불꽃이라기보다는 은은하게 뿜어내는 빛이었고, 여자를 대하는 태도로 말하면 믿음이 끝날 때 그 관계도 끝나 버리는 그런 거였다. 이런 점으로 볼 때 그는 머리로는 경멸하면서도 관능적으로 빠져드는 대다수의 감정적인 사람들과 대조를 이루고 있었다. 그는 테스의 흐느낌이 멈출 때까지 기다렸다.

「영국 여자들 중 절반만이라도 당신만큼만 품위가 있다면 좋겠소.」 모든 여성에 대해 분노가 치밀어 오르는 어조로 그가 말했다. 「하지만 이건 품위가 있고 없고의 문제가 아니라 원칙의 문제라오!」

그는 이런 말과 엇비슷한 말을 테스에게 쏟아 냈는데, 일단 피상적인 겉모습 때문에 본인의 꿈이 우롱당했다는 것을 깨달은 순간 찾아오는, 곧은 영혼의 소유자까지도 집요하리 만치 뒤틀리게 하는 그런 반감에 여전히 사로잡혀 있었다. 사실, 세상 물정을 아는 여자라면 능히 그의 마음을 얻어 낼 수도 있을 만큼 그의 마음속 깊은 곳에는 동정심이 흐르고 있었다. 하지만 테스는 이런 생각을 미처 하지 못했다. 그녀는 이 모든 것을 자신이 당연히 받아야 할 벌로 받아들여 거의 함구하고 있었다. 그를 향한 테스의 깊은 사랑은 정말이지 애처로울 지경이었다. 본래 급한 성격을 타고났음에도 불구하고 그녀는 그가 무슨 말을 해도 금방 불쾌해지지 않았다. 그녀는 사욕을 품지 않았고 성을 내지도 않았으며,[84] 자신을 대하는 그의 처사가 나쁘다고도 생각하지 않았다. 지금 그녀의 모습은 이기적인 현대 세계로 돌아온 자비의 사도 그 자체였다.

그날 저녁과 밤 그리고 아침이 전날과 똑같이 지나갔다. 여지껏 자유롭고 당당했던 테스는 한 번, 그것도 오직 딱 한 번 그에게 다가서려는 행동을 취해 보았다. 그건 그가 식사를 마치고 방앗간으로 나가려 할 때였다. 식탁에서 일어나 나가면서 그가 〈다녀오겠소〉라고 했을 때 그녀가 같은 말로 인사를

84 「고린토인들에게 보낸 첫째 편지」 13장 5절 인용.

받으면서 그에게 입술을 내밀었다. 하지만 그는 그녀의 이런 행동을 묵살했고 황급히 몸을 피하면서 말했다.

「제시간에 맞춰 오겠소.」

얻어맞기라도 한 듯 테스는 몸이 움츠러들었다. 이전의 그는 그녀가 허락하지 않았는데도 너무도 자주 입을 맞추려고 애쓰곤 했었다. 그녀의 입과 숨결에서 그녀가 주로 먹는 버터와 계란 그리고 우유와 꿀 향기가 난다고 하면서, 자신도 거기에서 자양분을 빨아들이는 거라는 등의 우스갯소리를 자주 장난스럽게 하곤 했었다. 그런데 그러던 그가 지금 그녀의 입술을 달가워하지 않았다. 그녀가 갑자기 움찔하며 위축되자 이를 본 클레어는 부드러운 목소리로 말했다.

「알잖소. 앞으로 어떻게 하면 좋을지 생각해야 해요. 우리가 곧 헤어질 경우 당신에게 미칠 추문을 피해기 위해서라도 우린 잠시나마 함께 있어야 할 거요. 그러나 그건 단지 형식을 갖추기 위한 것임을 명심해야 해요.」

「알겠어요.」 멍한 상태에서 테스가 대답했다.

그는 밖으로 나갔고, 그러고서 방앗간으로 가다가 문득 걸음을 멈추었다. 그리고 그녀에게 좀 더 친절하게 대해 주었더라면, 그래서 적어도 한 번은 키스를 해주었더라면 좋았을 텐데 하며 잠깐 아쉬워했다.

그렇게 그들은 하루 이틀 절망적인 나날을 보냈다. 한 지붕 아래에 산 것은 사실이었지만, 그 둘의 사이는 연인으로 지내기 이전보다 훨씬 더 벌어졌다. 테스가 보기에 그는 본인의 말처럼 앞으로의 계획을 구상하는 일에 골몰하느라고 행동이 거의 마비된 상태인 것 같았다. 테스는 겉으로 보이는 그의 부드러움 이면에 이토록 단호한 결심이 있다는 걸 발견하곤 두려움에 떨었다. 그의 변함없는 태도는, 사실 너무 잔인했다. 이제 그녀는 용서를 기대하지 않았다. 그가 방앗간으로 간 사이 그를 떠나는 것도 여러 번 생각해 보았다. 하지만 이런 행위는 그에게 도움이 되는 게 아니라 오히려 그 사실이 알려질 경우 그를 더욱 힘들게 하고 치욕스럽게 하는 처사가 될 수도 있다는 우려가 앞섰다.

그러는 동안 클레어는, 정말로, 생각에 생각을 거듭하고 있었다. 그의 생각은 끊이지 않고 계속되었다. 그는 생각에 골몰하느라고 몸이 아파 왔고 수척해졌으며 시들어 갔다. 그가 예전에 가졌던 단란한 가정생활에 대한 모든 생각들이 그에게 사정없이 채찍질을 해댔다. 그는 〈어찌하면 좋을까, 어떻게 해야 하지?〉라고 중얼거리며 이리저리 서성거리곤 했는데, 테스가 우연히 그런 그의 말을 듣게 되었다. 그래서 그녀는 그들의 앞날에 대해 지금까지 지켜 오던 침묵을 깼다.

「제 생각에 당신은 저랑 살지 않을 거예요. 오랫동안은 말이에요, 그렇죠, 에인절?」 침착하고 태연한 표정을 유지하느라고 얼마나 안간힘을 쓰고 있는지 그녀의 움푹 들어간 입 가장자리가 말해 주고 있었다.

「난 함께 살 수 없소.」 그가 말했다. 「나 자신을 경멸하지 않고는 말이요. 더 안타까운 것은 당신을 경멸하지 않고 함께 살 수는 없다는 거요. 물론, 내 말은 보통 사람들처럼 살 수 없다는 의미라오. 지금 현재로선, 내 기분이야 어떻든 당신을 경멸하지는 않소. 솔직하게 털어놓고 이야기하겠소. 당신이 내 어려운 사정을 모두 이해하지 못할 수도 있으니 말이요. 그 남자가 살아 있는데 우리가 어떻게 함께 살 수 있을까? 자연법으로 따지면 당신의 남편은 엄연히 그 사람이지 내가 아니잖소. 만일 그가 이 세상 사람이 아니라면 사정은 달라질 테지……. 게다가, 그게 문제의 전부가 아니요. 다른 문제도 고려해야 해요. 우리 둘 말고 다른 사람들의 미래에 영향을 미치는 문제 말이요. 앞날을 생각해 봐요. 그리고 우리들에게 태어날 아이들을 생각해 봐요. 이런 과거지사가 알려진다면 — 이런 건 반드시 밝혀지게 되어 있으니까요. 이 세상 어느 구석으로 가도 사람들의 발길이 닿지 않는 곳이 없으니까. 자, 우리 자식들이 조롱을 받으며 어린 시절을 보내고, 그 애들이 나이가 들어 가면서 그 조롱의 정도가 점차 심해지는 걸 느낀다고 생각해 봐요. 그들에겐 얼마나 끔찍한 일이겠소! 무슨 미래가 그렇단 말이오! 이런 일들을 예상하면서도 정말로 이대로 살자고 말할 수 있어요? 우리가 안고 있는 이 아픔을 우리가 견뎌 내야지 다른 곳으로 날려 보내서는 안 된다[85]고 생각하지 않소?」

그녀의 눈꺼풀은 전처럼 고통의 무게에 짓눌려 계속 아래로 향하고 있었다.

「당신께 여기 남아서 저와 함께 살자고 할 순 없어요. 그럴 순 없어요. 거기까진 생각해 본 적도 없고요.」

고백하자면 한 여자로서 테스가 지닌 바람이 끈질기게 되살아나긴 했다. 그건 바로 함께 가정을 꾸리고 오래 살다 보면 그의 냉정한 마음도 풀어질 거라는 은밀한 생각이 그녀의 마음속에서 자꾸 꼬리를 치켜든다는 거였다. 평범한 사람들은 테스를 세련되지 못하다고 볼 수도 있지만 그렇다고 그녀에게 모자란 구석이 있는 것은 아니다. 따라서 남녀가 함께 지낸다는 게 본능적으로 곧 무엇을 의미하는지 알아차리지

85 셰익스피어의 「햄릿」 제3막 제1장 중 인용.

못했다면 그건 필시 그녀가 여성으로서의 자질을 결여하고 있다는 걸 암시하는 것이리라. 테스는 이게 실패한다면 자신에게 남아 있는 게 아무것도 없다는 걸 알고 있었다. 꼼수를 부리는 일에 희망을 거는 일이 옳지 않다는 건 알고 있지만, 그럼에도 불구하고 그녀는 그런 희망의 끈마저 놓아 버릴 수가 없었다. 에인절은 이제 자신의 최종적인 생각을 털어놓았고, 그녀의 말처럼 그 생각은 뜻밖이었다. 사실 그녀는 거기까진 생각해 보지 않았다. 어린애가 생길 경우 그 아이가 분명히 그녀를 비난하게 될 거라는 그의 생각은 마음속 깊숙한 곳에 인간애가 흐르는 정직한 사람에게는 치명적인 신념으로 다가오는 것이었다. 지금까지 살아온 경험으로 테스는 잘 살아가는 것보다 더 나은 게 하나 있다는 걸 알고 있었다. 그것은 바로 어떤 모양새의 삶이든 살아가는 그 일에서 벗어나는 것이었다. 인생의 가시밭길이 예견된 사람들 모두가 그러하듯이, 그녀도 쉴리프뤼돔[86]의 〈너희 태어날지어다〉라는 최종 형벌이 언도되는 것이, 특히 생겨날지도 모를 그녀의 후손에게까지 그런 처벌이 내려지는 소리가 귀에 들리는 것 같았다.

그러나 자연의 여신은 여우처럼 교활한지라 지금까지 테스는 클레어를 사랑하는 마음에 눈이 멀어 그 사랑이 꽃을 피우면 마냥 슬퍼했던 자신의 불행한 운명이 다른 이들에게 옮겨 갈지도 모른다는 것을 잊고 있었다.

그래서 그녀는 그의 주장에 버텨 낼 재간이 없었다. 그러나 극도로 예민한 클레어는 자신과 벌인 싸움 끝에 한 가지 대답이 떠올랐는데, 그는 테스가 그 대답을 할까 봐 두렵기까지 했다. 그것은 테스의 아름다운 신체적 조건을 염두에 둔 것으

86 Sully Prudhomme(1839~1907). 프랑스의 시인.

로써 그녀 자신에게 유리할 수도 있었다. 게다가 그녀는 〈오스트레일리아 고원이나 텍사스의 평원으로 가면 내 불행에 대해 신경 쓸 사람이 누가 있겠으며, 당신이나 절 비난할 사람이 있겠어요?〉라는 말을 덧붙일 수도 있었을 것이다. 하지만 대부분의 여자들이 그러하듯이, 그녀도 찰나의 육감을 불가피한 것으로 받아들였다. 그녀가 옳았는지도 모른다. 직관력을 가진 여자의 마음은 본인의 슬픔뿐만 아니라 남편의 아픔까지도 헤아리는 법이어서 설령 남편과 그의 자녀들이 낯선 이들로부터 예상했던 비난을 받지 않는다고 하더라도, 그 비난의 말들이 결벽증이 심한 그의 두뇌를 통해 귀로 전달될 수도 있다는 것을 알 수 있으니 말이다.

그렇게 데면데면하게 지낸 지 사흘째 되는 날이었다. 그에게 조금만 더 수성(獸性)이 있었더라면 조금 더 훌륭한 사람이 되었을 거라는 이상한 역설을 펼치는 이들도 있을 것이다. 우리는 그렇게 말하진 않으련다. 하지만 클레어의 사랑은 결점으로 보일 만큼 영묘했고 비현실적일 정도로 공상적이라는 건 분명했다. 그런 성향을 지닌 사람들은 상대가 옆에 있을 때보다 멀리 떨어져서 가까이 보이지 않을 때 더 매력을 느끼는 경우가 왕왕 있는데, 이는 상대가 눈앞에 없는 동안 그의 결점들을 툭툭 털어 내버린 상상의 존재를 머릿속으로 그려 내기 때문이다. 테스는 자신의 존재가 예상했던 만큼 강하게 본인의 목적을 주장하지 못하고 있다는 걸 알게 되었다. 그의 욕망을 흔들어 놓았던 여자는 그녀가 아닌 다른 여자였다는 그 비유는 사실이었다.

「당신의 말을 곰곰이 생각해 봤어요.」 손가락으로 테이블보를 만지작거리며, 그들을 조롱하고 있는 것 같은 반지를 낀 다른 손으로 이마를 짚은 채 테스가 말했다. 「모두 옳은 말이에요. 그래야 하고요. 당신은 절 떠나셔야 해요.」

「당신은 어쩔 셈이오?」

「집으로 가겠어요.」

클레어도 그 생각은 미처 하지 못했다.

「그렇게 하겠소?」

「그렇게 하겠어요. 우린 헤어져야 해요. 그리고 확실하게 끝내는 게 좋겠어요. 당신이 언젠가 내가 남자들의 마음을 홀려 더 나은 판단을 못하게 한다고 하셨죠. 내가 계속 당신 눈앞에 있으면 당신은 자신의 판단이나 바람과는 정반대로 계획을 바꾸게 될지도 몰라요. 그렇게 되면 나중에 닥칠 당신의 후회 그리고 제 슬픔은 정말 끔찍할 거예요.」

「그래서 당신은 집으로 가고 싶단 말이오?」

「당신을 떠나고 싶어요. 그리고 집으로 가겠어요.」

「그럼 그렇게 합시다.」

눈을 들어 그를 보지는 않았지만 테스는 깜짝 놀랐다. 제안과 약속이 다르다는 걸 그녀는 너무 빨리 느꼈던 것이다.

「이렇게 될까 봐 두려웠어요.」 온화하지만 굳은 표정으로 그녀가 중얼거렸다. 「에인절, 전 불만이 없어요. 전, 저는 이렇게 하는 게 가장 좋다고 생각해요. 당신이 하신 말씀에서 전 확신을 얻었어요. 그래요. 우리가 함께 살면서 절 비난할 사람이 당신 말고 없다고 해도, 언젠가, 먼 훗날, 당신은 아무것도 아닌 일로 제게 화를 낼 수도 있을 테고 내 과거사를 기억하면서 뭔가 말을 하려 들지도 몰라요. 그러다가 당신이 한 말을 우리 아이들이 듣게 될지도 모르는 일이죠. 아, 지금은 그저 제 마음만 아프지만 그땐 죽을 만큼 고통스러울 거예요! 전 떠나겠어요. 내일!」

「그렇다면 나도 여기에 머물지 않겠소. 이런 말을 먼저 꺼내고 싶진 않았지만, 우리가 헤어지는 게 좋겠다고 생각했소. 적어도 한동안은, 내가 지금까지 일어난 일들의 면면을 좀 더 잘 받아들여서 당신에게 편지를 쓸 수 있을 때까지는 말이요.」

테스는 남편을 흘끗 훔쳐보았다. 그는 창백했고 몸을 떨기까지 했다. 하지만 먼저와 마찬가지로, 자신과 결혼한 따뜻한 이 사람의 마음 깊숙한 곳에 그런 결심, 즉 보다 예민한 감정을 위해 무딘 감정을 억누르고, 개념을 위해 실체를 복종시키며, 정신을 위해 육체를 굴복시키는 결단이 내재되어 있다는 걸 보고 그녀는 또 다시 섬뜩한 생각이 들었다. 성향이나 경향 그리고 습관 따위는 상상으로 모든 걸 지배하려는 그의 강풍에 우수수 떨어진 낙엽들이었다.

그녀의 표정을 보았는지 그가 말했다.

「난 사람들과 떨어져 있을 때 그들이 더 애틋해져요.」 그러고는 냉소적으로 덧붙여 말했다. 「혹시 모르잖소. 어쩌면 언젠가는 우리도 지쳐서 서로를 받아들이고 익숙해질지. 그런 사람들이 많으니까!」

그날 그는 짐을 싸기 시작했고 그녀 역시 위층으로 올라가 짐을 꾸렸다. 짐을 싸는 내내 노여움 등의 감정이 누그러지고 있는 것 같다는 억측이 빛을 발하기도 했지만, 그들은 서로의 마음속에 내일이면 영원히 헤어지게 될지도 모른다는 생각이 있다는 걸 알고 있었다. 마지막이라는 여운을 담은 이별은 두 사람 모두에게 정말 끔찍한 고문이었다. 그가 알고 있는, 그리고 그녀 역시 알고 있던 한 가지 사실은 서로에게 느꼈던 매력이 헤어지고 한동안은 훨씬 더 강렬해지겠지만, 시간이 지나면 그런 매력도 반드시 사라지리라는 거였다. 그녀를 동반자로 받아들일 수 없다는 현실적인 주장들은 거리를 두고 조망했을 때 더욱 강력해질지도 모른다. 더구나, 일단 두 사람이 헤어지면, 그래서 공동의 주거와 환경을 포기하고 나면 아무도 모르게 새로운 싹이 조심스럽게 고개를 치켜들고 올라오면서 각자의 빈자리를 채워 주게 될 것이다. 예기치 않았던 일들이 일어나 마음먹었던 일들을 훼방 놓고, 그러면서 과거의 계획들은 망각에 묻히게 될 것이다.

제37장

몰려왔던 깊은 밤은 이내 소리도 없이 물러났으니 프룸 계곡에는 밤의 행차를 알려 줄 게 아무것도 없었던 것이다.

1시가 지나고 얼마 되지 않았을 때, 더버빌 가문의 저택이었던 이 어두운 농가에서 삐걱거리는 소리가 가느다랗게 들려왔다. 위층 침실을 쓰고 있던 테스는 이 소리에 깨어났다. 늘 그렇듯 그 소리는 못이 느슨하게 박혀 있던 층계의 모서리 쪽에서 들려왔다. 방문이 스스로 열렸다. 에인절이 이상하리만치 조심스러운 발걸음으로 달빛이 흐르는 방 안으로 시냇물을 건너듯 들어오고 있었다. 그는 셔츠와 바지만 입고 있었다. 그를 본 순간 기쁨의 물결이 밀려들었지만, 초점 잃은 눈길로 허공을 응시하고 있는 그의 두 눈을 보자 그 물결은 썰물처럼 빠져나가고 말았다. 그는 방 한가운데로 들어와 걸음을 뚝 멈추었고, 형언할 수 없이 구슬픈 음색으로 중얼거렸다.

「죽었어! 죽은 거야! 죽고 말았어!」

클레어는 이따금 마음을 심란하게 만드는 일이 생길 때면 잠이 든 채로 걸어다닌다거나, 결혼하기 전 그들이 함께 시장 나들이를 했던 날 밤처럼 이상한 행동을 하곤 했다. 그날 밤 그는 테스를 모욕했던 남자와 싸웠던 본인의 행동을 자기 방에서 되풀이했었던 것이다. 가중되는 정신적인 괴로움 때문에 그가 이렇게 몽유 증상을 보이는 거라고 테스는 생각했다.

그녀의 마음속 깊은 곳에는 그가 깨어 있건 잠들어 있건 그를 전적으로 신뢰하는 믿음이 탄탄하게 터를 잡고 있었다. 따라서 그녀에게 그를 두려워하는 마음 같은 것은 아예 존재하지 않았다. 설령 그가 총을 들고 들어왔다고 해도 그가 자신을 보호해 줄 거라는 그녀의 믿음은 흔들리지 않았을 것이다.

클레어가 가까이 다가오더니 그녀를 향해 몸을 숙였다. 그리고 〈죽었어! 죽은 거야!〉라며 중얼거렸다.

그렇게 한참 깊이를 가늠할 수 없는 애처로운 눈길로 그녀를 뚫어지게 바라보던 그는 몸을 더 숙여 팔로 그녀를 감싸더니 수의에 싸듯 침대 시트로 둘둘 말았다. 그러고는 정중하게, 마치 시신에게 경의를 표하기라도 하듯 그녀를 침대에서 들어 올려 안고는 방 안을 걸어 다니며 중얼거렸다.

「불쌍한 나의 테스 나의 사랑, 사랑하는 테스! 너무도 아름답고 착하고 그리고 진실한 사람!」

이런 사랑의 표현들, 깨어 있을 땐 그토록 인색하기만 했던 이 사랑의 언어들이 사랑을 갈망하는 그녀의 외로운 가슴에 단비처럼 달콤하게 내렸다. 몸을 움직이거나 발버둥을 쳐야 자신의 고단한 생명을 구할 수 있다 해도 자신이 처한 지금의 자세를 바꾸진 않았을 것이다. 그렇게 그녀가 미동도 없이 숨소리도 죽이고 그의 팔에 온전히 몸을 맡긴 채 남편이 자기를 어떻게 할까 하는 생각을 하는 사이 그들은 층계참에 이르렀다.

「나의 아내. 죽었구나, 죽었어!」 그가 중얼거렸다.

그는 잠시 행동을 멈칫하더니 그녀의 몸을 난간에 기댔다.

아래로 던져 버리려는 것일까? 그녀에게 자신의 안위를 걱정하는 마음 따위는 없었다. 아침이 밝아 오면 그가 영원히 자신과 헤어지려 할지도 모른다는 걸 알고 있었기에 이렇게 위험천만한 자세로 안겨 있으면서도 전혀 무섭지 않았고 오히려 행복하기까지 했다. 그들이 함께 떨어져서 둘 다 산산조각이 난다면 얼마나 좋을까 싶기도 했다.

그러나 그는 그녀를 떨어뜨리지 않았다. 오히려 난간의 도움을 받아 그녀의 입술에 — 낮에는 경멸했던 바로 그 입술에 — 입을 맞추었다. 그리고서 다시 그녀를 꼭 끌어안더니 계단을 내려가기 시작했다. 못이 느슨하게 박혀 있던 계단의 삐걱거리는 소리도 그를 깨우지 못했고, 그렇게 그들은 아무 일 없이 무사하게 1층에 도달했다. 그는 그녀를 잡고 있던 손 하나를 잠시 빼내어 빗장을 당겨 문을 열고 밖으로 나갔는데, 이때 문 모서리에 양말을 신은 그의 발가락이 살짝 부딪쳤으나 전혀 개의치 않는 것 같았다. 바깥으로 나와 운신의 폭이 넓어지자 그는 그녀를 수월하게 옮길 수 있도록 어깨에 걸머졌다. 그녀가 옷을 입지 않은 상태여서 그의 부담이 한결 덜했을 것이다. 그렇게 그는 그녀를 메고 집에서 몇 야드 떨어진 강 쪽으로 향했다.

그에게 어떤 의도가 있었다고 해도 그녀는 아직 궁극적으로 그게 무엇인지 알 수 없었다. 그리고 그녀는 이 상황을 자신이 제삼자의 시선으로 바라보고 있다는 걸 발견했다. 그녀는 너무도 편안하게 자신의 전부를 그에게 맡기고 있었으며, 그가 자신을 마음대로 할 수 있는 완벽한 소유물로 바라보고 있다는 생각에 더없이 행복했다. 내일이면 생이별이라는 공포가 어른거리는 지금 에인절이 정말로 그녀를 그의 아내 테스로 생각하고 있고, 그녀를 해칠 권리를 주장할 수 있는 상태에서도 그녀를 던져 버리지 않았다는 생각에 테스의 마음은 위안을 받았다.

아! 이제야 그녀는 그가 무슨 꿈을 꾸고 있는지 알 것 같았다. 그건 바로 그가 테스 자신만큼이나 그를 사랑했던 농장의 다른 처녀들과 ― 그녀로선 받아들일 수 없었지만 ― 그녀를 안고 물웅덩이를 건너게 해주었던 바로 그 일요일 아침이었다. 테스를 어깨에 멘 클레어는 강을 건너지 않고 몇 발자국 떨어진 인근의 방앗간을 향해 갔고 강가에 이르더니 이윽고 걸음을 멈추었다.

드넓은 목초지를 흐르는 강물은 물줄기가 자주 둘로 갈라져서 정처 없이 구불구불 가다가 이름도 없는 작은 섬 주위를 고리처럼 감싸 안고 돌기도 하고, 그러다가 결국 다시 널찍한 강줄기를 이루어 저 멀리로 흘러내려 갔다. 테스를 짊어진 에인절이 도달한 곳 바로 반대편에는 모든 물줄기가 합류하는 지점이 있어서 강물은 제법 깊고 넓었다. 강물을 가로질러 폭이 좁은 다리 하나가 놓여 있었으나, 난간이 가을 홍수에 떠내려가는 바람에 지금은 간신히 널빤지만 남아 있는 상태였다. 그 널빤지 바로 아래로 강물은 급물살을 이루며 빠르게 흘러가고 있었으므로 차분하게 균형을 잘 잡는 사람들조차도 이곳을 건너가려면 머리가 핑핑 돌 지경이었다. 한낮에 재주를 부리듯 균형을 유지하면서 다리를 건너는 젊은이들의 모습을 테스도 창문을 통해 본 적이 있었다. 남편 역시 똑같은 모습을 봤을지도 모른다. 어쨌든 그는 널빤지 위에 발을 딛고 올라서서 발 하나를 미끄러뜨리듯 죽 내밀며 앞으로 나아가기 시작했다.

그녀를 물에 빠뜨리려고 하는 걸까? 그럴지도 모른다. 주위엔 아무도 없었고 그런 일 정도야 식은 죽 먹기처럼 해치울 수 있을 만큼 강물은 깊고 넓었다. 마음만 먹으면 그녀를 물에 빠뜨려 죽일 수도 있으리라. 내일 헤어져 생이별 상태로 사느니 차라리 그 편이 나을 수도 있으리라.

소용돌이치는 물살은 그들 아래로 쏜살같이 흘러가면서 물에 비친 달을 공중으로 던져 올리거나 마구 일그러뜨리고 갈라놓기도 했다. 물거품이 덩어리를 이루어 떠내려가고 있었고 말뚝에 걸린 잡초들이 그 뒤에서 허우적대고 있었다. 지금 둘이 함께 이 물살 속으로 빠지게 된다면 서로를 꼭 부둥켜안고 있으므로 목숨을 부지하기는 힘들 것이다. 그렇게 된다면 그들은 거의 고통 없이 이 세상을 하직하게 될 것이고, 더 이상 그녀를 비난하는 소리도, 그리고 그녀와 결혼했다는 이유로 그를 책망하는 소리도 들리지 않을 것이다. 그가 그녀와 함께 했던 마지막 30분은 사랑이 넘쳐흐르는 시간이었을 것이다. 그가 깨어날 때까지 그들이 살아 있어서 그녀를 혐오하는 낮 동안의 감정이 살아난다면 지금 이 순간은 한갓 덧없는 꿈으로 남아 기억될 것이다.

마음속에서 꿈틀대고 있었던, 몸을 움직여 함께 급류 속으로 곤두박질치게 하고 싶은 이 충동을 그녀는 차마 실천으로까지 옮기지는 못했다. 지금까지의 행동이 증명하듯 자신의 목숨이야 아무래도 상관없지만 그의 목숨을, 그 사람의 생명을 함부로 다룰 권리가 그녀에겐 없기 때문이었다. 그는 안전하게 강물을 건넜다.

이제 그들은 수도원의 일부였던 농장에 들어섰다. 그는 그녀를 고쳐 안고 이제는 폐허가 되어 버린 수도원의 성가대석을 향해 몇 걸음 더 나아갔다. 수도원장의 빈 석관이 북쪽 벽에 기대여 놓여 있었다. 짓궂은 장난을 좋아하는 여행객들이 그 속에 들어가 길게 누워 보곤 하는 곳이었다. 바로 이 석관에 클레어는 테스를 내려놓았다. 그녀의 입술에 다시 입을 맞춘 후 그는 마치 간절히 소망했던 목적이 달성이라도 된 듯 깊게 숨을 내쉬었다. 그런 다음에 클레어는 석관 옆 땅바닥에 누웠고 고단한지 이내 깊은 잠에 빠져 통나무처럼 꼼짝도 하지 않았다. 이런 노고를 치르느라 팽팽하게 유지되었던 정신적 흥분이 이제 느슨해져 버린 것이다.

테스는 관에서 일어났다. 계절치고는 꽤 온화했고 눅눅하지도 않았지만, 옷을 반만 걸친 그가 오랫동안 여기에 누워 있기에는 위험한, 상당히 쌀쌀한 밤이었다. 그냥 내버려 둔다면 그는 분명히 아침이 올 때까지 이대로 있을 테고, 그러면 틀림없이 얼어 죽을 것이다. 테스는 몽유 상태에 있다가 죽은 사람들에 관한 이야기를 들은 적도 있었다. 그렇다고 어떻게 감히 그를 깨울 수 있단 말인가? 만일 그가 그녀에게 보인 자신의 행동을 알게 된다면 굴욕감을 느낄 게 불을 보듯 빤한데 어떻게 지금까지의 행적을 그에게 알릴 수 있단 말인가? 하지만 테스는 자신이 누워 있던 석관에서 나와 그를 살살 흔들어 보았다. 세게 흔들지 않으면 그를 도저히 깨울 수 없을 것 같았다. 뭔가 대책을 세워야만 했다. 추위를 막기에는 역부족인 침대 시트만 걸친 그녀의 몸도 마구 떨려 오기 시작했다. 모험이 지속되던 얼마 동안은 그녀 역시 흥분 상태에 있었고 그래서 어느 정도 온기를 유지하는 것이 가능했지만, 그 행복한 순간은 지나가고 말았던 것이다.

그때 문득 그를 설득하는 방법을 시도해 보자는 생각이 테스의 머리를 스치고 지나갔다. 그래서 그녀는 자신이 동원할 수 있는 모든 의지와 결단력을 발휘해서 그의 귀에 대고 속삭였다.

「여보, 우리 걸어가요.」 그녀는 속삭이면서 그의 팔을 슬쩍 잡았다. 다행히도 그는 순순히 그녀를 따라 주었다. 테스의 속삭임이 그를 다시 꿈속으로 돌려놓은 게 분명했다. 그리고 이제 그의 꿈은 새로운 단계로 접어든 것 같았는데, 그녀를 바라보는 그의 눈길이 마치 자신을 천국으로 인도하려고 부활한 영혼을 바라보는 듯했다. 그렇게 테스는 그의 팔을 잡고 집 앞에 놓인 돌다리까지 그를 데리고 와서 다리를 건너 문 앞에 당도했다. 돌멩이들이 아무것도 신지 않은 테스의 맨발을 사정없이 할퀴어 댔고 추위가 뼛속까지 스며들었으나 털양말을 신고 있던 클레어는 그런 불편한 기색이 거의 없는 듯했다.

이제 어려운 일은 모두 끝났다. 테스는 소파에 클레어를 눕힌 후 몸이 따뜻해지도록 덮어 주었다. 그리고 아쉬운 대로 장작불을 피워서 축축하게 젖은 그의 몸을 말려 주었다. 장작을 손질하는 소리에 행여 그가 깰 수도 있겠다는 생각이 들었는데, 내심 은근히 그래 주길 바라는 마음이 있던 것도 사실이었다. 하지만 몸과 마음이 모두 너무 지쳤던지 그는 전혀 방해받지 않고 곯아떨어져 있었다.

다음 날 아침 테스는 그와 얼굴을 마주친 순간, 그가 어젯밤 그의 심야 외출에 테스가 얼마나 깊숙이 개입했는지 거의 또는 전혀 모르고 있다는 걸 대번에 알 수 있었다. 그도 지난 밤 자신의 잠자리가 얌전하지 않았을 거라고 대충 느끼고 있을지 모른다. 사실, 죽음처럼 깊은 잠에서 깨어난 그는 삼손이 잠에서 깨어나 몸을 흔들었듯 뭔가 기억해 내리라는 기대로 머리를 흔들었는데, 처음 얼마 동안은 야밤의 이상한 행적이 어렴풋하게나마 뇌리를 스치고 지나가기도 했다. 그러나 그를 짓누르는 눈앞의 현실이 너무 고단한 나머지 다른 생각일랑 아예 접어 버리고 말았다.

그는 스스로 마음속에서 가리키는 방향을 알아낼 수 있기를 바라며 기다렸다. 하룻밤 사이에 내린 자신의 결론이 아침 햇살을 받고도 사라지지 않는다면, 비록 그 생각의 시작은 충동적인 감정이었으나 맑고 또렷한 이성에 근접한 근거에 토대를 두고 있는 것으로서 아직까지는 신뢰해야 한다고 판단했다. 그는 그렇게 희미하게 밝아 오는 아침 햇살 속에서 그녀와 헤어질 결심을 했다. 분노에 의한 뜨거운 본능 때문이 아니었다. 그는 그 본능을 불사른 열정이 뼈만 앙상한 해골의 몰골로 변해 버린 바로 그 결심의 존재를 바라보고 있었다. 클레어는 이제 망설임을 접었다.

아침 식사를 하고 이제 얼마 남지 않은 물건들을 꾸리면서도 그는 간밤의 일로 피로한 기색이 역력했고, 그래서 테스는 어떤 일이 있었는지 모두 그에게 말해 버리고 싶은 마음이 들기도 했다. 그러나 그가 만일 자신의 상식으로 용납할 수 없는 그녀에 대한 사랑을 본능적으로 드러냈으며, 이성이 잠들어 있는 동안 충동적인 감정 때문에 체면이 깎였다는 걸 알게 된다면 필시 분노와 슬픔을 느낄 것이고 본인 스스로를 어처구니없는 존재로 여길지 모른다는 생각이 그녀를 다시 한 번 주저앉게 만들었다. 그것은 마치 술이 깨어 정신이 멀쩡한 사람을 보고 취중에 그가 벌인 이상한 행동을 언급하며 웃어 대는 것과 흡사할 테니 말이다.

얼핏 이런 생각도 그녀의 마음을 스치고 지나갔다. 어쩌면 그는 자신의 유별난 애정 행각을 희미하게나마 기억하고 있을지 모른다. 하지만 그녀가 이를 빌미로 삼아 그에게 떠나지 말라고 다시 매달릴 수도 있다는 생각 때문에 아예 입에 담길 꺼리고 있을지도 모르는 것이다.

그들이 아침 식사를 마치자마자 클레어가 가까운 마을로 편지를 보내 불렀던 마차 한 대가 도착했다. 그녀는 지난밤에 보았던 그의 다정한 모습에서 어쩌면 그와의 미래를 꿈꿔 볼 수도 있다는 희망을 가졌었고, 그래서 일시적이 될 수도 있을 그와의 헤어짐이 이 마차에서 시작된다는 사실이 더욱더 피부로 느껴졌다. 마차 꼭대기에 짐을 끌어 올려 실은 다음 그들이 올라탔고, 곧 마차가 출발했다. 갑작스럽게 떠나는 그들을 보고 방앗간 주인과 일을 봐주던 여자가 의아하다는 표정을 지었다. 그래서 클레어는 방앗간의 작업 공정이 자기가 알고 싶었던 현대적인 방식이 아니었다고 대충 둘러댔고, 이는 지금까지의 상황으로 보건대 틀린 말은 아니었다. 그런 이유 말고는 떠나는 그들의 모습에서 파탄의 기미 혹은 그들이 함께 친지들을 방문하러 가는 길이 아닐 거라는 낌새는 하나도 없었다.

그들이 지나가는 길목 어귀에 불과 며칠 전 그들이 넘쳐흐르는 기쁨으로 서로를 바라보며 떠났던 농장이 있었다. 클레어가 크릭 씨와의 일 처리를 마무리하고 싶어 했고, 그래서 테스도 크릭 부인을 만날 수밖에 도리가 없었다. 그러지 않으면 사람들은 그들이 처한 불행한 상태를 눈치챌 수도 있을 테니 말이다.

되도록 수선스럽지 않게 조용히 농장을 방문하고 싶었던

그들은 농장으로 이어지는 쪽문 근처에 이르렀을 때 마차에서 내려 나란히 길을 따라 걸어 내려갔다. 수양버들은 모두 베어진 상태였고 그 그루터기들 너머로 클레어가 테스를 쫓아와 결혼하자고 조르던 장소가 보였다. 왼쪽으로 시선을 돌리니 클레어가 연주하던 하프 소리에 그녀가 넋을 잃고 있었던 울타리가 쳐진 마당이 보였고, 저 멀리 축사 뒤편으로 그들이 처음으로 포옹했던 목초지도 눈에 들어왔다. 황금빛 여름의 정경이 이제 잿빛으로 변해 색깔은 볼품없이 칙칙해졌고 기름졌던 양토는 진흙으로 변했으며 강물도 차가워졌다.

안마당에 딸린 문 너머에서 그들을 본 농장주가 갓 결혼한 부부를 다시 볼 때 짓는 탤벗헤이즈 낙농장 근방 사람들 특유의 익살스러운 표정을 얼굴 가득 환하게 머금고 그들에게 다가왔다. 뒤이어 크릭 부인과 여남은 친숙한 얼굴들이 안채에서 나왔는데, 마리안과 레티의 모습은 보이지 않았다.

테스는 장난스럽게 놀려 대고 허물없이 던지는 그들의 농담을 꿋꿋이 견뎌 내고 있었고, 그들은 이런 행동들이 그녀의 마음을 얼마나 아프게 하는지 짐작도 못 하고 있었다. 관계가 멀어진 것을 사람들에게 알리지 말자는 무언의 동의가 두 사람 간에 있었으므로 그들의 행동은 여느 때와 다르지 않았다. 마리안과 레티가 거론되지 않았으면 싶었지만 테스는 어쩔 수 없이 그들에 대한 이야기를, 그것도 상세하게 듣게 되었다. 레티는 부모님이 계신 고향 집으로 갔다고 했고 마리안은 일자리를 찾아 다른 곳으로 떠났다고 했는데, 마땅한 일자리를 찾기가 어려울 거라고들 걱정하고 있었다.

이런저런 이야기로 테스의 슬픔은 쌓여 갔고 이를 잊으려고 그녀는 자신이 좋아하고 아끼던 소들에게로 가서 일일이 손으로 쓰다듬으며 작별 인사를 고했다. 농장을 떠나기 직전이 두 사람은 몸과 마음이 하나로 합쳐진 양 그렇게 나란히 서 있었는데, 만일 그런 그들의 모습을 제대로 본 사람이 있었다면 묘하게 슬픈 느낌이 든다고 생각했을 것이다. 겉으로 보이는 그들의 모습은 하나의 생명을 두 개로 나눈 듯 그의 팔이 그녀의 팔에 가닿았고 그녀의 치맛자락은 그에게 휘감겨 있었다. 낙농장 식구들과 마주 서서 〈우리〉라는 표현을 써 가며 작별 인사를 하고 있었지만, 사실 그들은 북극과 남극처럼 떨어져 있었다. 그들의 태도에 나타난 이상하리만치 뻣뻣하고 난처해하는 기색 때문이었는지 아니면 수줍어해야 마땅한 젊은 부부의 모습과는 달리 금슬 좋은 사이임을 보여 주려는 그들의 과장된 몸짓이 지나치게 드러났던 탓인지, 그들이 떠난 후 크릭 부인이 남편에게 말했다.

「테스의 그 반짝거리던 눈망울이 왜 그렇게 어색해 보였을까? 두 사람 모두 밀랍 인형처럼 서 있던 것도 그렇고 말할 때도 꿈을 꾸는 것 같던데. 그런 생각이 들지 않았어요? 테스에겐 늘 독특한 기운이 느껴지긴 했지만, 지금은 전혀 좋은 남자와 결혼한 당당한 신부처럼 보이지 않네요.」

클레어와 테스는 다시 마차에 올라탔고 이제 마차는 웨더베리와 스태그풋 레인을 향해 가고 있었다. 그들이 탄 마차가 스태그풋 레인에 있는 여인숙에 이르렀을 때 클레어는 마차와 마부를 돌려보냈고, 거기에서 그들은 잠깐 휴식을 취했다. 계곡으로 들어선 그들은 그들의 관계를 모르는 낯선 사람을 고용한 뒤 다시 마차를 타고 테스의 집이 있는 곳을 향해 가기 시작했다. 너즐베리를 지나서 교차로가 있는 중간 지점에 도달하자 클레어가 마차를 세웠고, 테스에게 고향 집으로 갈 생각이라면 여기에서 헤어져야 한다고 말했다. 마부가 듣는 데서 마음 놓고 말할 수는 없는 노릇이었으므로 그는 잠시 근처 오솔길을 함께 걷는 게 어떻겠냐고 말했고, 테스도 이에 동의했다. 마부에게 잠깐만 기다리라고 말하고 그들은 천천히 걷기 시작했다.

「자, 우리 서로 이렇게 이해된 걸로 합시다.」그가 부드럽게 말문을 열었다. 「당장 내가 받아들이기 힘든 사실이 있는 건 맞지만, 우리 사이엔 분노 같은 것은 없소. 나도 견뎌 보려고 노력할 거요. 어디로 갈지 정해지면 알려 주겠소. 그리고 나 스스로 감당할 수 있으면, 만일 그게 바람직하고 가능하다면, 내가 당신을 찾아가겠소. 하지만 내가 당신에게 가기 전에 당신이 내게 오려고 하지는 말았으면 좋겠소.」

무 자르듯 단호하게 통보하는 그의 말이 테스는 가혹하다고 생각했다. 그녀는 이제야 그가 자신을 어떻게 보는지 분명히 알게 되었다. 그는 테스를 자기에게 못된 사기를 친 여자로만 보는 것이다. 그렇지만 아무리 테스와 같은 행위를 저지른 여자라고 하더라도 이런 대접을 받아야 하는 건가? 그러나 그녀는 이런 문제로 더 이상 그에게 따져 물을 수 없었고, 그래서 그저 그가 한 말을 앵무새처럼 반복할 수밖에 없었다.

「당신이 나를 찾기 전엔 내가 당신에게 가려고 하면 안 된다고요?」

「그렇소.」

「편지는 써도 되나요?」

「그럼요. 혹시라도 아프거나 필요한 게 있다면 말이오. 그럴 일이 없기를 바라지만. 아마 내가 당신에게 먼저 편지를 쓰게 될 거요.」

「당신의 말을 따르겠어요, 에인절. 제가 어떤 벌을 받아야 할지 당신이 가장 잘 알고 계실 테니까요. 다만 제가 견뎌 낼 수 있는 정도로만 벌을 주세요!」

이 문제에 대해 그녀가 한 말은 이게 전부였다. 만일 테스가 영악한 여자여서 아무도 없는 그 한적한 길에서 기절을 하고 숨이 넘어갈 정도로 흐느껴 우는 등의 소란을 피웠더라면, 그가 제아무리 지나친 결벽증이 낳은 분노에 사로잡혀 있다고 해도 어쩌면 그녀의 의지를 당해 내지 못했을지도 모른다. 하지만 오랜 고통으로 단련된 테스의 마음 상태는 오히려 클레어가 자신의 생각을 순조롭게 펼칠 수 있게 해주었을뿐더러 그녀 자신이 그를 위한 최고의 변호인이기도 했다. 그녀의 순종에는 자존심도 한몫 거들었는데, 그건 어쩌면 자자손손 더버빌 가문이 분명하게 보여 줬던 기질, 즉 무모하리만치 모든 걸 운명에 맡기는 그런 태도였는지도 모른다. 그래서 애원만 했더라면 그의 심금을 울릴 수도 있었을 좋은 순간들이 아예 시도조차 없이 지나가고 말았던 것이다.

이후 그들이 나눈 이야기는 실질적인 문제에 대한 것뿐이었다. 그는 그녀를 위해 일부러 은행에서 찾아 두었던 꽤 많은 액수의 돈이 든 작은 주머니를 그녀에게 건넸다. 테스가 살아 있는 동안만 ─ 그가 유언장을 제대로 이해한 거라면 ─ 그녀의 소유가 될 보석들은 은행에 맡겨 두는 게 어떻겠냐고 그가 물었고, 그녀는 순순히 그러자고 했다.

이런 문제들이 마무리되자 그는 테스와 함께 마차로 걸어와서 그녀가 마차에 오르는 걸 도와주었다. 그러곤 마부에게 삯을 치르고 그녀를 태워다 줄 곳을 일러 주었다. 그다음 거기까지 가지고 온 그의 유일한 물건인 자신의 가방과 우산을 들더니 그녀에게 작별 인사를 했다. 그리고 그들은 그렇게 헤어졌다.

마차가 낑낑거리며 언덕을 기어올라 가기 시작했다. 클레어는 자신도 모르게 한순간만이라도 테스가 창밖으로 얼굴을 내밀었으면 하는 희망으로 멀어지는 마차를 바라보고 있었다. 그러나 그녀는 그런 생각을 전혀 하지 않았고, 설사 생각했다고 해도 그럴 수도 없었다. 거의 실신한 상태로 마차 안에 누워 있었기 때문이었다. 그렇게 그녀가 멀어지는 것을 바라보고 있던 그는 고통스러운 심정으로 어떤 시인의 시 한 소절을 자신의 처지에 맞도록 개작하여 중얼거렸다.

하느님은 천국에 계시지 않고, 세상의 모든 것은 잘못되었도다![87]

테스가 탄 마차가 언덕마루를 넘어 사라지자 그는 돌아서서 자신의 목적지를 향해 발길을 재촉했다. 그는 자신이 아직 테스를 사랑하고 있다는 것을 깨닫지 못했다.

87 로버트 브라우닝의 시 「피파의 노래Pippa Passes」 중 인용. 원래 구절은 〈하느님은 천국에 계시고, 세상 모든 것이 바로 되고 있도다〉이다.

제38장

마차가 블랙무어 계곡을 달리자 어린 시절부터 눈에 익었던 정경들이 사방에서 펼쳐지기 시작했고, 비로소 테스도 마음을 추스르고 멍한 상태에서 깨어났다. 맨 먼저 그녀에게 떠오른 생각은 과연 부모님을 어떻게 대면할 수 있겠느냐는 거였다.

그녀를 태운 마차는 마을 초입 큰길가에 세워진 통행료 징수소에 도착했다. 여러 해 동안 그곳을 지켜 테스도 잘 알고 있던 노인이 아닌 처음 보는 사람이 문을 열어 주었다. 아마도 노인은 자리 이동이 잦은 정월 초하루를 기해서 이곳을 떠난 듯했다. 고향의 최근 소식을 전혀 듣지 못했던 테스가 징수원에게 물었다.

「뭐, 아무것도 없죠, 아가씨. 말롯은 여전해요. 죽은 사람들이 있고 뭐 그래요. 존 더비필드네 딸이 이번 주에 농사를 짓는 한 신사에게 시집을 갔는데, 결혼식은 여기 집에서 올리지 않고 다른 곳에서 했다는군요. 그 신사 양반이 지체가 높아서 존의 식구들이 식에 참석하는 걸 탐탁지 않게 생각했던 모양입니다. 아마도 그 신랑이란 사람은 비록 존의 재산이 로마

시대에 다 말라 버렸지만 그가 오래된 귀족 가문인 데다가 조상의 유골이 지금까지도 지하 묘지에 있다는 걸 모르는 것 같더군요. 하지만 존 경께서 — 우린 요즘 이렇게 그를 부르거든요 — 여하튼 존은 최대한 근사하게 결혼식을 기념했고 마을 사람 모두에게 한턱냈지요. 존의 부인도 11시가 넘어서까지 퓨어 드롭 주점에서 노래를 불렀거든요.」

이런 소식을 전해들은 테스는 가슴이 먹먹해졌고 도저히 자신의 짐이 실린 마차를 타고 버젓이 집으로 갈 수 없었다. 그녀는 징수원에게 잠시 그의 집에 짐을 맡겨도 되겠느냐고 부탁했고, 그가 그러라고 하자 마차에서 내려 혼자 뒷길을 따라 마을로 들어갔다.

고향 집 굴뚝이 보이는 곳에 다다른 그녀는 어떻게 집으로 들어가야 할지 난감했다. 저 안에 있는 가족들은 그녀가 돈 많은 신랑하고 멀리 신혼여행을 떠났을 거라고, 그리고 그 돈 많은 남자가 그녀를 엄청나게 호강시켜 줄 거라고 생각하고 있는데 지금 그녀는 친구도 하나 없고 달리 갈 곳도 마땅하지 않아서 이렇게 혼자 도살장에 끌려가는 소처럼 고향 집 문 앞으로 가고 있는 것이다.

집에 오면서 아무에게도 들키지 않기란 힘든 일이었다. 그녀는 마당 울타리 바로 옆에서 학교 다닐 때 단짝으로 지냈던 한 친구와 마주쳤다. 무슨 일로 집에 왔는지 몇 마디 묻던 친구는 테스의 슬픈 표정을 눈치채지 못했던지 불쑥 질문을 던졌다.

「남편은 어디 있니, 테스?」

남편은 일 때문에 연락이 와서 다른 데 갔다고 엉겁결에 둘러댄 테스는 친구를 놔두고 담장을 넘어 집으로 들어갔다.

마당에 좁다랗게 난 길을 따라가자 어머니의 노랫소리가 뒷문을 통해 들려왔고, 이윽고 문지방에서 물에 빤 이불 홑청을 짜고 있는 더비필드 부인의 모습이 보였다. 일을 마칠 때까지 테스를 보지 못한 부인은 그냥 집 안으로 들어갔고, 그 뒤를 그녀의 딸이 따라갔다.

빨래 통은 옛날 그 자리에, 옛날부터 사용하던 그 큰 통 위에 그대로 있었는데, 이불 홑청을 옆으로 밀쳐놓은 어머니가 다시 빨래 통으로 막 손을 집어넣으려고 했다.

「아니, 테스. 내 아가야, 네가 결혼한 줄 알았는데! 이번에야말로 진짜 결혼했다고 생각해서 사과술도 보냈는데⋯⋯.」

「그래요, 어머니. 결혼했어요.」

「결혼할 거라고?」

「아니. 이미 했어요.」

「결혼했다고! 그런데 남편은 어디 간 거냐?」

「그이는 잠시 다른 곳으로 갔어요.」

「다른 데로 가다니! 결혼은 언제 한 거냐? 편지로 알렸던 그날이냐?」

「네, 화요일에요. 어머니.」

「그러니까 오늘이 토요일인데, 남편이 다른 데로 갔다고?」

「네, 그는 떠났어요.」

「떠나다니 그게 무슨 말이냐? 그런 남편들은 나라에서 다 잡아들여야 해!」

「어머니!」 조앤 더비필드에게로 다가간 테스는 어머니의 가슴에 얼굴을 묻고 왈칵 눈물을 쏟았다. 「어머니, 무슨 말을 어떻게 해야 할까요! 어머니는 그 사람에게 아무 말도 하지 말라고 하셨고, 편지에도 그렇게 쓰셨죠. 하지만 내가 그이에게 말했어요. 나도 어쩔 수가 없었어요. 그래서 그이가 떠난 거예요!」

「아이고, 이렇게 어리석을 수가!」 너무 흥분한 나머지 테스와 자신에게 마구 물을 튀겨 대며 더비필드 부인이 부르짖었다. 「하느님 맙소사! 살아서 다신 이 말을 입에 담진 않으려고 했다만, 다시 말하게 하는구나, 이 바보야!」

여러 날 동안의 긴장이 한꺼번에 풀린 탓인지 테스는 온몸을 뒤흔드는 울음을 쏟아 내기 시작했다.

「저도 알아요. 잘 알고 있다고요 네, 알아요!」 흐느끼는 울음 사이로 목멘 그녀의 목소리가 새어 나왔다. 「그렇지만 어머니, 저도 어쩔 도리가 없었어요! 그이는 정말 좋은 사람이었어요. 그래서 그이가 모르게 지난 일을 덮어 두는 것이 사악한 짓이라는 생각이 들었어요! 만일, 만일 다시 이런 일이 일어난다고 해도 전 똑같이 할 거예요. 그 사람에게 죄를 짓는 일을 할 수 없을뿐더러 감히 생각할 수도 없어요!」

「애당초 그 사람과 결혼한 것부터가 죄를 진 것 아니었느냐!」

「그래요, 맞아요. 제 불행은 바로 거기에 있어요! 하지만 전 그이가 이 문제를 지나칠 수 없다고 생각할 경우, 절 떠날 수 있는 합법적인 방법이 있을 거라고 생각했어요. 아! 내가 얼마나 그이를 사랑하는지, 얼마나 그이를 남편으로 맞이하고 싶었는지, 또 그 사람에 대한 사랑과 그 사람에게 솔직하고 싶은 마음 사이에서 얼마나 힘들어했는지 어머니가 아신다면, 아니 그 반만이라도 이해해 주신다면!」

목소리가 부들부들 떨려 더 이상 말을 할 수 없었던 테스는 그만 의자에 털썩 주저앉고 말았다.

「그래, 알았다. 엎질러진 물을 어떻게 주워 담겠느냐! 도대체 내 자식들은 왜 하나같이 남의 집 아이들보다 멍청한지 정말 모르겠구나. 설사 그 사람이 알아 버리는 일이 생기더라도 이미 때가 너무 늦어서 스스로 포기할 수밖에 없을 때까지 숨기지 못하고, 그런 일을 제 입으로 떠들어 대는 바보가 어디 있단 말이냐!」 이 대목에 이르자 더비필드 부인은 불쌍한 어미로서의 자신의 처지가 서러웠는지 눈물을 흘리기 시작했다. 「네 아버지가 뭐라고 할지 모르겠구나. 결혼 소식 이후 허구한 날 롤리버 주점과 퓨어 드롭 주점에서 결혼 얘기를 달고 살았는데. 네 덕분에 당신 가문이 원래의 자리로 돌아가게 되었다고 하면서 말이다. 불쌍한 양반! 네가 이 모든 걸 엉망으로 만들어 놓았구나. 아이고, 하느님!」

바로 그때 시간을 맞추기라도 한 듯 아버지가 들어오는 소리가 났다. 그가 곧장 집 안으로 들어오지 않자, 더비필드 부인은 자기가 직접 남편에게 이 나쁜 소식을 알릴 테니 테스더러 잠시 눈에 띄지 않게 피해 있으라고 말했다. 처음 소식을 접했을 때 확 끓어올랐던 실망감이 수그러든 조앤은 이제 이 불행한 사건을 딸이 맨 처음에 겪었던 그 고통처럼 대하기 시작했다. 그래서 조앤에게는 이번 경우도 노는 날에 하필이면 비가 온다거나 감자 농사를 망친 것처럼, 응당 받아야 할 상벌이나 어리석은 행위와는 무관하게 그냥 그들에게 닥친, 아무런 인과 관계 없이 우연히 외부로부터 가해진 충격이므로 그저 참고 견뎌 내야 하는 것이지 어떤 교훈을 주거나 하는 것은 아니었다.

위층으로 몸을 피한 테스의 눈에 위치를 바꾸어 새롭게 배열된 침대가 들어왔다. 그녀가 쓰던 낡은 침대는 이미 두 동생들이 사용하도록 바뀌어 있었다. 이젠 이곳에도 그녀를 위한 공간은 없었다.

아래층 방에는 천장이 없어서 테스는 그곳에서 일어나는 소리를 거의 빠짐없이 들을 수 있었다. 얼마 안 있어 아버지가 들어오셨는데, 아마도 살아 있는 닭 한 마리를 들고 계신 듯했다. 두 번째 말도 팔아 버린 아버지는 요즈음 바구니를 팔에 걸고 이리저리 돌아다니면서 행상 일을 하고 계셨다. 자기도 일을 하고 있다는 걸 사람들에게 보여 주려고 종종 그래 왔던 것처럼 아버지는 오늘 아침에도 닭을 안고 여기저기 돌아다녔으나, 그 닭은 양 다리를 결박당한 채 한 시간이 넘도록 롤리버 주점 탁자 아래에 모로 누워 있었다.

「방금 전에 있었던 이야기인데……」 그는 자기 딸이 목사 집안으로 시집간 일에서부터 시작해 주점에서 이러쿵저러쿵 오갔던 목사직에 관한 이야기들을 아내에게 시시콜콜 늘어놓기 시작했다. 「옛날에는 그쪽 사람들도 우리 조상처럼 〈경〉이라는 호칭으로 불렸다고 하더군. 그런데 지금 그들의 호칭은 정확히 그냥 〈목사〉일 뿐이라는 거야.」 테스가 여기저기에 결혼 이야기를 알리지 말아 달라고 신신당부했기 때문에 자세한 이야기까지는 입에 올리지 않았지만, 그는 딸이 하루라도 빨리 그 금지령을 거둬 주기를 고대하고 있던 참이었다. 그는 테스 부부가 테스의 원래 성인 더버빌을 쓰는 게 좋겠다고 하면서, 테스의 남편에게도 그게 더 나을 거라고 했다. 그리고 덧붙여 오늘 딸에게 편지가 오지 않았느냐고 물었다.

그러자 더비필드 부인은 편지는 오지 않았고, 불행히도 테스 본인이 왔노라고 대답했다.

딸의 파경 소식을 들은 더비필드의 얼굴에 일순간 평소의 그와는 사뭇 다른 굴욕의 어두운 그림자가 드리우더니 기분 좋게 취한 술기운을 완전히 덮어 버렸다. 하지만 이 사건의 본질이 그의 예민한 감성을 자극했기보다는 다른 사람들이 이 일을 어떻게 생각할까 우려하는 부분이 더 컸다고 할 수 있다.

「그러니까, 이제 이걸로 끝장이란 말인가!」 존 경이 탄식하듯 말했다.「킹스비어 교회 아래에 지주 졸라드의 술 창고만큼이나 커다란 가족 묘지가 있고, 거기에 역사에 기록된 가장 순수한 혈통을 지닌 조상들이 줄줄이 누워 계시는 이 몸이 말이야. 이제 롤리버 주점과 퓨어 드롭 주점 친구들이 날 보고 뭐라 떠들어 댈지 불을 보듯 빤하지 않은가그려! 날 흘낏흘낏 놀려 대듯 쳐다보면서 이런 말들을 해대겠지. 〈굉장한 혼인이네그려. 이 결혼이 자네를 노르만 왕조 시절 자네 조상들 위치로 되돌아가게 하는 건가 보이.〉 여보, 감당하기가 힘들구려. 가문이고 뭐고 난 죽어 버리고 말거야! 더 이상 참을 수가 없구려!…… 하지만 그 남자가 딸애와 결혼한 게 사실이라면 테스가 그 사람 옆에 붙어 있을 수 있는 거 아니었어?」

「두말하면 잔소리죠. 그런데 테스가 그럴 생각이 없답디다.」

「정말로 그 남자가 테스랑 결혼은 한 것 같소? 아니면 먼젓번 꼴이 난 건 아닐까?」

여기까지 듣고 있던 불쌍한 테스는 더 이상은 도저히 견딜 수가 없었다. 고향 부모님까지도 자신의 말을 의심할 수 있다는 생각이 들자 그녀는 이곳에 대한 정이 뚝 떨어지고 말았다. 운명의 화살은 어쩌면 이토록 예측불허란 말인가! 자기를 낳아 준 아버지도 자신을 의심하는데, 하물며 이웃이나 친구들이야 오죽하겠는가? 아, 이제 그녀는 집에도 오래 머무를 수가 없단 말인가!

　　그러므로 테스가 이곳에 있기로 작정한 기간은 단 며칠이었다. 바로 그 며칠이 끝나 갈 무렵 클레어에게서 농장을 보러 영국 북부로 간다는 내용이 담긴 짤막한 편지 한 통이 날아왔다. 테스는 클레어의 아내라는 빛나는 그 자리가 너무도 간절했고 그들 사이에 벌어진 엄청난 간극을 부모에게 숨기고 싶었기 때문에 그 편지를 이유로 들어 집을 떠나야 한다고 말하며 남편과 합치려 한다는 인상을 심어 주었다. 여기에서 끝나지 않고 그녀는 혹여 그녀에게 잔인하게 굴었다는 이유로 남편이 비난이라도 받을까 봐 클레어가 준 50파운드 중에서 절반을 뚝 떼어, 에인절 클레어 같은 남자의 아내라면 이런 정도는 너끈히 감당할 수 있다는 듯 어머니에게 건넸다. 그리고 이 돈은 지난날 그녀로 인해 부모님이 느꼈을 고통과 굴욕에 대한 약소한 보상이라고 말했다. 그녀는 이렇게 자존심을 잃지 않으면서 가족에게 작별을 고했고, 이후 더비필드 집안은 테스의 후한 선물 덕에 한동안 활기가 넘쳐 났다. 그녀의 어머니는 젊은 부부 사이에 생긴 불화가 서로 떨어져서는 살 수 없다는 그들의 끈끈한 사랑 덕분에 저절로 치유되었노라고 사방팔방 떠들고 다녔고, 실제로도 그렇게 철석같이 믿고 있었다.

제39장

결혼식을 올리고 3주가 지난 어느 날, 클레어는 아버지의 목사관으로 이어지는 낯익은 언덕길을 내려가고 있었다. 언덕을 따라 내려가는 그와는 반대로 저녁 하늘을 향해 고개를 치켜들고 있던 교회 첨탑은 그가 여기에 온 용건을 묻고 있는 듯했다. 땅거미가 밀려드는 마을에서 그를 본 사람은 없는 것 같았고, 그를 기다리고 있는 사람은 더더욱 없는 듯했다. 그는 마치 유령처럼 다가오고 있어서 발소리조차도 거추장스러운 방해물 같았다.

삶에 대한 그의 생각은 바뀌고 말았다. 이번 일이 있기 전 그는 삶에 대해 단지 추상적으로만 알고 있었으나 이제 현실에 발을 딛고 있는 한 인간으로서 삶을 이해하고 있다는 생각이 들었다. 아마도 아직은 삶을 제대로 파악하지 못하고 있는지 모르지만 그의 눈에 비친 인간은 더 이상 이탈리아 방식의 미술처럼 명상에 잠긴 부드러운 모습이 아니라, 비르츠 미술관[88]에 소장된 그림들처럼 사람을 섬뜩하게 노려보는 반 베르스[89]의 짓궂게 흘겨보는 시선을 가지고 있었다.

처음 얼마 동안 그가 보인 행동은 말로 표현하기 힘들 만큼

어수선했다. 그는 인간 역사에 등장했던 현명한 위인들의 조언에 따라 아무 일도 없었다는 듯 무심하게 농사일에 대한 자신의 계획을 밀고 나가려고 애썼다. 하지만 결국 그가 도달한 결론은 그 위인들 중에서도 그들이 말한 조언의 실행 가능성을 시험해 볼 정도로 자신이 감당할 수 있는 한계치를 멀리까지 벗어났던 사람들은 거의 없었다는 거였다. 이교도의 한 도학자는 〈동요하지 않는 것이 중요하니라〉라고 했고, 클레어의 생각도 바로 그랬다. 하지만 그는 동요하고 있었다. 〈걱정하거나 두려워하지 마라〉[90]라고 나사렛 사람은 말했다. 클레어는 진심으로 그의 말에 수긍했지만 그의 마음은 여전히 고통스럽기만 했다. 이 두 명의 사상가들을 인간 대 인간으로 직접 만나 진심 어린 마음으로 호소를 하고 그들의 방법을 전수해 달라고 그 얼마나 간청하고 싶었던가!

그의 기분은 철저한 무관심으로 바뀌었고 급기야 자신이 스스로의 존재를 이방인의 담담한 시선으로 바라보고 있다는 생각이 들었다.

그를 괴롭게 만든 것은 이 모든 처량한 슬픔이 테스가 더버빌 가문의 후손이라는 사실 때문에 일어났다는 확신이었다. 그녀가 자신이 꿈꿔 온 하층 계급의 새로운 집안 출신이 아니라 구닥다리 가문의 딸이라는 사실을 발견했을 때, 왜 그때

88 브뤼셀에 있는 미술관으로 앙투안 비르츠Antoine Wiertz(1806~1865)의 작품을 소장하고 있다. 이 미술관에 소장된 그림들은 보는 이를 오싹하게 만들 정도로 무시무시하고 상당히 폭력적이며 감상적으로 과장된 면이 있다.

89 Jan Van Beers(1852~1927). 벨기에의 화가. 비르츠의 그림들은 종종 같은 나라 출신의 화가인 반 베르스의 그림과 비교되곤 했다. 1887년 런던에서 반 베르스의 작품이 전시되었다.

90 「요한의 복음서」 14장 27절 인용.

진작 자신의 원칙에 따라 단호하게 그녀를 포기하지 못했단 말인가? 이 모든 일은 그가 변절했기 때문에 생긴 일이고 그래서 그는 벌을 받아 마땅했다.

그는 기진맥진 초조해졌고 근심은 날로 커져만 갔다. 자신이 그녀를 부당하게 대한 것은 아닌지 도통 갈피를 잡을 수 없었다. 그는 뭘 먹는지도 모른 채 식사를 했고 술을 마시면서도 그 맛을 알 수 없었다. 시간이 흘러가면서 지난 모든 일들의 동기 하나하나가 주마등처럼 눈앞을 스쳐 지나갔고, 테스를 자신의 소중한 사람으로 만들고 싶은 열망이 그의 모든 계획과 말 그리고 행동에 얼마나 긴밀하게 얽혀 있었는지 깨달았다.

그는 이곳저곳 돌아다녔고 그런 그의 눈에 한 소도시 근교에 걸려 있던 빨간색과 파란색으로 쓰인 플래카드가 들어왔다. 플래카드는 브라질 제국이 농업 이민자들에게 제공하는 굉장한 혜택을 광고하고 있었다. 그곳에서는 토지가 믿기지 않을 만큼 유리한 조건으로 제공되고 있다는 것이다. 브라질은 이제 클레어에게 새로운 대안으로 떠오르기 시작했다. 종국에는 테스도 그곳에서 그와 함께 살 수 있을지도 모른다. 어쩌면 테스와 함께 살 수 없게 만든 이곳의 인습이 풍경과 생각 그리고 습관이 딴판인 그 나라에서는 그렇게 강력한 힘을 발휘하지 않을지도 모른다. 더구나 바야흐로 그곳으로 떠날 계절이 임박했으므로, 그의 마음은 브라질을 시도해 보자는 쪽으로 강하게 기울고 있었다.

그는 이런 마음으로 부모님께 자신의 계획을 알리고, 별거의 실제 이유를 밝히지 않는 범위 내에서 테스와 함께 오지 못한 연유를 설명 드리려고 에민스터로 가고 있던 중이었다.

테스를 안고 강을 건너서 수도원 묘지로 향했던 그날 밤엔 그 음달이 그의 얼굴을 밝혀 주었지만 지금 목사관에 도착한, 전 보다 더 많이 야윈 그의 얼굴은 초승달이 환하게 비춰 주고 있었다.

찾아오겠다는 아무런 기별을 전하지 않았던 터라 그가 들어서는 순간 목사관의 분위기는 마치 물총새가 물속으로 뛰어들면서 잔잔했던 연못에 파문을 일으키는 것처럼 술렁거렸다. 아버지와 어머니 두 사람 모두 응접실에 있었으나 형들은 집에 없었다. 에인절은 집 안으로 들어가서 조용히 문을 닫았다.

「그런데 애야, 네 아내는 오지 않았니?」 어머니가 큰 소리로 말했다. 「넌 참 우리를 놀라게 하는구나!」

「그 사람은 잠시 친정에 있어요. 전 브라질에 가기로 마음먹었기 때문에 좀 서둘러 왔어요.」

「브라질이라고! 가톨릭 교도들만 있는 그곳엔 왜!」

「그런가요? 그 생각은 못 했어요.」

하지만 아들이 로마 가톨릭이 득세하는 나라로 간다는 뜻밖의 소식에 따른 심란함마저도 아들의 결혼을 향한 지극히 자연스러운 관심을 오랫동안 대신할 수는 없었다.

「3주 전에 결혼식을 올렸다는 짤막한 네 편지를 받았단다.」 클레어 부인이 말했다. 「그래서 아버지는 네 대모께서 네 처에게 주라고 맡긴 선물을 보냈었지. 우리는 결혼식에 참석하지 않는 게 좋겠다고 생각했단다. 네 처의 집이 어디인지 모르겠다만, 네가 결혼식을 그 아이의 집이 아닌 농장에서 치르길 원했으니 말이다. 우리가 참석했더라면 너도 당황스러웠을 테고 우리도 과히 기분이 좋지 않았을 게다. 네 형들은 그런 생각이 강하더구나. 이제 모두 끝난 일이니 우린 아무런 불만이 없단다. 더구나 복음을 전하는 목사직 대신 선택한 일을 하는 데 있어서 그 아이가 도움이 된다면 말이다……. 하지만, 얘야. 내가 먼저 그 아이를 만나 봤거나 그 아이에 대해 좀 더 알아볼 수 있었다면 얼마나 좋았겠느냐. 네 처에게 무슨 선물을 주면 가장 좋아할지 몰라서 우린 아무것도 보내지 않았어. 하지만 조금 늦는다고만 생각해 다오. 얘야, 나나 네 아버지나 이 결혼 때문에 네게 나쁜 감정이 있는 것은 아니란다. 다만 우린 그 아이를 눈으로 직접 볼 때까지는 좋아하는 마음을 미루는 것이 좋겠다고 생각했지. 그런데 지금 네 아내를 데리고 오지 않았으니 이상한 생각이 드는구나. 무슨 일이 있었냐?」

클레어는 자기가 여기에 있는 동안 아내는 잠시 친정에 가 있는 게 좋겠다는 생각이 들었다고 대답했다.

「어머니, 사실을 말씀드리자면 그 사람이 부모님 마음에 흡족해질 수 있을 때까지 집으로 데리고 오지 않을 작정이었어요. 하지만 브라질 건은 방금 결정한 사안이거든요. 만일 제가 브라질로 가게 된다면 첫 번째가 될 이 여행에 집사람을 데리고 가는 것은 좋을 것 같지가 않아서요. 제가 돌아올 때까지 그 사람은 그냥 친정에 머물 겁니다.」

「그렇다면 네가 출발하기 전에 그 아이를 볼 수 없다는 거냐?」

그는 죄송하지만 그럴 것 같다고 말했다. 누누이 말해 왔듯 그는 처음부터 어떤 식으로든 식구들의 편견 또는 감정을 건드리고 싶지 않아서 얼마 동안은 테스를 집에 데리고 오지 않을 계획이었고, 또 다른 이런저런 이유들 때문에 원래의 이 계획을 고수하고 있었다. 만일 그가 바로 떠난다고 해도 1년 쯤 후면 집으로 돌아올 테니까, 테스를 데리고 다시 나가기 전에 부모님에게 그녀를 보여 줄 수 있을 거라고 생각했던 것이다.

서둘러 마련된 저녁상이 들어왔고, 클레어는 자신의 계획을 보다 자세하게 설명했다. 어머니는 테스를 보지 못한 아쉬운 마음이 못내 가라앉지 않는 것 같았다. 테스를 향한 클레어의 열정적인 마음은 클레어 부인의 모성애를 자극했고, 그래서 그녀는 나사렛에서 무슨 신통한 것이 나올 수 있는[91] 것처럼 탤벗헤이즈 낙농장에서 아름다운 여성이 나올 수도 있을 거라고 생각하게 되었다. 부인은 식사를 하고 있는 아들을 찬찬히 살펴보았다.

「그 아이가 어떻게 생겼는지 말해 주지 않으련? 상당히 예쁘겠지.」

「그야 물론이지요!」 비통한 마음을 가려 주는 들뜬 목소리로 그가 대답했다.

「그리고 순결하고 정숙하다는 건 물어볼 필요도 없겠지?」

「물론 순수하고 정숙하지요.」

「그 아이의 모습이 선명하게 보이는 것 같구나. 요전 날 네가 말했지. 그 아이는 몸매도 통통하니 아름답고, 진하디진한 붉은색의 입술은 큐피드의 활을 닮았다고. 속눈썹과 눈썹이 까맣고 배의 닻줄처럼 풍성한 삼단 같은 머리채하며 커다란 두 눈에는 보랏빛과 푸른빛 그리고 검은빛이 감돈다고.」

「네, 그랬어요, 어머니.」

「그 아이가 내 눈에 보이는 것 같구나. 게다가 그렇게 뚝 떨어진 외딴 곳에 살았으니 널 만날 때까진 바깥세상의 젊은 남

91 「요한의 복음서」 1장 46절 인용.

자를 거의 만난 적도 없었겠네.」

「거의 그렇다고 할 수 있죠.」

「네가 그 아이의 첫 사랑이었니?」

「물론이에요.」

「세상에는 농장에서 일하는 장밋빛 입술의 건강하고 소박한 처녀들보다 못한 아내들이 많단다. 난 그런 소망을 품고 있었단다. 우리 아들은 농부가 될 사람이니까 아들의 아내도 바깥일에 대해 잘 알고 있는 게 좋을지도 모른다고 말이다.」

아버지는 어머니만큼 캐묻는 편은 아니었지만 저녁 예배 전 성경 구절을 읽는 시간이 되자 어머니에게 말했다.

「에인절이 왔으니 늘 읽던 구절보다 〈잠언〉 31장을 읽는 게 좋을 것 같다는 생각이 드는데 어떻소?」

「네, 그게 좋겠어요. 〈르무엘 어머니의 잠언〉 말이죠.」 성경 구절을 인용하는 데 있어서 클레어 부인은 남편에 뒤지지 않았다. 「아들아, 아버지께서 우리에게 정숙하고 후덕한 아내를 기리는 〈잠언〉의 한 구절을 읽어 주려고 하시는구나. 그 말 하나하나가 지금 우리와 함께하지 못한 사람에게 딱 어울린다는 건 굳이 말하지 않으련다. 하느님, 그 애가 무슨 일을 하든 지켜 주소서!」

클레어는 울컥 목이 메었다. 한쪽 구석에 있던 간이 독서대를 벽난로가 있는 방 한가운데로 끌어와 설치하고 나이 든 두 명의 하인까지 들어오자, 에인절의 아버지는 앞서 말한 31장 10절을 읽기 시작했다.

「누가 어진 아내를 얻을까? 그 값은 진주보다 더하다. 아직 어두울 때 일어나 식구들에게 음식을 나누어 주고…… 허리를 동인 모습은 힘차고 일하는 두 팔은 억세기만 하다. 머리가 잘 돌아 하는 일마다 잘되고 밤에 등불이 꺼지는 일도 없다. 항상 집안일을 보살피고 놀고먹는 일 없다. 그래서 아들들이 일어나 찬양하고 남편도 칭찬하기를, 〈살림 잘하는 여자가 많아도 당신 같은 사람은 없소〉 한다.」[92]

기도가 끝나자 어머니가 말했다.

「아버지께서 읽으신 구절이, 특히 어떤 대목에서는, 네가 선택한 그 아이를 딱 염두에 둔 것 같다는 생각이 드는구나. 너도 알겠지만 완벽한 여자란 부지런히 일을 하면서 빈둥거리지 않는 여자이고, 아름다운 여자가 아니라 다른 사람들을 위해서 자신의 손과 머리와 그리고 마음을 쓸 줄 아는 여자란다. 〈그 아들들이 일어나 찬양하고 남편도 칭찬하기를, 《살림 잘하는 여자가 많아도 당신 같은 사람은 없소》 한다.〉 네 아내를 볼 수 있었으면 얼마나 좋았겠느냐, 에인절. 그 아이가 순결하고 정숙하다고 하니 내 마음에도 흡족하게 들었을 것 같구나.」

그는 도저히 더는 참을 수가 없었다. 그의 눈가가 금세 촉촉해지더니 녹아내린 납 방울 같은 눈물이 그렁그렁해졌다. 그는 서둘러서 자신이 온 마음으로 사랑하는 이 진실하고 순박한 두 영혼에게 안녕히 주무시라는 인사를 했다. 이분들은 세상사도 육욕도 그리고 자신들 마음속에 깃든 악마성도 모르고 있었으니, 그들에게 이런 것들은 그저 막연하고 피상적인 것에 지나지 않았다. 그는 자기 방으로 돌아갔다.

그를 뒤따라온 어머니가 그의 방문을 두드렸다. 에인절이 문을 열자 어머니가 근심스러운 얼굴로 밖에 서 있었다.

「얘야, 안 좋은 일이라도 있어서 그렇게 빨리 자리를 뜬 거

92 「잠언」 31장 10, 15, 17~18, 27~29절.

냐? 평소의 너답지 않다는 생각이 드는구나.」

「그래요, 어머니.」

「네 처에 관한 일이니? 아들아, 이 어미는 다 알고 있단다. 그 아이 때문이라는 걸 말이다! 요 3주 사이에 싸움이라도 한 거냐?」

「다퉜다고는 할 수 없고요. 그저 좀 불화가 있었어요.」

「애야, 과거를 들춰 봐야 할 그런 아이인 거냐?」

클레어 부인은 어머니의 직감으로 아들의 마음을 불안하게 흔들어 대고 있는 고민을 정확하게 짚어 냈다.

「그녀는 티 없이 순수해요.」 그는 이렇게 대답했고, 설사 이 거짓말 때문에 그 자리에서 곧장 영원히 지옥의 구렁텅이로 떨어진다고 해도 그렇게 말했을 거라고 생각했다.

「그렇다면 나머지는 신경 쓰지 말아라. 어쨌거나 때 묻지 않은 시골 처녀들보다 성정이 깨끗한 사람은 없으니 말이다. 처음에는 투박하고 거친 태도 같은 것이 공부를 많이 한 네게 조금 거슬리는 구석도 있겠지만 네가 함께 지내면서 잘 가르친다면 그런 것은 분명히 없어질 게다.」

어머니의 무조건적인 너그러운 마음에서 너무도 무서운 야유가 느껴졌고, 그는 이 결혼으로 말미암아 자신의 장래가 완전히 망가졌다는 생각이 들었다. 그런데 이런 생각은 테스가 고백한 직후 처음엔 들지 않았었다. 사실 자신만을 위해서라면 그의 장래 따위는 별로 신경 쓰지 않았다. 하지만 그는 부모님과 형들을 위해 자신의 미래가 적어도 존중받을 만한 것이 되길 희망해 왔었다. 그런데 지금 가만히 촛불을 들여다보고 있노라니 그 불꽃마저도 자신은 분별 있는 사람들을 비추려고 있는 것이지 얼간이나 낙오자의 얼굴을 밝혀 주기는 죽기보다 싫다고 무언의 주장을 펼치는 것 같았다.

마음의 동요가 가라앉자 그는 부모님에게 거짓말을 하게 만든 아내에게 분노가 불끈 치밀었다. 그는 마치 그녀가 방 안에 있기라도 한 듯 노기 띤 목소리로 그녀를 향해 소리를 버럭 질러 댈 뻔했다. 그러자 애원하듯 속삭이는 그녀의 다정한 목소리가 어둠을 가르고 들려왔고 벨벳처럼 부드러운 그녀의 입술이 그의 이마를 스치고 지나갔으며, 방 안이 그녀의 따스한 숨결로 가득 채워지는 것 같았다.

한편 그날 밤 그가 한없이 깎아내렸던 그 여자는, 자신의 남편이 얼마나 훌륭하고 선량한 사람인가 하는 생각에 잠겨 있었다. 그러나 그들 두 사람 위로 드리워져 있던 그림자는 에인절 클레어가 느끼고 있던 것보다 더 짙었으니, 그건 바로 에인절 클레어라는 인간의 한계 때문에 생긴 그림자였다. 지난 25년의 세월이 훌륭하게 만들어 낸 이 진보적이고 호의적인 청년이 모든 일을 독립적으로 판단코자 기울였던 노력에도 불구하고 막상 뜻밖의 일에 놀라자 어릴 적의 배움으로 도망쳐 관습과 인습의 노예로 전락하고 만 것이다. 그의 젊은 아내는 악을 증오하는 다른 여인만큼이나 르무엘 왕의 칭송을 받을 자격이 충분하며, 그녀의 도덕적 진가는 결과보다 성향에 의해서 판단되어야 한다고 말해 주는 예언자도 그에겐 없었다. 그렇다고 그에게 스스로 이를 깨달을 수 있을 만한 예언자로서의 자질이 있는 것도 아니었다. 특히 이런 경우 가까이 있는 사람들이 고통을 받기 마련인데, 그 이유는 단점을 가려 주는 아무런 장치가 없으므로 그런 유감스러운 면들이 그대로 노출되기 때문이다. 반면 멀리 떨어져 있어서 희미하게만 보이는 인물들은 거리감이 그들의 얼룩을 예술적 미덕으로 승화시켜 주어 존경을 받기 마련이다. 그는 테스에게 없는 것들에 골몰하느라고 정작 그녀의 참모습을 간과해 버렸고, 그래서 불완전한 것이 완전한 것을 능가할 수 있다는 걸 잊고 있었다.

제40장

아침 식탁의 주제는 단연 브라질이었다. 그곳에 갔다가 채 1년도 채우지 못하고 돌아온 일부 농장 노동자들의 비관적인 이야기가 들려오긴 했지만, 식구들은 모두 그곳의 토양에서 자신의 뜻을 펼쳐 보겠다는 클레어의 생각에서 희망의 싹을 찾아내려고 애썼다. 아침 식사를 마친 클레어는 몇 가지 자잘한 일들을 마무리 짓고 은행에 예치해 놓은 돈도 모두 인출할 겸 읍내로 나갔다. 그는 읍내에서 돌아오던 길에 교회 옆에서 머시 찬트 양과 마주쳤는데, 그녀는 마치 교회 담벼락에 있다가 툭 튀어나온 것 같았다. 그녀는 자신이 맡은 수업에서 쓸 성경책을 한아름 안고 있었다. 다른 사람들의 마음을 아프게 만드는 사건들을 보면서도 행복한 미소를 짓는 것이 삶을 바라보는 그녀의 자세였는데, 한편 부러운 마음이 들기도 했지만 에인절이 보기에 그건 그저 신비주의에 인간을 억지로 희생시켜 얻은 결과일 뿐이었다.

그가 곧 영국을 떠날 거라는 사실을 이미 알고 있던 그녀는 그의 계획이 상당히 훌륭할 뿐더러 전망이 밝은 것 같다고 말했다.

「그래요. 상업적인 면으로 보면 틀림없이 승산이 있는 계획이죠. 하지만 존재의 연속성은 뚝 끊어지는 거지요. 어쩌면 그보다는 수도원이 나을지도 몰라요.」

「수도원이라고요! 오, 에인절 클레어!」

「왜 그래요?」

「왜라뇨, 짓궂기는. 수도원은 곧 수도사를 의미하는 거잖아요. 그리고 수도사는 로마 가톨릭이고요.」

「그러니까 로마 가톨릭은 죄악, 그것도 천벌을 받은 죄악이다. 에인절 클레어, 당신은 대단히 위험한 상태에 있다 이거군요.」

「나는 신교를 자랑스럽게 생각해요!」 심각한 표정으로 그녀가 말했다.

가끔 사람들은 한없이 비참해지면 자신이 진정으로 생각하는 원칙을 무시하고 악마적인 기분에 빠져들곤 하는데, 바로 지금 클레어가 그런 기분이었다. 그는 그녀를 가까이 불러 귀에다 대고 자신이 생각해 낼 수 있는 극도로 이단적인 생각들을 속삭였다. 그리고 머시의 얼굴에 어리는 공포를 보며 웃음을 터뜨렸으나, 그녀의 공포가 그의 행복을 염려하는 고통스러운 마음과 합쳐지는 걸 보면서 이내 그 웃음을 감추었다.

「머시, 나를 용서해 줘요. 아무래도 내가 미쳐 가는 것 같소!」

머시도 그가 그런 것 같다고 생각했고, 그렇게 그들의 만남은 끝이 났다. 그리고 클레어는 목사관으로 들어갔다. 그는 지금보다 행복한 날이 올 때를 기약하면서 보석을 은행에 맡겼고, 혹시 테스에게 필요할지 몰라 30파운드의 돈을 예치하고 몇 달 후에 그녀에게 보내도록 조치를 취한 후 블랙무어 계곡의 그녀의 친정집으로 편지를 보내 이러한 사실을 알렸다. 앞서 그녀의 손에 쥐여 준 50파운드 정도의 돈과 이 돈을 합치면 적어도 한동안은 그녀가 살아가기에 충분할 거라고 생각했고, 혹시 어떤 위급한 상황이라도 생기면 그의 아버지께 도움을 청하라고 일러두었다.

클레어는 부모님이 테스와 연락을 주고받을 수 없도록 그녀의 주소를 알리지 않는 게 좋겠다고 생각했고, 부모님도 아들 내외를 갈라놓은 진짜 이유를 모르고 있었기 때문에 굳이 아들을 다그치지는 않았다. 그날로 그는 목사관을 나섰다. 하루라도 빨리 마무리 짓고 싶은 일이 있었던 것이다.

영국을 떠나기에 앞서 마지막으로 처리해야 할 일은 결혼하고 처음 사흘을 테스와 함께 보냈던 웰브리지의 농가를 방문하는 거였다. 방세 계산도 마무리해야 했고 그들이 사용했던 방 열쇠도 건네줘야 했으며 그들이 두고 온 몇 가지 자잘한 물건들도 찾아와야 했다. 그의 삶 위로 어두운 그림자가 쏟아져 그를 우울하게 만들어 놓은 곳이 바로 이곳 지붕 아래였다. 그러나 막상 응접실의 문을 열고 안을 들여다보았을 때 그의 뇌리를 가장 먼저 스쳐간 기억은 오늘처럼 오후 느지막하게 행복에 젖은 그들이 이곳에 도착했던 일, 처음으로 두 사람이 같은 공간을 사용한다는 새로운 느낌, 처음으로 함께 했던 식사 그리고 벽난로 옆에서 손을 마주 잡고 다정하게 속삭였던 일들이었다.

그가 농가를 찾아갔을 때 농가 주인 내외는 밭에 일하러 나가고 없어서 클레어는 한참을 혼자 있었다. 미처 생각지 못했던 감정들이 마음속에 새록새록 피어난 그는 테스가 머물렀던, 하지만 결국 그의 방은 되지 못했던 위층 방으로 올라갔다. 침대는 그들이 떠나던 날 아침 테스가 손수 정돈해 둔 그대로 깔끔하게 정리되어 있었다. 겨우살이 나뭇가지도 그가 걸어 놓은 그대로 침대 장식에 매달려 있었다. 3~4주나 거기에 걸려 있던 탓에 나뭇가지의 색깔은 변했고 이파리와 열매도 쭈글쭈글 시들었다. 에인절은 나뭇가지를 끌어내려 잘게 꺾은 다음 벽난로 안으로 던져 버렸다. 그곳에 서서 처음으로 그는 이 문제에 대한 자신의 행동이 너그러운 것은 고사하더라도 과연 현명한 처사였는가 하는 의문이 들었다. 그는 무자비할 정도로 분별력을 잃었던 걸까? 오만 가지 감정이 밀려든 복잡한 심경으로 그는 눈물을 흘리며 침대 옆에 무릎을 꿇었다. 「오, 테스! 조금만 더 일찍 말해 줬더라면 당신을 용서했을 텐데!」 신음하듯 그가 중얼거렸다.

아래층에서 들려오는 발소리에 일어난 그는 층계 쪽으로 갔다. 층계 아래에 한 여자가 서 있었는데 고개를 드는 여자의 얼굴을 보니 안색이 창백한 새까만 눈동자의 이즈 휴에트였다.

「클레어 선생님.」 그녀가 말했다. 「선생님과 부인을 뵈러 왔어요. 안부 인사나 드리려고요. 두 분이 다시 이곳으로 오실지 모른다고 생각했거든요.」

그는 이즈의 비밀을 짐작하고 있었지만, 그녀는 아직 그의 비밀을 모르고 있었다. 그녀는 그를 사랑했던 정직한 여자, 실제 농부의 아내가 되기에 테스만큼이나 훌륭한 여자, 거의 테스만큼 손색이 없는 여자였다.

「난 여기 혼자 왔어요. 지금 우린 여기에 살지 않거든요.」 자신이 온 연유를 설명하던 그가 이즈에게 물었다. 「이즈, 집으로 가는 방향이 어디죠?」

「선생님, 전 지금 탤벗헤이즈 낙농장에 살지 않아요.」

「왜죠?」

이즈의 시선이 바닥으로 향했다.

「낙농장에 있기가 너무 울적해서 그만두었어요! 전 지금 저쪽에 살고 있어요.」 그녀는 탤벗헤이즈 낙농장과 반대쪽을 손가락으로 가리켰는데, 그쪽은 마침 그가 가려던 방향이었다.

「그래요. 지금 집으로 갈 건가요? 원하면 내가 태워 드리죠.」

이즈의 올리브빛 안색이 진한 홍조를 띠었다.

「고맙습니다, 선생님.」

클레어는 곧 농부를 만나 방세를 치르고 갑작스럽게 떠나는 바람에 생긴 몇 가지 문제들을 마무리 지었다. 그가 마차가 있는 곳으로 돌아오자 이즈가 마차에 올라 그의 옆에 앉았다.

「난 영국을 떠나게 될 거요, 이즈.」 마차를 타고 가면서 그가 말했다. 「브라질에 가요.」

「클레어 부인도 그런 여행을 좋아하나요?」 이즈가 물었다.

「테스는 이번에 가지 않아요. 한 1년쯤 걸릴 거예요. 그곳 생활이 어떠할지 살펴보려고 가는 거니까요.」

그들이 탄 마차는 동쪽을 향해 한참을 속도를 내며 달렸고, 이즈는 아무 말도 하지 않았다.

「다른 사람들은 어떻게 지내요? 레티는 건강해요?」

「저번에 마지막으로 레티를 봤을 때 신경 쇠약에 걸린 것 같았어요. 삐쩍 마르고 볼도 움푹 들어간 게 꼭 폐병이라도 걸린 것 같았어요. 이제 레티를 사랑해 줄 남자는 없을 거예요.」 이즈가 넋이 나간 듯 중얼거렸다.

「마리안은요?」

이즈의 목소리가 작아졌다.

「마리안은 술을 마셔요.」

「그렇군요!」

「네. 농장주가 그 아이를 내보냈어요.」

「그리고 이즈 당신은 어떻게 지내요?」

「전 술도 마시지 않고, 폐병에도 걸리지 않았어요. 하지만 이젠 아침 식사 전에 노래를 부르는 건 하지 않아요!」

「어쩌다가? 아침에 우유를 짜면서 당신이 〈큐피드의 정원에서〉와 〈양복쟁이의 반바지〉를 얼마나 멋지게 부르곤 했는데. 기억나죠?」

「아, 네! 선생님이 처음 오셨을 땐 그랬죠. 그 이후엔 노래하지 않았어요.」

「왜 그랬어요?」

대답을 대신하듯 그녀의 까만 두 눈이 그의 얼굴을 보며 반짝거렸다.

「이즈! 당신은 왜 그리 마음이 약한 거요. 나 같은 사람 때문에!」 말을 마치고 그는 생각에 잠겼다. 「그러면, 혹시 내가 당신에게 청혼했다면 어땠을까요?」

「선생님이 제게 청혼했었다면 저는 흔쾌히 〈네〉라고 대답했을 거예요. 그리고 선생님은 선생님을 사랑하는 여자와 결혼하셨을 테죠!」

「정말이오?」

「정말이고말고요!」 그녀가 강한 어조로 속삭였다. 「세상에! 아직까지도 선생님은 그걸 모르고 계셨군요.」

이윽고 그들이 탄 마차가 마을 진입로에 이르렀다.

「내려야겠어요. 전 저기에 살아요.」 고백한 이후 아무 말도 없었던 이즈가 불쑥 말을 꺼냈다.

클레어가 말의 속도를 늦추었다. 그는 자신의 운명에 대한

반감으로 격분해 있었고, 사회의 관습이 몹시 혐오스러워졌
다. 그 운명과 관습이 합법적으로는 도저히 빠져나올 길이 없
는 막다른 궁지로 그를 몰아넣은 것이다. 올가미를 덮어씌우
는 방식으로 훈계만 하려 드는 이런 관습의 회초리를 맞느니,
차라리 앞날의 가정사를 아무렇게나 되는대로 꾸려 가면서
사회에 복수를 하면 안 될 이유라도 있는가?

「브라질엔 혼자 가요, 이즈. 먼 나라로 떠나기 때문이 아니
라 개인적인 이유로 아내와 별거하는 거라오. 다시는 테스와
함께 살지 않을지도 몰라요. 그리고 당신을 사랑할 수 없을
지도 모르고요. 하지만 테스 대신 나랑 떠나겠소?」

「진심으로 제가 함께 가길 바라세요?」

「그렇소. 난 너무도 가혹한 대접을 받아서 이젠 좀 쉬고 싶
소. 그리고 적어도 당신은 아무런 사심 없이 날 사랑하잖소.」

「네, 가겠어요.」 잠시 멈칫했던 이즈가 대답했다.

「그럴래요? 그게 무슨 의미인지는 알고 있어요, 이즈?」

「선생님이 거기에 계신 동안 저랑 산다는 걸 의미하는 거
죠. 전 그걸로 충분해요.」

「이즈, 당신은 지금 내가 도덕적으로 신뢰할 만한 인간이
아니라는 사실을 명심해야 해요. 문명인, 즉 서구 문명의 시
각으로 보면 이 일은 옳지 못한 행위가 될 수 있다는 것도 일
러둬야 할 것 같군요.」

「상관없어요. 사랑이 고통스러운 지경에까지 이르렀는데
도 달리 헤어날 길이 없다면 그런 것 따위에 신경 쓰는 여자
는 없어요.」

「그렇다면 내리지 말고 그냥 앉아 있어요.」

그는 교차로를 지나쳐서 1마일 그리고 2마일을 아무런 애

정 표현도 없이 마차를 몰았다.

「이즈, 당신은 나를 많이, 아주 많이 사랑하나요?」 느닷없이 그가 물었다.

「네. 그렇다고 계속 말씀드렸어요. 농장에 함께 있을 때부터 선생님을 줄곧 사랑했어요!」

「테스보다 많이 사랑했소?」

이즈는 고개를 가로저었다.

「아니요.」 그녀가 머뭇거리며 중얼거렸다. 「테스보다는 아니에요.」

「어째서죠?」

「어느 누구도 테스보다 선생님을 더 사랑할 수는 없기 때문이에요!…… 테스는 선생님을 위해서라면 목숨도 버렸을 거예요. 전 그렇게까지 하지는 못해요.」

그 순간 이즈 휴에트는 브올 산 정상의 예언자[93]처럼 심술궂게 말할 수도 있었을 것이다. 하지만 테스의 인품은 조금은 거친 이즈의 성정도 끌어안는 힘을 발휘했기에 그녀는 이렇게 테스를 칭송하지 않을 수 없었던 것이다.

클레어는 아무 말도 할 수 없었다. 이처럼 예기치 못하게, 그것도 믿을 만한 사람에게서 이렇게 솔직한 발언이 나오자 그의 가슴은 미어질 것 같았다. 속으로 삼킨 울음이 딱딱하게 굳어 그의 목을 꽉 메워 버린 것 같았다. 그의 귓가에 동일한 소리가 메아리처럼 윙윙거렸다. 〈테스는 선생님을 위해서라면 자신의 목숨까지도 버렸을 거예요. 난 그렇게까지 하지는 못해요.〉

「지금까지 우리가 나눈 쓸데없는 이야길랑 잊어버려요, 이

93 「민수기」 23~24장에 등장하는 예언자 발람을 말한다.

즈.」 갑자기 말 머리를 돌리면서 그가 말했다. 「내가 무슨 말을 했는지도 모르겠소! 이즈, 당신이 사는 마을 길목 어귀까지 다시 데려다 주겠어요.」

「선생님께 솔직하게 말씀드렸더니 이런 일이 생기는군요! 아, 저보고 어떻게 견디라고요! 어떻게요!」

자신이 무슨 짓을 했는지 깨달은 이즈가 손으로 계속 자신의 이마를 때리며 왈칵 눈물을 쏟았다.

「지금 이 자리에 없는 사람에게 선의를 베푼 걸 후회하나요? 오, 제발 이즈, 후회로 선의를 망치지 말아 줘요!」

이즈는 조금씩 평정을 되찾아 갔다.

「잘 알겠어요, 선생님. 저 역시 제가 무슨 말을 하고 있는지 몰랐던 거예요. 제가, 제가 함께 떠나겠다고 했을 때 말이에요. 전 이루어질 수 없는 일을 바란 거예요!」

「내겐 이미 사랑하는 아내가 있기 때문이지요.」

「네, 그래요! 선생님에겐 테스가 있어요.」

그들이 탄 마차는 30여 분 전에 지나친 길목 어귀에 다시 도달했고, 이즈는 마차에서 뛰어내렸다.

「이즈, 부디 잠시나마 경솔했던 내 행동을 잊어 줘요! 너무도 생각이 모자랐고 어리석었어요!」 그가 부르짖었다.

「잊으라고요? 절대로, 절대로 잊을 수 없어요. 오, 제겐 결코 경솔한 행위가 아니었어요!」

그는 이 상처받은 울부짖음에 담겨 있는 비난을 백번 받아싸다는 죄책감과 말로 헤아릴 수 없는 슬픈 감정에 사로잡혀 마차에서 뛰어내렸고, 그러고는 그녀의 손을 잡았다.

「하지만, 이즈, 우리 친구로 남는 거죠, 그렇죠? 이즈, 당신은 내가 어떤 고통을 참아 내야 했는지 모를 거요!」

이즈는 진정 마음이 너그러운 처녀였으므로 지나치게 비통해하는 자신 때문에 그들의 작별을 엉망으로 만들지는 않았다.

「용서할게요, 선생님.」

「자, 이즈.」 그는 옆에 서 있는 이즈를 보면서, 그리고 가당찮은 스승의 역할을 본인에게 억지로 부여하면서 말을 이어 갔다. 「마리안을 보면 어리석은 행위에 빠지지 말고 훌륭한 여성이 되어 달라고 말해 줘요. 그러겠다고 약속해 줘요. 레티에게는 세상에 나보다 좋은 남자들은 많다고 말해 줘요. 그리고 날 위해서 현명하고 올바르게 행동해야 한다고 전해 줘요. 이 말을 잊지 말아요. 현명하고 올바르게, 날 위해서. 그들에게 하는 이 말은 죽어 가는 사람이 죽어 가는 사람에게 들려주는 거라오. 이제 난 다시는 그들을 만나지 못할 테니 말이오. 그리고 이즈, 당신은 내 아내에 대해 솔직하게 말해 줌으로써 어리석은 배신을 저지르려는 나의 터무니없는 충동을 막아 주었소. 여자들도 나쁠 수 있지만, 이런 문제에선 남자들만큼 못되게 굴지는 않죠! 이 한 가지 일만으로도 난 당신을 절대 잊을 수 없을 거요. 지금까지 죽 그래 왔듯이 늘 어질고 성실한 여자가 되어 주세요. 그리고 날 가치 없는 하찮은 애인으로, 하지만 성실한 친구로 생각해 줘요. 약속해 줘요.」

이즈는 약속한다고 했다.

「하느님의 축복과 가호가 있기를 바랄게요, 선생님. 안녕히 가세요!」

그는 다시 마차를 몰았다. 길목으로 들어선 이즈는 클레어의 모습이 눈앞에서 사라지자 곧 가슴을 저미는 고통에 못 이겨 둑 위로 쓰러지고 말았다. 그날 밤 늦게야 집에 돌아온 그녀의 얼굴은 절박하다 못해 스산하게 보일 정도였다. 그녀가 에인절 클레어와 헤어진 뒤 집에 돌아오기까지 그 슬픈 시간을 어떻게 보냈는지 아는 사람은 아무도 없었다.

마찬가지로 이즈와 헤어진 클레어도 고통스러운 생각에 입술을 바르르 떨었다. 하지만 그를 고뇌에 빠뜨린 것은 방금 헤어진 이즈 때문이 아니었다. 그날 저녁 그는 근처의 기차역으로 가지 않고 테스의 고향 집과 자신 사이에 가로놓인 남부 웨섹스의 산등성이를 가로질러 마차를 몰고 갈 뻔했다. 그런 자신을 제지한 이유는 테스의 성품을 경멸해서도 아니었고, 그렇다고 그녀의 마음 상태가 어떠리라는 짐작 때문도 아니었다.

이유는 전혀 그런 게 아니었다. 이즈의 고백으로 테스를 향한 그의 사랑은 확인되었지만, 그럼에도 불구하고 과거의 사실들은 변하지 않았다는 이유 때문이었다. 자신의 처음 판단이 옳았다면 지금도 그 생각은 옳은 것이다. 그가 나아가려는 방향에 붙은 탄력은 그날 오후 그에게 일어난 일보다 더 강력하고 지속적인 힘으로 존재할 것이고 그 방향을 틀어 놓지 않는 한 계속해서 그를 그 방향으로만 밀어낼 것이다. 에인절은 테스에게 돌아갈 수도 있었다. 그러나 그는 그날 밤 런던행 기차에 몸을 실었고, 그로부터 닷새 후 배가 출발하는 항구에서 형들과 작별의 악수를 나누었다.

제41장

지난겨울의 이러저런 사건들에서 10월의 어느 날로 훌쩍 건너뛰어 보자. 클레어와 테스가 헤어지고 나서 여덟 달이 지난 어느 날이었다. 우리는 변한 테스의 처지를 보게 된다. 그녀는 남들이 짐짝이나 트렁크를 들어다 주는 신부가 아니라 결혼하기 전과 똑같이 스스로 광주리와 보따리를 들고 다녀야만 하는 외로운 여자였다. 헤어져 있는 동안 마음 편히 지내라고 클레어가 챙겨 준 꽤 많은 돈도 이제 다 떨어졌고, 그녀에게 남은 거라곤 고작해야 홀쭉해진 지갑뿐이었다.

다시 고향 마을을 떠난 테스는 육체적으로 크게 무리가 없는 이런저런 일을 하면서 봄과 여름을 지낼 수 있었다. 그녀는 주로 블랙무어 계곡의 서쪽에 위치한 포트 브레디 근처의 낙농장에서 가볍게 일손을 거드는 일을 했는데, 그곳은 그녀의 고향에서뿐만 아니라 탤벗헤이즈 낙농장에서도 뚝 떨어진 외진 곳이었다. 테스에겐 에인절이 준 돈을 쓰며 사는 것보다 이렇게 사는 것이 마음 편했다. 하지만 기계적으로 몸을 움직이는 이런 노동은 극도의 정신적인 긴장 상태에 놓여 있던 그녀의 상황을 완화시켜 주기보다는 오히려 가중시키고 있었다. 지금 그녀의 마음은 다른 계절, 다른 농장을 헤매고 있었던 것이다. 다정한 연인과의 만남이 있었던 곳, 하지만 그 연인을 자신의 남자로 잡으려는 순간 연기처럼 사라져 버렸던 그곳.

낙농장 일이라는 것은 소젖의 양이 줄어들기 시작하면 끊어지게 마련이었다. 탤벗헤이즈 낙농장에서처럼 정규직이 아닌 임시직이었기 때문이었다. 하지만 수확의 계절이 돌아왔고 그래서 낙농장에서 그루터기만 남은 밭으로 옮겨 가기만 해도 일자리는 얼마든지 있었다. 그렇게 추수가 끝날 때까지 그녀의 일은 계속되었다.

에인절이 준 50파운드에서 부모님이 자신 때문에 겪었을 고통에 대한 일종의 보상금으로 절반을 뚝 떼어 준 뒤 남은 25파운드에 그녀는 거의 손도 대지 않았었다. 하지만 불행히도 곧 비가 오는 궂은 날씨가 계속되었고, 일을 할 수 없는 기간 중에는 그 금화에 의존하는 방법 말고 달리 도리가 없었다.

돈이 사라지는 걸 보는 그녀의 마음은 너무도 고통스러웠다. 에인절이 그녀를 위해 은행에서 반짝거리는 새 돈으로 찾아다가 그녀의 손에 직접 쥐여 주었던 돈이었다. 에인절의 손길이 닿아 성스러워진 그 돈은 그를 추억하는 기념물이었으며 그들 둘만의 경험으로 만들어진 이야기 이외에 아직 다른 역사는 담고 있지 않은 듯했다. 그래서 그것을 써버린다는 것은 곧 귀중한 유물을 갖다 버리는 것과 다르지 않았다. 그럼에도 불구하고 그녀는 돈을 쓸 수밖에 없었고, 그렇게 돈은 조금씩 그녀의 수중에서 빠져나갔다.

이따금 그녀는 자신의 주소를 어머니에게 알려 드려야 했지만, 그래도 그녀가 처해 있는 상황은 말하지 않았다. 돈이 거의 바닥이 날 즈음 어머니에게서 한 통의 편지가 날아왔다. 어머니는 가족에게 닥친 기막힌 사정을 편지에 적어 보냈다. 이엉을 얹은 지붕이 가을비로 줄줄 새는 통에 지붕을 몽땅 새로 갈아야 할 판이지만, 그전에 얹은 이엉 대금도 미처 갚지 못한 처지라 감히 엄두조차 낼 수 없다는 사연이었다. 서까래도 새로 하고 위층의 지붕도 다시 해야 하므로 지난번 대금과 합치면 족히 20파운드는 들 거라는 거였다. 그래서 지금쯤이면 분명 돈 많은 남편도 돌아왔을 테니 그 돈을 보내 줄 수 없겠느냐는 내용이었다.

테스에겐 에인절이 거래하는 은행에서 곧 30파운드의 돈이 오기로 되어 있었다. 그리고 편지에 적힌 상황이 구구절절 딱하기 그지없었으므로 그녀는 돈이 오자마자 어머니가 요구한 20파운드의 돈을 집으로 부쳤다. 남은 돈 중 일부는 겨울옷을 사는 데 쓸 수밖에 없었고, 결국 조만간 닥쳐올 혹독한 계절을 꾸려 갈 밑천은 정말이지 몇 푼밖에 남지 않았다. 이 돈이 한 푼도 남지 않고 몽땅 사라질 경우 마지막으로 남은 방법은 혹시 돈이 필요한 일이 생기면 언제든지 그의 아버지에게 부탁하라던 에인절의 말을 고려해 보는 거였다.

하지만 아무리 생각해도 그 방법만큼은 받아들이기가 영 마뜩잖았다. 그것은 혹여 클레어에게 누라도 될까 봐 친정 부모에게조차 그들의 별거가 길어지는 사실을 숨긴 것처럼 섬세한 마음 씀씀이, 자존심, 부끄러운 일이 아닌데도 부끄러워하는 그녀의 마음 탓이었다. 게다가 에인절에게 돈을 넉넉하게 받았는데도 궁색하게 지낸다는 말을 도저히 그의 부모님에게 할 수가 없을 것 같았다. 이미 그들은 그녀에게 좋지 않은 감정을 갖고 있을지도 모른다. 그럼에도 불구하고 그녀가 그렇게 구걸하는 모습을 보인다면 지금보다 얼마나 더 그녀를 경멸하겠는가! 그래서 목사의 며느리인 테스는 시아버지에게 자신의 그런 처지를 알리지 않는 게 당연하다고 생각했다.

그녀는 남편의 부모님과 연락을 주고받는 게 꺼려지는 마음은 시간이 지나면 줄어들지도 모른다고 생각했다. 하지만 자신의 부모님에게는 오히려 그 반대였다. 결혼식을 올리고 얼마 지나지 않아 친정에 잠깐 머문 뒤 또 다시 고향 집을 떠나야 했을 때, 친정 부모님은 딸이 결국 사위와 합치게 될 거라고 철석같이 믿고 있었다. 게다가 테스는 그때부터 지금까지 줄곧 딸이 편안한 마음으로 사위가 돌아올 날을 기다리고 있을 거라는 그들의 믿음을 흔들어 놓는 일 따위는 전혀 하지 않았다. 친정 부모님은 늘 사위의 브라질 여행이 짧게 끝났으면 했고 사위가 테스를 데리러 오거나 아니면 테스에게 브라질로 오라는 기별을 할 거라는 희망 그리고 어쨌거나 딸 내외는 곧 가족과 세상 앞에 사이좋은 부부의 모습을 보여 줄 거라는 믿음의 끈을 놓지 않았던 것이다. 이런 희망의 끈은 그녀 역시 아직 놓지 않았다. 친정 식구들의 궁핍함도 덜어 주고 처음의 실패를 없던 일로 만들며 에인절과의 결혼까지 성공적으로 끝낸 이 마당에 그녀가 버림받은 아내가 되어 직접 수족을 놀려 먹고살아야 한다는 사실을 친정 부모님에게 알리는 건 도저히 견딜 수 없었다.

문득 보석이 머리에 떠올랐다. 그러나 그녀는 클레어가 보석을 어디에 맡겼는지 몰랐고 사실 그건 별로 중요한 일도 아니었다. 그러니까 보석을 사용할 수 있는 권한만 그녀에게 있을 뿐 팔 수 없다는 게 사실이라면 말이다. 설령 그 보석이 온전히 그녀의 소유라고 하더라도 그저 법적 권리로 그녀를 부유하게 보이도록 치장해 주는 공허한 물건에 불과할 뿐 진정한 의미에서 그녀의 것이라고는 할 수 없었다.

한편 그녀의 남편 역시 결코 편안한 나날을 보내고 있는 것은 아니었다. 지금 에인절은 폭풍우로 만신창이가 되고 갖가지 고난으로 얼룩진 브라질의 쿠리치바 근처의 질척거리는 땅에서 열병으로 앓아누워 있었다. 그즈음 브라질 정부가 내건 약속에 속은 사람들, 그리고 영국의 고지대에서 농사일을 하면서 고향의 온갖 악천후를 견뎌 낸 신체 조건이라면 브라질 평원에서 맞닥뜨리게 될 어떠한 악조건도 능히 감당해 낼 수 있다고 믿으며 근거 없는 주장에 현혹되어 그곳으로 건너간 영국인 농부들과 농장 일꾼들도 모두 같은 처지에 놓여 있었다.

다시 테스의 이야기로 돌아가면, 이제 남아 있던 마지막 금화까지 써버리자 테스는 그 금화를 대체할 만한 수단이 전무한 지경에까지 이르렀다. 설상가상으로 일자리를 얻기가 점점 힘들어지는 계절이었다. 그녀는 자신이 뛰어난 지성을 갖추고 열정과 건강 그리고 어느 분야에서든 열심히 일하려는 의욕이 있다는 사실을 간파하지 못하고 있었기 때문에 실내에서 할 수 있는 일자리를 찾으려 들지 않았다. 도회지와 커다란 저택들, 돈이 많으며 사교적이고 세련된 사람들 그리고 순박한 맛이 결여된 매너가 좋은 사람들이 그녀는 마냥 두렵기만 했다. 소위 말하는 그런 상류 계층에서 바로 그 엄청난 재앙이 비롯되었기 때문이었다. 어쩌면 사회는 그녀가 자신의 미천한 경험에서 얻은 결론보다는 좋은 곳일지도 몰랐다. 하지만 그녀에겐 이를 증명할 만한 것이 없었고, 그래서 이런 상황에 처하자 자꾸 본능적으로 그런 곳을 피하려고만 들었다.

젖 짜는 여자로 임시 고용되어 테스가 봄과 여름을 보낸 포트 브레디 너머의 규모가 작은 농장들은 더 이상 일손을 필요로 하지 않았다. 탤벗헤이즈 낙농장에 가서 사정이라도 한다면 순전히 동정심에서라도 기거할 방 한 칸 정도는 마련해 주었을지도 모른다. 하지만 그 낙농장에서의 생활이 아무리 편안했었다고 하더라도 다시 그곳으로 돌아간다는 건 도저히 생각도 할 수 없었다. 곤두박질친 자신의 모습을 보이기가 죽기보다 싫었고, 더구나 그녀가 탤벗헤이즈로 돌아가게 되면 한껏 훌륭한 사람으로 알려진 남편에게 비난의 화살이 쏟아질 수도 있는 노릇이었다. 그녀가 참을 수 없는 것은 그들이 보일 동정심과 자신이 처한 얄궂은 상황에 대해 그들끼리 숙덕댈 모습이었다. 그녀에 대한 이야기가 그들 각자의 마음속에 따로따로 존재한다면, 그렇다면 까짓 그들 각자가 알고 있는 것쯤은 그녀가 부딪쳐 볼 수도 있을지 모른다. 하지만 테스의 여린 마음을 움찔하게 만드는 것은 사람들이 자신의 이야기를 화젯거리로 도마 위에 올린다는 것이었다. 사실 테스 역시 이 두 가지 상황 사이에 어떤 차이가 있는지 딱히 설명할 도리는 없었다. 그저 느낌이 그렇다는 거였다.

테스는 지금 이 지방 한가운데에 위치한 고지대의 한 농장으로 가고 있었다. 돌고 돌아서 드디어 그녀 손에 들어온 마리안의 편지에 적혀 있던 곳이었다. 마리안은 아마도 이즈 휴에트를 통해서 테스가 남편과 별거 중이라는 사실을 알게 되었을 테고, 지금은 술꾼이 되어 버렸지만 심성은 고왔던 마리안이 어려운 상황에 처했을 옛 친구를 생각해서 서둘러 기별을 보냈던 것이다. 마리안은 탤벗헤이즈를 떠난 뒤 이 고지대로 왔으며 테스가 그전처럼 다시 일을 하고 있다면 자기가 일하는 곳에 자리가 있으니 그곳으로 왔으면 좋겠다고 했다.

낮의 길이가 점점 짧아지는 것처럼 남편의 용서를 구할 수 있을 거라는 희망도 점점 희미해져만 갔다. 그녀는 말도 많고 탈도 많았던 자신의 과거사를 조금씩 떨쳐 내고 자신의 정체성도 지워 버렸다. 그리고 예기치 않은 사건으로 말미암아 사람들이 이내 그녀가 있는 곳을 알아내기라도 하면 그들의 행복까지는 아니더라도 그녀 자신의 행복에 중요한 영향을 미칠 수 있을지도 모른다는 생각도 접어 둔 채 느릿느릿 걸어가는 그녀에게는 야생 동물의 습성 같은 것이 숨어 있었다.

테스의 쓸쓸한 처지를 힘들게 하는 것으로는 클레어에게서 배운 세련된 풍모에 타고난 매력이 더해져 생긴 세간의 뭇 시선도 한몫 거들었다. 결혼식을 위해 장만했던 옷가지를 입고 있을 때는 그래도 흘낏거리는 시선들이 불쾌하지는 않았으나 밭일을 하려고 어쩔 수 없이 작업복을 입는 순간부터 간혹 저속한 말들이 들려오곤 했다. 그러던 11월의 어느 날 오후, 그녀는 결국 신체적인 위협까지 느끼는 일을 당하게 되었다.

사실 테스는 지금 그녀가 가고 있는 고지대의 농장보다는 브릿 강 서쪽 지역이 더 마음에 들었다. 한 가지 이유를 들자면 그곳이 시부모님의 집과 좀 더 가까웠기 때문에 사람들 눈에 띄지 않고 돌아다니다가 어느 날 문득 목사관을 찾아가겠다는 결심이 설지도 모른다는 생각에 설렜던 것이다. 하지만 일단 지대가 높고 건조한 곳으로 가기로 결정했고 그래서 그녀는 그날 밤 묵어야 할 초크 뉴턴 마을을 향해 동쪽으로 발길을 재촉하고 있었다.

그녀는 길게 뻗어 있는 밋밋한 오솔길을 따라 걷고 있었는데 낮의 길이가 무섭게 짧아지고 있던 탓에 어느새 사위는 어둠이 밀려들고 있었다. 언덕 꼭대기에 이르러 아래를 내려다보니 다시 길은 뱀처럼 구불구불 희끄무레한 모습으로 계속되고 있었다. 바로 그때 뒤에서 발자국 소리가 들려오더니 이내 한 남자가 그녀를 따라잡았다. 남자가 테스 옆에서 나란히 보조를 맞추며 말을 건넸다.

「안녕하슈, 예쁜 아가씨.」 테스도 예의를 갖춰 인사했다.

한가롭게 게으름을 피우며 하늘 높이 걸려 있던 한 줄기 빛이 사방에 깔려 있던 칠흑 같은 어둠을 뚫고 테스의 얼굴 위로 환하게 쏟아져 내렸다. 남자는 테스를 뚫어져라 바라보았다.

「와, 이거 틀림없군. 한동안 트란트리지에 살던, 그러니까 젊은 더버빌 나리와 그렇고 그런 사이였던 바로 그 아가씨 아닌가? 나도 그땐 거기에 살았지. 지금은 아니지만 말이야.」

테스는 곧 이 남자가 바로 지난번 주막에서 마주쳤던 사람이며 그녀에게 상스럽게 말을 했다는 이유로 클레어에게 맞았던, 돈푼깨나 있어 보이던 그 무식한 농부라는 사실을 알게되었다. 그녀의 온몸이 고통으로 경련을 일으키고 있었다. 그녀는 아무 대답도 하지 않았다.

「솔직히 자백하는 게 어때. 마을에서 그때 내가 했던 말이 모두 진짜라고 말이야. 물론 아가씨의 그 멋쟁이 애인은 발끈했지만. 이봐, 앙큼한 아가씨! 아가씨 애인이 날 때린 행동을 사과해야 할 것 아냐.」

여전히 테스에게선 아무 대답이 없었다. 궁지에 몰린 그녀가 빠져나갈 수 있는 방법은 한 가지 밖에 없었다. 그녀는 뒤도 돌아보지 않고 냅다 바람처럼 달려 길가에 있는 숲으로 이어진 울타리 문에 당도했다. 앞뒤 살필 겨를도 없이 문 안으로 뛰어든 그녀는 발각될 염려가 없을 만큼 숲 속 깊숙이 들어갈 때까지 속도를 늦추지 않았다.

바싹 마른 낙엽들이 바스락거리며 발에 밟혔고, 낙엽송들 사이에 자리를 잡고 자라고 있던 호랑가시나무들의 무성한 잎사귀들이 바람막이 역할을 톡톡히 해주었다. 테스는 낙엽들을 한데 긁어모아 낙엽 더미 한가운데에 둥지 비슷한 것을 만들고 그 안으로 기어들어 갔다.

그렇게 청한 잠이 편안할 리가 없었다. 이상한 소리가 들려오는 것 같았지만 아마도 바람 때문일 거라며 스스로를 다독거렸다. 자신은 여기 이렇게 추운 곳에 있건만 남편은 지구 반대쪽 더운 어딘가에 있을 거라는 생각도 들었다. 세상에 자신처럼 비참한 존재가 또 있을까? 스스로에게 되물으면서 자신의 허망한 인생을 돌이켜보던 그녀의 입에서 문득 〈모든 게 헛되도다〉라는 말이 흘러나왔다. 무심코 앵무새처럼 이 말을 반복하던 그녀는 이런 표현이 지금의 시대와는 전혀 어울리지 않는다는 생각이 얼핏 들었다. 솔로몬은 2천 년도 훌쩍 넘는 옛날 옛적에 그런 생각까지 했던 것이다. 테스는 유명한 사상가들의 반열에 속하지는 못했지만 그녀가 훨씬 많은 걸 겪어 왔다. 모든 게 그저 헛되기만 하다면 까짓 거기에 마음을 쓸 자가 어디 있겠는가? 아, 하지만 슬프게도 모든 것은 헛되다는 표현으로는 감당이 되지 않는 불의와 형벌, 강탈 그리고 죽음이었다. 에인절 클레어의 아내는 이마에다 손을 얹고 굴곡진 이마와 부드러운 살결 밑으로 느껴지는 눈언저리를 더듬으면서 이 뼈들도 조만간 앙상하게 드러날 날이 올 거라는 생각에 잠겼다. 「지금 그렇게 되면 좋으련만.」

종잡을 수 없는 생각의 늪에 빠져 있던 그녀에게 수북이 쌓인 나뭇잎 사이에서 난생처음 듣는 이상한 소리가 들려왔다. 지나가는 바람이러니 했지만, 사실 바람은 거의 없었다. 가끔은 심장이 고동치는 소리 같기도 했고 때로는 퍼덕이는 소리처럼 들리기도 했다. 그리고 숨을 몰아쉬는 것 같기도 했고 목구멍에서 나오는 꾸르륵 소리처럼 들리기도 했다. 곧 그녀는 그것이 어떤 야생 동물이 내는 소리일 거라는 생각이 들었는데, 머리 위 나뭇가지에서 시작되었던 소리가 무언가 묵직한 것이 바닥으로 툭 떨어지는 소리로 이어지는 걸 들으면서 그녀의 생각은 확신으로 바뀌었다. 만약 좀 더 즐거운 상황 속에서 이곳에 몸을 숨기고 있었다면 그녀는 그 소리에 무척 놀랐을 것이다. 하지만 인간 사회를 벗어난 지금 그녀에겐 두려울 게 하나도 없었다.

드디어 하늘이 희뿌옇게 밝아 오기 시작했다. 그 밝은 빛이 한참을 그렇게 공중에 걸려 있더니 이윽고 숲도 밝아지기 시작했다.

세상을 활기차게 돌아가게 하는 자신만만하고 단조로운 햇살이 강렬해지자 그녀도 낙엽 더미 아래에서 기어 나와 대담하게 주위를 둘러보았다. 이제야 비로소 그녀는 지난밤 자신의 잠을 설치게 만든 소리의 정체가 무엇인지 알게 되었다. 그녀가 숨어들어 온 숲은 이 지점까지 죽 내려오는 언덕을 이루고 있었고, 산울타리 너머로는 경작지가 펼쳐져 있었다. 아름다운 깃털이 피로 축축하게 젖은 새들이 나무 아래 여기저기에 흩어져 있었다. 죽어 있는 것들도 있었고 어떤 것들은 가냘프게 날개만 파닥이고 있었으며 하늘을 보고 누워 있는 것들도 있었다. 가쁘게 심장을 할딱거리는 것들이 있는가 하면 몸통이 뒤틀려 있거나 일자로 쭉 뻗어 있는 것들도 있었

다. 모두들 하나같이 고통에 몸부림치고 있었으니, 자연의 힘
으론 더 이상 버틸 재간이 없어 간밤에 이 모진 고문을 끝낸
새들만이 운 좋게 그 고통을 면제받았을 뿐이었다.

테스는 이내 무슨 일이 있었는지 짐작할 수 있었다. 사냥꾼
들이 어제 이 새들을 구석진 이곳으로 몰아넣었던 것이다. 총
에 맞아 죽어 떨어졌거나 어둠이 몰려오기 전에 죽은 새들은
사냥꾼들이 찾아내서 이미 가지고 갔을 테지만 상처는 심하
나 목숨이 붙어 있는 새들은 도망가서 숨어 버리거나 아니면
굵직한 나뭇가지에 올라앉아 있었던 것이다. 나뭇가지 위에
서 그 자세를 유지하고 있던 새들은 밤새 피를 흘리며 기진맥
진해져서 한 마리씩 바닥으로 곤두박질쳤는데, 테스는 바로
이 새들이 떨어지는 소리를 들었던 것이다.

어렸을 적 가끔 테스는 그런 사람들을 본 적이 있었다. 숲
울타리 너머를 두리번거리고 나무숲 사이를 뚫어져라 보다
가 총을 겨누곤 했던 그들은 이상한 복장을 하고 있었고 그
들의 눈엔 핏발이 서려 살기가 등등했었다. 그녀가 들은 이야
기에 따르면 그런 그들의 모습이 너무도 거칠고 잔인해 보여
도 사실 가을과 겨울의 몇 주를 빼면 상당히 양순한 사람들
이라는 거였다. 그 특정 기간이 되면 그들은 말레이 반도에
사는 사람들처럼 미쳐 날뛰면서 생명 파괴를 일삼았고 대자
연 속에서 함께 살아가는 가족들 중에서 힘이 약한 무리들에
게 무자비하고 야비하게 굴게 되는 것이다. 이번에는 그런 그
들의 욕구를 채울 목적으로 세상에 태어나게 만든, 인간에게
아무 위해도 가하지 않는 인공으로 부화시킨 깃털 짐승이 그
들의 파괴 대상이었던 것이다.

스스로에 대한 연민만큼이나 고통을 당하고 있는 동족을

불쌍히 여기는 한 영혼의 충동으로 테스는 가장 먼저 아직 목숨이 다하지 않아 끔찍한 고문에서 벗어나지 못하고 있는 새들의 고통을 끝내 주어야 한다고 생각했다. 테스는 이를 위해 눈에 보이는 새들의 목을 모조리 자신의 손으로 비틀어 죽인 다음 원래의 자리에 다시 놔두었다. 사냥꾼들이 이들을 수거하려고 다시 올 게 분명하므로 그때까지 이 새들은 그 자리에 그대로 있게 될 것이다.

「불쌍해라! 너희들의 이런 비참한 꼴을 보고도 내가 세상에서 가장 가엾다고 생각했으니!」 그녀는 울부짖었다. 조심스럽고 부드럽게 새들의 생명을 끊어 버리는 그녀의 두 눈에서 눈물이 비 오듯 쏟아지고 있었다. 「참을 수 없이 몸이 아픈 것도 아니고, 몸이 찢겨 나간 것도 아니야! 철철 피를 흘리는 것도 아니고, 밥을 먹고 옷을 입을 수 있는 두 손도 이렇게 멀쩡하잖아.」 그녀는 지난밤 울적한 마음에 사로잡혔던 자신이 부끄러워졌다. 그녀의 슬픔은 대자연에서는 그 근거를 찾아볼 수 없는, 기껏해야 인간들이 제멋대로 만들어 낸 사회법에서 오는 비난 때문이라는 생각이 들었던 것이다.

제42장

해가 중천으로 떠오르자 테스는 다시 조심스럽게 큰길로 나와 길을 재촉했다. 근처엔 사람의 그림자도 얼씬거리지 않았으므로 굳이 조심해야 할 필요도 없었고, 그래서 그녀는 씩씩하게 앞으로 걸어갔다. 밤새도록 말없이 고통을 견뎌 낸 새들을 돌이켜보면서, 그녀는 슬픔은 상대적인 것이고, 그래서 일단 자신이 그런 편견을 대수롭지 않게 여길 만큼 강해질 수만 있다면 그녀가 겪고 있는 이 슬픔도 견뎌 낼 수 있을 거라고 생각했다. 하지만 그 편견이 클레어의 생각이라면 견뎌 낼 수 없을 것 같았다.

초크 뉴턴에 도착한 테스는 주막에 들러 아침 식사를 했다. 주막에 있던 몇몇 젊은 남자들이 귀찮을 정도로 그녀의 미모를 칭찬해 댔다. 어쨌거나 이런 일이 테스에겐 희망을 품게도 만들었으니, 아직은 이와 비슷한 칭찬의 말을 남편에게도 들을 수 있지 않을까 하는 마음이 들었던 것이다. 그녀는 이를 위해서라도 혹여 외모 때문에 불미스러운 일이라도 생기면 안 된다고 생각했다. 마을을 벗어나자 곧 그녀는 덤불숲으로 들어갔고 들에서 일할 때 입는 옷 중 가장 낡은 옷가지를 바구니에서 꺼내 들었다. 말롯에서 밭일을 할 때 이후로도 그렇고 탤벗헤이즈 낙농장에서도 한 번도 입은 적이 없는 옷이었다. 그리고 그녀는 여기에 걸맞게 보퉁이에서 손수건을 꺼내 마치 이앓이를 하고 있는 사람처럼 손수건으로 보닛 아래의 턱과 뺨 그리고 관자놀이의 반을 덮어 가리도록 얼굴을 둘둘 싸맸다. 그런 다음 손거울을 보면서 작은 가위로 자신의 눈썹을 뭉텅뭉텅 잘라 냈다. 그렇게 그녀는 사내들의 위험한 찬사를 막아 낼 방도를 단단히 세우면서 평탄하지 않은 길을 계속 갔다.

「허수아비처럼 생긴 여자로군!」 그녀를 본 한 남자가 함께 가던 사람에게 말했다.

그 말에 그녀는 자신의 행색이 너무도 가련해서 눈물을 삼켜야 했다.

「하지만 괜찮아!」 그녀가 중얼거렸다. 「괜찮고말고. 상관없어! 난 이제 늘 이렇게 못난이 행색으로 다닐 거야. 에인절은 떠났고 이젠 날 봐줄 사람도 없으니까. 떠난 남편이 날 더 이상 사랑하진 않겠지만 그를 향한 내 사랑엔 변함이 없어. 그리고 다른 남자들은 정말 싫어. 차라리 남자들이 날 우습게 봤으면 좋겠어!」

그렇게 순수하고 소박한 농부의 모습으로 풍경과 어우러지면서 테스는 계속 걸었다. 모직으로 만든 잿빛 망토와 빨간색 울 목도리, 빛바랜 갈색의 꺼슬꺼슬한 작업복에 가린 모직 치마 그리고 무두질한 가죽 장갑이 그녀의 겨울 장비였다. 그 낡은 옷가지는 빗줄기에 두들겨 맞고 햇빛에 그을리며 바람까지 못살게 구는 통에 원래의 빛깔을 잃고 나달나달해졌다. 그런 그녀의 모습에서 젊은 여성의 열정 따위는 이제 찾아볼 수 없었다.

> 아가씨의 입술은 싸늘하고
> ·······.
> 소박하게 빗어 올린
> 그녀의 머리.[94]

　마치 아무것도 느낄 줄 모르는 무생물을 바라보듯 그런 그녀의 모습을 무심하게 바라보는 눈길들이 있겠지만, 그녀의 내면에는 살아온 세월에 비해 만물의 허망함과 욕정의 잔인함 그리고 사랑의 나약함을 속속들이 꿰고 있는 살아 숨 쉬는 한 생명체의 기록이 더 많이 아로새겨져 있었다.

　그다음 날도 날씨는 궂었으나 그녀는 쉼 없이 힘겹게 한 걸음 또 한 걸음 나아가고 있었다. 그녀는 누구에게나 한결같이 드러내 놓고 냉혹하게 구는 정직한 자연의 힘에는 주눅 들지 않았다. 그녀의 목적은 그저 일을 하면서 이 겨울철에 몸을 의탁할 수 있는 거처를 얻는 일이었으므로 한시도 지체할 겨를이 없었다. 여러 번 임시직의 단기 일거리를 경험한 그녀로선 이제 더 이상 그런 자리를 받아들일 수 없었다.

　그렇게 그녀는 이 농장 저 농장을 거쳐서 마리안이 편지로 알려 준 그곳, 항간에 떠도는 혹독하다는 소문 때문에 정말 내키진 않았지만 마지막까지 남아 유일하게 선택이 가능했던 그 장소를 향해 발길을 재촉했다. 그녀도 처음에는 몸이 고되지 않은 가벼운 일거리를 찾았었다. 그런데 그런 일자리는 점점 얻기가 힘들어졌고, 그래서 그다음으로 찾은 것이 그보단

94 영국의 시인 겸 평론가 스윈번의 「프라고레타」 중 인용.

조금 더 힘든 일이었다. 그렇게 가장 마음에 들었던 낙농장 일과 닭을 돌보는 일부터 시작하여 종국에는 정말 싫었던 힘들고 험한 밭일, 일부러는 절대 자원하지 않았을 너무도 고된 일을 할 수밖에 없었던 것이다.

이틀째 되는 날, 해가 뉘엿뉘엿 질 무렵이었다. 그녀는 마치 키벨레 여신이 수없이 많은 유방을 가슴에 달고 길게 누워 있는 듯, 반구형 무덤 같은 것들이 들쑥날쑥 솟아 있는 고지대에 이르렀다. 그곳은 테스의 고향 마을과 그녀의 사랑이 꽃피었던 계곡을 양옆으로 거느리고 그 사이에 자리 잡고 있었다.

이곳의 공기는 차갑고 건조했다. 길게 쭉 뻗은 달구지 길은 비가 내린 뒤 불과 몇 시간만에 이내 부연 먼지로 자욱했다. 나무라곤 한 그루도 없다고 해도 과언이 아닐 만큼 도통 눈에 뜨이지 않았으니, 나무와 덤불숲의 천적이라고 할 수 있는 소작농들이 울타리에 자라고 있어야 할 나무들을 인정사정없이 죄다 잘라 내버렸던 것이다. 그녀의 정면으로 저 멀리 중앙에 벌배로와 네틀콤타우트의 봉우리들이 친근한 모습을 드러냈다. 어린 시절 테스가 블랙무어 계곡의 반대쪽에서 다가갔을 때는 이들이 하늘을 배경으로 우뚝 솟아 있는 요새처럼 보였는데, 지금 이곳 고지에서 바라보니 그저 나지막하고 얌전한 봉우리들이었다. 저 멀리 남쪽 해안을 따라 죽 이어져 있는 산과 구릉들 너머로 반질반질하게 닦인 강철처럼 매끈한 표면이 보였는데, 바로 거기가 프랑스를 향해 펼쳐져 있는 영국 해협이었다.

그리고 정면으로 약간 움푹 들어간 곳에 폐허처럼 남은 마을이 있었다. 사실 그녀가 도착한 곳이 바로 마리안이 있는 플린트콤애시였다. 그녀에겐 이곳으로 오는 수밖에 달리 도리가 없었으니 이게 그녀의 운명인 듯했다. 사방의 척박한 땅만 둘러봐도 이곳의 일이 얼마나 고될지 금세 짐작이 갔다. 하지만 이제 더 이상 일자리를 찾아 떠돌 수는 없었고, 더구나 비도 추적추적 내리기 시작했으므로 그냥 여기에 머물기로 마음먹었다. 마을로 들어가는 초입에 농가 한 채가 있었고, 농가의 박공이 길 쪽으로 툭 튀어나와 있었다. 하룻밤 묵어갈 수 있을지 물어보기에 앞서 그녀는 농가 지붕 아래에 서서 저녁 어스름이 밀려드는 걸 바라보았다.

「누가 날 에인절 클레어 부인이라고 생각할까!」 그녀는 중얼거렸다.

등과 어깨로 벽의 따뜻한 온기가 전달되었다. 박공 바로 안쪽에 벽난로가 있어서 난로의 열기가 벽돌을 통해 스며 나오는 걸 알 수 있었다. 그녀는 시린 손과 비에 젖은 붉은 뺨을 훈훈하게 녹여 주는 따뜻한 벽에 갖다 댔다. 그녀에게 남은 친구는 이제 이 벽밖에 없는 것 같았다. 테스는 그곳을 떠나고픈 마음이 조금도 없었고, 그래서 밤새도록 거기에 그렇게 머물 수도 있을 것 같았다.

농가에 살고 있는 사람들의 소리가 테스에게 들려왔다. 하루의 일과를 마치고 집 안에 모여 도란도란 이야기꽃을 피우는 사람들의 소리와 그 소리에 식기들이 딸그락거리는 소리가 섞여 들려왔다. 하지만 길에는 여전히 인간의 자취가 보이지 않았다. 이윽고 그 정적은 한 여자의 형체가 가까이 다가오면서 깨졌으니, 여자는 저녁 기운이 제법 쌀쌀한데도 불구하고 여름철에나 입는 날염 천으로 만든 가운과 차양 달린 보닛을 쓰고 있었다. 테스는 직감적으로 그 여자가 마리안일 거라고 생각했고, 어둠 속에서도 얼굴을 알아볼 만큼 여자가 가까이 다가왔을 때 자신의 생각이 맞았다는 걸 알았다. 마리안은 예전에 봤을 때보다 훨씬 투실투실했고 얼굴은 더 붉었으며 행색은 눈에 띄게 초라해졌다. 예전 같으면 이런 꼴로 옛 친구를 다시 만나는 게 몹시 싫었겠지만 외로움에 사무쳤던 테스는 자신을 알아보고 반겨 주는 마리안에게 흔쾌히 인사말을 건넸다.

마리안은 무척이나 조심스럽게 이런저런 것들을 물어보았고, 테스 부부가 별거한다는 이야기를 대충 듣긴 했지만 테스의 처지가 먼저보다 나아지지 않았다는 사실에 무척이나 마음 아파했다.

「테스, 아니 클레어 부인. 그이의 소중한 아내! 정말 이렇게 형편이 좋지 않은 거니? 예쁜 얼굴은 왜 그렇게 둘둘 싸매고 있는 거야? 누구에게 맞은 거니? 그이는 아니겠지?」

「아니야, 아니야! 남자들이 귀찮게 구는 게 싫어서 그냥 이렇게 한 거야, 마리안.」

테스는 그렇게 엉뚱한 생각을 하게 만든 손수건이 혐오스럽다는 듯 확 풀어 버렸다.

「그리고 깃도 달지 않았구나.」 테스는 낙농장에서 늘 흰색의 작은 깃을 달았었다.

「그래, 마리안.」

「여기저기 다니다가 잃어버린 게로구나.」

「잃어버린 게 아니야. 사실 외모에 아무런 관심도 없어. 그래서 깃을 달지 않았던 거고.」

「결혼반지도 끼지 않았네.」

「아니, 가지고는 있어. 다만 사람들 앞에선 끼지 않을 뿐이야. 리본에 달아 목에 걸고 있지. 사람들이 날 결혼과 결부시켜 보지 말았으면 좋겠어. 아예 내가 기혼자라는 사실을 몰랐으면 좋겠어. 이렇게 살아가야 하는 동안에는 그 사실이 너무 어색하고 불편할 거야.」

마리안은 말을 잇지 못했다.

「그렇지만 넌 신사 남편을 둔 부인이야. 그런데도 이렇게 살아야 한다니 공정한 일이 아닌 것 같구나!」

「아니야. 지금 많이 불행하긴 하지만 이건 아주 공정한 일이야.」

「그러니까, 그이가 너랑 결혼 했는데도 이렇게 많이 불행할 수 있는 거구나!」

「아내들은 가끔 불행할 때가 있는 거야. 남편의 잘못 때문이 아니라 자신의 허물 때문에 말이지.」

「넌 잘못한 게 아무것도 없어. 그건 내가 장담할 수 있어. 그리고 그이도 아무 잘못이 없어. 그러니까 이 모든 일의 원인은 너희 두 사람 말고 다른 데 있는 게 분명해.」

「마리안, 제발 질문은 그만하고 날 좀 도와주겠니? 남편은 외국으로 가버렸고 내게 있던 돈도 이럭저럭 바닥이 나서 한동안은 옛날처럼 다시 일을 해야 하거든. 클레어 부인이라고 부르지 말고 그냥 예전처럼 테스라고 불러 줘. 여기 일손이 필요할까?」

「그럼, 물론이지. 여기까지 오려는 사람이 거의 없으니까 사람은 늘 필요하지. 여긴 굶어 죽기 딱 좋은 땅이야. 여기서 자랄 수 있는 거라곤 밀하고 순무뿐이지. 나도 여기에 있긴 하지만 너 같은 아이가 이런 데서 일해야 한다니 정말 마음이 아프구나.」

「예전엔 너도 나처럼 젖 짜는 여자로 손색이 없었지.」

「그랬었지. 그렇지만 술에 손을 댄 뒤로는 그곳을 그만두어야 했어. 맙소사, 이제 내게 남은 위안거리라곤 술밖에 없네! 일을 얻는다면 넌 순무 캐는 일을 하게 될 거야. 내가 하는 일도 바로 그 일이지만 네 마음에는 들지 않을 텐데.」

「무슨 일이든 상관없어! 네가 대신 말해 주겠니?」

「직접 말하는 게 더 나을 거야.」

「그래, 알았어. 그런데 마리안 꼭 잊지 말아 줘. 내가 여기서 일하게 되면 그이에 대해 아무 말도 하지 않겠다는 걸 말이야. 그이의 이름이 더럽혀지는 걸 원치 않아.」

테스보다 성품이 다소 투박하긴 해도 믿고 의지할 만한 처녀였던 마리안은 테스의 부탁이라면 뭐든 들어주겠다고 약속했다.

「오늘 밤에 일당을 받아. 나랑 같이 가보면 금세 알 수 있을 거야. 네가 행복하지 않다니 정말 마음이 아프구나. 하지만 그이가 없어서 그런 거겠지. 지금 그이가 여기에 있다면 네가 불행할 리가 없지. 그이가 네게 한 푼의 돈도 주지 않고 종처럼 부려 먹는다고 해도 말이야.」

「그럼, 그렇고말고. 불행할 리가 없겠지!」

나란히 걸음을 옮기던 그들은 이윽고 을씨년스럽기 짝이 없는 어느 농가에 이르렀다. 사방을 아무리 둘러보아도 나무 한 그루 눈에 띄지 않았다. 계절 탓인지 푸른 목초지도 없이 그저 똑같은 높이로 구부려 얽어맨 울타리로 사방을 두른, 아무것도 없이 텅 빈 드넓은 밭에 순무들만 있을 뿐이었다.

테스는 문 밖에서 한 무리의 일꾼들이 품삯을 모두 받을 때까지 기다렸다. 그 이후에 마리안이 그녀를 소개했다. 농장 주인은 집에 없는 것 같았고, 그날 저녁 남편의 일을 대신 맡아 처리하고 있던 그의 아내는 테스가 구력 성수태 고지(聖受胎告知)일[95]까지 있겠다고 하자 그녀를 쓰겠다고 했다. 남자들만큼 해낼 수 있는 일이라면 품삯이 싸니 여자들을 쓰는 게 이득인 데다가 밭에서 일하겠다는 여자들이 요즘엔 통 없기 때문이었다.

계약서에 서명을 마치자 당장 테스에게 남은 일은 잘 곳을 정하는 거였다. 그래서 그녀는 몸을 따뜻하게 녹여 주었던 그 박공 벽의 농가에 방을 얻었다. 그녀가 확보한 일자리는 입에 풀칠이나 할 수 있을 그야말로 보잘것없는 일에 불과했지만, 어쨌든 이 겨울에 몸을 눕힐 거처 하나는 마련된 셈이었다.

그날 밤 그녀는 남편의 편지가 말롯으로 올 경우에 대비해 고향 집으로 자신의 새 주소를 알리는 편지를 보냈다. 하지만 비참한 자신의 처지는 알리지 않았다. 에인절을 책망하는 일이 벌어질 수도 있기 때문이었다.

---

95 1752년 달력이 새로 재정되기 이전 구력으로 성수태 고지일은 4월 6일이었다. 이후 성수태 고지일은 3월 5일이 되었다.

제43장

플린트콤애시 농장을 굶어 죽기 딱 좋은 곳이라고 했던 마리안의 설명은 결코 과장이 아니었다. 그 땅에서 유일하게 살찐 존재를 들라면 그건 마리안뿐이었는데, 사실 따지고 들자면 그녀도 이곳 사람은 아니었다. 마을을 세 부류로 구분한다면 지주가 관리하는 마을, 지주 없이 저절로 굴러가는 마을 그리고 지주가 관리하는 것도 아니고 저절로 굴러가지도 않는 마을로 나눌 수 있었다. 다시 말하면 지주가 마을에 거주하면서 소작농을 거느리는 마을, 자영 농부나 토지 등본 소지자들이 농사짓는 마을 그리고 부재 지주가 땅만 가지고 농사짓는 마을이었다. 이곳 플린트콤애시는 그중 세 번째에 해당되는 마을이었다.

어쨌든 테스는 일을 하기 시작했다. 정신적인 용기에 육체적인 소심함이 합쳐지면서 생긴 참을성은 이제 에인절 클레어 부인에게 미미한 특징이 아니었다. 그녀를 쓰러지지 않게 붙들어 주는 것이 바로 그 참을성이었던 것이다.

테스와 마리안의 작업장인 자갈밭 위의 순무 밭은 이 농장에서 가장 높은 곳으로써, 한 구획이 1백여 에이커가량 길게 뻗어 있었다. 이곳은 둥글둥글한 알뿌리 모양을 하고 있거나 뾰족한 형상을 한, 또는 남근의 형태를 가진 갖가지 흰색의 돌로 이루어진 백악층의 지질로서 규산을 함유한 지맥이 겉으로 툭툭 불거져 있었다. 순무의 위쪽 반은 이미 가축들이 다 뜯어 먹은 뒤라 해커라고 불리는, 끝이 갈고리처럼 휜 호미로 아직 땅속에 박혀 있는 식용 가능한 나머지 반을 캐내는 일이 두 여자에게 할당된 작업이었다. 이파리란 이파리는 죄다 뜯긴 후였으므로 밭은 온통 횅댕그렁하니 칙칙한 회색 일색이었다. 마치 턱에서 이마까지 아무런 윤곽이 없이 살갗만 덮여 있는 얼굴 같았다. 하늘도 색깔만 다르지 똑같은 모양새였으니, 윤곽이 사라져 버린 희멀거니 쾡한 표정을 짓고 있었다. 그렇게 머리 위에 존재하는 희멀건 얼굴은 온종일 누런 얼굴을 내려다보고, 누런 얼굴은 희멀건 얼굴을 올려다보면서 서로 마주 보고 있었다. 둘 사이에는 누런 얼굴의 표면 위로 파리처럼 기어다니고 있는 두 명의 젊은 여자 말고는 아무것도 없었다.

아무도 그들이 일하는 근처엔 얼씬도 하지 않았다. 그들의 움직임은 기계처럼 규칙적이었다. 그들은 헤센[96] 작업복 안에 입은, 가운이 바람이 날리지 않도록 등 뒤에서 아래쪽으로 묶은 소매 달린 갈색 앞치마를 두르고 있었고, 짧은 치맛자락 밑으로 발목까지 올라오는 장화를 신었으며 팔목까지 올라오는 노란 양가죽 장갑을 끼고 있었다. 가리개가 달린 두건이 수그리고 있는 그들의 머리를 감싸며 수심에 잠긴 구슬픈 그림을 만들어 냈으니, 아마도 이를 본 사람이라면 초기 이탈리아인들이 생각했던 두 사람의 마리아[97]를 떠올릴 수도 있었

96 주로 자루를 만드는 데 쓰는 튼튼한 갈색 천이다.

490

으리라.

그들은 몇 시간이고 그렇게 묵묵히 손에서 일을 놓지 않았다. 그들은 이곳 풍경에 자신들이 쓸쓸한 분위기를 더하고 있다는 것도 의식하지 않았고 그들에게 떨어진 운명이 정당한 것인지 아닌지 생각하려 들지도 않았다. 그들은 자신들이 처한 이런 상황에서도 꿈속 여행을 시도할 수 있었다. 오후가 되어 다시 비가 내리기 시작하자 마리안이 일을 그만해도 된다고 말했지만 일을 하지 않으면 돈을 받을 수 없었으므로 그들은 일손을 놓지 않았다. 이 밭은 지대가 상당히 높아서 비가 오면 빗방울이 아래로 떨어지는 게 아니라 울부짖는 바람을 타고 옆으로 비스듬히 질주를 해서 유리 파편처럼 그들의 온몸에 꽂혀 들며 속속들이 젖게 했다. 테스는 지금까지 속속들이 젖어 든다는 말이 무슨 말인지 제대로 몰랐었다. 비에 젖는 것에도 정도가 있었다. 사람들은 보통 젖은 것도 흠뻑 젖었다고 대수롭지 않게 말하곤 한다. 그러나, 밭에서 일을 하면서 빗물이 처음에는 다리와 어깨로 그다음에는 엉덩이와 머리로 그리고 등과 몸의 앞쪽과 옆구리까지 스며드는 걸 느끼며, 그럼에도 불구하고 납처럼 투박한 해가 빛의 양을 줄여 가면서 하루가 저물었다는 걸 알릴 때까지 쉬지 않고 일해야 한다는 것은 분명히 상당한 극기심과 용기를 필요로 하는 것이었다.

하지만 그들이 비에 젖어 축축해진 걸 우리가 생각하는 만큼 심하게 느끼는 것은 아니었다. 그들 모두 젊은 나이로 한창때인 데다가 탤벗헤이즈 낙농장에서 함께 일하며 사랑했던 그 시절, 너그러운 선물을 듬뿍 안겨 주어 모두를 풍요롭게

97 성모 마리아와 막달라 마리아를 말한다.

했으며 감정적으로도 행복을 만끽했던 여름철의 탤벗헤이즈의 푸르른 들판에 대해 이야기꽃을 피우고 있었기 때문이었다. 사실 테스는 법적으로는 자신의 남편이지만 실질적으로 따지면 그렇지 않을 수도 있는 남자에 대해 마리안과 이야기를 나누는 게 썩 내키지는 않았다. 하지만 그 이야기는 치명적인 매력을 발휘했고, 그래서 자기도 모르게 마리안과 이런저런 이야기를 주거니 받거니 했다. 그래서 비에 젖은 두건의 가리개가 사정없이 그들의 얼굴을 찰싹찰싹 때려 대고 작업복은 성가실 정도로 온몸에 엉겨 붙었지만 그들은 그날 오후를 그렇게 녹음과 화창한 햇살 그리고 낭만이 어우러졌던 탤벗헤이즈 낙농장을 떠올리면서 보냈다.

「맑은 날이면 여기에서 프룸 계곡 몇 마일 내에 있는 산을 어렴풋하게 볼 수 있어.」 마리안이 말했다.

「정말! 그게 사실이니?」 이곳이 지닌 새로운 가치를 발견했다는 듯 테스가 말했다.

여느 곳과 마찬가지로 이곳에서도 두 가지의 힘, 즉 즐거움을 추구하려는 인간의 타고난 의지와 그 즐거움을 방해하려는 환경의 의지라는 두 가지 세력이 작용하고 있었다. 마리안은 오후가 저물어 가자 흰 누더기 헝겊으로 주둥이를 막은 술병을 주머니에서 꺼내 들어 들이켜며 기운을 얻었고 테스에게도 한사코 마시라고 권했다. 하지만 테스는 다른 도움이 없이도 자신의 감정을 승화시켜 꿈을 꿀 수 있는 힘이 있었으므로 살짝 입만 적시고 사양했다. 마리안이 술을 죽 들이켰다.

「이젠 술 마시는 게 습관이 되었어.」 마리안이 말했다. 「이젠 술 없인 살 수가 없어. 이게 내 유일한 위안거리거든. 너도 알잖니. 난 그이를 잃었지만 넌 아니야. 그러니까 넌 술 없이

도 견딜 수 있을 거야.」

테스는 자신의 상실감도 그녀 못지않다고 생각했지만, 적어도 명목상으로는 에인절의 부인이라는 생각에 힘을 얻어 마리안이 구분한 차이를 받아들였다.

이런 환경에서 테스는 아침에는 서리를, 오후에는 비를 맞으며 노예처럼 일했다. 순무 캐는 일을 하지 않을 때면 순무 다듬는 일을 했는데, 앞으로 쓸 뿌리를 저장하기에 앞서 뿌리에서 흙과 잔털을 털어 내는 작업이었다. 이 일을 할 때 비가 오면 이엉으로 얽어 만든 울타리 옆에서 몸을 가릴 수 있었다. 하지만 서리라도 내린 날이면 제아무리 두꺼운 가죽 장갑을 끼고 있어도 얼어붙은 순무 덩어리를 만져야 하는 그들의 손가락은 얼어 터질 것만 같았다. 그럼에도 테스는 희망의 끈을 놓지 않았다. 그녀는 클레어의 성격을 구성하는 중요한 요소는 너그러운 마음씨라고 굳게 믿고 있었고 이 마음씨 때문에 조만간 그녀에게 돌아올 거라는 확신이 있었던 것이다.

유쾌한 기분에 빠져든 마리안은 신기하게 생긴 돌멩이를 찾아내면서 자지러지듯 깔깔거렸고 테스는 그저 무덤덤했다. 그들은 비록 눈으로 직접 확인할 수는 없어도 자주 고개를 들어 저 멀리 프룸 계곡이 펼쳐져 있다는 곳으로 눈길을 주었다. 회색 외투를 잔뜩 껴입은 자욱한 안개에 시선을 고정한 채 그들은 그곳에서 보냈던 지난 시절을 떠올리고 있었다.

「아!」 마리안이 말했다. 「우리의 옛 친구 한두 명이 이리로 올 수만 있다면 얼마나 좋을까! 그러면 여기 밭에서 매일같이 탤벗헤이즈 낙농장 이야기를 할 수 있을 텐데 말이야. 그이에 대한 이야기도, 우리가 거기서 보냈던 즐거웠던 시간과 우리가 알고 있는 옛날 이야기도 하면서 모든 걸 상상으로나마 되찾을 수 있을 거야!」 그 시절을 회상하던 마리안의 눈가가 부드럽게 풀렸고 목소리도 불분명해졌다. 「이즈 휴에트에게 편지를 써야겠어. 그 애는 지금 아무 일도 하지 않고 그냥 집에서 놀고 있는 걸로 알고 있거든. 이즈에게 우리가 여기에 있다고 말하고 이리로 오라고 할 거야. 어쩌면 레티도 지금쯤 다 나았을지 몰라.」

테스는 그녀의 생각에 반대하지 않았다. 그리고 지난 날 탤벗헤이즈에서 누렸던 즐거움을 이리로 끌어오겠다는 이 계획에 대해 다시 듣게 된 것은 그로부터 2~3일 후였다. 이즈가 마리안에게 답장을 보내왔는데 될 수 있으면 그렇게 하겠다고 약속을 했다는 것이다.

이런 겨울은 몇 년 새 처음이었다. 겨울은 마치 체스를 두는 사람의 몸놀림처럼 계획적인 동작으로 슬그머니 다가왔다. 어느 날 아침, 몇 그루 남지 않은 나무들과 울타리의 가시덤불이 마치 식물의 껍데기를 벗어 던지고 동물의 외피를 두른 것처럼 보였다. 밤새 껍질에서 털이라도 자란 듯 나뭇가지마다 새하얀 보풀을 뒤집어쓰고 있었고, 그래서 보통 때보다 몸피가 네 배는 더 불어나 있었다. 구슬픈 잿빛 하늘 그리고 지평선 위의 덤불숲과 나무를 새하얀 선으로 선명하게 그린 스케치가 펼쳐져 있었다. 그 전까지는 아무도 그 존재를 몰랐던 헛간과 벽에 걸려 있던 거미줄이 수정처럼 얼어붙은 대기 덕분에 비로소 눈에 띠며 바깥채와 기둥 그리고 대문의 툭 튀어나온 곳마다 하얀 털실로 짠 올가미처럼 매달려 있었다.

습기가 얼어붙는 계절이 지나자 한동안 메마른 서리가 내렸다. 그러자 북극 저 너머로부터 날아온 낯선 새들이 조용히 플린트콤애시 농장의 고지대로 속속 도착하기 시작했다. 몸

494

이 여윈 그 새들은 인간의 접근을 불허하는, 상상을 초월할 정도로 광활한 극지방에서 날아온 것이다. 그들은 슬픈 눈을 가지고 있었으니 그것은 몸이 꽁꽁 얼어붙는, 어떤 인간도 견뎌 낼 수 없는 혹한 속에서 벌어지는 대격변의 공포를 목격한 눈이었다. 빙하가 충돌하고 번쩍거리는 오로라 빛에 설산이 녹아내리는 광경 속에서 어마어마한 폭풍의 소용돌이와 육지와 물이 요동치며 일그러지는 모습을 보면서 그들의 눈이 반은 멀었으리라. 하지만 그들에겐 그러한 장면들이 낳은 독특한 표정이 서려 있었다. 이 이름도 알 수 없는 새들은 테스와 마리안에게 바싹 다가왔으나 자기들만이 본 그 광경, 인간은 한 번도 본 적이 없는 그런 것들에 대해 아무 말도 들려주지 않았다. 이야기를 들려주고픈 여행자의 야심이 이 새들에게는 없었던 것이다. 그저 이 소박한 고지대에서 해커로 흙덩어리를 헤집으며 자신들이 맛있게 먹을 수 있는 이런저런 것들을 캐내는 두 여자의 평범한 동작에 몰두하느라 중요하다고 생각되지 않는 경험들은 아무런 말도 없이 무심하게 지워 버렸다.

그러던 어느 날, 탁 트인 이 지역을 가득 채우고 있던 공기에 이상한 기운이 침범했다. 습기였지만 비는 아니었고 냉기였지만 서리를 내리게 하는 추위는 아니었다. 그 기운이 두 여자의 눈알을 시리게 했고 이마를 쿡쿡 쑤시게 하더니 뼛속까지 스며들어 겉보다 속을 더 시리게 만들었다. 이것이 곧 눈이 내릴 징조라는 생각이 들었는데, 결국 그날 밤에 눈이 내렸다. 테스는 곁에 서 있기만 해도 위로가 되었던 그 따뜻한 박공이 있던 농가에 죽 머물고 있었다. 그날 밤 그녀는 잠에서 깨어 초가지붕 위로 지나가는 바람 소리를 듣고 있었는데, 마치 지붕이 온갖 바람이 뛰어 노는 운동장이 된 듯했다. 잠자리에서 일어나려고 램프에 불을 붙이자 창틀 틈새로 날아든 새하얀 눈가루가 창틀 안쪽에 원추형으로 소복이 쌓여 있는 게 보였다. 굴뚝을 통해서 들어온 눈은 바닥에 발바닥이 묻힐 정도로 깔려 있어서 그녀가 움직일 때마다 선명한 발자국이 만들어졌다. 밖은 눈보라가 휘몰아치고 있었고 그 여파로 부엌에는 눈가루가 안개처럼 흩날리고 있었으나, 밖을 내다보니 칠흑 같은 암흑이라 눈에 보이는 건 아무것도 없었다.

순무를 캐러 가기는 어려울 거라는 생각이 들었다. 하나밖에 없는 쓸쓸한 작은 램프 아래에서 아침 식사를 마칠 무렵 마리안이 오더니 날씨가 좋아질 때까지 다른 여자들과 함께 헛간에서 이엉 만드는 작업을 할 거라고 알려 주었다. 사방에 깔려 있던 칠흑 같던 어둠 여기저기에 희끄무레한 회색빛이 끼어들려는 기미가 보이자 곧 그들은 램프를 불어 껐고, 제일 두꺼운 겉옷으로 무장을 하고 목과 가슴을 털목도리로 둘둘 동여맨 다음 집을 나서 헛간을 향해 갔다. 극지방에서 새들의 뒤를 쫓아온 눈은 하얀 구름 기둥의 형상으로만 존재할 뿐 아직 눈송이들을 보여 주지 않았다. 빙하와 북극해 그리고 백곰의 체취를 물씬 풍기며 눈을 실어 나르고 있는 돌풍은 땅을 핥고만 지나갈 뿐 눈을 쌓아 두지는 않았다. 테스와 마리안은 몸을 잔뜩 웅크리고 밟으면 쑥쑥 들어가는 살짝 얼은 들판을 가로질러 힘겹게 앞으로 나아갔다. 울타리를 보호막으로 삼으려고 최대한 애썼지만 그건 그저 바람만 걸러 줄 뿐 방패막이가 되어 주지는 못했다. 희뿌연 눈보라에 시달려 헬쑥해진 대기가 눈보라를 마구 비틀어 원무를 추게 만들었고 모든 색깔을 흡수하는 이 무색의 혼돈에 만물이 그만 풍덩 빠져 버린 것 같았다. 그럼에도 불구하고 이 두 젊은 여자는 상당히 쾌활했으니, 바싹 마른 고지대에서 맞이하는 이런 날씨도 그들의 기분을 울적하게 만들진 못했던 것이다.

「하하! 그 약삭빠른 북극 새들은 이런 날씨가 다가오고 있는 걸 알고 있었던 거야.」마리안이 말했다. 「분명히 개네들은 북극성에서 출발해서 줄곧 이 날씨를 뒤에 거느리고 왔을 거야. 테스, 네 남편이 있는 곳은 지금 살갗이라도 태울 듯 뜨거운 날씨가 틀림없겠지. 하느님, 지금 그이가 아름다운 아내의 모습을 볼 수만 있다면! 이런 날씨도 네 미모에 흠집을 내지는 못하는구나. 넌 더 예뻐 보여!」

「마리안, 그이 이야기는 하지 말아 줘.」진지한 어조로 테스가 말했다.

「알았어. 하지만 넌 분명히 그일 좋아하고 있어! 그렇지?」

대답 대신 테스는 눈물을 글썽거리며 갑자기 남미가 있다고 생각되는 쪽으로 얼굴을 돌리더니 입술을 쭉 내밀어 눈발이 흩날리는 허공으로 열정적인 키스를 날려 보냈다.

「그래, 나도 알고 있어. 하지만 이건 정말이지, 부부가 이렇게 산다는 건 정말 이상한 일이야! 알았어. 더는 아무 말도 하지 않을게! 헛간 안에 있으면 이런 날씨는 문제가 되지 않을 거야. 하지만 이엉을 훑는 작업은 순무 캐기보다도 엄청나게 더 힘든 고된 일이야. 나는 덩치가 좋으니까 견뎌 낼 수 있지만, 넌 나보다 말랐잖아. 왜 주인이 널 이 일에 배정했는지 모르겠다.」

밀이 쌓여 있는 헛간에 당도한 그들은 안으로 들어갔다. 기다란 헛간 한쪽 끝에 짚단이 가득 쌓여 있었다. 이엉 작업은 그 중앙에서 진행되고 있었고, 여자들이 그날 작업할 분량의 밀단을 이미 전날 저녁에 이엉 압착기 안에 넣어 둔 상태였다.

「세상에, 이즈가 왔구나!」 마리안이 말했다.

정말 이즈가 다가왔다. 이즈는 어제 오후 고향 마을을 출발하여 줄곧 이곳까지 걸어왔고, 생각 외로 거리가 멀어서 늦어지긴 했지만 눈발이 날리기 직전에 겨우 도착해 주막에서 잠을 청할 수 있었다고 했다. 시장에서 이즈의 어머니를 만난 농장주가 그날 저녁까지 이즈가 도착하면 고용하겠다고 약속했으므로, 늦게 도착한 그녀는 주인 눈 밖에 날까 봐 걱정이 이만저만이 아니었다고 했다.

테스와 마리안 그리고 이즈 이외에도 이웃 마을에서 온 두 명의 여자가 더 있었다. 남자 못지않게 체격이 당당한 그들은 바로 한밤중에 그녀에게 싸움을 걸었던 거무튀튀한 살색의 스페이드의 여왕 카와 그녀의 동생 다이아몬드의 여왕이었는데 테스는 그들을 알아채곤 움찔 놀랐다. 그 여자들은 테스를 알아보는 것 같지 않았고 어쩌면 기억조차 못하는 것 같았다. 지금 거나하게 술기운에 젖어 있는 그들은 여기에서처럼 그곳에서도 잠시 임시로 묵었었던 것이다. 그들은 자진해서 남자들이나 하는 온갖 힘든 일을 했으니, 우물을 파고 울타리를 치고 땅을 파는 일 따위도 지치는 기색 하나 없이 너끈하게 해치웠다. 이엉 작업에서 두각을 드러냈던 그들은 다른 세 여자들을 거만한 표정으로 죽 훑어보았다.

모두들 장갑을 끼고 압착기 앞에 한 줄로 대열을 이루어 작업에 들어갔다. 우뚝 선 두 개의 기둥에 한 개의 들보를 가로질러 연결시킨 기계가 있었고, 그 아래쪽으로 끌어 올릴 밀단이 이삭 부분을 바깥쪽으로 하고 놓여 있었다. 수직 못으로 고정되어 있는 들보는 밀단이 줄어들면서 점차 아래로 내려왔다.

하늘에서 내려온 빛이 아니라 헛간 문을 통해 스며든 눈에서 빛이 올라와 사방이 한층 밝아졌다. 여자들은 기계에서 밀단을 한 움큼씩 잡아당겨 훑었다. 낯선 두 여자가 추잡한 이야기를 지껄여 대고 있는 통에 처음에 마리안과 이즈는 하고 싶었던 지난 이야기를 나눌 수 없었다. 발굽을 싸맨 듯 소리를 죽인 말발굽 소리가 희미하게 들려오더니 농장주가 말을 타고 헛간 문으로 다가왔다. 말에서 내린 그는 테스에게로 바싹 다가오더니 그녀의 옆얼굴을 가만히 지켜보며 서 있었다. 그녀는 처음엔 고개를 돌리지 않았지만 그가 뚫어져라 바라보는 바람에 돌아보게 되었는데, 자신을 고용한 주인이 바로 이전에 그녀의 과거를 운운하며 시비를 거는 통에 피해 도망가야 했던 그 트란트리지 사람이라는 걸 알게 되었다.

테스가 다 훑어 낸 밀단을 바깥에 쌓아 둔 더미로 가져갈 때까지 기다리고 있던 주인이 입을 열었다. 「그러니까 당신이 바로 내 친절을 그렇게 무례하게 받아들인 그 젊은 여자였던 거야? 아가씨가 일을 하게 되었다는 말을 듣는 순간 물에 빠져 죽은 것은 아니구나 했어! 처음엔 당신의 근사한 애인과 주막에서 날 우습게 만들더니 그다음 길에서 만났을 적에는 냅다 도망쳐서 날 엿 먹였다고 생각했겠지. 그런데 지금은 내가 당신보다 위에 있는걸.」 섬뜩하게 낄낄거리며 그가 말을 마쳤다.

테스는 거친 여자들과 주인 사이에서 그물에 걸린 새처럼 옴짝달싹 못 했고, 그저 아무런 대답 없이 밀짚만 계속 훑었다. 이제 테스는 어느 정도 사람의 성격을 제대로 판단할 수 있게 되었고, 그래서 그녀에게 집적대는 주인의 행동은 두려워할 만한 게 아니라고 생각했다. 다만 그녀가 무서운 것은 클레어에게 받은 굴욕에 대한 분풀이로 그가 자신에게 거칠게 구는 거였다. 하지만 그녀는 보통 남자들이 그런 감정을 내비칠 때 오히려 마음이 편했고, 그런 건 충분히 견뎌 낼 수 있다는 생각이 들었다.

「내가 당신에게 반했다고 생각한 거 아니야? 한 번 슬쩍만 봐도 심각하게 받아들이는 정말 우스운 여자들이 있다니까. 돼먹지 않은 젊은 여자들이 그런 웃기는 발상을 못 하게 하려면 한겨울 밭에서 일을 시키는 게 최고지. 아가씨, 성수태 고지일까지 일하겠다고 하고 서명까지 했지. 자, 이제 내게 용서를 비는 게 어떨까?」

「용서는 주인아저씨가 빌어야죠.」

「좋아, 그렇다면. 여기선 누가 주인인지 곧 알게 될 거야. 아가씨가 오늘 작업한 밀단이 저게 전부야?」

「네.」

「정말 형편없군. 저기 저 사람들이 한 걸 보라고.」 그는 우람한 체격의 두 여자를 가리켰다. 「다른 이들도 아가씨보단 잘했잖아.」

「다들 전에 이 일을 해본 사람들이지만, 전 그렇지 않아요. 그리고 몫이 정해진 일이라 아저씨에겐 별문제가 되지 않을 텐데요. 각자 작업한 만큼만 돈을 받으니까요.」

「아니지. 내겐 문제가 되지. 헛간을 싹 치우고 싶으니까.」

「다른 사람들은 2시에 작업을 끝내지만 전 오후 내내 일할 거예요.」

못마땅한 듯 그녀를 노려보고 있던 그가 자리를 떴다. 테스는 이보다 더 힘든 곳이 있을까 싶었지만 그 어떤 것이 되었든 사내들이 집적대는 것보다는 나을 거라는 생각이 들었다. 2시가 되자 능숙한 일솜씨를 뽐내던 두 여자는 술병에 남은 반 파인트의 술을 단숨에 들이켜더니 낫을 내려놓고 마지막 밀단을 묶은 다음 헛간에서 나가 버렸다. 마리안과 이즈 역시 그 여자들처럼 일을 끝내고 갈 수 있었지만 테스가 자신의 서투른 일손을 보충하려고 좀 더 있을 거라는 걸 듣고는 함께 헛간에 남았다. 끊임없이 내리는 눈발을 내다보며 마리안이 외쳐 댔다. 「드디어 우리끼리 남았구나!」 마침내 그들은 목장에서 있었던 일들을 이야기하기 시작했는데, 에인절 클레어를 흠모했던 그들의 추억도 물론 빠지지 않았다.

「이즈, 마리안.」 테스는 에인절 클레어 부인으로서 그들에게 얼마나 초라한 몰골로 비칠지 잘 알고 있었기에 더욱 마음이 찡해지는 위엄 어린 목소리로 말했다. 「이제 너희들하고 옛날처럼 클레어 씨에 대한 이야기를 나눌 수 없어. 왜인지는 너희들도 알 거야. 비록 그이가 지금 나랑 떨어져 있어도 내 남편이니까.」

클레어를 사모했던 네 명의 처녀들 중에서 이즈의 성격이 가장 되바라지고 신랄한 편이었다. 「그이가 정말 멋진 애인이었다는 건 두말할 나위가 없지. 그런데 그렇게 빨리 네 곁을 떠난 걸 보니 자상한 남편은 아니었나 봐.」

「그이는 갈 수밖에 없었어. 그곳 땅을 보러 꼭 가야 했으니까!」 애원하는 목소리로 테스가 말했다.

「네가 이 겨울을 나도록 해줄 수도 있었잖아.」

「아, 그건 우연한 사건 때문이었어. 오해였지. 우린 그걸로 다투진 않을 거야.」 눈물이 그렁그렁 배인 목소리로 테스가 대답했다. 「얼마든지 그이를 변호해 줄 수 있어. 그인 다른 남편들처럼 내게 아무 말 없이 떠나 버린 게 아니야. 그러니까 난 그이가 어디에 있는지 언제든 알 수 있어.」

이런 이야기를 나눈 후 그들은 다시 한참을 몽상에 잠긴 채 일을 계속했다. 밀 이삭을 잡아 죽 훑어 낸 다음 그것을 겨드랑이에 끼고서 낫으로 이삭을 잘라 냈다. 헛간 안에서 들리는 소리라곤 밀짚을 훑는 소리와 낫으로 이삭을 잘라 내는 소리뿐이었다. 그때 갑자기 테스의 몸이 축 늘어지더니 발밑에 있는 짚단으로 푹 주저앉아 버렸다.

「견뎌 내지 못할 줄 알았다니까!」 마리안이 놀라서 소리를 질렀다. 「이 일을 하려면 몸집이 좋아야 한다고.」

마침 그때 주인이 들어왔다. 「내가 자리만 뜨면 늘 이 모양이구먼.」

「하지만 이건 제 손해일 뿐이에요.」 테스는 항변했다. 「주인아저씨는 상관이 없잖아요.」

「어서 끝내고 싶단 말이야.」 그는 헛간을 가로질러 다른 쪽 문으로 나가면서 심통 사납게 툴툴거렸다.

「저 사람 말에 신경 쓰지 마. 착하기도 해라.」 마리안이 다독였다. 「난 전에도 여기서 일해 본 적이 있잖아. 자, 저쪽에 가서 누워 있어. 이즈하고 내가 네 몫까지 할게.」

「너희들에게 부담 주고 싶진 않은데. 너희들보다 난 키도 큰데 말이야.」

그러나 탈진한 그녀는 잠시 누워 쉬기로 하고 헛간 구석으로 던져진 훑어 낸 밀단 더미에 몸을 기대고 누웠다. 온몸의 힘이 이렇게 쑥 빠져나간 것은 고된 작업 때문이기도 했지만 남편과의 별거가 다시 도마 위에 오른 탓이기도 했다. 밀짚이 바스락거리는 소리와 두 친구가 이삭을 잘라 내는 소리가 의식은 있으나 운신이 힘든 그녀의 온몸을 내리누르고 있었다.

이런 소리들에 뒤섞여 나지막하게 중얼거리는 친구들의 목소리가 헛간 구석에 있는 그녀에게까지 들려왔다. 친구들이 먼저 하던 이야기를 계속 이어 가고 있다는 느낌은 들었지만, 목소리가 너무 작아 이야기의 내용까지는 알아들을 수 없었다. 테스는 친구들이 무슨 이야기를 하고 있는지 점점 궁금해 견딜 수 없었고, 그래서 억지로 기운을 차려 일어나 앉은 다음 하던 일을 계속했다.

그런데 이번에는 이즈 휴에트가 쓰러졌다. 이즈는 전날 밤 12마일이 넘는 거리를 걸어와서 오밤중이 돼서야 잠자리에 들 수 있었고 더구나 오늘 새벽에는 5시에 일어났던 것이다. 유독 마리안만 술기운과 튼실한 체격 덕분에 등과 팔을 혹사시키는 이 노동을 별 무리 없이 견뎌 내고 있었다. 테스는 이제 자기는 괜찮아졌으니 이즈가 빠져도 일을 끝낼 수 있으며 밀단의 수도 똑같이 나누겠다고 하면서 그녀에게 가서 쉬라고 했다.

이즈는 고마운 마음으로 테스의 제안을 받아들였고 문을 통해 헛간 밖으로 나가 숙소가 있는 쪽을 향해 눈길 속으로 사라져 버렸다. 허구한 날 오후만 되면 그렇듯 술기운이 거나해진 마리안은 달콤한 생각에 젖어 들기 시작했다.

「그이가 그럴 줄은 정말 몰랐어. 전혀 몰랐다고!」 꿈을 꾸는 듯 몽롱해진 목소리로 마리안이 말했다. 「그일 정말 사랑했었어! 그이가 널 골랐어도 난 괜찮았다고. 그런데 이즈한테 한 일은 정말 나빴어!」

테스는 그녀의 말에 너무도 놀란 나머지 하마터면 낫으로 손가락을 자를 뻔했다.

「내 남편에 관한 일이니?」테스가 말을 더듬거렸다.

「응, 그래. 이즈가 너한테 말하지 말라고 신신당부했지만, 말하지 않을 수가 없구나! 그이가 이즈에게 자기와 브라질로 가자고 했다는구나.」

테스의 얼굴이 헛간 밖 풍경만큼이나 새하얗게 질리더니 이내 딱딱하게 굳어 버렸다. 「그런데 이즈가 가지 않겠다고 했다니?」

「그건 모르겠어. 어쨌든 그이가 마음을 바꿨대!」

「그렇다면 그건 그이의 진심이 아니었을 거야! 그저 남자들이 하는 농담이었을 테지!」

「아니야, 진심이었대. 이즈를 마차에 태우고 역을 향해 한참을 갔다고 하는 걸 보니까 말이야.」

「그이가 이즈를 데리고 간 건 아니잖아.」

둘은 잠자코 계속 밀단을 훑었다. 그런데 아무런 내색도 없던 테스가 갑자기 엉엉 울어 대기 시작했다.

「그것 봐! 네게 말을 하지 말았으면 좋았을 걸.」

「아니야. 네가 말해 주길 잘했어! 난 그동안 슬픔에 잠겨 침울한 나날을 보내 왔어. 그런 나날이 어떤 결과로 이어질지 생각도 하지 않고 말이야! 남편에게 좀 더 자주 편지를 보냈어야 했어. 그이는 자기가 있는 곳으로 오지 말라곤 했지만 편지를 쓰고 싶으면 얼마든지 그러라고 했는데. 더 이상 이렇게 허송세월하진 않을 거야! 모든 걸 그이가 해결하도록 맡겨 둔 내가 나쁘고 게으른 사람이었어!」

헛간을 비추던 희미한 빛이 점점 어두워져 아무것도 보이지 않자 그들은 더 이상 일을 계속할 수 없었다. 그날 저녁 회

반죽을 칠한 작은 방 안으로 들어온 테스는 미친 듯이 클레어에게 편지를 쓰기 시작했다. 그러나 곧 그녀는 회의에 빠져들었고 그래서 도중에 편지 쓰기를 중단할 수밖에 없었다. 잠시 후 그녀는 리본에 달아 가슴 가까이에 걸고 있었던 반지를 빼서 밤새도록 손가락에 끼고 있었다. 마치 속을 알 수 없는 연인, 자신의 곁을 떠나자마자 이즈에게 함께 외국으로 나가자고 청했던 이 믿을 수 없는 연인의 진짜 부인이 바로 자기라는 걸 스스로에게 다독이려는 것 같았다. 사실을 모두 알아 버린 이상 어떻게 그에게 애원하는 편지를 쓸 수 있을 것이며, 그를 사랑하고 있다는 사실을 어떻게 보여 줄 수 있단 말인가?

제44장

헛간에서 들은 이야기 때문인지 요즘 그녀의 생각은 자꾸 멀리 에민스터 목사관이 있는 쪽으로 줄달음치고 있었다. 클레어는 자신에게 편지를 보내려면 그의 부모님을 통해서 하라고 했고, 혹시 어려운 상황이라도 닥치면 그들에게 직접 연락하라고 했었다. 그러나 그녀는 자신이 도덕적으로 그럴 처지가 못 된다고 생각했고 그런 생각이 늘 편지를 보내고픈 마음을 눌러 버리곤 했다. 따라서 그녀는 결혼 이후 친정 부모에게 뿐만 아니라 목사관의 시부모에게도 사실 존재하지 않는 사람이었다. 친정 부모와 시부모 모두에게 자신의 존재를 지워 버린 그녀의 처사는 자신의 과거로 인해 호의나 동정을 받을 자격이 없으므로 아무것도 바라지 않겠다는 의지이며, 그녀의 독립적인 성격과도 딱 맞아떨어졌다. 두 발로 버티고 서 있든 쓰러지든, 여하간 스스로 해낼 거라 다짐했던 그녀였다. 그래서 그녀는 가족 중 한 사람이 충동적으로 교회에서 그녀의 이름 옆에 자신의 이름을 올렸다는 단순한 사실 때문에 그녀와 엮인 그 낯선 가족에게 그런 형식적인 주장을 내세우지 않기로 작정했었다.

그러나 그녀는 이즈의 이야기에 고통스럽고 불안해졌으므로 스스로를 포기하고 무작정 참는 데도 한계가 있다고 생각했다. 어째서 남편은 그녀에게 편지를 쓰지 않는 걸까? 자신이 가는 곳의 위치 정도는 그녀에게 알려 주겠다고 분명히 말하지 않았던가. 그럼에도 불구하고 그는 아직 자신의 소재지를 알리는 단 한 줄의 편지도 보내지 않았다. 그는 정말 무심한 사람일까? 아니면 혹시 아픈 걸까? 그녀 쪽에서 먼저 편지를 보냈어야 했을까? 이런저런 걱정을 하던 그녀는 용기를 내어 목사관을 찾아가 그간의 사정을 물어 보고 싶었고, 아울러 자신이 아무 소식도 없는 남편 때문에 얼마나 슬픔에 겨워하는지 알리고 싶었다. 에인절에게 들은 대로 시아버지가 정말 그렇게 훌륭한 사람이라면 필시 그녀의 가슴 아픈 사정을 헤아려 줄 것이다. 사람들 사이에서 겪은 그간의 어려움은 숨길 수 있을 것이다.

주중에 농장을 비운다는 건 언감생심 생각할 수도 없는 일이었으므로 결국 기회는 일요일뿐이었다. 아직은 백악질 고원 지대의 한가운데에 있던 이 플린트콤애시까지 올라오는 기차가 없었으므로 걸어가는 수밖에 없었다. 게다가 오고 가는 거리가 각각 15마일이나 되었으니, 이는 곧 꼭두새벽에 일어나 길을 나서서 온종일 걸어가야 한다는 걸 의미했다.

두 주가 지나가고 이제 눈은 자취를 감추었지만 거무스레한 된서리가 그 뒤를 따라왔다. 그렇게 길이 단단해지자 테스는 마음먹은 일을 실행에 옮기기로 했다. 일요일 아침 그녀는 새벽 4시에 아래층으로 내려와 아직 별이 총총한 바깥으로 나왔다. 날씨는 아직 우호적이었고 땅은 그녀의 발밑에서 모루처럼 소리를 내고 있었다.

마리안과 이즈는 이번 여행이 테스의 남편과 관계가 있다는 걸 알고 있었으므로 그 관심이 굉장했다. 그들은 오솔길을 따라 좀 더 들어간 뚝 떨어진 농가에 살고 있었음에도 불구하고 한사코 길을 나서는 테스를 도와주러 오겠다고 하면서 시부모님의 마음에 들려면 있는 옷가지 중 가장 예쁜 옷을 입어야 한다고 우겨 댔다. 하지만 테스는 시아버지의 검소한 칼뱅주의적 신념을 익히 알고 있었던 터라 차림새에는 별로 신경이 쓰이지 않았고, 오히려 친구들의 조언이 적절치 않다는 생각까지 들었다. 마음 아픈 결혼식을 올린 지 어언 1년여의 시간이 흘렀지만, 아직 그녀에겐 최신 유행을 좇지 않아도 시골 여자의 소박한 모습으로 차려입을 만한 예쁜 옷가지들이 충분했다. 그녀는 핑크빛 얼굴과 목덜미를 돋보이게 하는 하얀 크레이프 주름 장식이 달린 연회색의 모직 외투와 검정 벨벳 재킷 그리고 모자를 골랐다.

「네 남편이 지금의 널 볼 수 없다는 게 정말 아쉽구나. 정말 아름다워!」 집 밖의 차가운 별빛과 집 안의 노란 촛불을 사이에 두고 문지방에 서 있는 테스를 잠자코 응시하고 있던 이즈가 말했다. 지금 이 상황에서 이즈가 한 말은 그녀 자신을 완전히 버리는 너그러운 마음의 발로였다. 테스 앞에선 절대로 나쁜 마음을 품을 수 없는 이즈였다. 사실 어떤 여자라도 개암나무 열매보다 조금 큰 마음만 가지고 있다면 테스를 나쁘게 생각하지 못할 것이다. 테스가 여자들에게 미치는 영향력은 특별하리만치 따스하고 강인한 힘이 있었다. 그래서 여자들 사이에 존재하는 적의라든가 경쟁심 따위의 덜 중요한 감정들은 신비롭게도 그 영향력에 모두 압도당하고 말았다.

여기서 옷을 잡아당기고 저기서 털어 주고 하면서 옷매무새에 대한 마지막 점검이 끝나자 친구들은 테스를 떠나보냈다. 테스는 먼동이 트기 직전 진줏빛으로 물든 대기 속으로 빨려 들어갔다. 딱딱한 바닥을 성큼성큼 내딛는 테스의 발자국 소리가 친구들에게까지 들려왔다. 이즈도 테스에게 좋은 결과가 있기를 기도했다. 그리고 그녀는 클레어에게 잠시 마음을 빼앗겼을 때 테스에게 못된 짓을 하지 않았다는 사실이 기뻤다. 물론 그런 그녀에게 본인 자신의 미덕을 상당히 대견스러워하는 마음이 없지 않아 있는 것도 사실이었다.

클레어가 테스와 결혼한 지 이제 딱 하루 빠진 1년이 지났고, 헤어져 지낸 기간도 이제 1년에서 며칠만 모자랄 뿐이었다. 그러나 이 맑고 메마른 겨울 아침에 뚜렷한 목적을 안고 가파른 백악질 산등성이의 희박한 공기 속을 활기차게 걸어가는 건 결코 우울한 일이 아니었다. 길을 나선 그녀의 마음속에는 분명코 시어머니의 마음에 들어서 그분께 지금까지 겪어 온 온갖 이야기를 들려 드리고, 그분을 자기편으로 만들어 떠난 남편을 다시 찾아오겠다는 희망이 들어 있었다.

이윽고 테스는 비옥한 토양이 아래로 펼쳐져 있는 블랙무어 계곡의 광활한 급경사면 가장자리에 이르렀다. 계곡은 지금 안개에 싸여 새벽녘의 괴괴한 정적이 감돌고 있었다. 저 아래쪽의 공기는 아무런 색깔이 없는 이 고원 지대의 공기와는 달리 깊은 푸른색을 띠고 있었다. 거기에는 이제 눈에 익어 버린 울타리를 두른 1백 에이커나 되는 고원 지대의 넓은 경작지가 아니라, 채 6에이커도 되지 않는 밭들이 올망졸망 모여 있었다. 그런데 그 수가 얼마나 많은지 높은 이곳에서 내려다보니 마치 넓게 펼쳐 놓은 그물망처럼 보였다. 고원 지대의 풍경이 희끗희끗한 갈색이라면 저 아래쪽은 프룸 계곡처럼 사시사철 푸르렀다. 하지만 바로 저 계곡에서 그녀의 슬픔이 생겨났고, 그러한 이유로 그녀는 예전처럼 저곳을 사랑할 수 없었다. 이렇듯 그녀에게 아름다움이란 다른 모든 이들과 마찬가지로 대상 그 자체에 있는 게 아니라 그 대상이 상징하는 것에 존재했던 것이다.

그녀는 오른편으로 블랙무어 계곡을 끼고 쉬지 않고 서쪽을 향해 나아갔다. 힌톡스를 넘어갔고, 셔턴아바스에서 캐스터브리지에 이르는 대로를 90도 각도로 가로질러 갔으며, 골짜기 〈악마의 부엌〉을 사이에 둔 도그베리 힐과 하이스토이의 가장자리를 따라가기도 했다. 오르막길을 따라가던 그녀는 기적, 살인 혹은 이 두 가지가 모두 발생했던 곳임을 알려주는 돌기둥이 쓸쓸하게 말없이 서 있는 크로스인핸드에 이르렀다. 그리고 거기서 3마일을 더 가서 롱애시 래인으로 불리는 로마 시대에 만들어진 곧게 뻗은 한적한 도로를 가로질러 갔다. 그 다음에 옆으로 난 산길을 따라 에버스헤드라는 작은 마을로 내려갔는데, 이제 비로소 절반 정도 온 셈이었다. 여기서 그녀는 잠시 발길을 멈추고 또 한 번 아침 식사를 했는데 이번엔 든든히 먹었다. 가급적 주막을 피하고 싶어서 그녀는 사우앤에이컨 말고 교회 옆에 있는 농가에서 식사를 했다.

나머지 절반의 여정은 벤빌 래인을 따라가는, 보다 수월한 시골길을 지나가는 거였다. 하지만 목적지까지 남은 거리가 줄어들면서 테스의 자신감도 함께 줄어들었고, 대담했던 그녀의 계획이 점점 무서운 얼굴로 어렴풋이 다가오기 시작했다. 자신의 목적에 너무 골몰하느라고 주변의 모습을 미처 살피지 못해서 여러 번 길을 잃을 뻔도 했다. 정오 무렵, 천신만고 끝에 그녀는 에민스터 마을과 목사관이 있는 분지로 들어가는 한쪽 문 옆에서 걸음을 멈추었다.

진지한 표정을 짓고 있는 네모난 탑이 눈에 들어왔는데 바로 이 시각 그 탑 아래에 목사와 신도들이 모여 있을 거란 생각이 들었다. 어떻게 해서든 주일이 아닌 주중에 왔어야 했다는 아쉬움이 밀려들었다. 그토록 신실한 분이라면 그녀의 절박한 사정도 모르고 주일에 찾아온 여자에게 편견을 가지고 대할지도 모르는 일이기 때문이었다. 하지만 지금 그녀로선 이대로 밀고 나가는 수밖에 없었다. 그녀는 지금까지 신고 있던 두꺼운 장화를 벗고 얇고 예쁜 에나멜 구두로 갈아 신었다. 그리고 벗은 장화를 나중에 쉽게 찾을 수 있도록 문기둥 옆 덤불 속에 숨겨 두고 언덕을 내려갔다. 목사관이 가까워지면서 살을 에는 차가운 공기에 상기되었던 그녀의 얼굴이 자신도 모르게 혈색을 잃어 가고 있었다.

어떤 우연이라도 일어나 그녀에게 도움이 되길 간절히 바랐지만, 그런 일은 일어나지 않았다. 목사관의 키 작은 나무들이 서릿발 바람에 심기가 불편한 듯 바스락거리고 있었다. 최대한 잘 차려입고 여기까지 왔건만 제아무리 상상력을 동원해도 이 목사관이 시부모의 집이라는 느낌이 와 닿지 않았다. 하지만 성향이나 감정에서 그들을 그녀와 갈라놓는 것은 본질적으로 하나도 없었다. 그들은 모두 똑같이 고통을 느끼고 즐거워하며, 생각하고, 태어나고, 죽으며 사후의 세계까지도 똑같았으니 말이다.

억지로 없는 용기를 내서 반회전문을 밀고 들어간 그녀는 초인종을 눌렀다. 주사위는 던져졌으니 이젠 물러날 수도 없었다. 그러나 그게 아니었다. 주사위는 던져진 게 아니었다.

초인종 소리에도 나오는 사람이 없었던 것이다. 용기를 쥐어
짜 내서 다시 한 번 시도해야 했다. 다시 초인종을 눌렀다. 그
녀는 초인종을 누르는 것에 대한 극도의 긴장감에다가 15마
일이나 걸어온 피로가 누적되어 손으로 뒤허리게를 받치고
팔꿈치를 현관 벽에 기댄 채 간신히 몸을 지탱하고 마냥 기다
렸다. 살을 에는 바람에 담쟁이 이파리들은 잿빛으로 시들어
버렸고, 이웃한 이파리들끼리 끊임없이 몸을 부비는 소리가
그녀의 마음을 불안하게 뒤흔들어 댔다. 고기를 살 때 사용했
던, 핏자국이 선명한 종이 한 장이 어느 집 쓰레기통에서부터
날아와 대문 밖 길 위에서 바닥을 때리며 훨훨 춤을 추고 있
었다. 바닥에 내려앉아 휴식을 취하기엔 너무 얇았고 그렇다
고 그냥 날아가 버리기엔 너무 무거웠던 그 종이의 곁에서 몇
개의 지푸라기들이 동반자가 되어 주고 있었다.

　두 번째 초인종은 더 크게 울렸으나 그래도 나오는 사람은
없었다. 현관을 나온 테스는 반회전문을 밀며 나와 버렸다.
다시 돌아가려는 듯 망설이는 눈길로 그 집의 정면을 바라보
았지만 문을 닫는 그녀에게선 안도의 한숨이 흘러나왔다. 어
떻게 알았는지 알 수는 없지만 누군가가 그녀를 알아봤을 것
이고, 그래서 집 안으로 들이지 말라는 모종의 지시가 있었을
거라는 느낌이 자꾸 그녀의 뇌리에 어른거렸다.

　테스는 모퉁이까지 가보았다. 그녀가 할 수 있는 일은 다
했다. 하지만 떨리는 이 순간을 모면하자고 앞으로 닥칠지도
모를 불행을 자초해선 안 된다고 다짐했고, 그래서 그녀는 다
시 창문이란 창문은 죄다 올려다보면서 지나쳐 왔던 길을 또
되돌아갔다.

　아! 이제 이유를 알았다. 그들은 모두 교회에 갔던 것이다.

문득 남편의 말이 떠올랐다. 그이의 아버지는 하인들을 포함한 식솔들 모두 아침 예배에 참석하길 고집하기 때문에 집에 돌아오면 결국 다 식어 빠진 음식을 먹게 된다는 거였다. 그렇다면 예배가 끝날 때까지 기다려야 했다. 교회 바로 앞에서 기다리면 남의 눈에 뜨일까 봐 그녀는 교회를 지나쳐 오솔길로 걸어가기 시작했다. 그러나 테스가 교회 마당으로 이어진 문에 이르렀을 때, 마침 사람들이 쏟아져 나오기 시작했고 어느새 그녀는 그들 사이에 휩쓸리고 말았다.

작은 교구의 신도가 유유자적 집을 향해 가다가 타지 사람임이 분명해 보이는 한 낯선 여자를 바라보듯, 그렇게 그들은 테스를 쳐다보았다. 테스는 왔던 길을 향해 다시 걸음을 재촉해서 비탈길을 올라갔다. 울타리 사이에 몸을 숨길 만한 장소를 찾아내서 목사 가족이 식사를 마칠 때까지 기다리는 것이 자신을 맞이하는 그분들께도 좋을 거라는 생각이 들었던 것이다. 이내 그녀는 팔짱을 끼고 빠른 걸음으로 그녀의 바로 뒤를 따라오고 있던 두 명의 젊은이만 제외하면 다른 신도들과의 거리를 뚝 떼어 놓을 수 있었다.

가까이 다가오던 젊은이들이 두런두런 진지하게 이야기를 나누고 있는 소리가 들려왔다. 이런 처지에 놓인 여자의 육감으로 그녀는 그들의 목소리에서 남편의 어조를 감지할 수 있었다. 그들은 바로 남편의 두 형들이었다. 이제 그녀는 자신의 계획도 깡그리 잊어버린 채 다만 그들과 대면할 아무런 준비도 갖추지 못한 이런 엉망인 상태에서 그들이 자신을 앞질러 가게 두어서는 안 된다는 두려움에 휩싸였다. 물론 그들이야 그녀를 알아볼 리 만무하겠지만, 그냥 본능적으로 그들이 자신을 관찰하는 게 너무 두려웠던 것이다. 그들의 발걸음이 빨라질수록 테스의 걸음도 함께 빨라졌다. 그들은 장시간 앉아서 예배를 드리느라고 차갑게 굳은 팔다리를 풀 심산인 듯 식사하러 집으로 들어가기 전에 잠깐 빠른 걸음으로 산책을 하려는 것 같았다.

테스 앞에서 비탈길을 올라가고 있는 사람은 한 사람 밖에 없었다. 조신해 보이는 젊은 여자로 부자연스러워 보일 정도로 뻣뻣하고 침착했지만 어딘지 사람의 흥미를 끄는 구석이 있었다. 테스가 그녀를 거의 따라잡았을 무렵 남편의 형들도 테스의 뒤를 바짝 따라오고 있었으므로 그들이 하는 말이 분명하게 들려왔다. 그러나 테스의 관심을 끌 만한 특별한 내용은 전혀 없었는데, 바로 그때 그들 중 한 명이 앞쪽의 젊은 여자를 발견했다. 「저기 머시 찬트가 가네. 따라가 보자.」

테스는 그 이름을 알고 있었다. 그녀는 바로 시부모님이 에인절의 반려자로 점찍어 두었던 여자였고, 테스만 끼어들지 않았더라면 아마도 남편이 신부로 맞아들였을 여자였다. 설령 테스가 이런 사실을 모르고 있었다고 하더라도, 사실 금방 알 수 있었을 것이다. 남편의 형이 이렇게 말했던 것이다. 「아! 불쌍한 에인절, 정말 안됐어! 저 예쁜 아가씨를 볼 때마다 늘 젖 짜는 여자라나 뭐라나 하는 여자에게 넘어간 동생의 경솔함이 안타깝기만 하단 말이야. 정말 알 수 없는 일이었어. 그 여자가 에인절과 살림을 합쳤는지 아닌지 그건 모르겠지만, 몇 달 전 에인절에게 소식이 왔을 땐 떨어져 살고 있더라니까.」

「잘 모르겠어. 그 애는 요즘 통 나와 연락을 하지 않으니까. 도무지 종잡을 수 없는 그 아이의 사상 때문에 벌어졌던 사이가 잘못된 결혼으로 완전히 굳어 버린 것 같다니까.」

514

테스는 기다란 비탈길을 좀 더 빠른 걸음으로 올라가 보았지만, 행여 그들이 관심이라도 보일까 봐 앞질러 갈 수도 없는 노릇이었다. 이윽고 두 형은 테스를 앞질러 지나쳐 갔다. 앞서 가던 젊은 여자가 두 형의 발소리에 뒤를 돌아보았다. 그들 사이에 인사말과 악수가 오갔고 세 사람은 이제 함께 나란히 걷기 시작했다.

그들은 곧 언덕 꼭대기에 이르렀다. 그 꼭대기가 산책의 종착지인 듯 걷는 속도를 줄이더니, 그들은 테스가 한 시간 전 마을로 내려가기에 앞서 발걸음을 멈추고 바라보던 울타리 문 쪽으로 다가갔다. 한참 이야기꽃을 피우던 그들 중 성직자 형 하나가 우산으로 산울타리를 뒤져 무언가를 끄집어냈다.

「낡은 장화 한 켤레가 있군. 어떤 뜨내기가 버린 것 같은데.」

「맨발로 마을에 들어와서 동정을 사려던 사기꾼일지 몰라요.」 찬트 양이 말했다. 「맞아요, 그게 틀림없어요. 장화가 전혀 닳지도 않았고 상태가 아주 양호하잖아요. 정말 나쁜 짓이죠! 집에 가지고 가서 보관하고 있다가 가난한 사람에게 주어야겠어요.」

처음 장화를 발견했던 커스버트 클레어가 구부러진 지팡이 끝으로 장화를 들어 올려 그녀에게 주었고, 그렇게 해서 테스의 장화는 남의 수중에 들어가고 말았다.

이런 말을 듣고 있던 테스는 털실로 짠 베일로 얼굴을 가리고 그들 곁을 지나쳐 갔다. 잠시 후 뒤돌아본 그녀의 눈에 교회와 한 몸 같은 그 사람들이 자신의 장화를 들고 문에서 멀어져 언덕을 내려가고 있는 모습이 들어왔다.

우리의 주인공은 다시 걸음을 옮기기 시작했다. 눈물이, 시야를 가리는 눈물이 그녀의 얼굴을 타고 하염없이 흘러내렸다. 좀 전에 보았던 광경을 자신에 대한 비난으로 받아들이는 건 그저 감상에 불과할 뿐이며 아무런 근거도 없이 민감하게 반응하는 일이라는 건 그녀도 알고 있었다. 그러나 그럼에도 불구하고 이를 극복해 내기란 여간 힘든 게 아니었다. 그녀에겐 스스로를 변호할 힘이 없었고, 그래서 이렇게 불길한 징조와 맞설 수가 없었다. 목사관으로 돌아간다는 건 감히 엄두가 나지 않았다. 에인절의 아내는 하찮은 존재인 자신이 상당히 지체가 있어 보이는 이 성직자들에 의해 언덕 위로 내쫓겨진 느낌이 들었다. 물론 그들이 고의적으로 테스의 마음을 아프게 한 것은 아니었다. 하지만 그녀가 에인절의 아버지가 아니라 형들을 먼저 만나게 된 건 불운이었다. 에인절의 아버지가 비록 편협한 면은 있었지만, 그래도 형들에 비해 훨씬 마음이 여유롭고 포용력이 있는 데다가 동정심이 넘쳐 나는 사람이었으니 말이다. 흙이 덕지덕지 묻은 자신의 장화가 떠오르자 테스는 그들의 비웃음거리로 전락한 장화가 불쌍해졌고, 장화 주인의 인생이 너무 절망적으로 느껴졌다.

「아!」 그녀는 자신의 모습이 불쌍해 한숨을 지었다. 「그이가 사준 이 예쁜 구두를 아끼려고 그 장화를 신고 험한 길을 왔다는 걸 그들이 알 턱이 없지. 아무것도 모르는 게 당연해! 내가 입고 있는 이 예쁜 옷의 색깔도 그이가 골라 주었는데 그들은 모를 거야. 알 리가 없어. 어떻게 알겠어? 설사 알았다고 해도 신경 쓰지 않았을 거야. 그들은 그일 별로 좋아하지 않으니까. 가엾은 사람 같으니!」

인습에 젖은 에인절의 낡은 사고방식 때문에 지금 이 모양이 꼴로 고통을 당하고 있으면서도 테스는 사랑하는 그를 생각하며 슬픔에 젖었다. 걸음을 재촉하고 있던 그녀는 자신의 인생에 있어서 결정적인 이 순간에 두 아들만 보고 시아버지의 인물됨을 미루어 짐작해 용기를 잃은 것이 자신의 가장 커다란 불행이었다는 걸 모르고 있었다. 지금 테스의 처지는 분명히 시부모의 동정을 사고도 남았을 테니 말이다. 그들은 절망의 정도가 덜한 인간들의 섬세한 정신적 고통에 대해선 관심이나 주의를 주지 않았던 반면 극단적인 경우를 만나면 한달음에 마음을 몽땅 쏟아부었으니 말이다. 세리나 죄인들에겐 선뜻 도움을 주면서도 율법학자나 바리새인들의 걱정에 대해선 한마디도 언급하지 않는 사람들[98]이었던 것이다. 그러니까 이런 결점 혹은 한계를 지닌 그들은 바로 이 순간에 자신의 사랑을 나누어 줄 길 잃은 인간으로서 자신의 며느리를 훌륭한 선택의 대상으로 삼을 수도 있었다는 것이다.

이렇게 해서 그녀는 좀 전에 왔던 길을 터벅터벅 되돌아가고 있었고, 그런 그녀의 마음속엔 희망이 사라지면서 삶의 위기가 다가오고 있다는 확실한 심증이 대신 자리를 잡기 시작했다. 하지만 분명한 것은 아직 위기는 오지 않았다는 것이다. 그러므로 목사관을 찾아볼 용기가 다시 생길 때까지 그 굶어 죽기 딱 좋은 척박한 농장에서 일을 계속하는 수밖에 도리가 없었다. 이렇게 농장으로 돌아가던 그녀는 적어도 자신에겐 머시 찬트에게 없는 그런 얼굴이 있다는 걸 만천하에 보여 주려는 듯 베일을 벗어 던질까 하는 자신감이 강하게 일었던 것도 사실이었다. 하지만 이런 생각은 슬픈 고갯짓으로 끝나고 말았다. 「부질없는 일이야. 아무 소용 없어!」 그녀가 중얼거렸다. 「아무도 이 얼굴을 사랑하지 않아. 이 얼굴을 봐줄 사람은 아무도 없어. 사회에서 버림받는 나 같은 사람의 얼굴

98 「마르코의 복음서」 2장 15~17절 참고.

을 누가 좋아하겠어!」

시댁에서 걸음을 돌리는 테스의 발길은 걷는다고 하기보다는 그저 정처 없이 방황하는 거였다. 그녀는 활기도 목적의식도 없이 그저 발길 닿는 대로 가고 있었다. 길고 지루하게 이어진 벤빌 래인을 따라 걷다가 몸에서 기운이 쭉 빠져나가면 문에 기대거나 이정표 옆에서 발길을 멈추길 여러 번 반복했다.

테스는 아무 데도 들르지 않고 7~8마일을 계속 걸어 가파르게 이어진 기다란 비탈길을 내려갔다. 그 아래에 지금과는 사뭇 다른 기대에 부풀어 아침 식사를 했던 에버스헤드라는 작은 마을이 있었다. 그녀가 자리를 잡고 앉은 교회 옆 농가는 마을 끝자락에서 거의 제일 처음에 위치한 집이었다. 주인 여자가 테스에게 줄 우유를 가지러 부엌으로 간 사이 물끄러미 거리를 내다보고 있던 테스는 문득 거리가 한산하다는 생각을 했다.

「사람들이 오후 예배에 갔나 보죠?」 테스가 물었다.

「아니야, 아가씨.」 나이든 주인 여자가 대답했다. 「오후 예배를 드리기엔 너무 이르지. 종도 아직 울리지 않았구먼. 모두들 저쪽 헛간으로 설교를 들으러 갔다우. 한 열광적인 전도사가 예배 시간 사이에 거기서 설교를 한다지 뭐유. 상당히 열정적인 신자라고 하더구먼. 하지만, 난 들으러 가지 않아! 꼬박꼬박 연단에서 듣는 것만으로도 내겐 넘치도록 충분하니까 말유.」

테스는 곧 마을로 나왔다. 집 사이로 걸어가는 그녀의 발자국 소리가 이내 메아리가 되어 돌아오는 마을은 마치 망자들이 누워 있는 곳 같았다. 마을의 중심부에 가까워지자 그

메아리에 다른 소리가 비집고 들어왔다. 멀지 않은 곳에 헛간이 있는 걸 보니 그 소리는 바로 전도사의 음성일 거라는 생각이 들었다.

맑고 고요한 공기 속으로 울려오는 전도사의 목소리가 너무도 생생해 헛간의 닫힌 문 쪽에 있던 테스에게도 문장 하나하나까지 또렷하게 전달되었다. 예상했던 대로 기독교도는 신의 은총으로 도덕률에서 초월할 수 있다는 설교 내용으로, 사도 바울의 신학에 명시된 대로 믿음이 모든 걸 정당화한다는 거였다. 이런 경직된 광신도적 사상이 순전히 연설조로만 열광적이고 기운차게 전달되는 것을 보니, 전도사에겐 분명 변론가로서의 기술은 없는 것 같았다. 비록 설교의 앞머리를 듣지는 못했어도 전도사가 되풀이해서 인용하는 바람에 그 출처가 어디인지는 테스도 알 수 있었다.

「갈라디아 사람들이여, 왜 그렇게 어리석습니까? 십자가에 달리신 예수 그리스도의 모습이 여러분의 눈앞에 생생하게 나타나 있는데 누가 여러분을 미혹시켰단 말입니까?」[99]

뒤쪽에서 설교를 듣고 있던 테스는 전도사의 교리가 에인절의 아버지가 지닌 견해를 더 열정적으로 만든 형태라는 사실에 더욱 흥미가 일었다. 그녀의 이런 흥미는 그 전도사가 어떤 연유로 그런 견해를 터득했는지 자신의 정신적 경험담을 시시콜콜하게 늘어놓기 시작하면서 한층 고조되었다. 전도사는 자신이 죄인 중에 가장 극악무도한 죄인이었다고 말했다. 그는 세상을 조롱했었고 난폭한 사람들이나 음탕한 사람들과 아무 생각 없이 어울렸다고도 했다. 그러던 어느 날 깨우침의 시간이 왔고, 인간적인 차원으로 볼 때 그 깨우침은

99 「갈라디아인들에게 보낸 편지」 3장 1절.

처음에 자신이 심하게 모욕했던 어떤 목사의 영향 덕분이었다고 했다. 목사가 떠나면서 남긴 말이 그의 마음속에 가라앉아 거기에 그대로 남아 있다가 결국 하느님의 은총으로 지금의 변화를 이끌어 냈으며, 그래서 지금 여러분들이 보고 있는 그런 사람으로 거듭나게 했다는 것이다.

그러나 이런 이야기보다 테스를 더 놀라게 한 것은 바로 그 목소리였다. 결코 있을 수 없는 일이지만 그건 분명 알렉 더버빌의 목소리였다. 고통스러운 긴장감으로 잔뜩 굳은 얼굴을 하고 테스는 헛간을 빙 돌아 정면 쪽으로 나가서 그 앞을 지나쳐 갔다. 낮게 드리운 겨울 햇살이 그녀 쪽으로 나 있는 커다란 이중문 바로 위로 쏟아지고 있었다. 문 하나가 열려 있었고, 그 열려진 문을 통해서 햇살은 멀리 타작마당을 거쳐 그 전도사와 북쪽에서 살랑살랑 불어오는 바람을 피해 웅숭그리고 있는 마을 사람들에게까지 비치고 있었다. 전도사의 설교를 듣는 사람들은 모두 마을 사람들이었고, 그중에는 테스가 예전에 만난 붉은 페인트 통을 들고 다니던 그 잊을 수 없는 남자도 끼어 있었다. 그러나 테스의 관심은 온통 밀 포대 위에 서서 사람들과 문을 마주하고 있는 그 인물에게로 쏠려 있었다. 오후 3시의 햇살이 그 사람 위로 가득 내려앉고 있었다. 그 사람이 하는 말이 또렷하게 들렸던 그 순간부터 그녀의 마음을 야금야금 차지하고 있던 심증, 자신을 유혹했던 자가 바로 눈앞에 있다는, 온몸의 기운이 쭉 빠져나가는 이해할 수 없었던 그 확신이 끝내 사실로 굳어지고 말았다.

제6부
개종자

제45장

테스는 트란트리지를 떠난 이후 지금까지 단 한 번도 더버빌을 봤거나 그의 소식을 들은 적이 없었다.

이 뜻밖의 조우는 아주 사소한 감정의 동요에도 마음을 다칠 수 있는 정말 힘든 순간에 찾아왔다. 하지만 기억이란 너무도 황당한 것이어서, 그가 저기 저렇게 분명히 자신의 과거를 뉘우치며 개종자로 서 있는데도 테스는 공포심에 발이 묶여 그 자리에서 오도 가도 못 했다.

저 얼굴에서 마지막으로 느꼈던 인상이 아직도 생생한데 그 얼굴을 다시 보게 될 줄이야!…… 그는 그때와 다름없이 말쑥했지만 어딘지 사람을 불쾌하게 만드는 구석이 있었으니 새까만 콧수염은 사라지고 단정하게 다듬은 한물간 구레나룻을 하고 있었다. 성직자의 느낌을 물씬 풍기는 복장 탓인지 한량의 기질이 사라져 버린 그를 보자 테스는 너무도 달라진 그의 모습에 아주 잠깐 자신의 두 눈을 의심할 지경이었다.

테스는 저 입에서 성서의 엄숙한 구절들이 술술 쏟아져 나오는 모습이 처음엔 소름이 돋을 정도로 기괴하고 끔찍했다. 채 4년도 지나지 않은 예전 그 당시, 지금과는 전혀 다른 목적을 가진 표현들을 너무도 익숙한 지금의 억양으로 자신의 귀에 줄줄 읊어 댔다는 생각을 하니 이 정반대의 상황이 보여주는 아이러니에 그녀는 속이 메슥거렸다.

이건 개종이 아니라 변신이었다. 예전 그의 얼굴에는 매 곡선마다 켜켜이 욕정이 들어차 있었는데, 지금은 믿음의 열정을 보여 주는 주름들로 바뀌어 있었다. 유혹을 일삼던 입술의 모양새는 이제 기원을 표현하는 수단으로 용도 변경되어 있었고 옛날에는 바람기로만 보였던 뺨의 광채도 오늘 보니 경건한 수사의 광휘로 개종되어 있었다. 동물적인 육욕은 광적인 신앙으로, 이교도적 성향은 복음주의로 그리고 테스의 몸을 탐하며 대담하고 뻔뻔스럽게 눈동자를 굴려 대던 눈은 다듬어지지 않은 거의 광적인 종교적 에너지로 번쩍거리고 있었다. 자신의 기대가 무산될 때마다 얼굴에 드러났던 그 시커먼 모난 표정만이 지금도 호시탐탐 시궁창으로 빠져들려고 하는 이 구제 불능의 변절자를 충실히 표현하고 있었다.

얼굴 생김새는 그 자체로 불만을 토로하고 있는 듯했다. 그 윤곽 하나하나가 팔자에 없는 표정을 짓느라 타고난 기질에서 멀찌감치 떨어져 있었다. 승화된 것 같은 그것들 자체가 낯설어 보였고, 끌어올리려는 행위가 거짓으로 보였다.

하지만 그럴 수도 있지 않을까? 테스는 야박한 생각은 접기로 했다. 못된 인간이 사악한 생활을 청산하고 자신의 영혼을 구한 사례가 더버빌뿐만이 아닌데, 왜 유독 그 사람의 경우만 자연스럽지 않다고 보는 걸까? 그건 필시 예전의 그 사악한 목소리로 선량한 말을 하는 걸 듣자 그녀의 마음속에 고여 있던 생각이 반응을 보인 것에 불과하리라. 죄가 깊을수록 더 훌륭한 성자가 된다고 하지 않던가. 굳이 기독교 역사를 들먹거리지 않아도 그런 예는 가까이에서도 얼마든지 찾을 수 있다.

이런 상념이 막연하게나마 테스의 마음을 움직였지만 아직 분명한 형태가 갖춰진 것은 아니었다. 너무 놀란 테스는 겁에 질려 잠시 멈칫했지만 정신을 수습하자마자 그의 시야에서 벗어나야 한다는 생각에 다급해졌다. 그녀가 태양을 등지고 서 있었기 때문에 아직 그는 그녀를 알아보지 못한 것 같았다.

그러나 테스가 몸을 움직인 바로 그 순간 그만 그녀는 그의 눈에 띄고 말았다. 그녀가 옛 애인에게 준 충격은 전기 감전처럼 강력했고, 그녀가 받은 충격보다 훨씬 큰 듯했다. 불 같은 열정과 우레와 같은 달변이 그에게서 스르르 빠져나가는 듯했다. 그의 입술은 무슨 말인가를 입술 밖으로 내보내려고 부들부들 떨며 용을 쓰고 있었지만, 아무리 말을 하려고 해도 그녀와 마주하고 있는 한 도저히 그럴 수 없는 것 같았다. 그의 시선이 그녀를 향했던 처음 그 순간 이후 그의 두 눈은 그녀를 피해 눈 둘 곳을 찾지 못하고 우왕좌왕하다가, 번번이 절망적인 표정으로 다시 그녀에게 되돌아오곤 했다. 그러나 그가 무력해진 사이 기운을 되찾은 테스는 헛간을 지나 앞을 향해 나아갔기 때문에 이런 마비 상태는 오래 가지 않았다.

생각을 정리할 여유가 생기자 테스는 그들 서로의 입장이 이렇게 변했다는 사실이 그저 끔찍하기만 했다. 그녀를 망가뜨린 그 사람은 지금 하느님의 편에 서 있는데, 정작 자신은 새로 태어나지 못한 채 예전 그대로가 아닌가. 그러니까 전설에서처럼, 키프로스 여신 같은 그녀의 모습이 갑자기 그의 제

단에 나타나는 바람에 결국 사제의 불꽃이 거의 꺼져 버린 듯했다.[100]

그녀는 뒤도 돌아보지 않고 계속 걸었다. 등에, 심지어는 옷에도 시선을 감지하는 센서가 부착된 것처럼, 그녀는 저기 헛간 바깥에서 자신에게로 향하고 있을지도 모를 시선이 너무도 생생하게 느껴졌다. 이곳까지 오는 동안에도 그녀의 마음은 내내 무지근한 슬픔으로 무겁게 가라앉아 있었는데 이제 그 고통에 변화가 생겼다. 너무나 오래 참아 왔던 사랑에 대한 갈망이 이제 잠시 치유할 길 없는 그녀의 과거, 여전히 그녀를 에워싸고 있어서 몸으로도 느껴질 것만 같은 그 과거로 대체되었다. 그것은 그녀의 죄의식에 부채질을 해댔고 그녀를 절망감에 빠뜨렸다. 그녀가 그토록 소망해 왔던 과거와 현재의 고리가 끊어지는 일은 일어나지 않았다. 과거는 그녀 자신이 과거의 사람이 되어야 비로소 완전한 과거가 되는 것이다.

그런 생각에 잠겨 다시 롱애시 레인의 북쪽을 직각으로 건너가고 있던 테스의 눈앞에 희끄무레하게 뻗어 있는 언덕길이 나타났다. 이제 언덕 정상의 가장자리를 따라가는 것이 그녀에게 남은 마지막 여정이었다. 바싹 마른 길의 창백한 표면이 심각한 표정으로 인간이나 마차 아니면 어떤 다른 표시로 끊어지는 일 없이 죽 이어져 있었는데, 다만 이따금 누런 말똥이 차갑고 황량한 땅 여기저기에 점을 찍어 놓았을 뿐이었다. 천천히 이 언덕길을 올라가고 있던 테스는 뒤에서 발자국 소리가 나는 걸 들었고, 그래서 돌아다보니 감리교 신자의 복장

100 전설의 정확한 기원은 추적할 수 없으나 키프로스 여신은 바다에서 태어나 조개껍질을 타고 키프로스로 떠내려간 아프로디테(비너스)이고, 사제의 불꽃은 여신의 남편으로 불의 신인 헤파이스토스를 지칭하는 듯하다.

이 어색하지만 너무도 눈에 익은 형체, 이 세상을 떠나기 전에 혼자서는 절대로 마주치고 싶지 않았던 단 한 사람이 다가오고 있었다.

그러나 머리를 쓰거나 몸을 피할 겨를이 전혀 없었으므로 그녀는 최대한 차분하게 그가 자신을 따라오도록 놔두었다. 곧 열에 들떠 있는 그가 모습을 보였지만 그건 빠르게 걸어와서 그런 것보다는 마음속에 있는 그의 감정들 때문인 듯했다.

「테스!」그가 불렀다.

테스는 걸음을 늦추었지만 뒤는 돌아보지 않았다.

「테스!」그가 다시 불렀다.「나요, 알렉 더버빌이요.」

그제야 그녀는 뒤돌아봤고, 그가 그녀에게로 다가왔다.

「알아요.」그녀가 냉랭하게 대답했다.

「거참, 그 말밖에 없소? 하긴 더 이상 당신에게 바랄 자격이 내게 있나! 그래.」그가 씩 웃으며 덧붙여 말했다.「이런 내가 당신 눈에는 좀 우스꽝스럽게 보일 거야. 그러나, 난 그런 걸 견뎌 내야 하지……. 당신이 어디론가 떠났다고 들었어. 아무도 당신의 행방을 모른다고 하더군. 테스, 내가 당신을 따라온 이유가 궁금하오?」

「그래요. 정말 진정으로 당신이 따라오지 않았으면 했어요.」

「그렇군. 그렇게 말하는 것도 무리는 아니지.」내켜하지 않는 테스와 나란히 걸어가던 그의 표정이 다시 심각해졌다. 「하지만 오해하진 말아요. 아마 눈치챘을 테지만, 아까 저기에서 당신이 갑자기 나타났을 때 무척이나 놀라는 날 보고 혹여 당신이 오해할 수도 있겠다 싶어서 부탁하는 거요. 그건 단지 순간적으로 잠깐 움찔했던 것뿐이었지. 당신이 내게 어떤 존재였는지 생각해 보면 충분히 그럴 수 있는 일이었어. 하지만 난 의지의 힘으로 그걸 이겨 냈소. 이런 말을 하는 날 사기꾼으로 생각할지도 모르지만 난 곧 이런 생각을 했지. 하느님의 심판으로부터 세상의 모든 사람들을 구원하는 것이 나의 임무이고 바람일진대 — 비웃고 싶으면, 그래요 — 내가 너무도 못되게 굴었던 당신이야말로 바로 그 사람이라는 생각이 들었지. 그런 목적을 가지고 당신을 따라왔을 뿐, 다른 이유는 없어.」

이에 응답하는 테스의 말에는 약간의 비아냥이 숨어 있었다. 「본인 자신은 구원하셨나요? 자선은 집에서부터 시작한다고들 하잖아요.」

「난 아무것도 하지 않았소.」 아무렇지 않다는 듯 그가 대답했다. 「내 설교를 듣는 사람들에게 말해 온 것처럼, 모든 건 하늘이 하신 거지. 테스, 당신이 날 아무리 경멸하더라도 내가 나 자신, 그러니까 예전의 죄 많았던 나 자신에게 퍼부은 질타와 비교하면 아무것도 아닐 거야! 어쨌든 믿거나 말거나 이상한 이야기이지만, 내가 개종하게 된 경위를 말해 줄 수도 있어. 바라건대 당신에게 들어 줄 만한 관심 정도는 있었으면 해. 에민스터의 목사님 이름을 들어 본 적 있소? 들어 봤을 거야. 노(老) 클레어 목사라고 그 교파에서 가장 진지한 분이시고, 교회에 몇 남지 않은 믿음이 두터운 양반 중 한 분이지. 내가 속해 있는 극단적인 기독교도들만큼 믿음이 강한 것은 아니지만, 그 목사는 기존 교파 중에선 예외적인 존재이지. 기존 교파의 젊은 성직자들은 궤변을 늘어놓으면서 진정한 교리를 점점 약화시키고 있기 때문에 이제 교회의 가르침은 본질을 벗어난 그림자에 불과하지. 내가 그 목사와 다른 점이 있다면 교회와 국가에 대한 문제 〈그러므로 너희는 그들에게서 빠져나와 그들을 멀리하여라. 이것은 주님의 말씀이다〉[101]라는 성경 구절에 대해서만 다를 뿐이지. 그게 다야. 그분은 이 나라의 어느 누구보다도 더 많은 영혼을 구원할 겸허한 수단이 되어 오셨다고 장담할 수 있어. 그분에 대해서 들어 봤소?」

「그래요.」 그녀가 말했다.

「그분이 2~3년 전에 한 선교회를 대표해서 트란트리지로 설교하러 오신 적이 있었지. 그때 난 망나니였고 그래서 그분이 본인에게 득 되는 일도 아니면서 날 설득하고 인도하려고 하셨을 때 난 그분을 모욕했었지. 그분은 내가 그렇게 행동해도 화를 내지 않으셨고 그저 때가 되면 나도 성령의 첫 열매를 받게 될 것이며, 조롱이나 하려고 왔던 사람들도 나중에는 남아 기도를 올리는 경우도 가끔 있다는 말씀만 하셨지. 그분의 말속엔 신비한 마력이 숨어 있었어. 말씀 하나하나가 내 마음속으로 깊이 가라앉은 거야. 하지만 내게 가장 큰 타격을 준 건 어머니가 돌아가신 일이었고, 차츰 난 광명을 보게 되었던 거지. 그때 이후 내 소원은 오직 이 참된 생각을 다른 이들에게 알리는 거였어. 오늘 내가 하려고 했던 일도 바로 그런 거였지. 이 근방에서 설교를 시작한 건 최근의 일이긴 하지만 말이야. 설교를 시작하고 처음 몇 달은 북부 잉글랜드의 낯선 사람들 사이에서 시간을 보냈어. 처음이라 마냥 미숙하기만 한 내 설교를 그곳에서 갈고 닦아서 무지하기만 했던 과거의 날 알고 있으면서 나의 친구들이기도 했던 사람들에게 설교를 하는, 그러니까 나 자신의 진지한 마음을 시험대에 올리는 가장 혹독한 시련을 겪어 내고 싶었던 거야. 테스, 당신

101 「고린토인들에게 보낸 둘째 편지」 6장 17절 인용.

이 제 손으로 제 볼을 세게 때리는 기쁨을 알 수만 있다면, 단언컨대 ─」

「그만해요!」 그와 떨어져 길가 울타리 계단으로 가 몸을 기댄 테스가 노기를 띠며 버럭 소리를 질렀다. 「그렇게 갑작스럽게 일어난 일들을 믿을 수 없어요! 내게 이런 말을 하는 당신에게 분노가 치민다고요. 당신도 알면서, 당신이 내게 어떤 짓을 했는지 잘 알면서 어떻게! 당신, 그리고 당신 같은 사람들은 나 같은 사람의 삶을 슬픔으로 물들여 고통스럽고 막막하게 만들면서 지상에서의 쾌락을 실컷 누리죠. 그러고는, 지상에서의 쾌락을 충분히 누렸으니까 이제 개종해서 천국에서도 당신 몫의 쾌락까지 챙기겠다는 속셈이니 좋은 일이죠! 집어치워요. 난 당신을 믿지 않아요. 그런 게 증오스럽다고요!」

「테스!」 그가 강하게 반박했다. 「그렇게 말하지 마! 그건 내게 새로우면서도 기분 좋은 생각이었단 말이야! 그런데도 날 믿지 않는다고? 무얼 믿지 못하겠다는 거야?」

「당신이 개종한 거요. 종교에 대한 당신의 꿍꿍이요.」

「이유는?」

그녀의 목소리가 낮아졌다. 「당신보다 더 훌륭한 사람도 그런 걸 믿지 않으니까요.」

「여자의 논리란 참! 훌륭하다는 그 사람이 누군데?」

「말할 수 없어요.」

「어쨌든……」 금방이라도 말속에 깔려 있는 분노가 튀어나올 것만 같은 기세로 그가 단언하듯 말했다. 「하느님께선 내가 스스로를 좋은 사람이라고 말하고 다니는 걸 허락하지 않으시지. 내 입으로 그런 말을 하지 않은 건 당신도 알잖아. 솔직히 말하면 난 선한 일을 처음 해보는 거야. 하지만 가끔

530

은 새로 시작한 사람이 멀리 보는 경우도 있잖소.」

「그래요.」 슬픔에 젖은 테스가 말했다. 「하지만 난 당신이 새 사람으로 변했다는 걸 믿지 못하겠어요. 당신이 느끼는 그런 섬광은 오래 가지 않아요, 알렉!」

그렇게 말하면서 테스는 몸을 기대고 있던 울타리 계단에서 돌아서서 그를 정면으로 응시했다. 이때 그의 눈이, 낯익은 얼굴과 몸매를 향하고 있던 그의 우연한 시선이 테스에게 꽂혀 떠나지 않았다. 지금 그의 내면에서 가만히 숨죽이고 있던 나쁜 남자의 기질은 확실하게 뽑힌 것도, 그렇다고 완전히 진압된 상태도 아니었던 것이다.

「날 그런 눈으로 보지 말아요!」 그가 버럭 소리를 질렀다.

자신의 행동과 태도를 전혀 의식하고 있지 않았던 테스는 커다란 검은 눈을 얼른 거두어들이며 상기된 얼굴로 더듬거렸다. 「미안해요!」 그리고 그녀는 예전에도 종종 그녀를 엄습했던 비참한 기분, 즉 그녀가 자연이 부여한 이 육체에 기거하는 것 자체가 잘못이라는 느낌이 되살아났다.

「아니, 아니야! 미안해하지 말아요. 예쁜 당신의 모습을 숨기려고 베일을 쓰고 있지만 내리는 게 어때?」

테스는 베일을 끌어 내리면서 황망히 말했다. 「이건 바람을 막기 위한 거였어요.」

「이런 말이 불쾌하게 들릴지는 모르지만……..」 그의 말이 계속되었다. 「나로선 당신을 자주 보지 않는 게 좋을 것 같소. 위험할지도 모르니 말이야.」

「그만해요!」 테스가 말했다.

「그저, 여자들의 얼굴이 이미 내게 지나치게 커다란 힘을 발휘해 왔기 때문에 두려워하지 않을 수 없다는 거야! 전도

사로서는 그런 것들과 아무 상관이 없지만, 그래도 잊어버리고 싶은 옛날 일을 떠올리게 한단 말이오!」

이런 이야기가 오고 간 후 천천히 앞으로 걸어가고 있던 그들은 점점 말수가 줄어들었고, 이따금 오고 가는 사소한 이야기 한두 마디가 그들 대화의 전부였다. 테스는 속으로 그가 어디까지 따라오려나 궁금했지만 그렇다고 명령하듯 그를 돌려보내고 싶지는 않았다. 그들이 출입문이나 울타리의 층계에 이를 때마다 빨간색 또는 파란색으로 칠한 성경 구절이 자주 눈에 띄었는데, 테스는 그에게 이런 문구를 수고스럽게도 널리 퍼뜨리고 다니는 사람이 누군지 알고 있느냐고 물었다. 그 남자는 사악한 시대를 살아가는 사람들의 마음을 움직이기 위해 있는 수단을 총동원하려고, 자신 및 자신과 뜻을 함께하는 이 지역의 몇몇 사람들이 고용한 사람이라고 그가 말했다.

드디어 길은 〈크로스인핸드〉라는 지점으로 들어섰다. 이곳은 여기 고지대에 존재하는 거칠고 황량한 곳들 중에서도 그야말로 가장 척박한 곳이었다. 여기는 예술가들과 풍경 애호가들이 추구하는 매력과는 너무나 동떨어져 있어서, 마치 비극적 색조의 부정적 아름다움이라는 전혀 새로운 유형의 아름다움과 맞닿은 듯 보이는 곳이었다. 지명은 여기에 서 있는 한 돌기둥에서 연유했는데, 그 기둥은 근방 채석장에선 전혀 볼 수 없는 지층에서 캐낸 기이하면서도 왠지 무례해 보이는 거석으로 사람의 손 하나가 조야하게 새겨져 있었다. 이 돌기둥의 역사와 의미에 대해선 구구절절 전해 오는 이야기들이 많았다. 과거엔 성스러운 십자가가 완벽한 형태로 우뚝 서 있었다가 지금은 지지대만 남아 있는 거라고 하는 사람들이 있는가 하면 또 어떤 이들은 지금 서 있는 돌기둥이 전부이며 경계선 또는 만남의 장소를 표시하려고 세워 둔 거라고 했다. 돌기둥이 원래 어떤 모습이었건 간에 여하튼 그 주변의 풍광은 예나 지금이나 기분에 따라 왠지 사악한 아니면 장엄한 무언가가 서려 있는 것 같았고, 지나가던 길손이 아무리 무덤덤한 사람이라 하더라도 깊은 인상을 남기는 묘한 구석이 있었다.

「이제 당신과 헤어져야 할 것 같군.」이 지점에 이르자 그가 말했다.「난 오늘 저녁 애봇스서널에서 설교가 있어서 여기서 오른쪽으로 가야 하지. 테스, 당신이 내 마음을 심란하게 만들었지만 왜 그런지는 말할 수 없고 말하지도 않을 거야. 난 멀리 가서 기운을 얻어야만 해……. 당신은 지금 정말 유려하게 말을 잘하던데 어찌 된 일이지? 그렇게 훌륭한 영어를 누구에게 배운 거요?」

「고통 속에서 터득한 거예요.」대답을 피하듯 그녀가 대꾸했다.

「무슨 고통을 겪었지?」

그녀는 그에게 첫 번째 고통, 그와 연관된 유일한 마음고생에 대해 말했다.

놀란 더버빌은 말을 잃었다.「난 이제껏 그런 일에 대해선 전혀 모르고 있었어!」그러더니 그는 우물쭈물 중얼거렸다. 「어려움이 닥쳐오고 있다는 걸 느꼈을 때 왜 내게 알리지 않았지?」

그녀는 대답하지 않았다. 침묵을 깨며 그가 덧붙여 말했다. 「자, 그럼 다시 만나지.」

「아니요.」그녀가 대답했다.「내 근처에 다신 오지 말아요!」

「생각해 볼게. 그런데 헤어지기 전에 이리로 와봐요.」그가 돌기둥 쪽으로 다가섰다. 「이것은 한때 성스러운 십자가였지. 내 교리에 유적 따위는 없지만, 난 가끔 당신이 두렵거든. 지금 당신이 날 두려워하는 것보다 훨씬 더하다고. 그러니까 내 이 두려움이 줄어들도록 여기 돌기둥 손자국에 당신 손을 대고 날 유혹하지 않겠다고 맹세해 줘. 당신의 매력이든 그 어떤 방법으로든 말이야.」

「세상에……. 당신은 어떻게 그토록 쓸데없는 일을 요구하죠! 그럴 생각은 추호도 없다고요!」

「알았어. 그래도 맹세해요.」

조금은 두려운 마음에 테스는 끈질기게 요구하는 그의 청을 받아들여 돌에 손을 대고 맹세했다.

「당신이 신자가 아니라서 유감이군.」 그의 말이 이어졌다. 「믿음이 없는 자가 당신을 제 손아귀에 넣고 마구 흔들어 놓을 수도 있으니 말이야. 하지만 이제는 그러지 못할 거야. 내가 집에서라도 당신을 위해 기도를 드릴 수 있고 꼭 그럴 거니까. 무슨 일이 일어날지 누가 알겠어? 가겠소. 안녕!」

그는 사냥터 출입문이 있는 울타리 쪽으로 향했고 뒤도 돌아보지 않고 울타리를 훌쩍 뛰어넘더니 애봇스서널이 있는 방향을 향해 언덕을 가로질러 성큼성큼 걸어갔다. 동요하는 기색이 그의 걸음걸이에 나타나더니 그는 옛날 생각이 난 듯 주머니에서 작은 책 한 권을 꺼내 들었다. 그 책갈피에 하도 자주 읽어서 손때가 묻은 낡은 편지 한 장이 끼워져 있었다. 더버빌은 그 편지를 펼쳤다. 편지에는 몇 달 전의 날짜와 클레어 목사의 이름이 적혀 있었다.

편지는 더버빌의 개종에 대해 발신인인 클레어 목사의 솔직한 기쁨의 표시로 시작해서, 그런 문제를 자신과 상의하려는 그의 친절한 마음에 감사한다는 내용을 담고 있었다. 더버빌의 과거 행적을 용서하겠다는 클레어 목사의 따뜻한 마음과 젊은이의 장래 계획에 대한 목사의 관심도 적혀 있었다. 목사는 자신이 오랜 세월 몸 바쳐 온 교회에서 더버빌을 볼 수 있으면 좋겠다고 했고, 그가 그런 목적을 위해 신학 대학에 들어가겠다고 하면 기꺼이 도와주겠다고 했다. 하지만 그러려면 오랜 시간이 필요할 터이고 그래서 더버빌이 이를 원치 않을지도 모르므로, 자기는 그것이 가장 중요한 일이라고 강요하지는 않겠다고 했다. 사람마다 자신이 가장 잘할 수 있는 일을 성령이 이끄는 대로 하면 된다고도 쓰여 있었다.

더버빌은 이 편지를 읽고 또 읽었으며 스스로에게 냉소적으로 질문을 던지고 있는 듯했다. 그는 걸어가면서 차분해진 표정이 얼굴에 나타날 때까지 메모로 적어 둔 글에서 일부 구절을 읽기도 했는데, 이제야 비로소 테스의 모습이 그의 심기를 어지럽히지 않는 것 같았다.

한편 테스는 농장으로 돌아가는 지름길인 언덕 가장자리를 따라 계속 걸어갔다. 그렇게 1마일 조금 못 갔을 때 그녀는 혼자 있는 목동을 만났다.

「제가 막 지나쳐 온 그 오래된 돌기둥이 무슨 의미를 담고 있나요?」 그녀가 목동에게 물었다. 「옛날엔 십자가였나요?」

「십자가라니……, 아니에요. 그건 십자가가 아니요! 불길한 징조를 지닌 돌이야, 아가씨. 옛날에 그곳에서 기둥에 못으로 손이 박히는 고문을 당한 후에 교수형에 처해진 죄수가 있었는데, 그 돌기둥은 그의 친척들이 세운 거라오. 뼈가 그 밑에 묻혀 있다는구먼. 그 죄수가 악마에게 영혼을 팔았다고 하더라고. 지금도 가끔 그가 걸어다닌다고 하지, 아마.」

뜻밖의 섬뜩한 사실을 알게 된 테스는 몸서리를 쳤고, 목동을 뒤로하고 다시 가던 길로 발길을 재촉했다. 플린트콤애시에 이르렀을 무렵 어둑어둑 땅거미가 몰려오고 있었다. 마을 어귀에 이르러 테스는 한 젊은 여자와 그녀의 애인 쪽으로 가까이 다가가고 있었는데, 그들은 그런 그녀를 눈치채지 못하고 있었다. 그들이 나누고 있던 이야기에 별다른 비밀이 있었던 건 아니었다. 남자의 좀 더 다정한 어조에 젊은 여자는 무심한 듯 맑은 목소리로 대응하고 있었는데, 지평선 안으로 아무것도 끼어들지 못하게 어둠이 잔뜩 고여 있는 차가운 대기 속을 흘러가는 것 중에서 그들의 대화만이 유일하게 테스의 마음을 어루만져 주었다. 그들의 목소리가 잠시나마 그녀의 마음을 기쁘게 했다. 그러다가 그녀는 문득 이런 대화는 어느 편에서 하건, 그녀에게 고난의 서곡이었던 서로에게 끌리던 마음과 똑같다는 점에서 그 시작은 동일하다는 생각이 들었다. 테스가 좀 더 가까이 가자 조용히 뒤를 돌아본 여자가 그녀를 알아보았고, 남자는 겸연쩍어 하면서 황급히 자리를 떴다. 여자는 이즈 휴에트였다. 테스의 외출에 관심을 보이느라 이즈는 방금 전 자신의 행동은 깡그리 잊어버렸다. 테스는 얼버무리듯 그 결과를 설명했고, 눈치 빠른 이즈는 테스가 좀 전에 보았던 그녀의 작은 연애담을 풀어놓았다.

「그는 앰비 시들링이라는 남자야. 가끔 탤벗헤이즈에 와서 일손을 돕던 사람이지.」이즈는 덤덤하게 설명했다. 「수소문 끝에 내가 여기로 온 걸 알아내 찾아왔어. 2년 전부터 날 사랑했대. 하지만 난 아무런 대답을 주지 않았어.」

제46장

소득 없는 여행에서 돌아오고 며칠이 지난 어느 날 테스는 밭에서 일하고 있었다. 메마른 겨울바람은 여전히 불어오고 있었지만, 짚단으로 만든 바람막이가 그 매서운 기운을 막아 주었다. 바람이 차단된 쪽에 눈부시게 밝은 파란색으로 새로 칠한 순무 써는 기계가 있었는데, 이것은 주변의 단조로운 풍경 속에서 마치 쨍하고 울리는 소리를 내는 듯했다. 기계 맞은편 쪽으로 초겨울부터 내내 순무 뿌리를 품에 끌어안고 있던 둔덕, 또는 〈무덤〉이 기다랗게 펼쳐져 있었다. 테스는 흙이 파헤쳐진 한쪽 끄트머리에 서서 순무 뿌리에 붙은 잔털과 흙덩이를 낫으로 제거하고 손질이 끝난 순무를 기계 속으로 던져 넣었다. 한 남자가 기계의 손잡이를 돌리면 V 자형의 긴 통에서 방금 잘려 나간 순무들이 쏟아져 나왔고, 그 잘린 노란 조각들에서 풍기는 상큼한 냄새를 바람이 쿵쿵거리며 음미하는 소리, 순무를 척척 썰어 대는 기계 날이 내는 소리 그리고 가죽 장갑을 낀 테스가 낫으로 순무를 잘라 내는 소리가 한데 어우러지고 있었다.

순무가 뽑혀 나가 텅 빈 갈색의 드넓은 밭에는 그보다 짙은 갈색의 이랑이 줄무늬를 이루면서 리본처럼 점차 넓어져 갔다. 이들 각각의 언저리를 따라 열 개의 다리로 결코 서두른다거나 그렇다고 쉬는 법도 없이 처음부터 끝까지 밭을 왔다 갔다 하는 게 있었다. 그건 두 필의 말과 한 남자 그리고 그 사이에 있는 쟁기였는데, 봄 파종을 위해 순무가 거둬들여진 밭을 갈아엎는 중이었다.

몇 시간 째 이어지는 이 단조롭고 재미없는 풍경에 아무 변화도 일어나지 않았다. 그때 밭갈이를 하는 사람들 너머로 멀리 까만 점 하나가 보였다. 그 점은 작은 틈새가 난 울타리 한 귀퉁이에서 시작해 순무를 자르고 있던 사람들을 향해 비탈진 곳을 올라오고 있었다. 처음엔 작은 점에 불과했던 것이 가까워지자 9주희(柱戱) 게임[102]에서 쓰는 나무 기둥처럼 보였고, 결국 플린트콤애시 농장 쪽에서 온 검은색 옷차림의 남자라는 걸 알 수 있었다. 기계를 돌리던 남자는 두 눈으로 딱히 할 일도 없던 차라 다가오고 있던 남자를 계속 주시하고 있었지만, 열심히 일만 하고 있던 테스는 동료가 알려 줄 때까지 그의 접근을 눈치채지 못했다.

다가온 남자는 그녀를 못살게 굴던 농장주 그로비가 아니었다. 그는 목사와 유사한 복장을 한 남자였고 한때 만용을 일삼던 알렉 더버빌이었다. 지금 그는 설교하느라 열변을 토하고 있지 않아서인지 먼저보다는 열정적인 모습이 덜해 보였고, 기계를 작동하는 남자가 있어서인지 당황하는 눈치였

102 9개의 핀을 세우고 일정한 거리에서 공을 굴려 쓰러뜨리는 놀이로 11세기경 독일의 교회에서 시작된 구기이다. 손목이나 팔 운동을 위해 휘두르거나 던져서 그 거리를 겨뤘는데, 교회에서 연구나 기도를 드린 후 복도에 모여 레크리에이션으로 자주 행하였다.

538

다. 테스의 얼굴은 이미 하얗게 질려 고뇌에 찬 표정이 되었고 그녀는 가리개 달린 두건을 더 깊숙이 눌러썼다.

더버빌이 다가와서 조용히 말했다.

「테스, 할 말이 있소.」

「가까이 오지 말라는 제 마지막 부탁을 어겼군요!」테스가 말했다.

「그래, 하지만 그럴 만한 이유가 있소.」

「그렇다면, 말씀하세요.」

「당신이 생각하는 것보다 중요한 거요.」

그는 주위를 바라보며 듣는 사람이 있는지 확인했다. 그들은 기계를 돌리고 있는 남자와 상당히 떨어져 있었고, 기계 돌아가는 소리도 너무 시끄러워서 알렉의 말이 다른 사람들에게 들릴 리는 만무했다. 더버빌은 기계 돌리는 남자 쪽으로 등을 돌려 남자가 테스를 볼 수 없도록 자신의 위치를 정하고 섰다.

「바로 이거요.」뜬금없이 뉘우치는 기색으로 그가 말했다. 「우리가 지난번 만났을 때 당신과 내 영혼에 대해 생각하느라고 당신이 어떻게 지내고 있는지 물어보지 못했소. 당신이 옷을 잘 차려입고 있어서 그런 생각을 못 했던 거지. 하지만 이제 난 당신의 형편이 어렵다는 걸, 내가 당신을 알고 지내던 때보다도 상황이 좋지 않다는 걸, 당신이 받아서는 안 될 대접을 받고 있다는 걸 알았소. 아마도 이렇게 된 데에는 내 탓이 크겠지!」

그녀는 대꾸하지 않았고, 그는 두건으로 얼굴을 완전히 가리고 고개를 숙인 채 다시 순무를 다듬기 시작하는 테스를 뚫어져라 쳐다보았다. 테스는 일에서 손을 떼지 않으면 그를 자신의 감정 밖으로 더 잘 밀어낼 수 있을 거라고 느꼈다.

「테스.」불만스러운 듯 한숨을 내쉬며 그가 말했다.「지금까지 나랑 얽인 문제 중에서 당신의 경우가 최악이었소! 난 당신이 말해 준 뒤에야 비로소 무슨 일이 있었는지 알았다오. 그토록 순수한 한 인간의 인생을 망쳐 놓다니 난 정말 몹쓸 놈이오! 모든 비난은 내가 받아야 하오. 트란트리지에서 있었던 그 모든 일들도 말이지. 당신은 또한 진짜 혈통을 이어받았고, 난 그저 비열하게 그 혈통의 흉내를 낸 것에 불과했어. 무슨 일이 일어날지 전혀 몰랐다니 당신은 정말 아무것도 모르는 어린애였소! 진심으로 하는 말인데, 부모가 되어서 딸에게 나쁜 인간들이 그 딸을 노리고 덫을 쳐놓고 있다는 걸 가르치지 않는다는 건 정말 안타까운 일이오. 그들의 동기가 좋았건, 아니면 단순한 무관심에서 나왔건 간에 말이요.」

테스는 듣기만 했다. 기계처럼 정확하게 둥근 순무를 던져 놓고 또 다른 순무를 집어 드는 그녀의 얼굴엔 그저 생각에 잠겨 밭일을 하는 여자의 표정만 어른거릴 뿐이었다.

「그러나 이런 이야기를 하려고 온 건 아니오.」더버빌의 말이 계속되었다.「내 상황은 이렇소. 당신이 트란트리지를 떠난 뒤 어머니가 돌아가셨소. 그래서 그 집은 이제 내 소유가 되었지. 하지만 난 그걸 팔고 아프리카로 가서 선교 사업에 뛰어들까 하오. 내가 그 일을 제대로 해내지 못할 거라는 건 두말하면 잔소리지. 그래서 당신에게 부탁하고 싶은 건, 내 임무를 완수할 수 있도록 당신이 내게 힘을 실어 달라는……, 당신에게 저지른 죄에 대해 내가 유일하게 보상할 수 있는 일을 할 수 있게 해달라는 거요. 달리 말하면, 내 아내가 되어서 나와 함께 가겠소?…… 이미 이 귀중한 서류도 만들어 놓았다오. 어머니가 돌아가시면서 소망하셨던 거지.」

그는 겸연쩍은 듯 주머니를 뒤적거리더니 양피지 한 장을 꺼내 들었다.

「뭐예요?」 테스가 물었다.

「결혼 허가증이오.」

「오, 안 돼요. 안 돼!」 화들짝 놀란 그녀가 뒤로 물러서면서 황급히 말했다.

「안 된다고? 이유가 뭐지?」

이렇게 물어보는 더버빌의 얼굴에는 자신의 잘못을 보상할 수 있는 기회가 무산되어서만은 아닌 실망의 빛이 스치고 지나갔다. 그건 틀림없이 테스를 향한 지난날의 열정이 되살아났다는 징후였으니 그렇게 그의 의무감과 욕망은 나란히 함께 치닫고 있었다.

「분명코…….」 그는 좀 더 초조해진 어조로 다시 말을 꺼냈고, 그러다가 기계를 돌리고 있던 남자를 돌아보았다.

테스 또한 이 이야기를 여기서 마무리할 수는 없다는 느낌이 들었다. 테스는 남자에게 손님이 찾아와서 잠시 걷다 오겠다고 말한 뒤 더버빌과 함께 얼룩말처럼 줄무늬가 쳐진 밭을 가로질러 갔다. 그들이 새로 쟁기로 갈아엎은 첫 번째 밭에 이르렀을 때 그가 손을 내밀어 그녀가 넘어오는 걸 도와주려고 했으나, 그녀는 그런 그를 못 본 체하고 흙이 둥글게 쌓여 있는 둔덕 위로 냉큼 올라섰다.

「테스, 나랑 결혼해서 나를 자존심 있는 남자로 만들어 주지 않을 거란 말이지?」 밭이랑을 건너서자마자 그가 같은 말을 반복했다.

「그럴 수 없어요.」

「이유가 뭐요?」

「당신에게 전혀 애정이 없다는 걸 알잖아요.」

「그러나 시간이 흐르면 당신도 그런 감정을 느끼게 될 거요. 당신이 진정으로 날 용서하면 그렇게 되지 않을까?」

「그런 일은 있을 수 없어요.」

「왜 그렇게 단언하는 거지?」

「다른 사람을 사랑하거든요.」

그는 이 말에 놀란 듯했다.

「그래?」 그의 목소리가 높아졌다. 「다른 사람을? 하지만 당신은 도덕적으로 뭐가 옳고 적합한지 판단할 능력도 없단 말이오?」

「없어요, 전혀 없어요. 그러니까 그렇게 말하지 마세요!」

「아무튼, 그렇다 치고, 다른 남자에 대한 당신의 사랑은 그저 덧없이 지나가는 일시적인 감정일 거야. 언젠가는 당신이 이겨 낼 수 —」

「아니요, 그렇지 않아요.」

「이겨 낼 거야, 반드시! 그럴 수 없는 이유가 뭐지?」

「말씀드릴 수 없어요.」

「당신의 명예를 위해 꼭 말해야 하오!」

「정 그렇다면……. 그 사람과 결혼했어요.」

「아!」 탄식을 내뱉은 그는 얼어붙은 듯 꼼짝 않고 서서 그녀를 뚫어지게 응시했다.

「말하고 싶지 않았다고요. 그럴 생각이 없었는데!」 그녀가 애원했다. 「여기선 아무도 그 사실을 몰라요. 어쩌면 어렴풋이 짐작은 할지도 모르죠. 그러니 제발, 제발 부탁이니 내게 아무것도 묻지 말아요. 우린 이제 아무 사이가 아니라는 걸 명심해야 해요.」

「아무 사이가 아니라……, 우리가 말이지? 남남이라는 거지!」

그의 얼굴에 빈정거리던 예전의 표정이 잠시 번쩍 스치고 지나갔지만, 이내 결심이 선 듯 그는 그런 자신의 모습을 눌러 버렸다.

「저 남자가 당신 남편이오?」 기계를 돌리고 있는 일꾼을 가리키며 그가 건성으로 물었다.

「저 남자라고요!」 그녀가 당당하게 말했다. 「아니죠!」

「그럼 누구요?」

「말하고 싶지 않은 걸 자꾸 묻지 마세요!」 그녀는 간청했고, 그녀의 치켜든 얼굴과 속눈썹으로 그늘진 눈이 그에게 애원하며 반짝거렸다.

더버빌의 마음은 뒤숭숭했다.

「그저 당신을 위해서 물어본 거란 말이오!」 그가 흥분해서 대꾸했다. 「하늘의 천사들이여! — 이런 말을 하는 날 하느님이 용서해 주시길! — 내가 여기에 온 건, 맹세컨대, 당신에게 도움을 주기 위해서였소. 테스 — 날 그런 얼굴로 보지 말아요 — 당신의 모습을 견딜 수가 없구려! 단언컨대 예수님이 이 세상에 오시기 전이나 그 이후에도 그런 눈은 없었어! 이런……, 이성을 잃으면 안 돼. 그럴 순 없지. 고백하자면 당신의 모습을 본 순간 당신에 대한 내 사랑이 깨어났소. 그 비슷한 모든 감정들과 함께 다 꺼졌다고 믿고 있었는데 말이지. 하지만 난 우리의 결혼이 우리 둘 모두를 정화시켜 줄 거라고 생각했었소. 〈믿지 않는 남편은 믿는 아내로 말미암아 거룩하게 되고 또 믿지 않는 아내도 믿는 남편으로 말미암아 거룩하게 되었기 때문입니다〉[103]라고 나 혼자 중얼거렸지. 하지만 내 계

103 「고린토인들에게 보낸 첫째 편지」 7장 14절 인용.

획은 물거품이 되었고, 이제 실망을 견뎌 내야 하는구려.」
　그의 시선은 침울하게 바닥을 향해 있었다.
　「결혼했다, 결혼을 했다고……. 정 그렇다면.」 결혼 허가증을 반으로 찢어 주머니에 넣으면서 그가 침착하게 말을 이어 갔다. 「결혼은 물 건너갔지만, 누군지는 모르지만 당신 남편과 당신에게 도움을 주고 싶소. 물어보고 싶은 건 많지만, 당신이 원하지 않으니까 그만두도록 하지. 하지만 남편이 누군지 알 수 있다면 그 사람과 당신에게 도움을 주는 일이 좀 더 수월할 텐데. 이 농장에 있소?」
　「아니에요.」 그녀가 우물거렸다. 「그이는 멀리 있어요.」
　「멀리 있다고? 당신을 떠났다고? 남편이란 사람이 어떻게 그럴 수 있지?」
　「아, 남편을 헐뜯는 말을 하지 마세요! 당신 때문이었다고요! 그이가 결국 알게 되어서…….」
　「아, 그렇게 된 거군!…… 테스, 슬픈 일이구려!」
　「그래요.」
　「그렇지만 당신을 두고 떠나다니……. 당신이 이런 일을 하도록 내팽개치고 말이야.」
　「내게 이런 일을 하게 만든 건 그이가 아니에요!」 그녀는 있는 힘을 다해 이 자리에 없는 사람을 변호하려고 목소리를 높였다. 「그인 이런 사실을 모르고 있어요! 내가 결정해서 하는 일이라고요.」
　「그렇다면, 편지는 보내나?」
　「말할 수 없어요. 우리들만 아는 사적인 일들이 있어요.」
　「물론 그 말은 당신 남편이 편지를 보내지 않는다는 거군. 당신은 버림받은 아내로군, 나의 어여쁜 테스!」

그가 덥석 그녀의 손을 잡았다. 그녀는 손에 가죽 장갑을 끼고 있었고, 그래서 그가 잡은 건 장갑 안 생기와 형태를 표현하지 못하는 거친 가죽 손가락뿐이었다.

「안 돼요! 이러면 절대 안 돼요!」주머니에서 손을 빼내듯 장갑에서 손을 빼면서 그녀는 두려움에 떨었다. 「제발, 가세요. 나와 내 남편을 위해서…… 가세요, 당신이 믿는 그 기독교의 이름으로요!」

「알았소, 알았다니까. 가리다.」퉁명스럽게 말한 그가 장갑을 불쑥 그녀에게 내밀더니 가려고 돌아섰다. 그러나 그는 다시 그녀에게로 돌아서서 말했다. 「테스, 하느님께서 판단하시겠지만, 난 결코 당신 손을 잡으려고 수를 쓴 게 아니었소!」

이야기에 열중해 있느라고 미처 듣지 못했지만 밭에서 들려오던 말발굽 소리가 바로 그들 뒤에서 딱 멈췄다. 그리곤 그녀의 귀로 어떤 목소리가 들려왔다.

「도대체 이 시간에 작업장을 떠나서 뭐하고 있는 거야?」

멀리서 두 사람을 발견한 농장주 그로비가 두 사람이 자기 밭에서 무슨 용무가 있는지 보려고 밭을 가로질러 말을 몰고 왔던 것이다.

「이 여자에게 그런 식으로 말하지 마시오!」더버빌이 말했다. 그의 얼굴은 기독교인과는 어울리지 않는 표정으로 어두워졌다.

「그래요, 신사 양반! 그런데 감리교 목사 양반이 이 여자와 무슨 볼일이 있으실까?」

「이 작자는 누구요?」테스 쪽을 바라보며 더버빌이 물었다.

그녀가 그에게로 가까이 다가섰다.

「가세요. 부탁해요!」그녀가 애원했다.

「뭐라고! 당신을 저런 막돼먹은 작자에게 맡기고 가라고? 얼굴을 보니 얼마나 형편없는 작자인지 딱 알겠는데.」

「저 남자는 날 해코지하지 않아요. 내게 치근대는 사람이 아니라고요. 성수태 고지일이면 난 이곳을 떠날 수 있어요.」

「알겠소. 내겐 권리가 없으니 당신이 하라는 대로 할 수밖에 없겠지. 하지만…… 그래요, 잘 있어요!」

그녀를 못살게 구는 사람보다 더 두려운 사람이 그녀를 감싸 주다가 마지못해 자리를 떴고, 농장주는 계속 으르렁거렸다. 테스는 남녀 사이에 감정이 개입되지 않은 이런 책망을 최대한 냉정하고 담담하게 받아들였다. 과거 경험으로 볼 때 그녀는 마음만 먹으면 자신을 때릴 수도 있는 이런 목석 같은 남자가 고용주라는 사실에 오히려 마음이 놓였다. 그녀는 묵묵히 다시 작업장인 밭의 꼭대기 쪽으로 걸어갔고, 방금 전에 주고받았던 이야기를 곱씹느라고 그로비가 타고 있는 말의 코가 거의 그녀의 어깨에 닿을 정도로 가까이 있다는 것도 알아채지 못했다.

「성수태 고지일까지 내 밑에서 일하기로 했으니 제대로 해내는지 두고 볼 거야.」 그로비가 으르렁거렸다. 「골칫거리 여자들 하곤. 지금은 이렇고 그땐 또 그렇고. 하지만 이젠 나도 더 이상 참지 않을 거라고!」

농장주가 예전에 본인이 받았던 수모에 대한 앙갚음으로 그녀를 괴롭히긴 하지만, 농장의 다른 여자들에겐 못되게 굴지는 않는다는 걸 테스는 잘 알고 있었다. 그녀는 만일 자신이 돈 많은 알렉의 청혼을 받아들일 수 있는 자유로운 입장이었다면, 그 결과가 어땠을지 잠시 머릿속으로 그려 보았다. 그랬다면 이런 굴종의 상태에서 완전히 풀려날 수도 있을 것이다. 지금 자신에게 포악하게 구는 농장주에게뿐만 아니라 그녀를 멸시하는 세상 모두의 속박에서도 해방되는 것이리라. 「하지만 아니야, 아니야!」 가쁘게 숨을 몰아쉬며 그녀가 중얼거렸다. 「지금 그 남자와 결혼할 수 없어! 난 그 남자가 정말 불쾌해.」

바로 그날 밤 그녀는 남편을 향한 한결같은 사랑을 확인시키는, 하지만 자신의 곤경을 숨긴 절절한 편지를 쓰기 시작했다. 행간에 숨은 뜻을 읽어 낼 수 있는 사람이라면 능히 그녀의 크나큰 사랑 뒤에는 우연한 사고가 은밀하게 일어날 것만 같은, 거의 절망에 가까운 끔찍한 두려움이 도사리고 있다는 걸 알아챌 수도 있었으리라. 하지만 이번에도 어김없이 그녀는 자신의 속내를 드러내지 못했다. 남편은 이즈에게 함께 떠나자고 한 적도 있었고 어쩌면 자신을 전혀 사랑하지 않을지도 모르는 일이다. 그녀는 도로 편지를 상자 안에 넣으며 과연 언제쯤 이 편지가 에인절의 손에 들어갈 수 있을지 의문이 들었다.

이런 일이 있은 이후 테스는 매일 같이 엄청나게 고된 일상을 이어 갔고 이윽고 농장 일꾼들에게 중요한 의미를 지닌 성촉절(聖燭節)[104] 장날이 다가왔다. 바로 이 장날은 곧 다가올 성수태 고지일 이후 시작되는 12개월간의 새로운 계약 관계가 이루어지는 날이며, 그래서 일자리를 옮기고자 하는 사람들은 빠짐없이 장이 서는 마을로 가는 날이었다. 플린트콤애시 농장의 일꾼들은 거의 모두가 이 농장을 떠나려고 작정하고 있

<hr>

104 성모 마리아의 순결을 기리는 축제로 2월 2일에 있었다. 그 당시 일종의 고용 박람회 역할을 하는 것으로서는 연중 두 번의 중요한 행사가 있었는데, 그 중 하나가 성촉절이고 다른 하나는 11월 11일의 마르틴 축일이었다.

었고, 그래서 이른 아침 구릉이 많은 시골길 너머로 10 내지 12마일 떨어져 있는 마을을 향해 대대적인 탈출이 이어졌다. 테스 또한 성수태 고지일에 떠나려고 작정하고 있었지만 다른 몇몇 일꾼들처럼 장에 가지 않고 농장에 남아 있었는데, 혹시라도 밭일을 다시 하지 않아도 될 일이 생기지 않을까 하는 막연한 기대감 때문이었다.

계절치고는 놀라울 만큼 포근한 2월의 평화로운 하루여서 겨울이 끝났다고 생각하는 사람도 있을 정도였다. 테스가 묵고 있던 농가의 창문에 더버빌의 모습이 어른거린 것은 그녀가 막 식사를 마쳤을 때였다. 오늘 집에는 그녀밖에 없었다.

테스는 벌떡 일어섰지만, 그녀를 찾아온 사람이 이미 문을 두드리고 있는 상황이라 도망가는 것은 무리였다. 노크를 하고 문 쪽으로 걸어오는 더버빌의 모습에는 지난번에 봤던 그의 태도와는 다른, 꼭 집어 표현할 수 없는 뭔가 다른 구석이 있었다. 그건 바로 자신이 하는 행위를 수치스럽게 여기는 사람의 태도였다. 문을 열지 말아야겠다고 생각했지만 그런 행동 역시 의미 없다고 생각한 그녀는 걸쇠를 위로 잡아당기고는 얼른 뒤로 물러섰다. 방 안으로 들어온 그는 그녀를 보더니 말도 없이 그대로 의자에 털썩 주저앉아 버렸다.

「테스, 나도 어쩔 수 없었소!」 그는 흥분으로 상기된 얼굴을 닦으며 절망적으로 말문을 열었다. 「적어도 당신이 잘 있는지 보러 와야 한다고 생각했소. 분명히 말하지만 지난 일요일 당신을 만나기 전까진 당신 생각을 해본 적이 전혀 없었지. 그런데 지금은, 아무리 애를 써도 당신의 모습을 내 머리에서 지워 낼 수가 없구려! 착한 여자가 나쁜 남자에게 해를 입히는 일은 상상하기 힘들지만, 지금이 바로 그런 경우라오.

548

당신이 날 위해 기도만 올려 줄 수 있다면, 테스!」

불만을 억지로 참고 있는 그의 모습은 불쌍할 정도였으나, 테스는 안됐다는 생각이 전혀 들지 않았다.

「제가 어떻게 당신을 위해 기도를 하죠?」 그녀가 말했다. 「이 세상을 움직이는 위대한 힘이 날 위해 이미 계획했던 것을 바꿔 줄 거라고 믿지 않거든요.」

「당신 정말 그렇게 생각해?」

「네. 다르게 생각했던 믿음에서 치유되었어요.」

「치유를 했다고? 누가?」

「제 남편요. 굳이 말해야 한다면.」

「아! 당신의 남편…… 남편 말이지! 정말 이상한 기분이 들어! 당신이 요전 날 그 비슷한 말을 했던 게 생각나는군. 테스, 당신은 이런 문제에 대해 진실로 믿는 게 뭐지?」 그가 물었다. 「당신은 종교가 없는 것 같은데, 그것도 어쩌면 내 탓이겠지.」

「제겐 믿음이 있어요. 물론 초자연적인 것을 믿지는 않아요.」

더버빌은 불안한 눈초리로 그녀를 바라보았다.

「그렇다면, 당신은 내가 택한 방향이 모두 틀렸다고 보는 거요?」

「상당 부분은 그래요.」

「흠……, 하지만 난 이 문제에 대해 늘 확신이 있었어.」 불안한 표정으로 그가 말했다.

「저도 산상 수훈의 정신은 믿고 있어요. 그건 제 남편도 마찬가지고요……. 하지만 내가 믿지 않는 건…….」

이제 그녀는 자신이 부정하는 것들을 말했다.

「사실.」 더버빌이 냉담하게 말했다. 「당신은 사랑하는 당신 남편이 믿는 것이면 무엇이든 받아들이고, 그가 거부하는 거라면 그게 무엇이 되었든 당신도 받아들이지 않지. 스스로 최소한의 의문을 가진다거나 생각하는 일은 전혀 없이 말이야. 당신네 여자들은 다 그렇지. 그의 생각이 당신의 마음을 노예로 만든 거야.」

「그래요. 그는 모르는 게 없거든요!」 그녀는 에인절 클레어를 무조건 믿는 의기양양한 모습으로 말했는데, 사실 그녀의 남편은 말할 것도 없고 제아무리 완벽한 사람이라도 그런 신뢰를 받을 수는 없는 노릇이었다.

「그렇겠지. 그래도 그렇게 다른 사람의 부정적인 견해를 몽땅 받아들일 수는 없는 거요. 당신에게 그런 회의론을 가르쳤다니 그는 어지간한 사람인 게 틀림없군!」

「그인 절대로 내게 판단을 강요하지 않았어요! 그 문제에 대해 나랑 논쟁을 벌인 적이 한 번도 없다고요! 하지만 난 그 문제를 이런 식으로 봤어요. 교리에 대해 심오한 질문을 던진 끝에 그이가 믿게 된 것이 그런 걸 전혀 들여다본 적이 없는 내가 믿는 것보다 옳을 거라고요.」

「그 사람이 무슨 말을 했었소? 뭔가 한 말이 있겠지?」

그녀는 기억을 더듬었다. 에인절 클레어의 말이 어떤 정신을 담고 있는지 이해하지 못했을 때조차도 그의 말 하나하나까지 정확하게 떠올릴 수 있었던 그녀는 그가 가끔 생각에 푹 빠져 그녀 곁에서 큰 소리로 중얼거리곤 했던 냉엄한 삼단 논법을 기억해 냈다. 그녀는 클레어의 말을 옮기면서 그의 억양과 모습까지 경건한 마음으로 충실하게 재현해 냈다.

「다시 말해 보오.」 열심히 경청하던 더버빌이 말했다.

그녀는 다시 한 번 그 논법을 들려주었고, 그러자 더버빌은 깊은 생각에 잠긴 듯 그녀의 말을 따라 중얼거렸다.

「다른 건 없소?」 말이 끝나자마자 그가 물었다.

「한번은 이런 말을 했어요.」 테스는 또 다른 이야기를 들려주었는데, 그 이야기는 『철학 사전』[105]에서 헉슬리의 『수상록』[106]에 이르는 수많은 저서와 비견될 만한 그런 내용이었다.

「아…… 하! 어떻게 그런 것들을 기억하고 있지?」

「그인 내가 그러는 걸 원하지 않았지만 난 그이가 믿는 걸 믿고 싶었어요. 그래서 난 그이의 생각을 좀 말해 달라고 졸랐어요. 내가 그 생각을 완전히 이해하고 있다고는 말할 수 없어요. 하지만 그게 옳다는 것쯤은 알고 있어요.」

「흠, 당신 자신도 모르고 있는 걸 내게 가르칠 수 있다니 대단해!」

그는 생각에 빠져들었다.

「그리고 그렇게 난 낸 정신적 운명을 그의 운명 속으로 던져 넣었어요.」 그녀가 말을 이어 갔다. 「난 그와 나의 운명이 달라지는 걸 원치 않았어요. 그이에게 좋은 건 제게도 충분히 좋은 것이죠.」

「그 사람은 당신이 자기만큼 신앙심이 없다는 걸 알고 있소?」

「아니요. 그이에게 말한 적 없어요. 설령 내가 무신론자라고 하더라도 말하지 않을 거예요.」

「자, 어쨌든 오늘은 당신이 나보다 낫군! 당신은 나처럼 교리를 설교해야 한다고 믿지 않고, 그래서 설교하지 않았다고

---

105 프랑스의 철학자 볼테르가 1764년에 쓴 책으로, 그는 이 책에서 조직화된 종교를 비판하고 정의로운 하느님에 대한 믿음을 피력했다.

106 빅토리아 시대의 유명한 불가지론자인 헉슬리는 1863년부터 에세이를 발표했고, 이를 모은 그의 『수상록』을 1894년에 간행했다.

양심에 거리낄 일도 없겠지. 난 정말로 내가 설교를 해야 한다고 생각하오. 하지만 난 〈그렇게 믿고 무서워 떨고 있는 마귀들〉[107] 같구려. 왜냐하면 난 갑자기 설교하기를 그만두고 당신을 향한 열정에 굴복하고 말았으니까.」

「어떻게요?」

「그건.」 그가 갈라지는 목소리로 덤덤하게 말했다. 「난 오늘 여기로 당신을 보러 왔소! 그러나 집을 나설 때만 해도 오늘 오후 2시 30분에 마차 위에서 하느님의 말씀을 설교하기로 되어 있던 캐스터브리지 장으로 갈 참이었지. 바로 이 순간도 형제들은 거기에서 날 기다리고 있을 거요. 이게 그 전단지요.」

그는 안주머니에서 날짜와 시간 그리고 모임 장소가 인쇄되어 있는 전단지 한 장을 꺼냈다. 전단지에는 그가 말한 것처럼 더버빌이 복음을 전할 거라는 내용이 있었다.

「하지만 어떻게 거기까지 가려고요?」 시계를 보며 테스가 말했다.

「갈 수 없지! 이리로 왔으니까.」

「무슨 말이에요. 설교하기로 되어 있으면, 그러면 —」

「설교하기로 약속이 되어 있지만 난 거기에 가지 않을 거요. 한때 경멸했던 여자를 보고 싶은 욕망이 내 가슴속에서 불타오르고 있기 때문이지! 아니야, 난 정말로 당신을 경멸한 적이 없었어. 만일 그랬다면 지금 당신을 사랑할 수 없을 거요! 당신을 싫어하지 않았던 건 그 모든 일을 겪으면서도 당신이 깨끗했기 때문이오. 당신은 상황을 파악하자마자 스스로 내 곁을 떠났지. 이 세상에서 내가 경멸하지 않는 여자

107 「야고보의 편지」 2장 19절 인용.

552

가 딱 한 명 있는데 그게 바로 당신이오. 하지만 지금 당신이 날 경멸하는 건 당연하오! 난 내가 산 위에서 경배를 드리고 있다고 생각했는데, 알고 보니 여전히 숲 속에서 우상을 섬기로 있구려! 하! 하!」

「오, 알렉 더버빌! 그게 무슨 말이죠? 내가 어쨌다는 거예요!」

「뭘 어쨌느냐고?」 그의 말속엔 활기를 잃은 냉소가 서려 있었다. 「고의로 한 건 아무것도 없지. 하지만 당신은 나의 타락을 부추기는 수단이었어. 소위 사람들이 말하는 순수한 수단이라는 거지. 난 스스로에게 물어보지. 내가, 정말로, 〈세상의 더러운 것에서 벗어난 사람들이 다시 거기에 말려들어 가서 정복당하고 만다면 그런 사람들의 나중 처지는 처음보다 더 나빠질〉[108] 사람들 중 한 명일까, 하고 말이지.」 그가 테스의 어깨에 손을 올려놓았다. 「테스, 내 사랑! 난 적어도, 당신을 다시 만나기 전까지만 해도 구원의 길로 나아가고 있었단 말이오!」 그가 갑자기 어린애를 어르듯 그녀를 흔들어 대면서 말했다. 「그때 왜 당신은 날 유혹한 거요? 당신의 그 두 눈과 입을 다시 보기 전까진 난 더없이 꿋꿋한 사람이었어. 이브 이래 그토록 사람을 홀리는 그런 입은 분명 없었을 거야!」 그의 목소리는 가라앉았고, 그의 검은 두 눈에서 뜨거운 빛이 짓궂게 번득였다. 「테스, 당신은 요부요. 당신은 사랑스러운 바빌론의 저주받은 마녀[109]요. 당신을 다시 만난 순간 난 당신의 유혹에 저항할 수 없었어!」

「당신이 날 다시 본 건 나로서도 어쩔 수 없는 일이었어요.」 몸을 움츠리며 테스가 말했다.

108 「베드로의 둘째 편지」 2장 20절 인용.
109 「요한의 묵시록」 17장 5절 참고.

「알고 있소. 다시 말하지만 난 당신을 비난하는 게 아니오. 그래도 사실은 사실이니까. 그날 농장에서 당신이 모진 대접을 받고 있는 걸 봤을 때, 당신을 보호할 법적 권리가 내게 없다는 사실, 내가 그 권리를 가질 수 없다는 사실을 생각하니 거의 미칠 지경이었소. 그 권리를 가진 자는 당신을 완전히 방치하고 있는데 말이야.」

「그일 헐뜯지 말아요. 지금 남편은 여기 없잖아요!」 너무 흥분한 나머지 그녀가 소리를 질러 댔다. 「그이에게 예의를 갖춰 주세요. 그이가 당신에게 나쁘게 한 건 없잖아요! 제발 이상한 소문이라도 돌아서 그 사람의 명예에 누가 되는 일이 없도록 그의 아내를 내버려 두라고요!」

「그러리라……. 그러지.」 꿈속에서 유혹을 받다가 깨어난 사람처럼 그가 말했다. 「난 장터에 있는 그 가엾은 주정뱅이들에게 설교하려던 약속을 저버렸소. 내가 그들을 상대로 못된 장난을 친 건 이번이 처음이야. 한 달 전만 해도 이런 짓을 하리라곤 상상만 해도 끔찍했을 거야. 난 가리라. 당신을 떠나겠다고 약속하는 건, 아, 내가 할 수 있을까?」 그러다가 갑자기 그가 말했다. 「한 번만 안아 볼 수 있을까, 테스, 딱 한 번만! 옛정을 생각해서라도…….」

「지금 내겐 날 방어할 방법이 없어요, 알렉! 난 한 선량한 남자의 명예를 지키고 있는 거예요. 생각해 보세요. 부끄러운 줄 아세요!」

「젠장! 글쎄 알았어, 알았다니까.」

정신력이 부족한 스스로에게 창피한 생각이 들었는지 그는 입을 굳게 다물었다. 속세의 믿음도 종교적 신념도 모두 빠져나간 그의 두 눈은 퀭해 보였다. 개종 이후 그의 얼굴의

주름살 사이로 켜켜이 죽은 듯 숨어 있던 예전의 그 발작적이
고 변덕스러운 욕정의 송장들이 부활이나 한 듯 깨어나서 모
여들고 있는 듯했다. 그는 석연치 못한 표정을 지으며 나가
버렸다.

　오늘 자신이 약속을 어긴 것은 그저 한 신자가 잠깐 타락
했던 거라고 우겨 댔지만, 테스의 입을 빌려 에인절에게서 울
려 나오는 것 같던 그 말은 더버빌의 마음속에 깊은 인상을
심어 놓아서 테스와 헤어지고 나서도 그 여파는 한동안 지속
되었다. 그는 말없이 걷기만 했다. 마치 자신의 입장이 흔들
릴 수도 있다는, 지금까지는 꿈에도 생각해 본 적 없는 가능
성 때문에 온몸의 기운이 쭉 빠져나가 버린 것 같았다. 종잡
을 수 없었던 그의 갑작스러운 개종은 이성적인 판단과 무관
한 것이었고, 아마도 잠시 어머니의 죽음으로 충격을 받은 한
방종한 인간이 새로운 자극을 찾는 과정에서 나온 단순한 변
덕일지도 모른다.

　그가 지닌 열정의 바다에 테스가 떨어뜨린 몇 방울의 논리
로 말미암아 거품을 일으키며 끓어오르던 그 열정은 차갑게
식어 냉각 상태에 들어섰다. 그는 테스가 들려준 그 생생한
구절들을 곱씹어 보면서 혼자 중얼거렸다. 「그 잘난 친구는
생각도 못 하겠지. 테스에게 그런 말을 들려준 것이 내가 그
녀에게 돌아갈 길을 터놓은 거나 마찬가지란 걸 말이야!」

제47장

플린트콤애시 농장의 마지막 남은 밀단을 타작하는 날이 밝아 왔다. 3월 새벽의 먼동은 특히나 아무 표정이 없어서 지평선이 동쪽 어디에 있는지 도통 가늠할 수가 없었다. 겨우내 이곳에서 비바람에 씻기고 햇빛에 빛깔을 잃어 가면서 외롭게 이곳을 지켜 왔던 낟가리가 새벽 어스름을 뚫고 솟아 있었다.

바스락거리는 소리만이 작업 현장에 도착한 이즈와 테스에게 그들보다 먼저 와 있는 사람들이 있다는 걸 말해 주었다. 햇빛이 점점 밝아지자 곧 낟가리 꼭대기에 올라가 있는 두 사람의 형체가 어렴풋이 보였다. 그들은 〈낟가리 벗기기〉에 여념이 없었는데, 다시 말하면 밀단을 아래로 던지기에 앞서 그걸 덮고 있던 이엉을 벗기고 있던 것이다. 이 작업이 한창 진행 중일 때 옅은 갈색의 앞치마를 두른 이즈와 테스, 그리고 다른 여자 일꾼들은 추위에 떨면서 기다리고 있었다. 해가 저물기 전에 가능한 한 작업을 끝내고 싶었던 농장주 그로비가 여자들도 이렇게 새벽 일찍 작업 현장에 나와야 한다고 우겨 댔던 것이다. 아직 잘 보이지는 않지만 여자들이 모셔야 할 붉은 폭군 하나가 낟가리 처마 아래에 바짝 붙어 있었으니, 그건 바로 나무 골조에 가죽끈과 바퀴가 달린 탈곡기였다. 이 기계는 마치 절대 군주처럼 자신이 돌아가고 있는 동안 여자들도 그들의 근육과 신경의 고단함을 참아 내야 한다고 강요하고 있는 듯했다.

조금 떨어진 곳에 희미한 물체가 또 하나 있었다. 이것은 검은색 기계였고 그 힘이 어마어마하다는 걸 말해 주듯 끊임없이 씩씩거리고 있었다. 물푸레나무 옆으로 굴뚝이 높이 솟아 있었고 거기에서 나오는 온기는 햇빛이 도와주지 않아도 이 작은 세계의 원동력인 엔진이 바로 여기에 존재한다는 걸 말해 주고 있었다. 그 엔진 주변의 석탄 더미를 옆에 두고 검은 형체가 부동의 자세로 서 있었으니, 검댕 범벅이 되어 넋을 잃고 서 있던 키 큰 이 남자가 바로 엔진 기사였다. 주변과 공통점이라곤 찾아볼 수 없이 겉도는 그의 태도와 색깔 탓에 그는 마치 도벳[110]에서 온 사람 같았는데 마치 노란 곡식과 창백한 토양이 있고 연기도 나지 않는 투명한 이곳으로 잘못 길을 들어선 것 같았고, 이곳 원주민들을 깜짝 놀라게 해 이곳의 질서를 어지럽히려는 자의 모습을 하고 있었다.

그는 눈에 보이는 것만 느꼈다. 몸은 농업 세계에 있지만 그는 그 세계의 구성원이 아니었다. 밭에 있는 이 사람들은 식물과 날씨 그리고 서리와 태양을 받들었지만, 그는 연기와 불을 섬겼다. 그는 자신의 엔진을 가지고 이 농장 저 농장, 이 마을 저 마을로 돌아다녔는데 웨섹스의 이쪽에선 아직 증기를 이용한 탈곡기가 순회 단계에 있었기 때문이었다. 그는 북부 지방의 낯선 억양을 썼고 생각은 자신의 내면으로만 향해

110 「열왕기하」 23장 10절에 등장하는, 옛날 유대인이 우상 몰렉에게 자식들을 산 제물로 바쳤던 예루살렘 근처의 땅이다.

있었으며, 두 눈을 쇳덩어리 물건에 못 박은 채, 주변에서 벌어지는 것들에 시선을 주거나 관심을 보이는 일이 전혀 없었다. 마치 태곳적 어떤 운명 때문에 어쩔 수 없이 지하 세계의 지배자인 그의 주인의 명령으로 이곳을 떠돌고 있다는 듯, 그는 이곳 주민들과는 꼭 필요한 말만 나누었다. 엔진을 낟가리 아래의 붉은 탈곡기와 이어 주는 기다란 가죽끈만이 유일하게 농사일과 그를 연결시켜 주었다.

인부들이 낟가리의 이엉을 벗겨 내는 동안 그는 무덤덤하게 자신의 휴대용 동력 저장기 옆에 서 있었고, 그 뜨거운 검은 물체 주변에서 아침 공기가 바들바들 떨고 있었다. 그는 작업에 들어가기에 앞서 준비가 필요한 사람이 아니었다. 그의 불은 밝은 빛을 뿜어내며 기다리고 있었고 증기는 또한 엄청난 압력 상태에 있었으므로 금방이라도 그 기다란 가죽끈을 눈이 핑핑 돌 정도로 돌아가게 만들 수 있었던 것이다. 그 너머의 풍경은 밀, 짚 또는 혼돈이었지만 그가 보기엔 모두 매한가지였다. 혹시라도 할 일 없이 빈둥거리던 마을 사람이 그에게 뭐라 불러야 하냐고 묻기라도 하면, 그는 그저 짧막하게 〈엔진 기사〉라고 답했다.

날이 완전히 밝았을 때 낟가리에서 이엉을 벗겨 내는 작업이 마무리되었다. 이제 남자들은 각자 자신의 자리를 잡았고 여자들은 낟가리 위로 올라가서 작업을 하기 시작했다. 사람들이 〈그 인간〉이라고 부르는 농장주 그로비는 이미 현장에 나와 있었다. 테스는 농장주의 지시에 따라 탈곡기 발판 위에 서서 기계에 밀단을 대는 남자 옆에 섰다. 그녀가 담당한 작업은 탈곡기가 아니라 밀단 위에 있던 이즈가 건네주는 밀단을 받아 푸는 일이었다. 그러고 나면 남자가 테스에게서 밀단을 받아서 돌아가는 드럼통에 펼쳐 넣는데, 그러면 순식간에 밀알이 털려 나왔다.

한두 차례 고장을 일으켜 기계를 싫어하는 사람들을 기쁘게 만들기도 했지만, 그들의 작업은 한 치의 여유도 없이 빽빽하게 진행되었다. 작업은 탈곡기의 가동이 30분 동안 중단된 아침 식사 시간이 될 때까지 속도를 내며 진행되었고, 식사를 마친 후 다시 일을 시작해서 농장의 남는 일손이 모두 밀단 묶는 작업에 투입되자 낟가리 옆에 쌓인 밀단은 점점 수북해져 갔다. 인부들은 작업하던 위치를 떠나지 않고 선 채로 요기를 한 다음 점심 식사 시간까지 두어 시간을 더 작업했다. 바퀴는 인정머리 없이 계속 돌아갔는데 그 전율이 회전하는 드럼통 옆에 있는 사람들의 골수까지 파고들었다.

점점 높아 가는 짚 더미 위에 있던 노인들은 참나무 바닥에서 도리깨질로 탈곡하던 지난 시절에 대해 이야기하고 있었다. 그땐 모든 걸, 키질까지도 모두 직접 손으로 했으며, 그들이 생각하기에 옛날 방식이 다소 느릴지는 몰라도 결과는 더 좋았다고들 했다. 낟가리 위에 있던 사람들도 조금은 이야기를 나눌 수 있었다. 하지만 테스를 포함하여 탈곡기 옆에서 비지땀을 흘리고 있던 사람들은 이런저런 이야기를 나눌 여유가 전혀 없었다. 쉴 새 없이 일이 계속 이어지는 통에 그녀는 너무도 고통스러웠고, 그래서 애초에 플린트콤애시 농장에 오지 말았어야 했다는 생각까지 들기 시작했다. 낟가리 위에 있던 여자들, 그중에서도 특히 마리안은 이따금 숨을 돌리면서 병에 담아 온 술이나 시원한 차를 마셨고, 얼굴에 흐르는 땀을 닦아 내거나 옷에 묻은 지푸라기 등을 털어 내면서 몇 마디 잡담을 나눌 수 있었다. 하지만 테스는 쉴 틈이 전혀 없었다. 드럼통은 절대로 멈추는 일이 없었으므로 드럼통에 밀단을 넣는 남자도 멈출 수 없었고, 밀단을 풀어서 남자에게 넘겨야 하는 테스 또한 쉴 수 없었던 것이다. 이따금 밀단을 넘기는 작업을 하기엔 손이 너무 굼뜨다는 이유로 농장주가 반대를 하는데도 불구하고 마리안이 30분 정도 테스와 자리를 바꿔 주었기 때문에 그나마 조금 숨을 돌릴 수 있었다.

이 특별한 작업에 일반적으로 여자를 투입시키는 데에는 그만한 경제적인 이유가 있었다. 그로비는 테스를 고른 이유로 그녀가 밀단을 푸는 민첩성과 힘을 가장 잘 조화시킬 수 있는 데다가 지구력까지 겸비하고 있는 사람들 중 하나이기 때문이라고 했는데, 그건 맞는 말일 것이다. 대화를 불허하는 탈곡기의 윙윙거리는 소리는 투입되는 밀단의 양이 일정량에서 모자라도 고막을 찢을 정도의 굉음으로 커졌다. 테스와 밀단을 집어넣고 있던 남자는 고개조차 돌릴 겨를이 없었고, 그래서 그녀는 점심시간이 시작되기 바로 전 한 남자가 문을 통해 밭으로 들어와 두 번째 낟가리 아래에서 이 광경을, 특히 자신을 주시하면서 서 있다는 걸 알 도리가 없었다. 그 남자는 유행하는 디자인의 트위드 양복으로 쭉 빼입었고 밝은 색상의 지팡이를 빙빙 돌려 대고 있었다.

「저 사람 누구지?」 이즈가 마리안에게 물었다. 테스에게 먼저 물어보았지만 그녀가 듣질 못했던 것이다.

「누군가의 애인이겠지.」 마리안이 짤막하게 대꾸했다.

「저 남자가 테스를 찾아왔다는 데 1기니 걸 수 있어.」

「아니야. 요즘 코를 킁킁거리며 테스를 따라다니는 사람은 설교하러 다니는 목사야. 저런 멋쟁이는 아니지.」

「글쎄. 저 남자가 그 남자야.」

「그 목사가 저 남자라고? 하지만 너무 다른데!」

「검은색 외투와 흰색 목도리를 벗어 버리고 구레나룻도 밀어 버렸지만, 그 남자와 같은 사람이야.」

「정말 그렇게 생각해? 그러면 테스에게 알려 줘야겠다.」 마리안이 말했다.

「그러지마. 곧 보게 될 텐데.」

「설교하러 다닌다면서 유부녀 꽁무니나 따라다니는 건 옳은 일이 아니야. 남편이 외국에 나가서 어찌 보면 과부 신세라고 할 수 있지만.」

「그래도 저 남자가 테스에게 해를 끼치진 못할 거야.」 이즈가 딱 잘라서 말했다. 「테스의 마음은 구덩이에 쑤셔 박힌 마차처럼 마음을 준 한곳에서 요지부동이니까. 아무리 구애를 하고 설교를 한다고 해도, 일곱 천둥[111]까지 직접 동원한다고 해도 마음을 얻진 못할 거야. 넘어가는 것이 그녀에게 더 나을 수 있다고 해도 말이지.」

점심시간이 되자 핑핑 바쁘게 돌아가던 기계가 작동을 멈췄다. 테스도 있던 자리를 떴지만, 탈곡기가 흔들릴 때마다 정신없이 무릎이 떨렸던 탓에 걸음을 뗄 수도 없을 지경이었다.

「너도 나처럼 술을 한 모금 들이켜야 해.」 마리안이 말했다. 「그러면 그렇게 안색이 하얗게 질려 보이지는 않을 거야. 세상에, 네 얼굴이 피곤에 절어 있구나!」

그때 마음씨 고운 마리안은 문득 가뜩이나 기진맥진한 테스가 혹여 그녀를 찾아온 남자를 보기라도 하면 기분이 상해 식욕을 잃을지도 모른다는 생각을 했다. 그래서 테스를 낟가리 반대쪽에 있는 사다리로 내려오게 해야겠다고 마음먹고 있

111 「요한의 묵시록」 10장 3~4절.

던 참이었는데 그 신사 양반이 다가와서 위를 올려다보았다.

테스가 짤막하게 외마디 소리를 냈다. 「아!」 그런 다음 얼른 말했다. 「난 여기에서 먹을게. 그냥 낟가리 위에서.」

숙소와 너무 멀리 떨어진 곳에서 일할 때면, 그들은 가끔 이렇게 하곤 했다. 하지만 오늘은 바람이 제법 쌀쌀했기 때문에 마리안과 다른 인부들은 아래로 내려가서 짚단 아래에 자리를 잡고 앉아 있었다.

그 방문객은, 정말로, 복장과 모습은 바뀌었지만 전도사였던 알렉 더버빌이었다. 한눈에 딱 봐도 원래의 세속적 욕정이 되살아난 것을 알 수 있었고, 그녀를 사촌이라고 부르고 온갖 찬사를 보내며 따라다녔던 처음의 저돌적인 모습으로 되돌아간 게 분명해 보였다. 테스는 그 자리에 그냥 있겠다고 마음먹었고 아래쪽에서 보이지 않도록 밀단 사이에 자리를 잡고 앉아 식사를 하기 시작했다. 이윽고 사다리를 올라오는 소리가 들려오더니 타원형의 평평한 연단처럼 생긴 밀단 낟가리 위로 알렉이 모습을 드러냈다. 그는 밀단을 가로질러 성큼성큼 걸어오더니 아무 말 없이 그녀를 마주 보고 앉았다.

테스는 집에서 챙겨온 간소한 점심거리인 두툼한 팬케이크 한 조각을 계속해서 먹었다. 지금 다른 인부들은 낟가리 아래 풀어진 짚단이 편안한 안식처를 제공하는 곳에 모두 모여 있었다.

「보다시피, 다시 왔소.」 더버빌이 말했다.

「왜 이렇게 못살게 구는 거예요!」 그녀는 악을 썼고 손가락 끝에서도 힐난하는 빛이 튀어나오는 듯했다.

「내가 당신을 못살게 군다고? 그건 내가 묻고 싶은 말인데. 당신은 무엇 때문에 날 괴롭히는 거지?」

「난 한 번도 당신을 괴롭힌 적이 없어요!」

「괴롭힌 적이 없다고 말하는 거요? 하지만 당신은 날 괴롭히고 있다고! 당신이 자꾸 내 눈앞에 어른거린단 말이야. 조금 전 너무도 매정한 빛을 뿜어 대며 날 쏘아보던 바로 그 눈. 그 눈이 밤이고 낮이고 옛날처럼 날 따라다닌단 말이오! 테스, 당신이 우리 아기 이야기를 한 이후로 힘차게 내 마음속을 흘러 내려가던 청교도적 감정의 물줄기가 어느새 당신 쪽으로 열려 있던 물길 하나를 발견해 냈고, 그러더니 한꺼번에 폭포수처럼 분출되고 말았어. 그래서 종교적 물줄기는 말라 버렸지. 이렇게 만든 게 바로 당신이라고!」

테스는 잠자코 그를 바라보았다.

「그러니까……, 당신은 설교하는 일을 완전히 접었나요?」 그녀가 물었다.

이미 테스는 에인절에게서 현대 사상의 회의적 경향을 충분히 들어 알고 있던 터라 섬광처럼 잠시 번쩍이는 광신을 경멸하고는 있었지만, 그래도 그녀는 여자로서 더버빌의 그런 변화가 섬뜩하게 느껴지지 않을 수 없었다.

진지한 태도를 가장하면서 더버빌이 말을 이어갔다.

「완전히 끝냈소. 캐스터브리지 장에서 주정뱅이들에게 설교하기로 했었던 그날 오후 이후 난 모든 약속을 지키지 않았소. 형제들이 날 어떻게 생각할지 그건 나도 몰라. 아하! 형제들! 분명코 그들은 날 위해 기도하겠지. 울기도 할 거야. 그들도 나름 인정이 많은 사람들이니까. 하지만 내가 상관할 게 뭐람. 믿음을 잃은 내가 어떻게 그 일을 계속할 수 있겠어? 그렇게 한다면 비열하기 짝이 없는 위선이 될 테지! 그들 사이에 있으면 신성 모독을 그만두라는 가르침을 얻으라고 사탄에게 넘겨진 히메내오와 알렉산드로[112]처럼 두드러져 보일 거라고. 당신은 내게 정말 멋지게 복수를 한 방 날린 거야! 난 당신이 순수하다는 걸 알았고 그런 당신을 기만했어. 그로부터 4년 후 당신은 열렬한 기독교 신자가 된 날 발견하게 된 거야. 그때 당신의 입김이 내게 작용했어. 아마도 날 영원히 파멸시키려고 했을 거야! 하지만 테스, 나의 사촌 누이, 내가 당신을 이렇게 불렀었지. 내 말투가 이런 것뿐이니까 그렇게 겁먹은 얼굴을 할 필요는 없어. 물론 당신은 그저 그 예쁜 얼굴과 아름다운 몸매를 그대로 간직하고 있다는 것 말고는 아무 짓도 하지 않았지. 당신이 날 보기 전에 내가 낟가리 위에 있는 그 몸매를 지켜봤는데, 몸에 꼭 붙는 앞치마 덕분에 몸매가 한층 살아나더군. 그리고 가리개 달린 두건 말이야. 들에서 일하는 당신 같은 여자들이 위험에 빠지지 않으려면 그런 두건은 쓰지 말아야 할 거야.」 그는 잠시 그녀를 그윽하게 바라보더니 냉소적인 웃음을 짧게 내뱉으며 이야기를 계속 했다. 「난 스스로를 독신자 사도[113]의 대리인이라고 생각했는데 그분께서도 이렇게 어여쁜 얼굴의 유혹을 받으셨다면 필시 나처럼 그녀를 위해서 쟁기를 버리셨을 거라고[114] 믿어.」

테스는 그러지 말라고 타이르고 싶었지만 그 순간 말문이 꽉 막혀 버리고 말았고, 그는 그런 사실에 개의치 않고 말을 계속했다.

「어쨌든, 당신이 준 이런 낙원도 어쩌면 다른 어떤 낙원 못지않게 좋을 테니까. 하지만 테스, 진지하게 말하자면.」 자리

112 「디모테오에게 보낸 첫째 편지」 1장 19~20절 참고.
113 사도 바울을 말한다.
114 「루가의 복음서」 9장 62절 참고.

에서 일어선 더버빌이 좀 더 가까이 다가오더니 팔꿈치로 몸을 의지하면서 짚단 위에 비스듬히 몸을 기댔다. 「지난번 당신을 만난 이후로 난 내내 〈그 사람〉이 말해 줬다며 당신이 들려준 이야기를 생각해 봤지. 그래서 내린 결론은 그 케케묵은 주장에는 상식이 빠져 있다는 거야. 어쩌다가 내가 그 가없은 클레어 목사의 열정에 그토록 깊은 감화를 받을 수 있었는지, 그리고 그 목사까지도 뛰어넘겠다고 그렇게 미친 듯이 일을 하고 다녔는지 나도 이해할 수 없단 말이야! 당신이 지난번 내겐 이름도 말해 주지 않은 그 훌륭한 당신 남편의 지적인 힘을 빌려 말했던 것, 그러니까 교리가 빠진 소위 윤리 제도라고 하는 것, 난 전혀 납득이 가지 않아.」

「그럼, 적어도 당신은 사랑이 넘치는 친절과 순수의 종교는 가질 수 있잖아요. 비록 당신이 말하는 교리라는 것은 가질 수 없다고 하더라도 말이에요.」

「아, 아니지! 난 전혀 종류가 다른 인간이라니까! 만일 내게 〈이렇게 해라, 그러면 사후 네게 좋을 것이다. 저렇게 해라, 그러면 네게 나쁜 일일 것이다〉라고 말해 주는 사람이 없다면 난 뭔가에 열중할 수가 없어. 빌어먹을, 아무도 책임지지 않는다면 나도 내 행동과 감정에 책임감을 느끼지 않을 거야. 그리고 내가 만일 당신이라면, 테스, 역시 그러지 않을 거야!」

그녀는 그를 설득하려 했는데 그의 둔한 머릿속에 신학과 도덕이라는 두 가지 문제가 뒤섞여 있는 것이며, 인류의 원시시대에도 이 둘은 엄연히 다른 문제였다는 사실을 말해 주려고 했다. 하지만 이에 대해 에인절 클레어는 아무 말도 한 적이 없으며 그녀 역시 교육을 받았던 적이 없었던 탓에 그리고 그녀가 이성보다는 감성적인 성향을 지녔던 탓에 계속 이를 밀고 나갈 수 없었다.

「자, 걱정 말아요.」 그가 말을 이어 갔다. 「내가 옛날처럼, 여기에 있잖소, 내 사랑!」

「그때처럼은 안 돼요! 절대 그렇게 될 수 없어요. 지금은 다르다고요!」 그녀가 애원하듯 말했다. 「내겐 다정한 감정이 전혀 없다고요! 오, 결국 내게 이런 말이나 하려고 믿음을 버렸다면, 왜 당신의 믿음을 지켜 내지 못했나요!」

「당신이 내게서 믿음을 완전히 없애 버렸으니 악은 바로 당신의 아름다운 머리 위에 있는 거겠지! 당신의 남편은 자신이 가르친 내용이 본인에게 도로 튀어 화를 자초했다는 걸 전혀 모르고 있을 거야! 하하! 당신이 날 배교자로 만들어 주어서 난 오히려 기쁠 뿐이야! 테스, 내 마음은 지금 그 어느 때보다도 당신에게로 강하게 끌리고 있으며, 난 당신의 처지를 안쓰럽게 생각해. 당신이 아무리 꼭꼭 숨기고 있어도 상황이 좋지 않다는 걸, 마땅히 당신을 보듬어야 할 사람에게 버림받았다는 걸 난 알고 있어.」

그녀는 음식이 목으로 넘어가지 않았고 입술은 바짝 말랐으며 당장이라도 숨이 막힐 것만 같았다. 낟가리 아래에서 식사를 하고 있는 인부들이 떠들고 웃어 대는 소리가 먼 곳에서 일어나는 것처럼 아련하게 들려왔다.

「잔인하군요!」 그녀가 말했다. 「날 조금이라도 생각한다면 어떻게 그런 말을 할 수 있어요?」

「그래, 맞아.」 조금 움찔하며 그가 대꾸했다. 「내가 저지른 행위에 대해 당신을 탓하려고 온 게 아니야. 테스, 난 그저 당신이 이렇게 일하는 것이 싫다는 말을 하려고, 그래서 당신을 위하는 마음으로 일부러 왔단 말이야. 당신은 내가 아닌 다른 남편이 있다고 말하지. 글쎄, 뭐 그럴 수도 있겠지. 하지만 내 눈으로 남편이란 사람을 본 적도 없고, 당신은 그 사람의 이름도 말해 주지 않았어. 그러니까 그는 완전히 가공의 인물처럼 보인다는 거지. 아무튼, 당신에게 남편이 있다손 쳐도 내가 생각할 때 당신 가까이에 있는 사람은 그가 아니라 나야. 난, 어쨌든, 당신을 고통에서 구해 내려고 애쓰지만 그 사람은 그러지 않으니까. 눈에 보이지 않는 그의 얼굴에 신의 가호가 있길! 내가 예전에 읽었던 준엄한 예언자 호세아의 말이 떠오르더라고. 당신도 그 말을 알고 있나, 테스? 〈정부들을 찾아다녀 보아야 만나지도 못하고 허탕만 치리라. 그제야 제정신이 들어《남편에게 돌아가야겠다. 그때의 내 신세가 지금보다 나았지》하리라〉…….[115] 테스, 내 마차가 언덕 아래에서 대기하고 있어. 그러니 그 사람의 연인이 아닌 나의 연인이여, 나머지 일은 굳이 말 안 해도 되겠지.」

그가 말하고 있는 동안 그녀는 얼굴이 서서히 진홍빛으로 어두워졌지만 아무런 대답은 없었다.

「내가 타락한 건 늘 당신 때문이었지.」 이렇게 말하며 그는 그녀의 허리께로 팔을 뻗쳤다. 「당신도 응당 책임을 져야 할 거야. 그리고 당신이 남편이라고 부르는 노새처럼 고집스러운 그 인간을 영원히 버리는 거야.」

우유 케이크를 먹으려고 벗었던 가죽 장갑 한 짝이 그녀의 무릎 위에 놓여 있었다. 그녀는 아무런 경고도 없이 장갑 목을 잡더니 그의 얼굴을 향해 정면으로 세차게 휘둘렀다. 전사들이 쓰던 무겁고 두꺼운 장갑이 그의 입을 정통으로 강타했다. 상상의 나래를 펼쳐 본다면 그런 행동은 그녀의 무사 조

115 「호세아」 2장 9절.

상들이 실제로 써왔던 수법이 재연된 것으로 볼 수도 있으리라. 비스듬하게 누워 있던 알렉은 격분해서 자리에서 벌떡 일어났다. 진홍빛 피가 그녀의 장갑이 닿았던 자리에서 비치기 시작하더니 이윽고 그의 입에서 짚단 위로 피가 뚝뚝 떨어지기 시작했다. 하지만 그는 곧 냉정을 되찾았고 침착하게 호주머니에서 손수건을 꺼내 피가 흐르는 입술을 닦았다.

그녀도 발딱 일어났지만 다시 주저앉고 말았다.

「자, 날 벌하세요!」 목이 비틀리기 직전 절망적으로 포수를 바라보며 반항하는 참새의 눈길로 그를 바라보며 테스가 말했다. 「날 때려요. 무참히 짓밟으라고요. 낟가리 아래에 있는 저 사람들 눈치 볼 것 없어요! 울지 않을 거예요. 한번 희생당한 자는 늘 희생당하는 법이죠. 그게 법칙이니까요!」

「오, 아니오, 아니오, 테스.」 부드러운 목소리로 그가 말했다. 「당신의 이런 행동은 충분히 이해가 가오. 하지만 당신은 진짜 부당할 정도로 한 가지 사실을 잊고 있어. 당신이 내게 그럴 수 있는 힘만 주었더라면 난 당신과 결혼했을 거라고. 내가 당신에게 내 아내가 되어 달라고 분명히 청하지 않았소? 대답해 봐요.」

「그랬어요.」

「그런데 지금 당신은 결혼할 수 없다는 거잖아. 하지만 한 가지만 기억해 둬!」 그는 청혼 당시의 자신의 진지했던 모습과 그녀의 고마워할 줄 모르는 행동이 떠오르자 화가 치밀어 올랐고, 그래서 목소리에 힘이 들어갔다. 그는 그녀에게로 가서 어깨를 움켜잡았고, 그에게 어깨를 잡힌 그녀는 몸을 떨었다. 「기억해 두란 말이야, 이 아가씨야! 난 한때 네 주인이었다고! 다시 난 네 주인이 될 거야. 네가 다른 남자의 아내라

568

해도 넌 내 거야!」

아래쪽에 있던 인부들이 다시 움직이는 기미가 보였다.

「우리의 싸움은 이쯤으로 끝내지!」 그녀를 놔주면서 그가 말했다. 「지금은 이만 가겠지만, 당신의 답을 들으러 오후에 다시 오리라. 당신은 아직 날 모르고 있어. 하지만 난 당신을 알지.」

그녀는 실신한 사람처럼 멍하니 서 있었다. 밀단을 가로질러 멀어져 간 더버빌이 사다리를 내려갔다. 아래쪽에 있던 인부들은 자리를 털고 일어나 기지개를 켰고, 몸을 흔들어 그들이 마신 맥주가 내려가게 했다. 탈곡기가 새로 돌아가기 시작했고, 바스락대는 밀단 한 가운데에 묻혀 다시 테스는 꿈속을 헤매는 사람처럼 한 단 한 단 끊임없이 밀단을 풀어 가면서 윙윙거리며 돌아가는 드럼통 옆에 자리를 잡고 섰다.

제48장

오후가 되자 그로비는 그날 밤으로 작업을 끝내야 한다고 인부들에게 알려 왔다. 이유인즉슨, 달빛을 받으며 작업을 할 수 있는 데다가 내일 아침이면 엔진 기사도 다른 농장과 작업 일정이 잡혀 있다는 거였다. 결국 오전보다도 숨 돌릴 여유가 훨씬 줄어든 채 탕탕거리고 윙윙거리며 바스락거리는 소리는 줄기차게 이어지고 있었다.

새참 시간인 3시 무렵이 돼서야 테스는 겨우 눈을 들어 잠시 주위를 볼 여유가 생겼다. 알렉 더버빌이 다시 돌아와 울타리 출입문 옆에 서 있는 게 눈에 들어왔지만 그녀는 그다지 놀라지 않았다. 고개를 드는 그녀를 보자 그는 멋들어지게 손을 흔들며 키스를 날려 보냈다. 그건 그들의 싸움이 끝났다는 걸 의미했다. 테스의 시선은 다시 바닥을 향했고 그쪽으로 시선을 주지 않으려고 신경을 썼다.

그렇게 오후 시간은 지친 다리를 끌고 가듯 힘들고 느리게 진행되었다. 밀 낟가리의 높이가 줄어들면서 짚 낟가리는 점점 높아만 갔고, 밀 포대가 수레에 실려 나갔다. 6시쯤 되자 밀 낟가리의 높이가 어깨 높이 정도 되었다. 거의 모든 밀단이 테스의 젊은 두 손을 거쳐 전달되면 남자가 포식자 기계의 입으로 밀어 넣었는데, 탐욕스러운 기계가 이렇게 꿀꺽꿀꺽 먹어 치운 밀단이 이루 헤아릴 수 없이 많았는데도 불구하고, 아직 손도 대지 못한 채 탈곡을 기다리고 있는 밀단 역시 무진장했다. 아침 나절만 해도 아무것도 없었던 자리에 엄청나게 쌓인 짚단 더미는 윙윙거리며 돌아가는 붉은 포식자가 쏟아 놓은 배설물처럼 보였다. 사나운 3월이 서쪽 하늘에다 일몰의 방식으로 터뜨리는 빛이 분노로 이글거리며 피곤과 땀에 절어 끈적끈적한 인부들의 얼굴 위를 넘실거리며 구릿빛으로 물들였고, 꺼져 가는 불꽃처럼 여자들에게도 달라붙어 펄럭거리는 그네들의 옷자락도 같은 색을 띠고 있었다.

숨을 헐떡이는 고통이 낟가리를 관통해 지나가고 있었다. 밀단을 기계에 주입했던 남자는 기진맥진했고, 테스는 붉어진 그의 목덜미에 먼지와 겨가 켜켜이 쌓여 더께를 이루고 있는 걸 보았다. 테스의 흰 모자도 같은 이유로 갈색으로 변해 있었다. 여자들 중에서 그녀만 유일하게 기계 위에 있었기 때문에 기계가 돌아갈 때마다 그녀의 온몸은 마구 흔들렸고, 낟가리가 줄어들면서 마리안과 이즈와도 멀어졌기 때문에 아까처럼 그들이 자리를 교대해 줄 수도 없는 노릇이었다. 온몸의 모든 세포를 끊임없이 뒤흔들어 댄 탓에 그녀는 몽롱한 마비 상태에 빠져 들었고, 그녀의 팔은 의식에서 떨어져 나와 저 혼자 일을 하고 있었다. 그녀는 자기가 어디에 있는지도 의식하지 못했고 아래쪽에 있던 이즈가 머리카락이 헝클어져 다 쏟아져 내렸다고 일러 주는 소리도 듣지 못했다.

이윽고 인부들 중에서 그나마 기운이 남아 있던 사람들조차도 죽은 사람처럼 핏기를 잃어 갔고 눈은 푹 꺼져 쑥 들어

갔다. 고개를 들 때마다 테스의 눈앞에는 북쪽의 잿빛 하늘을 배경으로 엄청나게 솟구친 짚 더미와 그 꼭대기에서 상의를 벗고 셔츠 바람으로 있는 남자들의 모습이 펼쳐졌다. 그 앞으로 붉은색의 기다란 양곡기가 야곱의 사다리처럼 놓여 있었고, 냇물처럼 줄기차게 정점을 향해 올라가던 타작을 마친 짚단이 노란 강물을 이루다가 낟가리 꼭대기에서 용솟음치고 있었다.

정확히 어딘지는 알 수 없지만 그녀는 더비빌이 어디선가 자신을 지켜보면서 아직 그곳에 있다는 걸 알고 있었다. 그가 가지 않고 남아 있는 데는 한 가지 구실이 있었으니, 탈곡을 기다리는 밀단이 거의 막바지에 이를 무렵이면 어김없이 쥐 사냥이 벌어진다는 거였다. 탈곡 일에 관여하지 않는 사람들도 그 행사를 위해 모여들었는데, 다양한 부류의 모험을 일삼는 사람들, 사냥개를 대동하고 우스꽝스럽게 생긴 파이프를 물고 나온 신사 양반들 그리고 막대기와 돌멩이로 무장한 불량스러운 사람들이 바로 그들이었다.

하지만 한 시간은 더 작업해야 낟가리 바닥에 살고 있던 쥐들의 소굴에 닿게 된다. 에봇스서널 옆에 있는 자이언트 힐 방향으로 녹아들고 있던 저녁 햇살이 자취를 감추자 때맞춰 나오는 달이 반대쪽 미들턴 애비와 쇼츠포드 쪽으로 이어진 지평선 위로 하얀 얼굴을 둥실 내밀었다. 마지막 한두 시간이 남았을 때 마리안은 테스가 걱정되었지만, 그렇다고 그녀에게 가까이 갈 수도 없었고 말을 걸 수도 없는 처지였다. 다른 여자들은 술을 마시면서 버텨 내고 있었지만, 어린 시절 집에서 술로 인한 결과가 어떤지 익히 보아 왔던 테스인지라 그런 두려움 때문에 술을 마시지 않았다. 어쨌거나 아직 테스는 버텨 내고 있었다. 그녀가 맡은 몫을 해낼 수 없으면 농장을 떠나야 할 것이고 한두 달 전이라면 오히려 잘됐다는 마음으로 냉정하게 받아들였을 이런 상황이, 더버빌이 그녀 주위를 맴돌기 시작한 이후로 끔찍한 공포가 되었다.

밀단을 던져 주는 사람들과 탈곡기에 밀단을 밀어 넣는 사람들의 작업이 이제 상당히 진척되어 낟가리가 낮아졌기 때문에 지면에 있는 사람들도 낟가리 위에 있는 사람들과 이야기를 나눌 수 있었다. 농장주 그로비가 탈곡기 위에 있는 그녀에게로 다가오더니 만일 그녀가 친구를 만날 의향이 있다면 더 이상 일을 하지 않아도 좋으며 그녀의 일을 대신해 줄 사람을 보내겠다고 말해 테스는 놀랐다. 그녀는 그 〈친구〉가 바로 더버빌이며, 이런 양보는 그로비가 그 친구, 아니면 적의 요구에 굴복했기 때문이라는 걸 알고 있었다. 그녀는 고개를 가로저었고 그렇게 고된 작업은 계속되었다.

드디어 쥐를 잡을 시간이 되어 쥐 사냥이 시작되었다. 내려앉은 낟가리와 함께 아래로 아래로 기어 내려가 맨 아래 바닥에 옹기종기 모여 있던 쥐들은 이제 그들을 가려 주었던 마지막 피난처가 젖혀지자 텅 빈 들판의 사방으로 내빼기 시작했다. 이때 어느 정도 술기운이 올라온 마리안이 귀청을 찢는 비명을 지르며 동료 인부들에게 쥐 한 마리가 자신의 옷 속으로 들어왔다며 난리를 쳤고 다른 여자들은 치맛자락을 쑤셔 넣거나 몸을 높게 유지하는 등 별의별 수단을 동원해서 이런 공포에 단단히 대비를 하고 있었다. 드디어 마리안의 옷 안으로 들어갔던 쥐가 떨어져 나왔고, 짖어 대는 개들과 고함을 질러 대는 남자들, 여자들의 비명 소리, 욕설이 난무하고 쾅쾅 발을 구르는 지옥의 아수라장이 펼쳐지는 가운데 테스는 마지막 밑단을 풀었다. 드럼통이 돌아가는 속도가 느려지더니 윙윙거리던 소리가 뚝 끊겼다. 그리고 그녀는 기계에서 지면으로 내려섰다.

쥐잡기 놀이를 그저 구경만 하고 있던 그녀의 애인이 잽싸게 옆으로 다가왔다.

「뭐예요. 거절했는데도 결국은, 내게 따귀를 맞는 모욕까지 당하고도.」 가느다란 목소리로 그녀가 말했다. 탈진 상태에 있던 그녀는 크게 말할 기운도 없었다.

「내가 당신이 하는 말이나 행동에 기분 나빠 한다면 정말 바보겠지.」 트란트리지 시절 그녀를 꼬드기던 은근한 목소리로 그가 대꾸했다. 「가녀린 팔다리를 이렇게 떨고 있다니! 당신은 금방 태어난 송아지처럼 연약하구려. 당신도 그건 알고 있지. 내가 이곳에 도착한 다음부터는 사실 일을 할 필요가 없었는데, 어쩌면 그렇게 고집을 피울 수 있는 거지? 내가 농장주에게 증기 탈곡에 여자를 쓰는 건 옳은 행위가 아니라고 말해 두었거든. 이건 여자들이 할 만한 일이 아니야. 웬만한 농장에선 여자들에게 이런 일을 시키지 않는다니까. 그건 농장주도 잘 알고 있는 일이고. 내가 집까지 바래다주지.」

「아, 그래요.」 지친 걸음을 떼면서 그녀가 대답했다. 「원하면 그렇게 해요. 이런 내 사정을 알기 전에 당신이 결혼하겠다고 찾아왔다는 것은 알고 있어요. 어쩌면……, 아마도 당신은 내가 생각해 왔던 것보다 조금은 더 착하고 친절한 사람인지도 모르겠어요. 친절함에서 비롯된 것이라면 그게 무엇이든 고맙게 생각해요. 그렇지만 다른 의도로 그러는 거라면 정말 화가 나요. 가끔 당신의 의도가 뭔지 모르겠어요.」

「우리의 이전 관계를 결혼으로 합법화할 수 없더라도, 적어도 난 당신을 도울 수는 있어. 그리고 그전보다 당신의 감정을 더 많이 배려하면서 그렇게 할 거야. 나의 종교적 광신이랄까, 아니면 그 무엇이 되었건 그런 건 이제 다 끝났어. 하지만 내게도 조금은 착한 심성이 남아 있지. 그렇다고 믿고 싶어. 자 테스, 남녀 간에 존재하는 부드러우면서도 강인한 모든 걸 걸고 날 믿어 줘! 내겐 당신 자신은 물론이고 당신의 부모와 동생들 모두를 위해, 당신을 이 고통에서 건져 줄 만한 힘, 아니 그 이상의 능력이 있어. 당신이 날 믿어 주기만 하면 난 당신 식구들을 모두 편안하게 해줄 수 있어.」

「근래 식구들을 봤어요?」얼른 테스가 물었다.

「그래요. 그들은 당신이 있는 곳을 전혀 모르더군. 내가 이 곳에 있는 당신을 찾아낸 것도 순전히 우연이었으니까.」

임시 거처인 농가 밖에 걸음을 멈추고 서 있는 테스의 지친 얼굴 위로 울타리 담의 잔가지 사이를 통해 싸늘한 달빛이 비스듬히 쏟아지고 있었다. 더버빌도 테스 옆에 멈춰 섰다.

「어린 동생들 이야기는 하지 마세요. 날 완전히 무너뜨리지 말아요!」그녀가 애원했다. 「우리 식구들을 돕고 싶으면 ― 도움이 필요하다는 건 다 아니까 ― 내게 말하지 말고 도와주세요. 아니요, 안 돼요!」그녀의 목소리가 높아졌다. 「식구들을 위해서건 아니면 나 자신을 위해서건 당신에게 아무것도 받지 않을 거예요!」

그는 더 이상 테스를 따라가지 않았다. 그녀는 농가 집 식구들과 함께 살고 있었고, 집 안에선 모든 게 공용이었다. 그녀는 안으로 들어가서 세숫대야에다 몸을 씻었고, 집 식구들과 저녁 식사를 함께 한 뒤 곧 깊은 상념에 빠져들었다. 그리고 벽 아래에 있던 책상으로 다가가더니 작은 램프 불빛 아래에서 절박한 기분으로 편지를 써 내려갔다.

　　나만의 남편에게 — 당신을 이렇게 부르게 해주세요.
　저처럼 형편없는 아내를 생각하면 화가 나시겠지만 전 그렇게 부를 수밖에 없어요. 고통스러운 제 심경을 당신에게 울며 호소할 수밖에 없다고요. 제겐 당신밖에 없으니까요! 에인절, 전 지금 견디기 힘든 유혹을 받고 있어요. 그게 누군지 입에 올리기도 두렵고, 그 일에 대해선 전혀 이 편지에 담고 싶지도 않아요. 하지만 전 당신이 생각할 수도 없는 그런 심정으로 당신께 매달리고 있답니다! 지금, 즉시, 어떤 무서운 일이 일어나기 전에 제게 돌아오실 수 있나요? 오, 그러실 수 없다는 건 알고 있어요. 당신은 아주 멀리에 계시니까요! 당신이 곧 제게로 돌아오시지 않는다면, 아니면 당신에게 오라고 말씀해 주시지 않는다면 전 죽을 수밖에 없어요. 당신이 제게 내린 벌은 당연해요. 저도 그건 잘 알고 있어요. 지극히 당연한 것이고, 그래서 당신이 제게 화가 나신 건 정당한 일이죠. 하지만, 에인절, 제발, 제발, 정당하다고만 하지 마시고, 제게 그럴 자격은 없지만, 조금만 동정심을 베풀어 주셔서 돌아와 주세요! 당신만 돌아오신다면 전 당신 팔에 안겨 죽을 수도 있어요! 그렇게 해서 당신이 절 용서해 주신다면 기꺼이 그렇게 할 거예요!
　에인절, 전 당신만을 위해 살고 있어요. 당신을 너무나 사랑하기에 멀리 떠난 당신을 원망할 수도 없어요. 게다가 농장을 물색해야 한다는 것도 알고 있으니까요. 부디 제가 원망의 말을 할 거라고는 생각하지 마세요. 그저 제게 돌아와만 주세요. 나의 사랑, 전 당신이 없으니 외로워요. 오,

이 지독한 외로움이라니! 일을 해야 하는 건 상관없어요. 하지만 당신이 〈내 곧 가리다〉라는 한 줄의 짤막한 소식만 제게 보내 주신다면, 에인절, 전 계속 기다릴 거예요. 오, 정말 기쁜 마음으로요!

우리가 결혼한 이후 일거수일투족에서 당신에게 충실해야 한다는 것이 제겐 종교가 되다시피 했어요. 어떤 남자가 저도 모르게 절 칭찬하는 말이라도 하면 그것이 당신에게 누를 끼치는 것 같아요. 당신은 우리가 농장에 있을 때 가졌던 감정을 조금도 다시 느껴 본 적이 없으신가요? 만약 느끼셨다면 어찌 이렇게 절 멀리 두실 수 있으신가요? 에인절, 전 당신이 사랑했던 여자와 같은 사람이에요. 그래요, 바로 그 여자죠! 당신이 싫어해서 보지 않았던 여자가 아니랍니다. 당신을 만난 직후 제게 과거란 뭐였을까요? 과거는 완전히 죽은 것이었어요. 전 당신에게서 얻은 새로운 생명으로 충만한 다른 여자가 되었다고요. 어떻게 제가 과거의 여자가 될 수 있겠어요? 당신에겐 어째서 이 사실이 보이지 않는 걸까요? 에인절, 당신에게 조금이라도 자신감이 있어서, 저를 이렇게 변화시킬 충분한 힘을 갖추고 있다고 스스로를 믿는다면, 아마도 제게, 당신의 가엾은 아내에게 돌아올 마음이 드실 거예요.

당신이 언제나 절 사랑해 주실 거라고 생각하면서 행복에 겨워했던 전 정말 어리석었어요! 행복 같은 것은 제겐 가당찮다는 걸 알았어야 했어요. 하지만 전 지금, 지난 일뿐만 아니라, 현재 닥친 일 때문에도 마음이 아파요. 생각해 주세요. 당신을 오랫동안, 영원히 볼 수 없다는 사실이 제 마음을 얼마나 아프게 할지 부디 생각해 주세요! 아, 제

가슴이 매일같이 그것도 온종일 아픈 것처럼, 제가 당신 마음을 단 1분이라도 아프게 할 수 있다면, 당신의 이 가엾고 외로운 아내를 불쌍히 여기게 할 수도 있을 텐데요.

사람들은 지금도 날 예쁘다고 해요, 에인절 — 사실대로 말하면 잘생겼다는 것이 그들이 쓰는 표현이죠 — 사람들의 말이 사실인지도 몰라요. 하지만 제게 잘생긴 외모 같은 건 중요하지 않아요. 그런 외모를 가졌다는 사실이 좋은 건 그저 그 외모가 당신, 사랑하는 당신 것이기 때문이죠. 그리고 제게도 당신이 가질 만한 가치 있는 것이 적어도 한 가지는 있기 때문이죠. 얼마나 여러 번 이런 생각을 해왔는지. 얼굴 때문에 곤란한 상황에 빠졌을 때 전 얼굴을 붕대로 감싸서 사람들이 얼굴에 문제가 있다고 그대로 믿게 만든 적이 있었어요. 오, 에인절, 제가 이런 말을 하는 건 자랑하려는 게 아니에요. 당신도 그렇지 않다는 것은 분명히 아실 거예요. 전 그저 당신이 제게 돌아오길 바라는 마음에서 드린 말씀이에요.

당신이 정말 오실 수 없다면 제가 당신에게 가게 해주세요! 전, 말씀드린 것처럼, 제 의지에 반한 일을 강요당하고 있어서 걱정스러워요. 제가 조금이라도 굴복한다는 건 있을 수 없는 일이지만, 하지만 뜻밖의 사건이 일어나 상황을 어디로 끌고 갈지, 처음의 과오 때문에 제가 스스로를 지켜내지 못할까 봐 무서워요. 이 일에 대해선 더 이상 말씀드릴 수 없어요. 절 정말 비참하게 만드니까요. 하지만 제가 어떤 무시무시한 덫에 걸려 무너지기라도 한다면, 결국 제가 처하게 될 상황은 먼저보다 더 나빠질 거예요. 오, 하느님, 그런 건 생각조차 할 수 없어요! 절 즉시 떠나게 하시던가, 아니면 그이를 즉시 제게 보내 주세요!

당신의 아내로 살 수 없더라도, 당신의 종으로라도 함께만 살 수 있다면, 아, 전 만족할 거예요. 그렇게 해서 가까이에서 당신의 모습을 잠깐씩이라도 볼 수 있고, 그리고 당신을 내 사람으로 생각할 수만 있다면.

당신이 여기에 계시지 않으니, 한낮에 햇빛이 비추어도 제 눈엔 아무것도 보이지 않아요. 전 들판의 떼까마귀나 찌르레기도 보고 싶지 않아요. 그건 그것들을 함께 보았던 당신을 그리워하는 마음이 사무치기 때문이에요. 하늘에서건 땅 위에서건 그리고 땅속에서건 전 당신을 만나게 해 달라는 한 가지만 소망하고 있어요, 나의 사랑! 제게 돌아와 주세요. 돌아오셔서 절 위협하고 있는 것으로부터 구해 주세요! ― 비탄에 잠긴 당신의 충실한 아내

테스

제49장

이 절절한 편지는 서쪽에 있는 목사관의 조용한 아침 식탁으로 배달되었다. 목사관이 위치한 계곡의 공기는 무척이나 부드럽고 토양도 상당히 기름져서 플린트콤애시 농장과 비교하면 대충 사람의 손길만 스쳐도 농작물이 쑥쑥 자랐으니, 테스가 보기에 그곳에선 인간 세계도 사뭇 다를 것 같았다(마찬가지이긴 했지만). 에인절이 그녀에게 그의 아버지를 통해서 편지를 보내라고 요구한 것은 순전히 안전상의 문제였다. 아버지는 아들이 비통한 마음으로 직접 둘러보러 간 그 나라에서 주소가 바뀔 때마다 꼬박꼬박 연락을 받고 있었던 것이다.

「자.」 겉봉에 적힌 글을 읽은 클레어 목사가 아내에게 말했다. 「에인절이 알려 온 대로 내달 말 리오를 출발해 집으로 돌아올 거라면, 이 편지가 그런 그 아이의 일정을 서두르게 할 것 같아요. 그 아이의 처에게서 온 것 같으니 말이오.」 목사는 며느리를 생각하면서 한숨을 길게 쉬었다. 그리고 편지가 에인절에게 빨리 들어가도록 주소를 고쳐 썼다.

「불쌍하게도, 그 아이가 무사하게 돌아와야 할 텐데요.」 클레어 부인이 중얼거렸다. 「내가 눈을 감는 그 순간까지 그 아이에게 제대로 해주지 못한 게 마음에 걸릴 것 같아요. 아무리 신앙심이 부족하더라도 그 아일 케임브리지에 보내서 다른 애들과 똑같은 기회를 줬어야 했어요. 좋은 영향을 받았더라면 그 아이도 점차 그런 생각에서 벗어났을지도 모르는 일이고, 어쩌면 결국 성직을 받았을 수도 있었을 거예요. 교회이건 교회가 아니건, 그렇게 하는 것이 에인절에게 더 공평한 처사였을 거라고요.」

클레어 부인이 아들 문제에 대해 남편의 심기를 건드리면서까지 불만을 토로한 것은 이번이 처음이었다. 부인은 이런 불평을 자주 털어놓는 편이 아니었다. 그녀는 돈독한 신앙심만큼이나 생각이 깊은 사람이었고, 그래서 남편 역시 이 문제에 대한 처신이 과연 정당했을까 하는 의구심으로 괴로워하고 있다는 사실을 잘알고 있었기 때문이었다. 그녀는 남편이 밤에 잠 못 이루고 누워 있거나 에인절을 위해 숨죽여 기도하는 소리를 너무도 자주 들었던 것이다. 하지만 그는 소신을 굽히지 않는 복음주의자였으므로 지금도 믿음이 없는 에인절에게 다른 두 아들과 동일한 교육적 혜택을 부여하는 게 옳았을 거라고는 생각하지 않았다. 바로 그러한 혜택이 그가 일생의 과업으로 삼아 온, 그리고 서품을 받은 두 아들의 과제이기도 한 교리와 그 교리를 전파하려는 열망을 비난하는 데쓰일 가능성이 만에 하나라도 있기 때문이었다. 한 손으론 신앙심이 돈독한 두 아들의 발밑에 발판을 대주고, 또 다른 한손으로는 똑같이 인위적인 수단으로 신앙심이 없는 아들의위치를 올려놓는다는 것이 그에게는 자신의 신념, 지위 그리고 희망에 부합되지 않는다고 여겨졌다. 그럼에도 불구하고,

그는 이름을 잘못 지어 준 그의 아들 에인절을 사랑했고, 그리고 그 아들을 이렇게 대우한 일에 대해서 아브라함이 죽음을 앞둔 이사악[116]과 함께 산을 오르면서 슬픔에 잠겼을 그런 심정으로 남몰래 비통해 하고 있었다. 묵묵히 그의 마음속에서 일어나는 그런 후회는 아내가 말로 표현하는 힐난보다 훨씬 가슴을 에는 그런 감정이었다.

이런 불행한 아들의 결혼에 대해 부부는 본인들 탓이라고 생각했다. 에인절이 자신의 장래를 농부가 되겠다고 정하지만 않았더라도 시골 처녀들하고 어울리는 일은 결코 없었을 것이다. 노부부는 무슨 이유로 아들 내외가 별거하고 있는지 정확히는 알 수 없었고, 언제부터 헤어져 살고 있는지도 모르고 있었다. 처음엔 분명히 깊은 혐오감 같은 게 아닐까 하고 생각했다. 하지만 아들은 근래에 보낸 몇 통의 편지에서 며느리를 데리러 돌아올 거라는 의중을 이따금 비추었고, 그런 표현을 보면서 노부부는 아들 내외가 별거하고 있는 원인이 그렇게 절망적일 정도로 오래가지는 않을 거라고 내심 기대하고 있었다. 에인절은 부모님께 아내가 지금 친정 식구들과 함께 있다고 말해 왔고, 의심스러운 마음이야 있었지만 그들로선 달리 개선할 방도를 알 수 없었으므로 더 이상 사정을 캐묻지 않기로 했다.

테스가 자신의 편지를 읽어 주었으면 했던 그 사람의 두 눈은 바로 그 순간 남미 대륙의 오지에서 그를 태우고 해안을 향해 가는 노새 등에 앉아 끝없이 펼쳐진 대지를 바라보고 있었다. 그는 이 낯선 대륙에서 온갖 가슴 아픈 일들을 겪었다.

116 「창세기」에서 아브라함이 하느님께 순종하여 모리야 산에서 자식인 이사악을 하느님께 제물로 바치려고 했었다.

도착한 직후 걸린 심각한 질병에서 아직 완치되지 않은 상태여서 그는 여기에서 농장을 경영하려던 꿈을 조금씩 접게 되었고 지금은 거의 그렇게 마음을 굳힌 단계였다. 하지만 극히 미미하긴 해도 여기에 남을 가능성이 조금이라도 있는 동안은 부모님께 이런 생각의 변화를 알리지 않았다.

수월하게 자립할 수 있다는 설명에 현혹되어 이 나라로 왔던 수많은 농업 인부들은 고통스럽게 지냈고, 날로 쇠약해져 갔으며 심지어 죽어 가기도 했다. 그는 영국의 농장에서 건너온 어머니들이 갓난아기를 팔에 안고 터벅터벅 힘겹게 발을 떼는 걸 보았고, 그 아이가 열병에라도 걸려서 죽게 되면 그 어머니는 발길을 멈추고 맨손으로 푸석푸석한 흙을 파내 구덩이를 만들고, 역시 똑같이 맨손을 도구 삼아 구덩이에 아기를 묻은 뒤, 눈물 한 방울을 흘리고는 다시 무거운 발걸음을 옮기는 걸 보았다.

에인절은 애초에 브라질로 이민 갈 생각을 했던 것이 아니라 영국의 북부 혹은 동부에서 농장을 경영할 생각이었다. 그가 이곳으로 온 것은 절망감에 빠진 탓이었고, 영국 농민들 사이에서 선풍을 일으킨 브라질 이민 바람과 과거에서 도망치려는 그의 욕구가 우연찮게도 들어맞았던 것뿐이었다.

이렇게 해서 영국을 떠나 있는 동안 그는 정신적으로 열두 살은 더 늙어 버린 것 같았다. 지금 그의 마음을 사로잡는 삶의 가치는 삶이 지닌 아름다움보다는 비애감이었다. 오랫동안 신비주의의 낡은 방식을 불신해 왔던 그는 이제 도덕률이라는 낡아 빠진 평가 방식에도 회의가 들기 시작했다. 그의 생각에 그 평가 방식들은 재조정될 필요가 있었다. 도덕적인 인간이란 누굴 말하는가? 좀 더 꼭 집어 말한다면 어떤 여자가 도덕적인 여자인가? 품성의 아름다움이나 추함은 그 인물의 행적에만 있는 것이 아니라, 그 인물이 지닌 목적과 욕구에도 존재하는 것이다. 그 인물의 진정한 역사는 과거에 이루어진 것들 사이에 있는 것이 아니라 의도했던 것들 속에 존재하는 것이다.

그렇다면, 테스는, 어떨까?

이런 시각으로 그녀를 바라보니 너무 성급하게 판단을 내렸다는 후회가 밀려들면서 그의 마음을 옥죄기 시작했다. 그는 그녀를 영원히 버린 것일까? 그녀를 영원히 밀어내지는 않은 걸까? 그녀를 영원히 밀어냈다곤 말할 수 없었고, 그렇게 말하지 못한다는 건 곧 그가 이제 정신적으로 그녀를 받아들일 마음이 있다는 걸 의미했다.

테스를 기억하는 마음이 이렇게 애틋해 가는 시점은 그녀가 플린트콤애시 농장에 있을 때와 맞아떨어졌고, 그녀가 자신이 처한 처지나 감정에 대한 언급으로 남편의 심기를 어지럽혀도 된다고 생각하기 이전이었다. 에인절은 많이 당혹스러워하고 있었고, 소식을 전하지 않는 그녀의 저의에 대해 당혹스러워하면서도 연유를 알아보려고 하지는 않았다. 그렇게 테스의 온순한 침묵은 잘못 해석되고 있었다. 만일 그가 그녀의 침묵을 이해했더라면, 그 침묵은 실로 얼마나 많은 것을 말하고 있단 말인가! 그녀는 에인절 자신이 말하고도 잊어버린 그의 명령들을 어김없이 정확하게 지켜 내고 있었고, 천성적으로 두려움을 모르는 성격이었지만 어떤 주장도 내세우지 않았으며, 그의 판단이 모든 면에서 옳은 거라고 받아들여 말없이 고개를 숙이고 있었던 것이다.

앞서 말한 노새를 타고 내륙을 가로질러 가고 있을 때 다른 사람 한 명도 그의 옆에서 말을 타고 가고 있었다. 이 동반자 역시 출신 지역은 달랐지만 같은 목적을 가지고 왔던 영국 사람이었다. 두 사람 모두 정신적으로 피폐한 상태에 있었고, 그래서 그들은 고향 이야기를 나누었다. 믿음은 믿음을 낳았으니, 타지에 있을 때 특히 두터워지는 신뢰감으로 친구들에겐 입도 벙긋하지 않을 시시콜콜한 인생사에 대해 낯선 이에게 흉금을 털어놓게 되는 남자들의 신기한 성향으로, 에인절은 말을 타고 가면서 결혼에 얽힌 자신의 비화를 이 남자에게 들려주었다.

남자는 에인절보다 더 많은 곳을 돌아다녔고 더 많은 사람들 사이에서 지내 왔다. 코즈모폴리턴인 그의 사고방식으로 볼 때 사회 규범을 벗어난 그런 일들은 비록 가정사로 보면 엄청난 일 같지만 전 지구의 굴곡과 비교하면 계곡이나 산맥이 울퉁불퉁한 정도에 지나지 않았다. 그는 그 문제를 에인절과는 완전히 다른 시각으로 보았고, 그래서 테스가 과거에 어떤 사람이었느냐는 것은 앞으로 그녀가 어떤 사람이 될 거냐는 것과 견주어 볼 때 중요한 문제가 아니라고 생각하기 때문에 그녀를 두고 떠나온 클레어의 처사는 명백히 잘못된 거라고 말했다.

그 다음 날 그들은 폭풍우를 만나 흠뻑 젖고 말았다. 이 동반자는 열병에 걸렸고, 그 주가 끝날 무렵 숨을 거두고 말았다. 그를 묻어 주기 위해 클레어는 몇 시간을 기다렸고, 그러고서 다시 길을 떠났다.

너그러운 마음을 소유했던 낯선 남자, 평범한 이름 외에 아는 거라곤 아무것도 없는 그 남자가 무심코 던진 말들은 그의 죽음으로 숭고해졌고, 철학자들의 온갖 논리적인 윤리보다도 에인절에게 더 많은 영향을 주었다. 에인절은 자신의 편협한 생각을 그의 생각과 비교하면서 스스로를 부끄러워했다. 자신의 일관성이 결여된 모순투성이의 행동들이 끊임없이 떠올랐다. 그는 집요할 정도로 기독교를 깎아내리면서 그리스의 이교주의를 받들어 왔다. 그러나 그리스 문명에서는 법률에 반한 굴복이 반드시 지탄의 대상은 아니었다. 그때였다면 주입된 신비주의 교리에 따라 순결하지 못한 상태를 혐오스럽게 보는 이런 감정은, 더구나 그런 결과가 배신행위 때문에 나왔다면, 수정될 여지가 있다고 생각했을 것이다. 후회하는 마음이 가슴을 아프게 파고들었다. 그의 머릿속을 떠나지 않은 이즈의 말이 다시 떠올랐다. 그는 이즈에게 자신을 사랑하느냐고 물었고, 그녀는 그렇다고 대답했다. 테스보다 그를 더 많이 사랑하고 있느냐는 물음에 그녀는 아니라고 했다. 그를 위해서라면 테스는 목숨까지 내놓겠지만, 그녀 자신은 그렇게까지는 할 수 없다는 거였다.

결혼식 날의 테스의 모습이 생각났다. 그녀의 두 눈은 그에게서 떠날 줄을 몰랐고, 또 얼마나 그의 말을 신의 말씀처럼 받아들였던가! 그리고 악몽 같던 그날 저녁 난롯가에서 그녀의 소박한 영혼이 그 모습을 드러내던 바로 그날, 그의 사랑과 보호가 사라질 수도 있다는 걸 도저히 납득하지 못한 불빛에 반사된 그녀의 얼굴은 얼마나 가련해 보였던가.

그렇게 그는 테스를 비판하던 자에서 그녀를 두둔하는 사람으로 바뀌어 갔다. 그녀에 대해 냉소적인 말들을 저 혼자 중얼거리곤 했지만, 늘 냉소주의자로 살아갈 수 있는 사람은 없는 법이어서 그도 그런 생각을 거두어들인 것이다. 그가 그런 잘못을 저지른 것은 개별적인 특수한 경우들을 도외시한 채 일반론적인 원칙만을 따랐기 때문이다.

하지만 이런 사유는 케케묵은 감이 없지 않았다. 수많은 연인과 남편들은 오늘날까지 그런 문제를 겪어 왔다. 클레어는 테스에게 가혹하게 굴었고, 그 사실엔 의심의 여지가 없다. 남자들은 그들이 사랑하고 있거나 사랑했던 여자들에게 너무나 자주 심하게 굴어 대고, 여자들은 남자들에게 똑같이 행동한다. 하지만 이런 모진 행동들도 그런 것들이 생겨난 보편적 가혹함에 견주어 보면 그저 부드러울 따름이다. 기질에 우선하는 지위, 목적을 향한 수단, 어제에 대한 오늘 그리고 오늘을 향한 미래의 가혹함에 비교하면 말이다.

이제 그는 기운을 몽땅 소진한 세력이라며 경멸했던 그녀의 가문, 그 당당했던 더버빌 가문이 지닌 역사적인 의미에 흥미가 동하기 시작했다. 어째서 그는 이런 일들에 있어서 정치적 가치와 상상적 가치 사이에 존재하는 차이를 몰랐단 말인가? 상상적 가치의 측면으로 보면 더버빌 가문이라는 그녀의 혈통은 실로 어마어마하게 중요한 사실이었다. 그 사실은 경제학적으로 따지면 쓸모없는 것일 테지만, 꿈을 꾸는 자에게 그리고 쇠락을 바라보는 도학자에겐 그지없이 유용한 재료가 될 수 있는 것이다. 가엾은 테스의 혈통과 이름에 숨겨진 그 작은 명예는 조만간에 망각 속으로 사라질 것이며, 그녀가 대리석으로 만든 킹스비어의 그 기념비들 및 납으로 중무장한 유골들과 족보로 이어진 그 관계 위로도 망각의 장막이 내려앉게 될 것이다. 그렇게 시간은 자신이 만들어 낸 이야기를 피도 눈물도 없이 파괴시켜 버린다. 테스의 얼굴을 계속 그려 보던 그는 그녀의 얼굴에 그녀의 귀부인 조상들을 우아하게 만들어 주었던 위엄의 빛이 서려 있다는 느낌을 받았다. 그런 생각을 하면서 그는 예전에도 느꼈던 그런 기운이 그의 온몸을 관통해 흘러가는 걸 느꼈고, 곧이어 멀미감이 일었다.

순결하지 못한 과거를 가지고 있는 테스였지만, 그럼에도 불구하고 테스와 같은 여자에게는 다른 여자들의 상큼함을 능가하는 무언가가 있었다. 에브라임의 주운 이삭이 아비에젤의 수확 전부보다 낫지 아니한가.[117]

그렇게 다시 살아난 사랑은 테스가 헌신적인 감정을 쏟아 놓은 그 편지를 받아들일 채비를 하고 있었고, 내륙과의 거리 때문에 편지가 그의 수중에 들어가려면 오랜 시간이 걸리긴 하겠지만 어쨌든 아버지를 통해 그에게 전달되고 있던 중이었다.

한편 편지를 보낸 테스는, 에인절이 자신의 애원에 돌아올 거라는 기대감이 커졌다 줄어들기를 반복하고 있었다. 그녀의 기대를 꺾은 것은 그들을 헤어지게 만든 그녀의 과거사는 변하지 않았고, 변할 수도 없다는 엄연한 사실이었다. 더구나 그녀가 곁에 있을 때도 개선될 수 없던 문제였다면 그녀가 보이지 않는다고 해서 해결될 수는 없는 노릇이었다. 그럼에도 불구하고 그녀는 혹시라도 그가 돌아온다면 자신이 어떻게 해야 그를 가장 기쁘게 할 수 있을까 하는 애틋한 질문을 스스로에게 던져 보기도 했다. 그가 하프로 연주하던 그 곡조를 좀 더 귀담아들어 둘걸, 또는 시골 처녀들이 부르던 노래들 중에서 그가 어떤 노래를 제일 좋아하는지 좀 더 호기심을 가지고 물어볼걸 하는 아쉬움에 한숨이 나오기도 했다. 그녀는 탤벗헤이즈 낙농장에서 이즈를 따라 여기로 온 앰비 시들링에게 물어보았는데, 우연히도 그가 그걸 기억하고 있었다. 클

117 「판관기」 8장 2절 인용.

레어는 소가 젖을 잘 내라고 목장에서 불렀던 노래들 중에서
「큐피드의 정원」, 「내겐 공원도 있고, 사냥개도 있다네」 그리
고 「동틀 무렵」을 좋아하는 것 같았고, 「양복쟁이의 바지」와
「난 미인이 되었어요」라는 노래들은 나름 훌륭한 노래였지만
좋아하지 않는 것 같았다고 했다.

이제 테스의 바람은 갑자기 이 노래들을 완벽하게 소화하
는 일이 되었다. 그녀는 짬짬이 틈을 내서 남몰래 이 노래들
을, 특히 그중에서도 「동틀 무렵」을 연습했다.

일어나요, 일어나요, 일어나세요!
정원에서 자라는
아름다운 꽃을 모두 꺾어,
연인에게 꽃다발을 안겨 주세요.
멧비둘기와 작은 새들이
가지마다 둥지를 트는,
5월의 이른 아침
동틀 무렵에!

이렇게 춥고 건조한 계절, 일을 하다가 다른 여자들과의 거
리가 벌어질 때마다 그녀는 이 노래들을 흥얼거렸고, 그런 그
녀를 보고 있노라면 제아무리 무정한 사람이라도 가여운 생
각이 들었을 것이다. 어쩌면 그가 돌아와 이 노래를 들어 주
는 일은 결국 일어나지 않을 거라는 생각에, 그리고 노래를
흥얼거리는 사람의 안타까운 심정을 매섭게 조롱하듯 울려
퍼지는 순박하고 바보 같은 노랫말에 그녀의 뺨 위로 눈물이
하염없이 흘러내렸다.

테스는 이렇게 아름다운 꿈에 푹 젖어 있었고 그래서 계절이 어떻게 바뀌고 있는지도 모르고 있었다. 해가 길어졌고 성수태 고지일이 코앞으로 다가왔으며, 이곳과의 계약이 끝나는 구력 성수태 고지일이 그 뒤를 바짝 따라오고 있었다.

미처 4분기 임금 지급일도 되지 않았는데 테스에게 전혀 다른 문제를 고심하게 하는 사건이 일어났다. 평소와 다름없이 그녀가 묵고 있던 농가에서 그 집 가족들과 아래층에 앉아 있던 어느 날 저녁, 문을 두드리면서 테스를 찾는 사람이 있었다. 저물어 가는 해를 등지고 문가에 서 있는 사람의 형체가 그녀의 눈으로 들어왔다. 키는 성숙한 여인네처럼 컸지만 아직 아이의 숨결을 지닌 후리후리하고 가냘픈 몸매의 앳된 여자아이가 저물어가는 저녁 어스름 속에서 〈언니!〉라고 부를 때까지, 테스는 그 아이가 누군지 알아보지 못했다.

「세상에, 너 리자 루구나?」 테스가 화들짝 놀라며 물었다. 불과 1년 전 그녀가 고향을 떠나올 때만 해도 어린아이에 불과했던 여동생이 훌쩍 자라서 이런 모습으로 나타났으니 정작 동생 자신도 본인의 이런 모습에 무슨 의미가 있는 건지 이해하지 못하고 있는 것 같았다. 훌쩍 자란 그녀의 가느다란 두 다리가 지금은 짧지만 옛날엔 길었던 치맛자락 밑으로 드러나 있는 데다가 손과 팔을 어떻게 처리해야 할지 어색해하는 모습이 영락없이 루의 젊음과 세상사에 대한 경험 부족을 말해 주고 있었다.

「응, 언니. 나 오늘 하루 종일 헤매고 다녔어.」 루는 덤덤하게 그러나 심각한 어조로 말했다. 「언니를 찾으려고 말이야. 너무 힘들어.」

「집에 무슨 일이 있니?」

「엄마가 몹시 아프셔. 의사 말이 돌아가실 거래. 그리고 아버지도 건강이 별로 좋지 않으신데, 당신처럼 가문이 좋은 사람이 뼈 빠지게 막노동이나 하는 건 옳지 않다고 말씀하셔. 우린 정말 어떻게 해야 할지 모르겠어.」

동생에게 들어와 앉으라고 해야 한다는 것도 미처 생각하지 못하고 그녀는 그저 생각에 잠겨 우두커니 서 있었다. 루를 집으로 들여보낸 뒤 동생이 차를 마시고 있는 동안 그녀는 마음의 결정을 내렸다. 집으로 돌아가야만 한다. 계약 기간은 4월 6일 구력 성수태 고지일까지이지만, 그때까지 많이 남지 않았으므로 지금 당장 위험을 무릅쓰고라도 출발해야겠다고 마음먹었던 것이다.

그날 밤으로 길을 나서면 열두 시간을 벌 수 있을 것이다. 그러나 동생은 너무 지쳐 있는 상태인지라 아침이 되어서나 그 먼 거리를 감당할 수 있을 것이다. 테스는 마리안과 이즈가 묵고 있는 숙소로 달려가서 자초지종을 설명하고 농장주에게 그녀의 상황을 잘 말해 달라고 부탁했다. 집으로 돌아온 그녀는 루에게 저녁을 차려 주었고, 동생을 자신의 침대에 눕게 한 다음 버드나무 광주리에 들어갈 만큼 소지품을 챙긴 뒤 다음 날 아침 뒤따라오라고 루에게 이르고는 길을 나섰다.

제50장

테스가 무정한 별빛을 받으며 15마일을 걸어가려고 춘분의 쌀쌀한 어둠 속으로 뛰어들었을 때 시계는 10시를 알리고 있었다. 밤은 한적한 지역을 조용히 지나가는 길손에게는 위험하기보다 오히려 보호자의 역할을 한다. 이런 사실을 알고 있었던 테스는 낮 시간이라면 무서워했을 테지만 지금은 도둑도 없을 뿐더러 어머니에 대한 생각으로 유령에 대한 두려움마저 말끔히 사라졌기 때문에 샛길을 따라가는 지름길을 택했다. 그렇게 그녀는 언덕을 오르락내리락하면서 벌배로까지 쉬지 않고 걸었고, 자정 무렵에 저 먼 끝자락으로 그녀가 태어난 마을을 품고 있는 계곡이 혼돈의 그림자로 제 모습을 보여 주는, 심연이 내려다보이는 언덕 꼭대기에 이르게 되었다. 이미 5마일가량 고지대를 걸어왔으므로 이제 저지대로 10 내지 11마일만 가면 그녀의 여정은 끝나게 된다. 그녀가 가고 있는 길은 구불구불하게 아래로 이어져 있었고 가냘픈 별빛을 받아 이제 막 그녀의 시야로 들어오기 시작했으며, 어느 순간부터 저 위의 지대와는 사뭇 다른, 발에 밟히는 촉감과 냄새로도 그 차이가 확연히 구분되는 땅을 걸어가고 있다는 게 느껴졌다. 여기가 바로 점토질인 블랙무어 계곡의 토양으로, 이곳은 아직 통행세를 무는 유료 도로가 뚫린 적이 없는 곳도 일부 있었다. 또 미신들이 가장 오래 머무는 곳이기도 했다. 옛날부터 숲을 이루고 있던 이곳은 지금처럼 캄캄한 밤이면 멀리 있는 것과 가까이에 있는 것이 한데 뒤섞이고, 나무들과 키 큰 울타리들이 저마다 스스로를 당당하게 드러내면서 왕년의 제 모습을 자랑하고 있는 듯했다. 사냥감이었던 붉은 수사슴들, 몸이 마구 찔린 채 물속으로 던져졌던 마녀들 그리고 지나가는 사람을 보고 히죽히죽 웃으며 말을 건네던 반짝반짝 빛나던 녹색의 요정들. 이곳은 아직도 이런 것들에 대한 믿음으로 충만해 있었고, 지금도 그런 것은 장난꾸러기들처럼 떼를 지어 몰려 있었다.

테스가 너틀베리의 주막 앞을 지나치고 있을 때, 주막의 간판이 들어 주는 이 없는 그녀의 발소리 인사에 답이라도 하듯 삐걱거렸다. 햄블던 힐에 핑크빛 성운이 기침을 하는 아침이 되면 즉시 다시 일할 수 있도록 초가지붕 아래 작은 네모꼴 자줏빛 천 조각을 잇대어 만든 이불을 덮고 어둠 속에서 힘줄의 긴장과 근육을 느슨하게 풀어 놓은 채 그들의 몸을 잠에 맡기고 기운을 충전하고 있는 사람들의 모습을 그녀는 마음속으로 그려 보았다.

꾸불꾸불 미로처럼 이어진 길의 마지막 모퉁이를 돌아 말롯에 들어선 시각은 새벽 3시였다. 그녀는 축제에서 에인절 클레어를 처음 만났던, 하지만 그녀와 춤을 추지 않아서 지금도 아쉬움이 남아 있는 들판을 지나쳐 갔다. 어머니가 있는 집 방향에서 불빛 하나가 보였다. 불빛은 침실 창문에서 새어 나오고 있었고, 창문 앞 나뭇가지 하나가 그녀에게 손을 흔들면서 윙크를 보내고 있었다. 그녀가 준 돈으로 이엉을 새로 얹은 집의 모습을 확인하는 순간, 마음속에 오래 묵혀 두었던 온갖 감정들이 되살아났다. 그 집은 그녀의 몸과 삶의 일부를 이루고 있는 듯했다. 비스듬히 경사진 지붕 창, 박공의 마무리 곁칠 그리고 굴뚝 꼭대기에 얹혀 있는 깨진 벽돌들, 이것들은 모두 그녀의 성격과 맞물리는 뭔가가 있었다. 망연자실한 어떤 마비의 기미가 이들의 특징적인 모습이라는 생각이 들었는데, 그건 다름 아닌 어머니의 병환을 의미하는 거였다.

그녀는 아무도 깨우지 않으려고 살그머니 문을 열었다. 아래층 방에는 아무도 없었고, 밤새 어머니를 간호했던 이웃이 층계 위로 나와서 나지막한 목소리로 더비필드 부인이 지금은 잠들었으며 병세는 호전되지 않았다고 알려 주었다. 테스는 손수 아침 식사를 준비하고 어머니 방에서 그녀의 간병을 맡았다.

날이 밝자 테스는 동생들을 찬찬히 살펴보았는데, 그들은 하나 같이 신기할 정도로 길쭉해진 모습들을 하고 있었다. 그녀가 집을 떠나 있던 시간이 불과 1년 조금 넘었을 뿐인데, 동생들은 놀랄 정도로 부쩍 자라 있었던 것이다. 테스는 몸과 마음을 다해 이 동생들을 보살펴야 한다는 생각이 들었고, 그래서 자신의 근심 따위는 몽땅 접어 버렸다.

아버지 또한 알 수 없는 병으로 건강이 좋지 않으셨고 예전처럼 의자에 앉아 계셨다. 그런데 테스가 도착하고 하루가 지났을 때 아버지는 이상할 정도로 활기가 넘치셨다. 아버지는 살아나갈 수 있는 합리적인 방도가 있다고 했고, 테스는 그 방도가 무엇인지 물어보았다.

「영국 이 근방에 사는 나이든 고문서 학자 모두에게 회람

594

을 돌릴 생각이다.」아버지가 말했다. 「나를 먹여 살릴 기부금을 내라고 말이다. 분명히 그 사람들은 이런 일을 낭만적이고, 운치 있으며 그리고 당연한 일로 받아들일 게야. 그 사람들은 유적을 보존하고 유골을 찾아내는 뭐 그런 일에 억수로 돈을 쓰지 않더냐. 그러니까 나란 존재를 알기만 한다면 그들에게 살아 있는 유적은 엄청나게 흥미로운 대상이 틀림없을 거란 말이지. 살아 있는 유적과 함께 살고 있는데도 미처 생각하지 못하고 있다는 걸 그들에게 말해 주고 다니는 사람이 있으면 좋으련만! 날 찾아냈던 트링엄 목사가 살아 있었다면 필시 그렇게 했을 거야. 아무렴, 그렇고말고.」

돈을 보내 주었건만 나아진 게 별반 없는, 발등에 떨어진 집안의 급한 문제들부터 해결해야 했기 때문에 테스는 이렇게 거창한 계획에 대해선 가타부타 언급하지 않았다. 집안일들을 처리하고 조금 숨통이 트이자 테스는 집 밖의 문제로 관심을 돌렸다. 바야흐로 파종의 계절이었으므로 마을 사람들은 그들의 채소밭과 소작지의 봄철 밭갈이를 이미 마친 뒤였다. 하지만 더비필드네 채소밭과 소작지는 아직 손도 대지 못하고 있었다. 그 이유가 바로 앞일 따윈 안중에 없는 사람들이 앞뒤 생각 없이 실수를 저지르듯, 식구들이 씨감자를 몽땅 먹어 치웠기 때문이라는 걸 알고 테스는 가슴이 갑갑해졌다. 그녀는 가급적 빠른 시일 안에 자신의 힘으로 구할 수 있는 씨감자를 확보했고, 며칠이 지나자 이제 아버지도 테스의 설득에 못 이겨 채소밭을 돌보게 되었다. 그리고 그녀는 그들이 소작으로 부치는 마을에서 2백 야드 정도 떨어진 경작지에서 농사일을 하기 시작했다.

병상에 갇혀 있던 테스인지라 이런 일이 마냥 즐거웠다. 이제 어머니의 병세는 호전되었으므로 더 이상 병상을 지키고 있을 필요는 없어졌다. 몸을 많이 움직이면 생각은 줄어들게 마련이다. 울타리를 두르지 않아 탁 트인 밭은 지대가 높고 건조했는데 그런 밭들이 40~50개가량 모여 있는 그곳에선 낮 동안의 품일이 끝난 뒤라야 작업이 가장 활기차게 돌아갔다. 보통 6시에 시작되는 밭갈이는 저녁 땅거미가 몰려들고 휘영청 밝은 달이 뜰 때까지 기약 없이 연장되곤 했다. 밭 이곳저곳에서 죽은 잡초 더미와 쓰레기를 태우고 있는 지금, 건조한 날씨 덕분에 불길은 활활 타올랐다.

화창한 어느 날, 소작지를 구분하려고 박아 놓은 하얀 말뚝 위로 마지막 저녁 햇살이 강하게 쏟아질 즈음 테스와 리자루는 이웃 사람들과 일을 하고 있었다. 어느덧 해는 넘어가고 땅거미가 찾아들었으며, 개밀과 양배추 뿌리를 태우는 불꽃이 제 마음 가는 대로 밭을 비춰 주었고, 밭의 윤곽이 바람에 넘실거리는 짙은 연기 아래에서 숨바꼭질하고 있었다. 불길이 활활 타오르면 연기는 지면을 따라 뭉게뭉게 둑을 이루었고, 그 연기의 둑이 자기만의 희뿌연 광채를 발산해 일하는 사람들을 가로막아 서로를 볼 수 없게 만들기도 했다. 낮에는 벽이 되고 밤이면 빛이 된다는 〈구름 기둥〉[118]의 의미가 여기서 실감되었다.

땅거미가 짙어지자 사람들은 일손을 거두었다. 하지만 밭갈이를 마저 마무리하려고 밭에 남아 있는 사람들이 많았고, 동생을 먼저 집으로 돌려보낸 테스 역시 남아 있는 그들 중 하나였다. 그녀는 개밀이 타오르던 밭에서 쇠스랑으로 밭을 갈고 있었고, 쇠스랑의 반짝거리는 네 개의 날이 돌과 마른

118 「출애굽기」 13장 21절 참고.

흙덩어리에 부딪치는 소리가 작게 울려 퍼지고 있었다. 가끔 그녀의 모습은 연기에 완전히 휩싸였다가 번쩍거리는 불기둥의 환한 빛을 받아 연기의 속박에서 풀려나곤 했다. 그날 밤 그녀의 독특한 옷차림은 다소 눈길을 끄는 구석이 있었다. 그녀는 수도 없이 빨아서 물이 다 빠진 겉옷을 입고 그 위에 짧은 검정색 웃옷을 겹쳐 입고 있었는데, 전체적인 분위기가 결혼식 하객과 장례식 조문객을 하나로 묶어 놓은 것 같았다. 저 뒤쪽으로 흰색 앞치마를 두른 창백한 얼굴의 여자들이 있었으니, 이따금 불빛이 번쩍하고 비춰 줄 때를 제외하고 어둠 속에서 보이는 거라곤 흰 얼굴과 흰 앞치마가 전부였다.

낮게 드리운 창백한 우윳빛 하늘을 배경으로 가시나무 울타리가 서쪽 밭의 경계선을 이루며 철사처럼 앙상하게 솟아 있었다. 그림자라도 드리울 듯 밝게 빛나는 목성이 활짝 핀 노랑 수선화처럼 하늘에 걸려 있었다. 여기저기 다른 곳에도 이름 모를 작은 별들이 반짝거리고 있었다. 멀리서 개 짖는 소리가 들려왔고 이따금 수레바퀴가 덜컹거리며 마른 길 위로 굴러가고 있었다.

아직 시간이 그렇게 늦은 것은 아니어서 날카로운 쇠스랑은 연신 바지런하게 딸깍딸깍 소리를 내고 있었다. 공기는 상쾌하고 쌀쌀했지만 그 속에서 속살거리는 봄기운이 일하는 사람들의 흥을 잔뜩 돋우어 주었다. 그 땅의 무언가가, 그 시간이, 탁탁거리며 타오르는 그 불길이 그리고 빛과 그림자가 빚어내는 환상적이고 오묘한 분위기가 테스를 포함한 사람들에게 그곳에 그들이 존재하고 있다는 사실을 행복하게 만들어 주었다. 서릿발이 매서운 겨울이면 악마처럼, 그리고 더운 여름이면 연인처럼 그들의 마음을 부드러운 손길로 포근하게 감싸 주던 야음이 이 3월에도 그들을 찾아 주었던 것이다.

함께 일하는 사람들에게 눈길을 주거나 하는 이는 없었다. 모든 사람의 시선은 그저 갈아엎은 땅 표면이 불빛 아래 제 모습을 드러내는 그곳에 고정되어 있을 뿐이었다. 그렇게 테스도 흙덩어리를 파헤치면서 클레어가 들어 줄 거라는 희망도 이제 거의 사라져 마냥 바보스럽기만 한 짤막한 노래들을 흥얼거리고 있었다. 그래서 그녀는 자기와 가까운 곳에서 일하고 있던 긴 작업복 차림의 남자를 한참 동안이나 보지 못했는데, 같은 밭을 일구는 것을 보고 밭갈이가 빨리 끝나도록 아버지가 보낸 사람이려니 싶었기 때문이다. 그녀는 그 사람이 밭을 일궈 나가는 방향이 그녀와 점점 가까워지자 그가 조금 의식되었다. 이따금 연기가 그 둘을 갈라놓기도 했고 그러다가 방향을 다른 쪽으로 확 틀어 두 사람을 다른 사람들과 갈라놓으면서 그 둘만 서로를 볼 수 있게 하기도 했다.

테스는 함께 일하고 있던 그 사람에게 말을 걸지 않았고, 그건 그도 마찬가지였다. 그녀는 그 사람이 대낮엔 여기에 없었다는 것 말고는 더 이상 생각하려 들지 않았다. 자신이 알고 있는 말롯 마을 사람은 아니라는 생각이 들었지만, 그녀가 근래에 들어 그것도 오랫동안 마을에 살지 않았다는 사실을 감안한다면 그럴 수 있는 일이었다. 어느덧 밭을 갈고 있던 그 사람이 그녀와 상당히 가까워져서 그의 쇠스랑 끝에 반사된 불빛이 마치 그녀의 쇠스랑을 받아 되튀는 불빛처럼 또렷하게 보였다. 마른 잡초 더미를 불 속에 던져 넣으려고 불가로 가던 테스는 그 사람 역시 반대편에서 자신과 똑같은 동작을 취하고 있다는 걸 알았다. 그때 불길이 확 피어올랐고, 그리고 더버빌의 얼굴이 보였다.

예상하지 못했던 그의 출현, 구닥다리로 옷을 입는 인부들이나 걸칠 만한 주름 잡힌 작업복을 입고 있던 그의 그로테스크한 모습에는 사람을 섬뜩하게 하는 익살스러움이 숨어 있었고 그래서 그 모습은 그의 거동만큼이나 그녀를 오싹하게 했다. 더비빌은 낮은 소리로 오랫동안 킬킬거렸다.

「내가 지금 농담을 한다면 이렇게 말할 거야. 이곳은 얼마나 천국을 닮았는가!」 얼굴을 들이대고 그녀를 쳐다보면서 그가 능청을 떨었다.

「뭐라고요?」 그녀가 희미한 목소리로 물었다.

「농담이나 하는 사람이라면 여기가 천국과 똑같다고 말했을 거야. 당신은 이브이고 그리고 난 미천한 짐승으로 변장하고 당신을 유혹하러 온 그 옛날의 또 다른 인물이란 말이지. 내가 신학에 몰두했던 시절, 밀턴의 그 장면을 잘 알고 있었지. 그중 몇 구절은 이래.

> 〈여왕이시여, 길은 마련되고, 그리고 멀지 않으니,
> 도금 양 줄지은 저 너머에……
> ……만일 당신이 나의 안내를
> 받아들이신다면, 내가 당신을 그곳으로 즉시 모실 수 있으리라.〉
> 〈그러면 인도해 주세요.〉 이브는 말했노라.[119]

그리고 기타 등등. 친애하는 내 사랑 테스. 당신의 말이나 생각이 아주 틀릴 수 있다는 한 가지 예로 이 시를 인용한 것뿐이오. 당신은 날 아주 나쁘게 생각하니 말이야.」

119 『잃어버린 낙원』 9권 626~631행.

「난 당신을 사탄이라고 부른 적도 없었고 그렇게 생각해 본 적도 없어요. 당신을 전혀 그런 식으로 생각하진 않아요. 당신이 날 모욕할 때를 빼면 당신에 대한 내 마음은 아주 차가울 뿐이죠. 그런데, 순전히 나 때문에 밭일을 하러 여기 온 거예요?」

「오로지 당신을 보기 위해서지. 딴마음은 없어. 오는 도중에 가게를 하나 봤는데, 거기에 걸려 있던 이 앞치마는 나중에 떠오른 생각이었어. 남의 눈에 띄지 않을 수 있으니 말이야. 당신이 이렇게 일하는 걸 막으려고 온 거요.」

「하지만 난 이런 일이 좋아요. 우리 아버지를 위한 일이니까요.」

「저쪽 농장과의 계약은 끝났소?」

「네.」

「다음엔 어디로 갈 생각이지? 당신이 사랑하는 남편과 합치러 갈 건가?」 기억을 쿡쿡 찔러 대는 이런 굴욕적인 말을 그녀는 견딜 수 없었다.

「오, 나도 몰라요!」 그녀는 절규했다. 「내겐 남편이 없다고요!」

「맞는 말이야, 당신이 말하는 의미로 보면 말이지. 하지만 당신에겐 친구가 있어. 게다가 아무리 당신이 날 싫어해도 난 당신을 편안하게 해주겠다고 마음먹었거든. 집에 돌아가면 당신을 위해 뭘 보냈는지 알 수 있을 거야.」

「오, 알렉. 아무것도 주지 않았으면 좋겠어요! 난 당신에게 받을 수 없다고요! 그러고 싶지도 않고, 그리고 그건 옳지 않아요!」

「당연히 옳은 일이지!」 그가 가벼우면서도 큰 소리로 말했

600

다. 「내가 좋아하고 마음이 가는 당신 같은 여자가 고생하는 걸 보면 난 당연히 도와주려고 할 거란 말이요.」

「하지만 난 아주 잘 살고 있어요! 내가 고통스러운 건 결코 살아가는 문제 때문이 아니라고요!」

돌아선 그녀는 다시 절박한 심정으로 일에 매달렸고, 쇠스랑의 손잡이와 흙덩이 위로 눈물이 뚝뚝 떨어지고 있었다.

「아이들, 그러니까 당신의 동생들을 걱정하고 있던 거잖소.」 그가 다시 말을 이어갔다. 「나 역시 당신 동생들에 대해 줄곧 생각하고 있었지.」

테스는 심장이 마구 쿵쾅거리는 걸 느낄 수 있었다. 그가 그녀의 가장 아픈 곳을 건드린 것이다. 그러니까 그는 그녀가 가장 고통스러워하는 것이 무엇인지 꿰뚫어 보았던 것이다. 집으로 돌아온 이후 그녀의 영혼은 절절한 애정으로 동생들을 향해 있었던 것이다.

「당신 어머니가 회복되지 않는다면, 누군가는 아이들을 보살펴야 할 거야. 당신 아버지는 별로 도움이 되지 못할 테니 말이야, 안 그래?」

「내가 도와 드리면 아버지도 일을 하실 수 있어요. 그래야 하니까요!」

「나도 돕도록 하지.」

「안 돼요!」

「이게 얼마나 어리석은 짓이야!」 더버빌이 버럭 고함을 질러 댔다. 「당신 아버지는 우리가 같은 가문이라고 알고 있으니 무척 흡족해하실 거라고!」

「그렇지 않아요. 아버지께 사실을 말씀드렸어요.」

「정말 형편없이 바보 같은 짓을 했군!」

분에 못 이긴 더버빌은 그녀 곁을 떠나 울타리 쪽으로 갔고, 자신의 모습을 위장해 주었던 긴 앞치마를 벗어젖히더니 둘둘 말아 불 속으로 집어 던져 버리고는 자리를 박차고 떠나 버렸다.

이런 일을 겪자 테스는 더 이상 밭을 가는 작업을 계속 할 수 없었다. 그녀는 안절부절 불안해서 어쩔 줄 몰랐다. 그가 또 자신의 집으로 간 건 아닐까 하는 우려 때문에 그녀는 쇠스랑을 손에 든 채 집으로 향했다.

집까지 20야드 정도 남았을 때 그녀는 여동생 하나와 마주쳤다.

「오, 테스 언니. 어떻게 된 일이지? 리자 루는 울고 있고, 그리고 집에는 마을 사람들이 많아. 엄마는 많이 좋아졌는데, 그런데 아버지가 돌아가신 것 같대!」

동생은 이것이 큰 사건이라는 건 대충 짐작이 갔지만 아직 그 슬픔까지는 헤아리지 못하고 있는 것 같았다. 그래서 여동생은 마치 중요한 임무라도 맡고 있다는 듯 눈을 동그랗게 뜨고 언니를 바라보고 서서 이 소식이 테스의 얼굴에 일으킬 파장을 살피고 있었다. 동생이 말했다.

「뭐야, 언니? 우린 이제 아버지랑 말을 할 수 없는 거야?」

「하지만 아버진 그저 조금 아프신 거였는데!」 혼비백산하여 테스가 부르짖었다.

리자 루가 다가왔다.

「아버지가 방금 쓰러지셨어. 어머니 때문에 집에 왔던 의사 선생님이 가망이 없다고 하셨어. 심장이 완전히 막혔다나 봐.」

그렇다. 더비필드 내외는 운명의 자리를 맞바꾼 것이었다. 죽어가던 사람은 위험에서 벗어났는데 가벼운 병에 걸렸던

602

사람이 운명을 달리한 것이다. 이 사실은 겉보기보다 훨씬 중요한 의미를 담고 있었다. 아버지의 생명은 그가 개인적으로 이루어 낸 성과와는 별도로 그 자체만으로도 가치가 있었고, 그마저 없었다면 그의 삶은 그만한 쓸모도 없었을지 모른다. 그의 집과 토지의 임차는 3대로 한정되어 있었고 테스의 아버지가 바로 그 마지막 대였던 것이다. 게다가 일꾼들이 묵을 농가가 턱없이 부족한 터라 지주 농부들은 더비필드네 집에 잔뜩 눈독을 들이고 있던 참이었다. 더구나, 〈종신 보유농〉들은 그들의 독자적인 행보 때문에 마을에서도 자유 토지 보유 농들 만큼이나 환영받지 못하는 대상이었고, 그래서 임차 기간이 만료되면 갱신되는 일은 절대 없었다.

그렇게 왕년의 더버빌 가문인 더비필드 가족은 그들 가문이 가장 잘나가던 시절 지금 그들의 신세처럼 땅 한 뙈기 없는 사람들에게 수도 없이 가했을 그런 운명이 자신들 위로 내려앉는 걸 보게 되었다. 그렇게 물은 흘러들고 그리고 흘러나가기 마련이다. 그것이 변화의 리듬이고, 하늘 아래 존재하는 만물에 줄기차게 반복되는 일이다.

제51장

이윽고 구력 성수태 고지일이 하루 앞으로 다가왔다. 농업 노동자들은 1년 중 오직 이 특별한 날에만 일어나는 이동의 열기에 휩싸였다. 이날은 계약이 끝나는 날이었다. 그리고 성촉일부터 시작된 다음 연도의 농사일 고용 계약이 실행 단계로 접어드는 날이었다. 일하던 농장에 남길 원하지 않는 인부들, 그러니까 외부에서 다른 용어가 들어올 때까지 스스로를 〈농업 노동자〉로 자칭하는 이들은 새로운 농장을 찾아 이동하고 있었다.

해마다 벌어지는 이런 이주 현상은 이곳에서도 늘어나고 있었다. 테스의 어머니가 어렸을 적만 해도 말롯 근방의 대다수 농부들은 평생 같은 농장에 머물렀고, 그 농장은 그들의 아버지와 할아버지가 살던 곳이기도 했다. 하지만 근래에는 해가 바뀔 때마다 옮겨 가려는 욕구가 최고조에 이르렀다. 가족 구성원이 젊은 축에 속하는 사람들에겐 그것은 아마도 유리한 방향으로 바뀔 수도 있는 즐거운 자극이었을 것이다. 이집트를 멀리서 바라본 가족에게 그곳은 약속의 땅이었다. 직접 살아 보니 마찬가지로 이집트였다는 사실을 깨달을 때까지는 말이다. 그렇게 그들은 계속 일터를 바꾸고 또 바꿨다.

하지만, 시골 생활에서 그토록 눈에 띄게 증가하는 이 모든 변동이 전적으로 농업의 불안정에서만 발생한 것은 아니었다. 인구 감소 또한 진행되고 있었다. 예전에 마을은 농업 노동자들과 더불어 지식수준이 높은 흥미로운 계층이 있었고, 테스의 부모를 포함해서 이 계층에 속했던 목수, 대장장이, 구두장이, 행상인들이 농업 노동자 그리고 이런저런 일꾼들과 함께 마을을 구성하고 있었다. 그리고 테스의 아버지와 같은 일군의 사람들은 종신 보유농 또는 등본 보유농 또는 가끔 소규모 자유 토지 보유농이라는 위치에서 그들 삶의 목적과 행동을 어느 정도 안정되게 유지할 수 있었다. 하지만 장기 임차권이 끝나면 이들 임차인들에게 그 권리가 또다시 허용되는 경우는 거의 없었으니, 지주에게 꼭 필요한 일꾼이 아니면 권리가 박탈되는 경우가 허다했다. 농사일에 직접 고용되지 않는 사람들은 곱지 않은 시선을 받아야 했고, 그래서 이런 사람들이 쫓겨나면 이어서 다른 이들의 생계 수단이 타격을 받게 되었으므로 그 사람들 역시 쫓겨난 사람들의 전철을 밟을 수밖에 없는 처지가 된다. 그리하여 지난날 이 마을의 중추를 이루고 있었던 이들 가족은 대도시에서 삶의 터전을 마련해야 했는데, 이런 과정을 통계학자들은 〈농촌 인구의 대도시 집중 경향〉이라고 익살맞게 표현하지만 실상은 기계를 이용해 억지로 물을 언덕 위로 끌어 올리는 현상과도 같은 것이었다.

말롯에 있는 농가 주택들은 이런 식으로 철거되어 급격하게 그 수가 줄어들었고, 아직 남아 있는 집들은 농부들이 부리는 일꾼들의 숙소용으로 쓰고자 했다. 테스의 인생에 어두운 그림자를 드리웠던 그 사건이 벌어진 이후, 암암리에 마을 사람들은 더비필드 집안 — 집안 혈통을 믿어 주는 이는 없었지만 — 이 임차 기간만 끝나면 마을의 풍기를 위해서라도 떠나야 한다고 생각하고 있었다. 사실, 이 가족이 술에 대한 절제나 정절을 지킴에 있어서 모범적인 집안이 아니라는 건 맞는 말이다. 아버지, 심지어 어머니도 이따금 고주망태로 술에 절어 있었고, 나이 어린 아이들이 교회에 나오는 일은 가뭄에 콩 나듯 했으며, 게다가 큰딸은 웬 남자와 수상쩍은 관계에 있었으니 말이다. 어떤 수를 쓰더라도 마을은 순수하게 유지되어야 했다. 그래서 첫 번째 성수태 고지일에 더비필드 집안은 쫓겨나기로 되어 있었고, 방이 여러 개인 이 집은 식구가 많은 마차꾼이 차지하기로 되어 있었다. 그리하여 미망인 조앤과 그녀의 딸 테스와 리자 루, 아들 에이브러햄 그리고 나이가 더 어린 아이들은 다른 곳으로 떠나야 했던 것이다.

떠나기 전날 밤, 하늘을 온통 흐리게 물들이며 흩날리는 빗줄기 때문에 일찌감치 어둠이 찾아들고 있었다. 그들이 태어난 고향 마을에서 마지막으로 보내는 밤이므로 더비필드 부인, 리자 루 그리고 에이브러햄은 친구들에게 작별 인사를 하러 나갔고, 테스는 그들이 돌아올 때까지 집을 지키고 있었다.

그녀는 창가에 놓인 의자에 무릎을 꿇고 앉아서 바깥쪽 유리로 흘러내린 빗물이 안쪽 유리로 스며드는 창틀에 얼굴을 갖다 대고 있었다. 그녀의 두 눈이 거미 한 마리가 있는 거미줄에 가서 멎었다. 아마도 거미는 파리가 날아들지 않는 구석 모퉁이에 자리를 잘못 잡아 오래전에 굶어 죽은 듯했고, 창틀 사이로 새어 드는 한 줄기 가냘픈 바람에 온몸을 흔들며 떨고 있었다. 테스는 자신으로 인해 좋지 않은 영향을 받게 된 식구들의 처지를 돌아보고 있었다. 만일 그녀가 집으로 돌아오지 않았다면, 어쩌면 어머니와 동생들은 일주일 단위로 집세를 물면서 그대로 이 집에 눌러앉을 수도 있었을 것이다. 하지만 돌아오자마자 그녀는 금세 마을에서 제법 영향력깨나 행사하는 깐깐한 사람들의 눈에 띄고 말았던 것이다. 그 사람들은 테스가 다시 이곳에 살고 있다는 사실을 알게 되었고, 그래서 그녀의 어머니는 딸을 숨겨 주었다고 질타를 받았다. 조앤은 이런 질타에 발끈해서 대거리했고 즉시 마을을 떠나겠노라고 말을 툭 내뱉고 말았던 것이다. 그리고 그녀의 말은 곧이곧대로 받아들여져서 그 결과가 지금 이렇게 나타난 것이다.

「집에 오지 말았어야 했어.」 비통한 심경으로 테스는 저 혼자 중얼거렸다.

골똘하게 상념에 빠져 있었기 때문에 그녀는 흰색 우비를 입은 사람이 말을 타고 오는 걸 처음엔 보지 못했다. 그 사람은 그녀를 금세 알아보았는데 아마도 그녀가 얼굴을 창문에 바싹 대고 있었기 때문일 것이다. 그 사람은 자기가 타고 있는 말을 집 앞으로 바투 몰았고, 그래서 담벼락 아래 좁다란 화단에서 자라고 있던 꽃나무들이 말발굽에 짓밟힐 뻔했다. 그는 채찍으로 창문을 툭툭 쳤고 그때야 비로소 그녀는 그를 알아보았다. 비가 거의 그친 상태라 그녀는 그가 손짓하는 대로 창문을 열었다.

「날 보지 못했소?」 더버빌이 물었다.

「주의해서 보지 않았어요.」 그녀가 대답했다. 「당신이 오는 소리를 들었던 것 같긴 해요. 말이 끄는 마차 소리인 줄 알았어요.」

「아! 당신은 아마도 더버빌가의 마차 소리를 들은 모양이군. 그 전설을 알고 있을 테지?」

「몰라요. 나의……, 누군가가 예전에 그 전설에 대해 말해 주려고 했었는데, 말하진 않았어요.」

「당신이 진짜 더버빌 가문이라면 나도 말하지 않는 게 좋겠어. 나야 뭐 엉터리 더버빌이니까 상관없지만 말이야. 조금 무시무시한 이야기거든. 존재하지도 않는 마차 소리가 더버빌 가문의 피가 흐르는 사람에게만 들리고, 그 소리를 들은 사람에게 그건 불길한 징조라는 거야. 그건 수 세기 전 가문의 한 사람이 저지른 살인과 관계가 있어.」

「일단 이야기를 시작했으니 마저 하세요.」

「좋아. 그 가문의 어떤 사람이 아름다운 한 여인을 납치했다고 하더군. 그 여인은 자기를 태우고 가던 마차에서 탈출하려고 했고, 옥신각신하던 끝에 남자가 여자를 죽였다는 거야 — 아니면 여자가 남자를 죽였다는 설도 있고 — 어느 쪽이 죽였는지는 잊어버렸어. 그게 그 전설에 관한 한 가지 이야기이지……. 빨래 통과 대야를 쌓아 놓았군. 떠나는 건가?」

「네. 내일요. 구력 성수태 고지일이잖아요.」

「떠날 거라는 말은 들었지만 믿어지지가 않았어. 너무 갑작스럽군. 왜 그러지?」

「아버지 대에서 임차권이 끝나요. 이제 임차 기간이 끝났고 그래서 우린 더 이상 여기서 살 권리가 없어요. 나만 아니라면 집세를 매주 물면서 눌러살 수도 있었을지 모르죠.」

「당신이 어때서?」

「정숙한 여자가 아니니까요.」

더버빌의 얼굴이 벌게졌다.

「이런 저주받을 일이 있나! 한심한 속물들 같으니! 더러운 영혼들은 불에 타서 재나 되라지!」 그는 분노에 차서 빈정거리는 투로 소리를 질러 댔다. 「그 이유 때문에 떠난다는 거야? 쫓겨난 거요?」

「정확히 말하면 쫓겨난 건 아니에요. 하지만 우리가 곧 떠나야 한다고들 하니까 모두 이동하는 지금 가는 게 가장 나을 거예요. 더 좋은 기회를 잡을지도 모르니까요.」

「어디로 갈 거지?」

「킹스비어요. 거기에 방을 잡아 놓았어요. 안타깝게도 어머니는 아버지 가문을 곧이곧대로 믿어서 거기로 가시겠대요.」

「하지만 구멍만 한 그런 마을에서 당신 가족이 세를 산다는 건 온당치 않아요. 그러지 말고 트란트리지의 우리 정원에 있는 집으로 오는 게 어때? 어머니가 돌아가시고 이제 닭은 거의 없지만, 당신도 알다시피 집과 정원은 있으니까. 하루면 회칠이 끝날 거고 당신 어머니는 그곳에서 아주 편안하게 살 수 있지. 동생들도 내가 좋은 학교에 보내 줄 거야. 정말로 당신을 위해 무언가 해주고 싶소!」

「하지만 우린 이미 킹스비어에 방을 얻어 놓았어요!」 그녀는 태도를 분명히 표명했다. 「그리고 우린 거기에서 기다릴 수 있어요.」

「기다린다고, 뭘 기다리지? 그 잘난 남편을? 그렇겠지. 자, 이봐요, 테스. 내가 남자들을 좀 아는데, 당신이 별거하는 이유를 생각해 보면 그 사람은 절대로 당신과 화해하지 않을 게 분명하다고. 비록 내가 한때는 당신에게 적이었지만 지금은 당신의 친구란 말이오. 당신은 믿으려 들지 않겠지만 말이야. 우리 집으로 와요. 우리가 멋진 양계장을 만들면 당신 어머니가 닭들을 잘 키울 수 있을 거고 동생들도 학교에 다닐 수 있을 거요.」

테스는 점점 호흡이 가빠졌다.

「그런 걸 모두 해줄지 어떻게 믿어요? 생각이 바뀔지도 모르고 그럼 우리는, 우리 어머니는 다시 집 없는 신세가 될 텐데요.」

「오, 그렇지 않소. 필요하다면 그런 일에 대비해서 각서로 확실하게 다짐해 두지. 잘 생각해 봐요.」

테스는 고개를 가로저었다. 그럼에도 더버빌은 완강했다. 그녀는 이렇게 단호한 그의 모습을 본 적이 없었다. 그는 거절을 받아들이려 하지 않았던 것이다.

「어머니에게 말해 보도록 해요.」 그가 힘주어 말했다. 「판단은 어머니의 몫이지 당신이 할 일이 아니잖소. 깨끗하게 집을 쓸고 내일 아침 회칠을 한 다음 불도 피워 놓게 하리라. 저녁이면 다 마를 테니 거기로 곧장 와도 될 거요. 자 그럼, 오는 걸로 알고 있으리다.」

테스는 또 한 번 고개를 저었다. 복잡하게 뒤얽힌 감정이 치밀어 오르며 목이 메어 왔다. 그녀는 더버빌을 쳐다볼 수가 없었다.

「지난날 당신에게 진 빚이 있잖소.」 그의 말이 이어졌다. 「게다가 그 광기에서 벗어나도록 당신이 날 치유해 주었지. 그러니까 난 기꺼운 마음으로 ―」

「당신이 계속 그 광적인 상태로 죽 나갔으면 좋았을 뻔했어요!」

「당신에게 조금이나마 갚을 수 있는 이런 기회가 있어서 기뻐. 내일 당신 어머니가 짐을 푸는 소리를 듣게 되길 기대하겠소. 자 약속해 줘요. 사랑하는 아름다운 테스!」

마지막 문장을 말하는 그의 목소리가 갑자기 속삭이듯 나지막해지더니 반쯤 열려 있던 창틀 사이로 그의 손이 쑥 들어왔다. 그녀는 매서운 눈길로 창문 지지대를 재빨리 잡아당겼고, 결국 그의 팔이 창틀과 창문의 중간 문설주 사이에 끼고 말았다.

「빌어먹을, 너무 잔인하군!」 팔을 확 잡아 빼면서 그는 말했다. 「괜찮아, 괜찮소! 일부러 그런 게 아니란 걸 알고 있으니까. 자, 당신을 기다리겠소. 아니면 당신 어머니와 동생들이라도 말이야.」

「난 안 가요. 내겐 돈이 많다고요!」 그녀가 악을 써댔다.

「어디에 있지?」

「시댁에요. 부탁만 드리면 돼요.」

「부탁만 한다면 그럴지 모르지. 하지만 당신은 부탁하지 않을 거야, 테스. 내가 당신을 알잖아. 결코 그런 부탁은 하지 않을 거란 말이지. 부탁하기 전에 굶어 죽을 거야!」

이렇게 말하며 그는 말을 타고 가버렸다. 길모퉁이를 막 돌아서던 그가 페인트 통을 들고 다니던 남자와 맞닥뜨렸는데, 남자는 그에게 형제를 버렸느냐고 물었다.

「꺼지란 말이야!」 더버빌이 말했다.

꼼짝하지 않고 한참을 그렇게 앉아 있던 테스는 모든 게 부당하다는 생각에 불쑥 반항심이 솟구치며 눈가가 축축해졌고, 이내 뜨거운 눈물을 펑펑 쏟기 시작했다. 그녀의 남편인 에인절마저도 다른 사람들과 마찬가지로 그녀에게 가혹하게 굴고 있었다. 그의 행동은 분명 가혹했다! 전에는 한 번도 이런 생각을 해본 적이 없었지만, 그가 그녀에게 못되게 굴었다는 건 분명하지 않은가! 이제껏 살아오면서 그녀는 단 한 번도, 그녀의 영혼을 걸고 맹세하건대, 일부러 나쁜 짓을 저지른 적이 없었다. 그럼에도 불구하고 이렇게 가혹한 처벌이 내려진 것이다. 그녀의 죄가 무엇이건 간에 그건 고의로 저지른 것이 아니라 부주의에서 비롯된 거였다. 그런데 왜 그녀는 이렇게 끊임없이 벌을 받아야 한단 말인가?

그녀는 맨 처음 눈에 띄는 종이 한 장을 확 움켜쥐더니 다음과 같은 사연을 휘갈겨 쓰기 시작했다.

오, 당신은 왜 절 그토록 모질게 대하시는 거죠? 에인절, 제겐 그런 대접을 받을 이유가 없다고요. 전 이 모든 걸 찬찬히 생각에 생각을 거듭해 보았지만, 절대로, 당신을, 절대로 용서할 수 없어요! 내가 일부러 당신을 모욕하지 않았다는 건 당신도 아시잖아요. 그런데 당신은 어째서 절 그렇게 아프게 하시는 거죠? 당신은 잔인해요. 그래요, 정말 잔인하다고요! 전 당신을 잊으려고 애쓸 거예요. 당신에게 받은 건 오로지 부당함뿐이에요!

T

그녀는 우편배달부가 지나갈 때까지 지켜보고 있다가 편지를 들고 그에게 달려 나갔고, 다시 집 안 창문 앞으로 돌아와 우두커니 자리를 잡고 앉았다.

이렇게 편지를 쓰거나 다정하게 쓰거나 매한가지였다. 그의 마음이 어떻게 그녀의 애원에 꺾일 수 있단 말인가? 기왕에 일어난 사실은 변할 수 없는 것이고, 그의 생각을 바꿀 만한 새로운 사건은 일어나지 않았으니 말이다.

땅거미가 점점 짙어졌고 난로에서 나오는 빛이 방 전체를 환하게 비추고 있었다. 큰 동생 둘은 어머니와 함께 밖에 나갔고, 세 살 반에서 열한 살에 이르는 어린 동생들 넷이 모두 검정색 가운을 입고 난롯가에 둘러앉아 조잘대며 이야기를 하고 있었다. 테스가 촛불을 켜지 않은 채 아이들 사이에 끼어들었다.

「애들아, 여기서 잠을 자는 것도 오늘 밤이 마지막이구나. 우리가 태어난 이 집에서 말이야.」 그녀가 서둘러 말했다. 「그런 걸 생각해 봐야 하겠지?」

아이들은 모두 말이 없었다. 하루 종일 새집으로 이사 간다는 생각에 들떠 있었던 아이들이었건만, 또래 특유의 감수성 때문인지 그녀가 내뱉은 마지막이라는 말에 금방이라도 울음을 터뜨릴 것 같은 얼굴들을 하고 있었다. 테스가 이야기를 딴 데로 돌렸다.

「애들아, 나에게 노래 불러 주련.」 그녀가 말했다.

「무슨 노래?」

「너희들이 알고 있는 아무거나. 어떤 노래도 좋아.」

잠시 멈칫하며 정적이 감돌았다. 주저하듯 조그맣게 노래를 부르기 시작하는 한 아이로 그 정적은 깨졌고, 두 번째 목소리가 노래에 힘을 실어 주더니 세 번째와 네 번째 목소리가 합세해 이내 합창으로 울려 퍼졌다. 그건 아이들이 주일 학교에서 배운 노랫말이었다.

이 세상에서 우린 슬픔과 아픔으로 고통받고,
이 세상에서 우린 만났다 다시 헤어지네.
천국에서 우린 헤어지는 일이 없어라.

이미 오래전에 문제는 해결됐고 더 이상 문제가 없으니 더
는 생각할 필요가 없다고 체념하는 무기력하고 수동적인 사
람들처럼 아이들 넷은 노래를 이어 갔다. 정확하게 음절을 발
음하려고 잔뜩 긴장한 아이들은 흔들리는 불에서 눈을 떼지
않았고, 가장 어린 아이의 노랫소리가 가끔 다른 아이들의 노
래가 잠시 멈춘 정적 속에서 박자를 잃고 떠돌곤 했다.

테스는 그들 곁을 떠나 다시 창가로 갔다. 지금 밖에는 어
둠이 내려앉아 있었지만 그녀는 그 어둠 속을 꿰뚫어 보기라
도 하려는 듯 유리창에 얼굴을 갖다 댔다. 하지만 그건 눈물
을 숨기려는 행동이었다. 만일 그녀가 아이들이 노래하는 내
용을 믿을 수만 있다면, 그걸 확신할 수만 있다면 모든 게 얼
마나 달라질까. 그렇다면 신의 섭리와 그들이 믿고 있는 미래
의 왕국에 동생들을 마음 놓고 맡길 수 있을 텐데! 하지만 그
런 확신이 없으니 뭔가 해야 한다는, 바로 그녀가 동생들의
하느님이 되어 주어야 한다는 생각이 들었다. 수많은 사람들
이 느끼고 있는 것처럼, 테스도 시인의 이런 글귀에 섬뜩한 풍
자가 들어 있다는 생각이 들었다.

완전히 발가벗은 것이 아니라
영광의 구름을 이끌면서 우리는 오느니[120]

태어난다는 것은 테스 그리고 그녀와 비슷한 처지의 사람
들에게 있어서 강요당한 개인의 존재를 타락시키는 시련일
뿐이며, 결과로 따라오는 그 어떤 것도 그 까닭 없는 엉뚱함

120 윌리엄 워즈워스의 「어린 시절을 회상하고 영생불멸을 깨닫는 노래」
중 인용.

을 정당화시키지 못하며 고작해야 완화시켜 줄 뿐이다.

어둠이 드리운 축축한 길로 키가 껑충한 리자 루와 에이브 러햄을 대동하고 어머니가 오고 있다는 걸 감지할 수 있었다. 더비필드 부인의 나막신이 딸깍거리며 문 쪽을 향하자 테스가 문을 열었다.

「창문 밖에 말이 지나간 자국이 있던데.」 조앤이 말했다. 「누가 왔었니?」

「아니요.」 테스가 대답했다.

불 곁에 있던 아이들은 누나를 빤히 바라보았고, 한 아이가 중얼거렸다.

「테스 누나, 말 타고 왔던 그 신사!」

「그 사람은 방문한 게 아니야.」 테스가 말했다. 「지나가는 길에 내게 말을 걸었던 거지.」

「그 신사가 누구냐?」 그녀의 어머니가 물었다. 「네 남편이니?」

「아니에요. 그이는 절대, 절대로 오지 않아요.」 테스의 대답에 돌처럼 딱딱한 절망이 서려 있었다.

「그렇다면 그게 누구냐?」

「오, 물어보지 마세요. 어머니도 본 적이 있는 사람이고, 나도 본 적이 있어요.」

「아아! 그 사람이 뭐라고 하던?」 궁금해 죽겠다는 듯 조앤이 물었다.

「내일 킹스비어의 셋집에 짐을 풀고 정리가 되면 말씀드릴게요. 하나도 빠짐없이.」

남편이 아니라고 그녀는 말했다. 하지만 육체적인 의미로 보면 그녀의 남편은 바로 이 남자뿐이라는 자의식이 그녀를 점점 무겁게 내리누르고 있었다.

제52장

    아직 어둠이 물러나지 않은 다음 날 새벽, 큰길가에 사는 사람들은 밤중까지 이어졌다 끊어졌다 하며 덜거덕거리는 소리에 밤잠을 제대로 이루지 못했다. 특히 이달 첫 주에 들려오는 이 소음은 같은 달 셋째 주에 들리는 뻐꾸기 소리만큼이나 꼬박꼬박 되풀이되었다. 이 소리, 즉 빈 마차와 인부들이 거처를 옮기는 가족들의 세간을 실으러 가면서 내는 이 소음은 본격적인 이주의 예비 단계라고 할 수 있었다. 지주 농부가 자신이 필요해서 고용한 일꾼을 자기 쪽으로 옮겨 오기 위해 보낸 운반 도구들이 내는 소리였던 것이다. 자정 직후 울려 퍼지기 시작한 소리는 그날 중으로 작업이 마무리되어야 한다는 의미였고, 수레꾼들은 6시 정각에 이사 나갈 집에 도착해서 즉시 이삿짐을 싣는 작업에 착수했다.

    하지만 그렇게 노심초사하면서 테스네 집으로 마차와 인부까지 보내 줄 지주 농부는 없었다. 그들은 여자들뿐이어서 상시 고용할 수 있는 일꾼들도 아니었고 그래서 특별히 그들을 필요로 하는 곳은 아무 데도 없었다. 품삯을 주고 마차를 빌려야 했던 그들에게 공짜로 오는 것은 하나도 없었던 것이다.

그날 아침 창밖을 내다본 테스는 비록 바람이 불고 금방 비라도 뿌릴 듯 날씨가 꾸물꾸물했지만 비가 내리지 않은 데다가 마차도 이미 도착해 있는 걸 보고는 그나마 마음을 놓았다. 이사하는 가족들에게 비 내리는 성수태 고지일은 잊으려고 해도 잊을 수 없는 악몽으로 남게 된다. 비가 오면 가구도 젖고 침구도 옷도 축축해지면서 사람들이 연달아 앓아눕게 되는 까닭이었다.

테스의 어머니와 리자 루 그리고 에이브러햄도 잠에서 깼지만, 어린 동생들은 좀 더 자도록 내버려 두었다. 이들 넷은 가느다란 불빛에 의지해 아침 식사를 해결했고, 그런 다음 손수 〈집 비우기〉를 시작했다.

고맙게도 두어 명의 이웃 사람이 도와주어서 조금은 명랑한 분위기로 작업이 진행되었다. 덩치가 큰 세간들이 자리를 잡자 침대와 침구를 이용해서 조앤 더비필드와 아이들이 앉아서 갈 수 있는 둥그런 공간이 만들어졌다. 마차와 마구는 이삿짐을 싸는 동안 분리되어 있었고, 그래서 짐을 다 실은 다음에도 말을 끌고 오느라고 한참이나 시간이 지연되었다. 2시 무렵이 되어서야 드디어 모든 준비가 완료되었다. 냄비가 마차 굴대에 대롱대롱 매달려 있었고 더비필드 부인과 식구들은 짐 꼭대기에 자리를 잡고 앉았다. 괘종시계의 머리는 이동 중에 행여 망가지기라도 할까 봐 부인의 무릎 위에 고이 모셔 놓았는데, 마차가 제멋대로 덜컹거릴 때마다 아프다는 듯 1시도, 1시 30분도 알리곤 했다. 테스와 바로 아래 여동생은 마차가 마을을 벗어날 때까지 그 옆에서 나란히 걸었다.

그들은 그날 아침과 전날 저녁에 몇몇 이웃들과 인사를 나누었고, 배웅 나온 이웃들은 그들에게 행운을 빌어 주었다.

그러나 이웃들은 남에게는 전혀 위해를 가하지 않지만 스스로를 못살게 구는 더비필드네 같은 가족이 잘 살아가리란 기대는 애당초 불가능하다고들 마음속으로 생각하고 있었다. 곧 그들을 실은 짐마차는 약간 지대가 높은 곳으로 올라가기 시작했고, 지면의 높이와 토양이 바뀌면서 바람도 점점 날을 세우기 시작했다.

그날은 4월 6일이어서 더비필드 가족이 탄 짐마차는 짐 꼭대기에 식구들을 태우고 있는 다른 짐마차들과 여러 번 마주쳤다. 육각형 벌집 모양을 고수하는 벌처럼 짐은 거의 일정한 원칙에 따라 농촌 인부들에게서만 볼 수 있을 것 같은 특유의 방식으로 쌓여 있었다. 짐이 쌓여 있는 배열에서 맨 밑의 토대를 구성하는 찬장은 마치 경건한 마음으로 운반해야 하는 언약의 방주처럼, 채에 맨 말 꼬리 위로 위풍당당하게 원래의 모습을 유지한 채 앞을 향해 꼿꼿하게 서 있었고, 그 위로 반짝거리는 손잡이나 손자국의 형태로 가족의 역사가 켜켜이 내려앉아 있었다.

활기에 찬 가족들이 있는가 하면 수심에 가득 찬 이들도 있었다. 길가 주막에 짐마차를 세워 두고 있는 가족들도 보였는데, 이윽고 더비필드네 일행도 말에게 먹이를 주고 휴식을 취할 겸 짐마차를 세웠다.

마차가 서 있는 동안 테스의 두 눈은 3파인트짜리 머그잔에 머물러 있었는데, 그 잔은 같은 주막에서 조금 떨어진 곳에 정차된 짐마차 꼭대기에 있던 여자들 자리에서 허공을 가르며 오르락내리락하고 있었다. 그녀는 그렇게 왔다 갔다 하는 머그잔을 따라가 보았고, 잔을 쥐고 있는 손의 임자가 자기도 알고 있는 사람이라는 걸 알게 되었다. 테스는 그 짐마차 쪽으로 다가갔다.

「마리안! 이즈!」테스가 여자들을 큰 소리로 불렀다. 친구들이 거처를 옮기는 주인집 가족과 함께 앉아 있었던 것이다. 「너희들도 다른 사람들처럼 오늘 이사 가는 거니?」

그들은 그렇다고 대답했다. 그들은 플린트콤애시에서의 삶이 너무 고단해서 그로비가 고소를 하건 말건 그에게 알리지도 않고 거기를 떠났다고 했다. 그들은 테스에게 그들이 어디로 가고 있는지 알려 주었고, 테스도 자신이 가는 곳을 말해 주었다.

마리안이 짐 위로 몸을 구부리면서 소곤거렸다. 「널 따라다니던 그 남자 있잖아. 누군지 알겠지. 네가 떠난 다음에 그 사람이 널 찾아 플린트콤애시에 왔던 거 알고 있어? 우린 네가 그를 보고 싶어 하지 않는다는 걸 알고 있어서 어디에 있는지 말해 주지 않았어.」

「그랬구나. 하지만 그 사람을 만났어.」작은 목소리로 테스가 말했다. 「날 찾아냈더라고.」

「그러면, 네가 어디로 이사 가는지 그 사람도 알고 있어?」

「그럴 거야.」

「남편은 돌아왔어?」

「아니.」

테스는 친구들에게 잘 가란 인사를 했다. 마차꾼들이 모두 주막에서 나왔고 이제 두 짐마차는 서로 반대쪽을 향해 가던 길을 계속 가기 시작했다. 마리안과 이즈 그리고 그들이 함께 가기로 했던 농부네 가족이 탄 짐마차는 환한 색으로 페인트 칠이 되어 있었고, 번쩍거리는 놋쇠 장식을 마구에 단 세 필의 튼튼한 말이 끌고 있었다. 반면 더비필드 가족이 타고 있는 짐마차는 위에서 내리누르는 하중을 견디지 못해 간신히 몸체를 지탱하며 삐걱거리고 있었고, 처음 만들어진 이후로 칠이라곤 해본 적이 없는 그 짐마차를 고작 두 필의 말이 끌고 가고 있었다. 그 대조는 번창 일로에 있는 농부가 보낸 짐마차를 타고 가는 그들의 모습과 기다리는 고용주도 없이 스스로 살길을 찾아 떠나는 테스네 가족의 차이를 뚜렷하게 보여주고 있었다.

하루에 가기에는 갈 길이 너무 멀었던 탓에 말들은 사력을 다해 마차를 끌고 있었다. 이른 아침에 길을 나섰건만 그런힐 고지의 일부를 이루는 산허리에 간신히 도착한 것은 오후가 한참 지났을 때였다. 말이 오줌을 누느라고 숨을 돌리고 서 있는 동안 테스는 주위를 바라보았다. 산 밑 저 앞쪽으로 그들의 순례지인 킹스비어가, 듣기 괴로울 정도로 그녀의 아버지가 입에 달고 살았던 조상들이 묻혀 있다는 그 작은 마을이 빈사 상태로 누워 있었다. 킹스비어, 이곳에서 더버빌 가문이 족히 5백 년은 살았으니 이 세상에서 감히 그들 가문의 고향이라고 말할 수 있는 유일한 곳이리라.

한 남자가 마을 한 귀퉁이에서 그들을 향해 오고 있는 게 보였다. 그리고 그는 짐마차를 보더니 걸음을 재촉했다.

「더비필드 부인이죠?」 남자가 남은 길은 걸어가려고 마차에서 내린 테스의 어머니에게 물었다.

그녀의 어머니가 고개를 끄덕였다. 「작고한 가난한 귀족 존 더버빌 경의 미망인이오만. 우리 권리를 찾을 수 있을까 해서 조상들의 영지로 돌아가고 있는 중이라오.」

「그래요? 글쎄, 난 그런 건 전혀 모르겠고, 아무튼 당신이 더비필드 부인이라면, 그쪽에서 원했던 방에 사람이 들었다

는 말을 전해 주려고 왔어요. 오늘 아침 그쪽 편지를 받고서
야 당신네 식구가 올 거라는 사실을 알았거든요. 하지만 그땐
이미 너무 늦었어요. 그렇긴 하지만 다른 데서 방을 구하는
건 문제없을 거요.」

남자는 자신의 말에 창백하게 질린 테스의 얼굴을 보았다.
테스의 어머니도 어찌할 바를 몰라 난감한 표정을 짓고 있었
다. 「이제 우린 어쩌면 좋냐, 테스?」 비통한 목소리로 어머니
가 말했다. 「네 조상들의 땅에서 이런 대접을 받다니! 어쨌든,
좀 더 가보자.」

그들은 계속 나아가 마을로 들어갔다. 그리고 테스가 어
린 동생들을 돌보며 마차에 남아 있는 동안 어머니와 리자 루
는 할 수 있는 일은 모두 시도하며 방을 구하러 돌아다녔다.
한 시간 후, 조앤이 허탕만 치고 방도 구하지 못한 채 돌아왔
을 때 마차꾼은 짐을 내려야 한다고 우겨 댔다. 말들도 기력
이 다 떨어진 상태인 데다가 그도 그날 밤 안으로 웬만큼 왔
던 길을 되돌아가야 한다는 거였다.

「좋아요. 여기에 짐을 내려놓아요.」 조앤이 무턱대고 말했
다. 「어디든 묵을 데를 구할 테니 말이요.」

마차꾼은 눈에 잘 띄지 않는 교회 담벼락 아래로 짐마차를
몰고 가서 이내 후련하다는 듯 초라한 세간들을 내려놓기 시
작했다. 짐 부리는 일이 끝나 마차꾼에게 삯을 지불하자 이제
그녀의 수중에 남은 돈은 달랑 1실링이 전부였다. 마차꾼은
이런 가족과 더 이상 거래 관계로 얽히지 않아서 다행이라는
듯, 그들을 놔두고 곧장 마차를 몰고 떠나 버렸다. 그는 밤공
기가 맑으니까 가족에게 별다른 해는 없을 거라고 생각했던
것이다.

　세간 더미를 가만히 바라보고 있던 테스의 두 눈은 절망으로 가득했다. 봄날의 차가운 저녁 햇살이 철제 냄비와 주전자, 산들바람에 바르르 떨고 있는 마른 약초 다발, 찬장의 놋쇠 손잡이, 그들 모두를 태우고 흔들어 주던 버드나무 요람 그리고 반들반들하게 닦인 벽시계 케이스 위를 불쾌하다는 듯 뚫어지게 들여다보고 있었고, 응당 집 안에 있어야 할, 이런 대접이나 받자고 만들어진 게 아닌 세간들은 지붕도 없는 바깥에 내팽겨졌다는 사실에 원망 어린 빛을 뿜어내고 있었다. 지금은 작은 방목지로 나뉘어 있지만 언덕과 구릉으로 이루어진 공원이 주변에 있었고, 예전에 더버빌 가문의 저택이 있었던 곳을 보여 주는 주춧돌에는 녹색의 더께가 앉아 있었다. 그리고 늘 그들 영지에 속해 있던 이그던 히스가 멀리까지 길게 뻗어 있었다. 더버빌 회랑이라고 불리는 교회 회랑이 바로 옆에서 냉정하게 이들을 구경하고 있었다.

　「너희 가문의 지하 묘지는 맘대로 쓸 수 있는 것 아니냐?」 교회와 묘지를 빙 둘러보고 온 어머니가 물었다. 「물론 그럴 거야. 그러니까, 조상들이 살던 이곳에 거처를 얻을 수 있을 때까지 여기에 텐트를 치도록 하자! 자, 테스, 리자 그리고 에이브러햄. 날 도와라. 아이들 잠자리를 만들어 주자꾸나. 그런 다음에 다시 한 번 둘러보는 거야.」

　내키진 않았으나 테스도 일을 거들었다. 15분 만에 짐 더미에서 기둥이 네 개 달린 낡은 침대를 끄집어내서 더버빌 회랑 건물의 일부이며 아래에 거대한 지하 묘지가 있는 교회의 남쪽 담벼락 밑에 내려놓았다. 침대에 드리운 천 가리개 위로 일찍이 15세기에 만들어졌다는 그물코 무늬가 아름다운 창문 하나가 여러 빛들 사이에서 반짝이고 있었다. 더버빌 창문이라고 불리는 그 창문의 위쪽으로 더비필드 가족의 낡은 인장과 수저에 새겨진 것과 동일한 문장이 보였다.

조앤은 침대 주위에 커튼을 쳐서 그럴싸한 천막을 만들었고, 어린아이들을 그 안으로 몰아넣었다. 「최악의 경우, 여기서 잘 수도 있어. 하룻밤 정도는 말이다.」 그녀가 말했다. 「하지만 조금만 더 돌아보고, 그리고 아이들 먹을 것도 구해 보도록 하자. 오, 테스, 우릴 이렇게 내팽개쳐 버린다면 네가 신사랑 결혼했다는 게 무슨 소용이 있단 말이냐!」

다시 조앤은 리자 루와 아들을 대동하고 뚝 떨어진 이 외진 교회와 마을을 이어 주는 좁다란 골목길로 나섰다. 거리로 나온 그들은 곧 말을 타고 사방을 두리번거리고 있던 한 남자를 만났다. 「아, 그쪽 식구들을 찾고 있었어요!」 그들을 향해 말을 몰고 오던 남자가 말했다. 「이거야말로 역사적인 장소에서 갖는 가족 모임이군요!」

알렉 더버빌이었다. 「테스는 어디에 있습니까?」 그가 물었다.

조앤은 개인적으로 알렉을 좋아하지 않았다. 그녀는 건성으로 교회가 있는 방향을 가리킨 다음 가던 길을 계속 갔고, 더버빌은 자기도 방금 들었다면서 그들이 묵을 곳을 구하지 못할 경우 자기를 다시 보게 될 거라고 말했다. 조앤과 아이들이 사라진 뒤 더버빌은 말을 타고 주막으로 향했고, 그런 다음 잠시 후 말을 두고 걸어 나왔다.

한편 아이들을 데리고 침대 안에 있던 테스는 아이들과 한참 동안 이야기를 하고 있다가, 이제 더 이상 아이들의 마음을 편안하게 다독일 거리가 없다는 생각이 들자 땅거미가 어둑어둑 깔리기 시작하는 교회 마당 주위를 거닐기 시작했다. 교회는 문이 잠겨 있지 않았고, 그래서 그녀는 태어나서 처음으로 그곳에 들어가 보았다.

　침대 천막의 위쪽에 있던 창문 안에 조상들의 묘지가 모셔져 있었고, 그 날짜들은 수 세기에 걸쳐 있었다. 묘지는 상부를 덮개로 가린 제단 형태의 평범한 모습이었다. 새겨진 조각들은 훼손되고 파손되어 있었고, 놋쇠 장식은 원래의 자리에서 떨어져 나와 있었으며, 못으로 그것을 고정시켰던 구멍이 흰털발제비가 모래 절벽에 만든 구멍처럼 남아 있었다. 그녀로 하여금 자신의 조상이 사회적으로 사멸했다는 사실을 받아들이게 했던 것들 중 폐허가 된 이 묘지만큼 강력한 것은 없었다.

　그녀는 비문이 새겨져 있는 검은 돌 앞으로 가까이 다가갔다.

Ostium sepulchri antiquæ familiæ D'Urberville.[121]

　테스는 추기경처럼 교회에서 쓰는 라틴어를 읽을 수는 없었다. 하지만 적어도 여기가 조상들의 묘지로 들어가는 문이고 바로 이 안에 아버지가 술만 드시면 노래를 부르시곤 했던 그 키 큰 기사들이 누워 있다는 것쯤은 알 수 있었다.

　그녀는 생각에 잠긴 채 물러서서 가장 오래된 것 같은 제단 모양의 한 묘지를 지나치고 있었는데, 바로 그 묘지 위에 어떤 물체가 드러누워 있었다. 어둠 속이어서 처음에는 그것을 보지 못했고, 조각상이 움직였다는 이상한 느낌만 없었다면 여전히 그녀는 그것을 알아보지 못했을 것이다. 가까이 다가간 순간 그 조각상이 살아 있는 사람이라는 걸 알게 되었고, 그녀는 여기에 혼자 있는 게 아니었다는 너무도 엄청난 충격

121 〈명망 높은 더버빌 가문의 묘지로 들어가는 문〉이라는 의미이다.

에 정신이 아득해지며 그대로 주저앉아 기절할 뻔했다. 그러나 그때 그것이 알렉 더버빌의 모습이라는 걸 알아차렸다.

석판에서 뛰어내린 그가 그녀를 붙들었다.

「당신이 들어오는 걸 봤소.」 그가 웃으며 말했다. 「그래서 당신의 명상을 방해하지 않으려고 거기에 올라가 있던 거였지. 가문의 모임이네, 그렇지 않소? 여기 우리 밑에 있는 이 옛날 사람들하고 말이요. 들어 봐요.」

그는 발꿈치로 바닥을 세게 쳤다. 그러자 텅 빈 메아리가 아래에서 울려 퍼졌다.

「장담하건대, 그들을 조금 흔들어 놨을 거야!」 그가 말을 이어 갔다. 「당신은 날 그들 중 한 명이 돌로 복제된 거라고 생각했을 거야. 하지만 아니지. 오래된 질서는 변하는 거니까. 가짜 더버빌이 손가락을 까딱만 하면 아래에 있는 진짜 조상들을 몽땅 합쳐 놓은 것보다 당신에게 더 많을 걸 해줄 수 있단 말이지……. 자, 내게 명령을 내리시죠. 제가 뭘 할까요?」

「저리 가요!」 그녀가 낮은 소리로 말했다.

「그러리다. 당신 어머니를 찾으러 가지.」 그가 굴하지 않고 사근사근하게 대꾸했다. 지나치면서 그가 속삭였다. 「잘 들어. 당신은 곧 고분고분해질 거요!」

그가 사라지자 그녀는 지하 묘지 입구 위로 몸을 구부리며 중얼거렸다.

「나는 왜 이 문의 다른 쪽에 있어야 하나?」

그러는 동안 마리안과 이즈는 바로 그날 아침 그곳을 떠났던 가족에겐 이집트였겠지만, 마리안 일행에겐 가나안의 땅이었던 곳을 향해 농부의 가재도구를 싣고 길을 가고 있었다.

하지만 그들이 향하고 있는 곳에 대한 생각이 처녀들을 오래 잡아 두지는 못했다. 그들은 에인절 클레어와 테스 그리고 집요하리만치 테스를 쫓아다니는 남자에 관한 이야기를 나누었는데, 이 남자와 테스가 예전에 어떤 관계였는지 대충 듣기도 했고 듣기 전부터 이미 짐작으로 어느 정도 알고 있기도 했다.

「그 남자는 테스가 예전에 전혀 몰랐던 사람 같지는 않아.」 마리안이 말했다. 「과거에 테스를 손에 넣었다는 사실이 세상에선 중요하게 작용할 거야. 그 남자가 테스를 또 유혹한다면 정말이지 안타까운 일이 될 거야. 클레어 씨가 우리에게 어떤 의미 있는 존재가 될 수는 없어, 이즈. 그런데 우린 왜 그이가 테스에게 간 걸 아깝게만 생각하고 이런 불화를 해결해 보려고 노력하지 않는 걸까? 테스가 어떤 궁지에 몰려 있는지, 그리고 그녀 주변을 맴돌고 있는 게 누군지 그이가 알 수만 있다면 자기 아내를 돌보려고 돌아올지도 모르는 일이잖아.」

「그이에게 우리가 알려 줄까?」

목적지까지 가는 내내 이 문제에 골몰했던 그들이었지만 새로운 곳에 다시 자리를 잡는 이러저런 부산스러운 일이 온통 그들의 정신을 빼앗고 말았다. 하지만 한 달의 시간이 흐르고 얼추 자리도 잡았을 무렵, 그들은 테스에게선 아무런 소식이 없었지만 곧 클레어가 돌아올 거라는 소문을 듣게 되었다. 이런 소식에 접한 그들은 그를 연모하는 마음이 또다시 일렁이면서 가슴이 설레었고, 테스를 위해 뭔가 명예로운 일을 하고 싶은 마음도 솟아났다. 마리안은 이즈와 함께 쓰는 1페니짜리 잉크병의 뚜껑을 열었고, 이 두 처녀들을 함께 머리를 쥐어짜며 몇 줄의 문장을 만들었다.

존경하는 선생님

부인이 선생님을 사랑하는 만큼 그녀를 사랑하신다면 부인을 돌봐 주세요. 부인은 친구의 탈을 쓴 원수 때문에 고통에 빠져 있답니다. 선생님, 멀리 떨어져 있어야 할 자가 부인 가까이에 있습니다. 여자는 스스로 견뎌 낼 수 있는 이상으로 시련을 당해선 안 됩니다. 그리고 끊임없이 떨어지는 물방울은 돌을, 아니 돌보다 더한 다이아몬드도 뚫게 됩니다.

행복을 비는 두 사람으로부터

그들은 이 편지의 수신인을 에인절 클레어로 하고, 에인절과 연관이 있다고 들은 유일한 장소인 에민스터 목사관으로 부쳤다. 그런 다음 두 처녀는 자신들의 너그러운 행동에 감정이 한껏 부풀어 올랐고, 그래서 갑자기 흥분해서 노래를 부르다가 동시에 눈물을 쏟기도 했다.

제7부
성취

제53장

에민스터 목사관에 저녁이 찾아들었다. 목사의 서재를 늘 밝혀 주던 두 자루의 양초가 초록빛 갓 아래에서 타오르고 있었지만, 목사는 거기에 없었다. 날로 포근해지는 이 봄날 작은 난롯불로도 충분하건만 목사는 이따금 들어와서 불을 한 번 쑤석거려 놓고는 다시 밖으로 나가곤 했다. 그는 또 잠시 걸음을 멈추고 현관문 앞에 서 있다가 응접실로 가기도 했고, 그러다가 다시 현관문으로 나오기도 했다.

목사관은 서쪽을 바라보고 있었다. 집 안에는 어둠이 깔려 있었지만, 아직 밖에는 사물을 똑똑히 분간할 수 있을 정도의 빛이 충분히 있었다. 응접실에 앉아 있던 클레어 부인이 남편을 따라 현관으로 나왔다.

「아직 시간이 많이 남았소.」 목사가 말했다. 「기차가 제시간에 도착한다고 해도 6시나 되어야 초크뉴턴에 도착할 거요. 그리고 5마일의 크리머크록 레인을 포함해서 시골길을 10마일이나 와야 하는데, 우리 말이 늙어서 빨리 달리지 못할 거요.」

「하지만 우릴 태우고 한 시간 안에 온 적도 있잖아요, 여보.」

「몇 해 전 일이잖소.」

그렇게 그들은 이래 봤자 부질없는 일이며, 중요한 건 그저 기다리는 것뿐이라는 걸 알면서도 1분 2분을 세며 시간을 보내고 있었다.

드디어 오솔길에서 작은 소리가 들려왔고, 마침내 늙은 조랑말이 끄는 이륜마차가 울타리 밖에 모습을 드러냈다. 부부는 오기로 한 사람이 오기로 한 시간에 그 마차에서 내리지 않았다면 그냥 거리에서 모르고 지나쳤을 수도 있을 모습의 사람이 내리는 걸 보았다.

클레어 부인이 문을 향해 컴컴한 복도를 정신없이 달려 나갔고, 남편은 조금 천천히 그녀의 뒤를 따라 나왔다.

막 집으로 들어오려던 그 사람은 문간에 서 있는 걱정스러운 얼굴들과 저물어 가는 마지막 햇살을 정면으로 받고 있는 그들의 안경에 비친 서녘 노을을 볼 수 있었다. 하지만 부부는 빛을 등지고 있는 그의 윤곽만을 볼 수 있을 뿐이었다.

「오, 내 아들, 드디어 다시 왔구나!」 클레어 부인이 이런 생이별을 초래했던 이단의 허물 따위는 그 순간 아들의 옷에 묻은 먼지만큼이나 하찮게 여기며 외쳐 댔다. 제아무리 충실하게 진리를 받드는 여자라 하더라도 자신의 자식을 믿는 마음으로 말씀의 약속과 위협을 믿을 여자가 어디 있을 것이며, 자식의 행복에 불리하다면 자신의 신앙 따위는 바람 속으로 던져 버리지 않을 여자가 어디 있단 말인가? 그들 모두 촛불이 밝혀 주는 방으로 들어왔고, 즉시 그녀는 아들의 얼굴을 살펴보았다.

「이럴 수가, 에인절, 내 아들, 집을 떠났던 그 에인절이 아니구나!」 그녀는 차마 아들의 모습을 바라보지 못하고 얼굴을 돌리며 슬픔에 잠겨 울부짖었다.

아버지 역시 아들의 모습에 충격을 받기는 마찬가지였다. 그의 몰골은 말이 아니었으니, 이곳에서 자신을 조롱하는 것만 같은 사건이 일어나자 그 혐오감으로 무턱대고 떠났던 지역에서 겪은 거친 날씨와 근심 때문이었다. 그런 그의 모습 뒤로 해골이 보이는 듯했고 그 해골 뒤에는 유령이 숨어 있는 듯했다. 그는 크리벨리가 그린 죽은 그리스도[122]의 모습과 똑같았다. 생기 없이 푹 꺼진 두 눈엔 병색이 완연했다. 조상들의 움푹 들어간 각진 얼굴과 주름살이 20년이나 먼저 그의 얼굴을 지배하고 있는 것 같았다.

「아시겠지만, 거기에 있을 때 몸이 좋지 않았어요.」 에인절이 말했다. 「지금은 다 나았어요.」

그러나 이런 주장이 틀렸음을 입증이라도 하듯, 다리에 힘이 풀린 그는 쓰러지지 않으려고 자리에 털썩 주저앉아 버렸다. 가볍게 현기증이 일어난 것인데, 온종일 힘들게 여행한 데다가 도착했다는 흥분이 겹치면서 생긴 증상이었다.

「요즘 제게 온 편지가 있나요?」 그가 물었다. 「보내 주신 마지막 편지는 내륙에서 상당 시간을 보내는 바람에 정말 운 좋게 간신히 받았어요. 그렇지 않았으면 조금 더 일찍 올 수도 있었을 겁니다.」

「네 아내가 보낸 편지인 것 같던데, 맞니?」

「네.」

최근에 온 편지는 딱 한 통밖에 없었다. 부부는 아들이 곧 고국을 향해 출발할 거라는 사실을 알고 있었기 때문에 이 편지는 보내지 않았었다.

급하게 편지를 펼친 에인절은 테스가 마지막으로 그에게

122 이탈리아의 화가 카를로 크리벨리가 그린 예수의 피에타를 말한다.

직접 휘갈겨 써 보낸 그 마음을 읽고는 몹시 심란해졌다.

　오, 당신은 왜 절 그토록 모질게 대하시는 거죠? 에인절, 제겐 그런 대접을 받을 이유가 없다고요. 전 이 모든 걸 찬찬히 생각에 생각을 거듭해 보았지만, 절대로, 당신을, 절대로 용서할 수 없어요! 내가 일부러 당신을 모욕하지 않았다는 건 당신도 아시잖아요. 그런데 당신은 어째서 절 그렇게 아프게 하시는 거죠? 당신은 잔인해요. 그래요, 정말 잔인하다고요! 전 당신을 잊으려고 애쓸 거예요. 당신에게 받은 건 오로지 부당함뿐이에요!

T

「다 맞는 말이야!」 편지를 내던지며 에인절은 절규했다. 「어쩌면 테스는 나와 절대로 화해하려 들지 않을 거야!」

「애야, 그러지 마라. 흙에서 태어난 하찮은 아이 하나 때문에 그렇게 괴로워하지 마라!」 어머니가 달랬다.

「흙에서 태어난 아이라! 그래요, 우린 모두 흙에서 태어난 아이들이죠. 그녀가 어머니께서 말씀하신 바로 그런 여자라면 저도 좋겠어요. 하지만 부모님께 미리 알리지 않았던 사실을 이제 말씀드리겠어요. 알아주는 사람도 없이 농사일로 살아가면서 〈흙의 아들〉이라고 불리는 사람들이 우리 마을에도 있는 것처럼, 그녀의 아버지는 부계 쪽으로 상당히 유서가 깊은 노르만 가문의 혈통을 이어받은 사람입니다.」

에인절은 곧 침대에 들었다. 그리고 다음 날 아침, 몸이 너무도 좋지 않은 탓에 이런저런 생각을 하며 방에서 나오지 않았다. 그가 테스에게 가한 상황은 너무도 힘든 것이어서, 적도의 남쪽에서 사랑의 감정이 절절한 그녀의 편지를 받았을 때만 해도 자신이 용서할 마음을 먹는 순간 그녀를 향해 달려가는 일은 식은 죽 먹기처럼 쉬워 보였는데, 막상 돌아와 보니 그건 생각처럼 쉬운 일이 아니었다. 테스는 열정적인 여자인 데다가 그가 시간을 끄는 통에 그녀의 마음이 바뀌었다는 것을 보여 주는 이 편지를 보니 슬프긴 하지만 지극히 당연한 것으로 받아들일 수밖에 없다는 생각이 들었으며 부모와 함께 있는 그녀를 불쑥 찾아가는 것이 과연 현명한 일일까 하는 의문도 들었다. 지난 몇 주 동안 그녀의 사랑이 미움으로 변한 것이 사실이라면, 갑작스러운 만남은 오히려 서로에게 상처가 되는 말들만 오가는 결과로 이어질지도 모르는 일이니 말이다.

그래서 클레어는 테스와 그녀의 가족에게 그가 돌아왔다는 사실과, 그가 영국을 떠나면서 결정한 대로 그녀가 가족들과 고향에 살고 있기를 바란다는 자신의 마음을 짤막한 편지로 알려서 마음의 준비를 할 수 있도록 하는 것이 최선이라고 생각했다. 그는 당장 그날로 안부를 묻는 편지를 보냈고, 그리고 그 주가 다 가기 전에 더비필드 부인에게서 짧은 답신이 도착했지만 그의 궁금증을 말끔히 해소시켜 주지는 못했다. 더욱이 그는 편지가 말롯에서 온 것이 아니라는 사실에 놀랐는데, 게다가 주소도 적혀 있지 않았다.

지금 우리 딸이 나와 함께 살지 않는다는 사실을 알려드리려고 몇 자 적습니다. 나도 그 아이가 언제 돌아올지 모르지만, 돌아오는 즉시 알려 드리죠. 딸이 지금 어디에 살고 있는지 전 말할 처지가 아니니까요. 다만 우리 가족이

말롯을 떠난 지가 꽤 되었다는 사실을 알려 드립니다. 안녕
히 계세요.

J. 더비필드

클레어는 테스가 잘 있는 것 같다는 소식만으로도 크나큰
위안이 되었고, 그래서 딸이 있는 곳을 굳이 말하려 들지 않는
어머니의 침묵에 그리 오래 마음을 쓰지 않았다. 그들은 모두
그에게 화를 내고 있는 게 분명했다. 그는 편지에 쓰인 것처
럼 테스가 돌아오는 대로 더비필드 부인이 알려 줄 때까지 기
다려야 했다. 더 이상 바라는 건 염치없는 일이었다. 그의 사
랑은 〈변화가 생기면 바뀌는〉[123] 그런 사랑이었다. 그는 고국
을 떠나 있는 동안 몇몇 이상한 경험을 했었다. 그는 진짜 코
르넬리아[124]에게서 사실상의 파우스티나[125]를 보았고, 육체적
인 프리네[126]에게서 정신적인 루크레티아[127]를 보기도 했다.
그는 돌로 쳐 죽여 마땅한 자로서 끌려 나와 한가운데 세워진
여자[128]에 대해서 생각했고, 왕비가 된 우리아의 아내[129]에 대

123 셰익스피어 「소네트」 116번 인용.
124 기원전 2세기 말, 로마의 개혁가였던 티베리우스 셈프로니우스 그라
쿠스의 현모양처 아내이다.
125 로마 황제 마르쿠스 아우렐리우스의 사촌이며 아내로서 계속 부정
을 저지른 인물이다.
126 기원전 4세기경에 활동한 그리스의 유명한 고급 창부로서 신성 모독
죄(사형에 해당)로 기소되었으나 법정에서 용서받은 여인이다.
127 콜라티누스라는 귀족의 아름답고 덕망 있던 아내로 로마의 폭군인
에트루리아의 왕 루키우스 타르퀴니우스 수페르부스의 아들인 섹스투스 타
르퀴니우스에게 능욕당한 뒤 칼로 가슴을 찔러 자살했다.
128 「요한의 복음서」 8장 3~7절 참고.
129 밧세바는 우리아의 아내였으나 다윗 왕과 부정한 관계에 있었고 다
윗 왕에 의해 우리아가 암살된 후 그와 결혼했다.

해서도 생각했다. 그리고 어째서 자신은 테스를 건설적으로
보지 못하고 살아온 역사로만 판단했으며, 행적으로만 판단
할 뿐 의지를 보지 못했는지 스스로에게 질문을 던지곤 했다.
그는 조앤 더비필드가 보내 주겠다고 약속한 두 번째 편지
를 기다리면서 하루하루를 집에서 보냈고, 원기도 조금씩 회
복되었다. 다시 힘이 생기는 기미는 보였지만 조앤의 편지는
감감무소식이었다. 그러다가 그는 브라질에 있을 때 자신에
게 전달되었던 플린트콤애시에서 테스가 보낸 옛날 편지를
이리저리 뒤져 찾았고, 그리고 다시 한 번 그걸 읽어 보았다.
문장들이 구구절절 처음 읽었을 때처럼 그의 가슴에 진한 감
동의 여운을 남겼다.

고통스러운 제 심경을 당신에게 울며 호소할 수밖에 없
다고요. 제겐 당신밖에 없으니까요! …… 당신이 곧 제게로
돌아오시지 않는다면, 아니면 당신에게 오라고 말씀해 주
시지 않는다면 전 죽을 수밖에 없어요. …… 제발, 제발, 정
당하다고만 하지 마시고, 제게 그럴 자격은 없지만, 조금
만 동정심을 베풀어 주셔서 돌아와 주세요! 당신만 돌아
오신다면 전 당신 팔에 안겨 죽을 수도 있어요! 그렇게 해
서 당신이 절 용서해 주신다면 기꺼이 그렇게 할 거예요!
…… 당신이 〈내 곧 가리다〉라는 한 줄의 짤막한 소식만 제
게 보내 주신다면, 에인절, 전 계속 기다릴 거예요. 오, 정말
기쁜 마음으로요! …… 당신을 오랫동안, 그것도 영원히 볼
수 없다는 사실이 제 마음을 얼마나 아프게 할지 부디 생
각해 주세요! 아, 제 가슴이 매일같이 그것도 온종일 아픈
것처럼, 제가 당신 마음을 단 1분이라도 아프게 할 수 있다

면, 당신의 이 가엾고 외로운 아내를 불쌍하게 여기게 만들
수도 있을 텐데요. …… 당신의 아내로 살 수 없더라도, 당
신의 종으로라도 함께만 살 수 있다면, 아, 전 만족할 거예
요. 그렇게 해서 가까이에서 당신의 모습을 잠깐씩이라도
볼 수 있고, 그리고 당신을 내 사람으로 생각할 수만 있다
면. …… 하늘에서건 땅 위에서건 그리고 땅속에서건 전 당
신을 만나게 해달라는 한 가지만 소망하고 있어요, 나의 사
랑! 제게 돌아와 주세요. 돌아오셔서 절 위협하고 있는 것
으로부터 구해 주세요!

클레어는 테스가 자신을 비판적으로 바라본다는 생각만
하지 말고, 당장이라도 그녀를 찾아가야 한다고 마음먹었다.
그는 아버지께 혹시 자기가 없는 동안 테스가 돈을 요청한 적
이 있는지 물어보았다. 그런 일이 없었다는 아버지의 대답이
돌아왔고, 그때 처음으로 테스의 자존심이 이런 부탁을 허락
하지 않았을 것이며, 그래서 그녀가 엄청나게 빈곤했을 거라
는 생각이 들었다. 그의 말을 들은 부모들은 이제야 별거하게
된 진짜 이유를 짐작하게 되었고, 그들의 신앙심은 신에게 버
림받은 타락한 사람들에게 특별한 관심을 쏟는 그런 것이어
서 테스의 혈통이나 소박한 성정, 심지어는 그녀의 가난에도
꿈쩍 않던 사랑이 그녀의 죄에 즉각적으로 싹트게 되었다.
　길을 나서기에 앞서 허둥지둥 몇 가지 물품을 꾸리고 있던
그의 눈에 최근에 도착한 초라하기 짝이 없는 편지가 들어왔
는데, 그건 바로 마리안과 이즈에게서 온 것으로 이렇게 시작
하고 있었다.

〈존경하는 선생님, 부인이 선생님을 사랑하는 만큼 그녀를 사랑하신다면 부인을 돌봐 주세요.〉 그리고 그들의 사인이 들어가 있었다. 〈행복을 비는 두 사람으로부터〉

제54장

15분 뒤 클레어는 집을 나섰고, 어머니는 길을 나선 여윈 아들의 모습이 사라질 때까지 지켜보고 있었다. 그는 아버지의 늙은 암말이 집에 필요하다는 걸 익히 알고 있던 터라 그 말을 빌리지 않겠다고 했다. 주막으로 가서 이륜마차 한 대를 빌린 그는 마차에 말을 매는 시간을 기다리는 것도 조바심이 나는 듯했다. 금세 마을을 벗어난 그는 그해 서너 달 전 테스가 희망에 부풀어 내려왔던, 하지만 물거품이 되어 버린 희망을 가슴에 묻고 다시 올라가야 했던 그 언덕을 오르고 있었다.

곧 눈앞으로 울타리와 그리고 움트는 봉오리로 자줏빛을 띤 나무들이 늘어선 벤빌 레인이 펼쳐졌지만, 그 풍광에 길을 찾아갈 수 있을 만큼의 주의만 줄 뿐 그의 두 눈은 다른 것들을 바라보고 있었다. 그는 채 한 시간 반도 되지 않아서 킹스 힌톡 영지의 남쪽을 굽이돌았고 갑작스레 개종한 알렉이 테스에게 다시는 그를 유혹하지 않겠다는 터무니없는 맹세를 강제로 받아 냈던 불경한 돌, 불길한 정적이 감도는 크로스인핸드에 올라갔다. 창백하게 시들어 빠진 지난해의 쐐기풀 줄기들이 벌거벗은 채 둑에 나뒹굴고 있었고, 그 뿌리에서 올봄의 여린 쐐기풀이 파릇파릇하게 새순을 내밀고 있었다.

거기서부터 그는 반대쪽 힌톡스와 이어져 있는 고지대의 가장자리를 따라가다가 오른쪽으로 돌아서서 바람이 차가운 석회질의 플린트콤애시 지역으로 내려갔다. 테스가 그에게 보낸 편지 중 한 곳의 주소가 이곳이었는데, 테스의 어머니가 딸이 머물고 있다고 말한 장소가 바로 여기일 거라고 생각했던 것이다. 여기에서도 테스는 종적이 묘연했다. 더구나 사람들은 테스라는 이름으로는 그녀를 잘 기억하고 있었지만, 마을 사람 어느 누구도 심지어 농장주 자신도 〈클레어 부인〉이라는 호칭을 들어 본 적이 없다고 해서 그는 더욱 가슴이 아팠다. 테스는 그들이 별거하는 동안 그의 이름을 전혀 쓰지 않은 게 분명했다. 그들이 완전히 갈라섰다는 현실을 꿋꿋하게 받아들인 그녀의 자존심은 남편의 성을 자제하고 사용하지 않는 이런 면에서, 그리고 그의 아버지에게 금전적 도움을 요청하지 않고 고생을 택한 면모에서 여실히 드러났던 것이다. 그는 그런 사실을 이제야 비로소 알게 되었다.

사람들은 테스 더비필드가 정당한 통고 절차도 거치지 않고 이곳을 떠나 블랙무어의 끝자락에 있는 그녀의 집으로 갔다고 했다. 그러므로 이제 그는 더비필드 부인을 찾아가야 했다. 현재 말롯에 살지 않는다고 했던 부인은 그녀가 실제로 살고 있는 곳의 주소에 대해선 이상하리만치 입을 꾹 다물었다. 그러니까 이제 그에게 남아 있는 유일한 방법은 말롯에 가서 그녀의 현주소를 물어보는 수밖에 없었다. 테스에겐 그렇게 못되게 굴었던 농장주였건만 클레어에게는 그지없이 사근사근하게 굴면서 말롯까지 그를 태워다 줄 말과 마부를 빌려 주기까지 했다. 클레어가 타고 온 이륜마차는 그 말을 하루만 쓸 수 있었기 때문에 에민스터로 돌려보냈던 것이다.

클레어는 블랙무어 계곡의 언저리까지만 농장주의 마차를 빌려 타고 온 뒤 마부와 함께 말을 돌려보냈다. 그는 한 여관에 여장을 풀었고 그다음 날 사랑하는 테스가 태어난 마을로 걸어 들어갔다. 채소밭과 나뭇잎들이 다채로운 빛깔을 뽐내기에는 아직 너무 이른 감이 있었다. 사실 이름만 봄이지 아직은 녹색의 얇은 막이 겨울을 감싸고 있는 정도에 불과했는데, 그 얇은 막은 마치 그가 기대하고 있는 것들을 담아 놓은 꾸러미 같았다.

테스가 유년 시절을 보낸 그 집은 현재 그녀를 전혀 알지 못하는 한 가족이 차지하고 있었다. 새 식구들은 이 집과 땅에 다른 이들의 역사와 관련된 중요했던 시기가 존재하지 않았다는 듯이, 자신들의 역사는 그들의 역사와 견주면 그저 어떤 바보가 지껄인 이야기[130]에 불과하다는 사실을 모르고 있는 듯, 앞뜰에 모여 그들이 하는 일에 몰두하고 있었다. 그 식구들은 그들이 하는 일만 중요하다고 생각하며 앞뜰에 난 좁은 길을 거닐었고, 그들 뒤에 있는 희미한 유령들과 매 순간 충돌을 빚는 행동을 하면서, 테스가 살았던 당시의 이야기들은 지금보다 강렬하지 않았다는 듯 이야기를 나누고 있었다. 봄을 노래하는 새들조차도 딱히 이곳에 빠진 사람은 없다는 듯 이 식구들의 머리 위에서 지저귀고 있었다.

클레어는 먼저 살던 사람들의 이름도 기억하지 못하는 천진난만한 이 대단한 사람들에게 물어 존 더비필드가 죽었다는 사실을, 그리고 부인과 아이들은 말롯을 떠나며 킹스비어에서 살 거라고 했지만 그렇게 하지 않고 다른 곳으로 갔다는

130 셰익스피어의 「맥베스」 제5막 제5장 중 인용.

642

사실을 알아냈다. 이제 클레어는 테스를 품어 주지 않는 그 집이 혐오스러워졌고, 그래서 그 보기 싫은 곳에서 황급하게 빠져나와 다시는 뒤도 돌아보지 않았다.

그는 테스를 처음으로 본, 춤판이 벌어졌던 그 들판을 끼고 걸어갔다. 그곳 역시 그 집만큼이나 아니 그 집보다 더 보기 싫었다. 교회 묘지를 가로질러 가던 중 근래에 새로 생긴 비석들 중에서 다른 것들에 비해 조금 좋아 보이는 비석 하나가 유독 그의 눈에 들어왔다. 비석에는 이런 비명이 적혀 있었다.

존 더비필드, 정확히는 더버빌이며 한때 막강한 세도가이자 정복왕 휘하의 기사 중 하나인 페이건 더버빌 경의 화려한 혈통을 이어받은 직계 후손을 추모하며. 18○○년 3월 10일 세상을 뜨다.

아, 용사들이 싸움터에 쓰러졌구나.[131]

묘지기로 보이는 한 남자가 거기에 서 있는 클레어를 보더니 가까이 다가왔다. 「저, 선생님, 저 사람은 여기에 묻히지 않고 조상들이 살던 킹스비어로 가길 원했답니다.」

「그런데 왜 그의 바람을 들어주지 않았습니까?」

「아, 돈이 있어야 말이죠, 세상에. 나도 사방에 나팔 불고 다니고 싶지는 않지만, 온갖 미사여구로 치장한 이 비석도 셈을 치르지 않았다니까요.」

「그렇군요. 비석을 세운 사람이 누굽니까?」

남자는 마을에 사는 석공의 이름을 말해 주었고, 교회 묘지에서 발길을 돌린 클레어는 석공의 집을 찾아갔다. 그는 남

131 「사무엘 하」 1장 25절 인용.

자가 했던 말이 사실이라는 걸 알게 되었고 그래서 비석 값을 치렀다. 이 일을 마치고 그는 이사 간 테스의 가족이 있다는 방향을 향해 걸음을 옮겼다.

걸어가기엔 지나치게 먼 거리였지만 혼자 있고 싶은 생각이 너무도 간절했던 클레어였기에 마차를 빌리려고도 하지 않았고, 그렇다고 빙빙 돌아가긴 해도 어쨌든 그를 그곳으로 데려다 줄 철로가 있는 쪽으로 가지도 않았다. 그러나 샤스턴에 이르자 어쩔 수 없이 마차를 빌려야만 했고 말롯을 출발해 20여 마일의 험한 길을 가로질러 온 끝에 저녁 7시나 되어서야 겨우 조앤이 살고 있는 곳에 도달할 수 있었다.

마을이 작아서 더비필드 부인이 세 들어 사는 곳을 찾는 데는 별 어려움이 없었다. 한길에서 떨어진 곳에 위치한 부인의 셋집은 담을 두른 뜰 안에 있었는데, 그녀는 거기에 온갖 잡동사니 세간을 더할 나위 없이 훌륭하게 잘 쌓아 두고 있었다. 어떤 연유인지는 몰라도 그녀는 그의 방문을 탐탁하게 여기지 않았고, 그래서 그는 자신이 허락도 구하지 않고 무조건 밀고 들어가는 것 같은 느낌이 들었다. 직접 문으로 나온 그녀의 얼굴 위로 저녁 햇살이 쏟아지고 있었다.

클레어가 그녀를 만난 것은 이번이 처음이었다. 하지만 그의 머릿속은 온통 자기 생각으로 꽉 차 있어서 점잖은 과부의 옷차림을 한 그녀가 여전히 아름다운 용모를 가지고 있다는 것 말고는 아무것도 눈에 들어오지 않았다. 자신이 테스의 남편이라는 사실과 여기에 온 목적을 밝혀야 했는데, 도무지 그게 어색하기 이를 데 없었다. 「빨리 테스를 만나고 싶습니다.」 그가 말을 덧붙였다. 「편지를 다시 주겠다고 하시고 아무런 소식이 없어서요.」

「테스가 돌아오지 않았거든요.」부인이 말했다.

「잘 지내고 있나요?」

「나도 몰라요. 하지만 그쪽은 알고 있어야죠.」

「드릴 말씀이 없습니다. 테스가 지금 어디에 살고 있나요?」

이야기를 나누기 시작할 때부터 조앤은 한쪽 뺨에 손을 갖다 대며 난색을 드러냈다.

「난, 딸애가 정확히 어디에 있는지 모른답니다.」그녀가 대답했다. 「걔는, 하지만…….」

「어디에 있었는데요?」

「아무튼, 지금 테스는 거기에 없어요.」

대답을 피하면서 그녀는 또 말끝을 흐렸다. 이때 어린아이들이 살금살금 문으로 나와 엄마의 치맛자락에 매달려 있었는데, 그중 가장 나이가 어린 애가 중얼거렸다.

「테스 누나랑 결혼할 사람이야?」

「이미 누나랑 결혼했단다.」조앤이 조용한 소리로 대꾸했다. 「안으로 들어가거라.」

클레어는 조앤이 말을 아끼려고 무던히 애쓰고 있다는 걸 알 수 있었다.

「테스는 제가 자기를 찾아 주길 바랄까요? 만일 아니라면, 그러면…….」

「바라지 않을 거예요.」

「정말 그렇게 생각하세요?」

「분명히 그럴 거예요!」

자리를 뜨려고 돌아서던 그에게 테스가 보낸 다정한 편지가 퍼뜩 떠올랐다.

「아닐 겁니다!」그는 강하게 응수했다. 「제가 따님을 더 잘 알거든요.」

「그럴 수도 있겠죠. 사실 난 지금까지도 우리 딸을 잘 몰라요.」

「제발 그녀의 주소를 말해 주세요, 더비필드 부인. 이 외롭고 불쌍한 남자에게 온정을 베풀어 주신다고 생각하시고!」

불안한 듯 다시 손바닥으로 뺨을 문지르고 있던 테스의 어머니는 고통스러워하고 있는 그의 모습을 보았고, 그래서 마침내 낮은 목소리로 입을 열었다.

「테스는 샌드본에 있어요.」

「그래요? 거기 어디에 있죠? 샌드본은 큰 도시가 됐다고들 하던데.」

「샌드본이라는 것밖에는 나도 아는 게 없어요. 나도 거기엔 가본 적이 없다오.」

조앤의 이 말은 진심인 것 같았고 그래서 그도 더 이상 캐묻지 않았다.

「뭐 필요하신 게 있나요?」 그는 조심스럽게 물었다.

「없어요.」 그녀가 대답했다. 「충분히 도움을 받고 있으니까요.」

클레어는 집으로 들어가지 않고 돌아섰다. 정거장까지의 거리는 3마일이었는데 그는 마부에게 삯을 치르고 거기까지 걸어갔다. 샌드본행 막차는 클레어를 싣고 곧 출발했다.

제55장

그날 밤 11시, 그는 여관에 방을 하나 잡아 놓고 즉시 아버지께 자신의 소재지를 전보로 알린 다음 샌드본 거리로 나왔다. 사람들을 찾아다니며 물어보기에는 시간이 너무 늦었으므로 어쩔 수 없이 자신의 목적을 미뤄야 했다. 하지만 아직은 잠자리에 들 수 없었다.

동쪽과 서쪽으로 역이 나 있고 부두가 있으며, 소나무 숲과 해안 산책로 그리고 지붕이 있는 공원을 가진 이 화려한 해안 휴양 도시는 에인절 클레어에게 마치 요술 지팡이를 휘둘러 뚝딱 만들어 낸 다음 약간의 먼지가 쌓이게 내버려 둔 요정의 도시처럼 보였다. 어마어마한 이그던 히스의 동쪽 자락을 바로 지척에 두고 있었는데, 바로 이 태곳적 황무지의 가장자리에 이렇게 번쩍거리는 유흥 도시가 터를 잡고 불쑥 솟아난 것이다. 도시 외곽에서 1마일 반경 내에 있는 고르지 못한 토양은 모두 역사가 생기기 그 이전부터 있었던 것이고, 카이사르 시대 이후로 뗏장 하나도 파헤쳐진 적이 없는 모든 길은 대브리튼의 도로 그대로 보존되어 있었다. 그러나 이국풍의 색다른 이 도시가 아주까리 그늘처럼 난데없이 여기에 자리를 잡고 세를 넓혀 오더니 결국 테스를 여기로 끌어들인 것이다.

그는 한밤의 가로등 불빛을 받으며 구세계 속에 존재하고 있는 이 신세계의 구불구불한 길을 이리저리 거닐고 있었다. 도시를 구성하고 있는 무수히 많은 화려한 집들의 높다란 지붕과 굴뚝들, 망루와 탑들이 밤하늘의 별을 배경 삼아 나무들 사이로 그들의 모습을 뽐내고 있었다. 이곳은 저택들이 독자적으로 뚝뚝 떨어져 있는 영국 해협에 위치한 일종의 지중해식 휴양 도시였고, 야심한 이 시각에 바라보니 그 모습이 훨씬 당당해 보이는 듯했다.

바다가 지척에 있었지만 위력적이지는 않았다. 바다는 작은 소리로 뭐라 연신 중얼거리고 있었는데, 그는 소나무들이 내는 소리일 거라고 생각했다. 소나무들도 똑같은 소리로 웅얼거리고 있어서 그게 바다 소리라고 생각했던 것이다.

시골 여자이며 그의 젊은 아내이기도 한 테스는 부와 유행이 판치는 이곳 어디에 있단 말인가? 생각하면 할수록 그의 혼란은 커져만 갔다. 여기에 젖을 짜야 할 소들이 있는 걸까? 경작할 만한 밭이 없는 것은 분명했다. 어쩌면 테스는 이 커다란 집 중 어느 한곳에 고용되어 일하고 있을지 모른다. 그는 천천히 길을 따라 걸으며 하나씩 둘씩 불이 꺼져 가는 방 창문들을 바라보고 있었고, 그리고 저들 중 어떤 것이 그녀의 방 창문일까 하는 상념에 잠겼다.

추측은 부질없는 짓이었고 그래서 막 12시를 넘길 무렵 그는 들어가 잠을 청했다. 불을 끄기 전에 그는 열정이 담긴 테스의 편지를 다시 한 번 읽어 보았다. 그러나 이렇게 몸은 그녀와 가까이 있으면서도 마음은 더욱 멀어진 것 같아 도통 잠을 이룰 수가 없었고, 그래서 그는 창문의 차양을 자꾸 올려

맞은편 집들의 뒷면을 바라보면서 바로 이 시각 그녀는 어느 창문 안에서 잠들어 있을까 생각해 보았다.

그는 밤새도록 거의 잠을 이루지 못했다. 아침 7시에 일어난 그는 즉시 밖으로 나가서 중앙 우체국 쪽으로 향했다. 그리고 우체국 문에서 아침에 배달할 편지를 가지고 밖으로 나오던 한 똑똑해 보이는 우편배달부와 맞닥뜨렸다.

「클레어 부인의 주소를 알고 계십니까?」에인절이 물었다.

우편배달부는 고개를 가로저었다.

그때, 테스가 처녀적 이름을 계속해서 사용할 수도 있다는 생각이 든 클레어가 다시 물었다.

「아니면 더비필드 양의 주소는요?」

「더비필드요?」

질문을 받은 우편배달부에게 이 이름 역시 생소하기는 마찬가지였다.

「아시겠지만, 매일같이 방문객들이 드나들거든요.」우편배달부가 말했다. 「그래서 집 주소가 없으면 사람들을 찾기가 불가능합니다.」

바로 그때 그의 동료 한 명이 급히 밖으로 나왔고, 에인절은 그 동료에게도 더비필드의 이름을 반복해서 물어보았다.

「더비필드라는 이름은 모르겠어요. 하지만 헤론즈에 더버빌이라는 이름을 가진 사람은 있어요.」두 번째 배달부가 말했다.

「맞아요!」클레어는 테스가 성을 원래의 발음으로 바꿨을 거라고 생각하며 기뻐서 큰 소리로 말했다. 「헤론즈가 어떤 곳입니까?」

「멋진 하숙집이죠. 여긴 모두 하숙집뿐입니다.」

클레어는 집 주소를 받아서 허둥지둥 그곳으로 향했는데, 그가 거기에 도착했을 때 우유 배달하는 사람도 와 있었다. 헤론즈는 여느 하숙집과 별반 다르지 않았지만 집 둘레에 정원이 딸린 마당이 있었고, 외관으로 보자면 사적(私的) 용도로만 보여서 하숙집이 있으리라곤 전혀 예상할 수 없을 그런 곳이었다. 그가 우려하고 있는 대로 가엾은 테스가 만일 이곳에서 하녀로 일하고 있다면 뒷문으로 나와 우유 배달하는 사람을 맞이하리라는 생각에 그도 그쪽으로 가려고 했다. 하지만, 그렇지 않을 수도 있다는 생각이 든 그는 현관으로 향했고, 벨을 눌렀다.

이른 시각이어서인지 하숙집 주인 여자가 직접 문을 열어 주었다. 클레어는 테레사 더버빌 혹은 더비필드라는 여자가 있는지 물어보았다.

「더버빌 부인을 찾으세요?」

「그렇습니다.」

그렇다면, 테스는 기혼녀로 통하고 있다는 것인데 그는 그녀가 자신의 이름을 쓰지 않았다는 사실에도 불구하고 기쁘기만 했다.

「어떤 친척이 그녀를 몹시 만나고 싶어 한다고 전해 주시겠습니까?」

「시간이 조금 이르군요. 성함이 누구시라고 전해 드릴까요?」

「에인절입니다.」

「에인절 씨요?」

「아니요. 그냥 에인절입니다. 제 이름이죠. 그렇게 말하면 알아들을 겁니다.」

「부인이 일어나셨는지 알아보죠.」

650

식당으로 쓰이는 거실로 안내된 에인절은 스프링 커튼 사이로 조그마한 잔디밭과 거기에 있는 진달래와 키 작은 다른 나무들을 내다보았다. 분명히, 테스의 처지는 그가 염려했던 것처럼 그렇게 나쁘지는 않은 듯했고, 그녀가 이렇게 살려면 보석을 찾아다가 팔아야 했을지도 모른다는 생각이 언뜻 스치고 지나갔다. 그렇다고 해도 그는 그녀를 단 한 순간도 비난하지 않았다. 예민해질 대로 예민해진 그의 귀에 곧 계단을 밟는 발자국 소리가 감지되었고, 그 순간 그의 가슴은 너무도 고통스럽게 철렁 내려앉아서 도저히 두 발로 서 있기도 힘들 지경이었다. 「어쩌면 좋을까! 테스가 이렇게 변한 날 어떻게 생각할지!」 그가 혼잣말로 중얼거리고 있는데 문이 열렸다.

테스가 문간에 모습을 드러냈는데, 그가 예상했던 모습과는 딴판인, 사실 어리둥절할 정도로 생각했던 것과는 정반대의 모습이었다. 입고 있는 옷 덕분에 타고난 그녀의 뛰어난 미모가 더 출중해진 건 아니더라도 보다 선명하게 부각되었다. 반상복(半喪服)을 입는 기간임을 표시하는 색으로 수놓은 연회색 캐시미어 실내복이 그녀의 몸을 느슨하게 감싸고 있었고, 같은 빛깔의 슬리퍼가 그녀의 두 발에 신겨 있었다. 깃털 주름 장식이 그녀의 목을 감싸고 있었고, 지금도 기억이 생생한 진갈색 머리카락의 반은 머리 뒤로 틀어 올려 하나로 묶었고, 그리고 반은 어깨 위로 늘어져 있었는데 서두른 기색이 역력해 보였다.

에인절은 두 팔을 앞으로 내밀었으나 이내 옆으로 내리고 말았다. 테스가 문간에 서서 꼼짝 않고 다가오지 않았던 것이다. 그는 누런 해골 같은 몰골을 하고 있는 자신의 모습과 그녀의 모습이 달라도 너무 다르다는 걸 느꼈고, 그래서 자신의 외모가 그녀에게 혐오감을 불러일으켰을 거라고 생각했다.

「테스!」 쉰 목소리로 그가 말했다. 「떠났던 날 용서해 주겠소? 당신, 내게로 와줄 수 없소? 어떻게, 이렇게 살게 된 거요?」

「너무 늦었어요.」 테스의 목소리가 매정하게 울려 퍼졌고, 그녀의 두 눈은 자연스럽지 못한 빛을 뿜어내고 있었다.

「내가 당신을 제대로 보지 못했어요. 당신의 본모습을 파악하지 못했단 말이요!」 그는 계속 애원했다. 「난 그 이후에야 깨닫게 되었소, 사랑하는 나의 테스!」

「너무, 너무 늦었어요!」 그녀는 고통이 너무 커서 한순간이 한 시간처럼 느껴지는 사람처럼 다급하게 손을 저었다. 「가까이 오지 마세요, 에인절! 안 돼요. 그러시면 안 돼요. 가까이 오시면 안 돼요.」

「날 사랑하지 않소, 사랑하는 나의 아내? 병을 앓아 내 몰골이 이렇게 흉하게 변해서 그런 거요? 당신은 그렇게 변덕스러운 사람이 아니잖소. 당신을 만나기 위해 이렇게 왔소. 우리 부모님도 이제 당신을 반겨 주실 거요!」

「그래요, 오, 그래요, 그래요! 하지만 제 말은, 너무 늦었다는 말밖에 드릴 수가 없어요.」

그녀는 꿈을 꾸고 있는 것 같았고 그 꿈속에서 도망치고 있는 듯했는데, 아무리 도망가려고 해도 그럴 수 없는 것 같아 보였다. 「이 모든 상황을 모르시겠어요? 정말 모르시겠어요? 그런데, 모르시면서 여기는 어떻게 오신 거죠?」

「수소문 끝에 찾아냈소.」

「전 당신을 기다리고 또 기다렸어요.」 말을 이어 가는 테스의 음색이 돌연 예전의 맑고 부드러웠던 애잔한 어조로 되돌아갔다. 「하지만 당신은 오시지 않았어요! 당신에게 편지를

썼는데도 당신은 돌아오지 않았어요! 그 사람은 계속 내게
당신은 절대로 돌아오지 않을 거라고 하면서 나보고 바보 같
은 여자라고 말했어요. 그 사람은 아버지가 돌아가신 뒤 제
게, 우리 어머니에게 그리고 우리 식구 모두에게 정말 친절하
게 대해 주었어요. 그 사람은……」
　「무슨 말인지 알아듣지 못하겠소.」
　「그 사람이 다시 나를 차지했다고요.」
　그녀를 뚫어져라 바라보고 있던 클레어는 마침내 그 말의
의미를 파악하게 되었고, 역병에 걸리기라도 한 듯 온몸을 축
늘어뜨리며 시선을 바닥으로 떨어뜨리고 말았다. 그의 시선
은 한때는 장밋빛이었으나 지금은 보다 섬세해진 그녀의 하
얀 손으로 내려가 머물렀다.
　그녀의 말이 계속 이어졌다.
　「그 사람은 위층에 있어요. 난 지금 그를 증오해요. 그는 내
게 당신이 다시는 돌아오지 않을 거라고 거짓말을 했으니까
요. 그런데 당신이 오셨군요! 이 옷들은 그 사람이 내게 입혀
놓은 것들이에요. 그가 내게 무엇을 하든 난 개의치 않았어
요. 하지만, 가주세요, 에인절, 제발 부탁이에요. 그리고 다시
는 오지 마세요!」
　그들은 그 자리에 얼어붙은 듯 서 있었고 보기에도 애처로
울 정도로 상처 입은 마음이 기쁨이 사라진 그들의 눈에 서려
있었다. 둘 다 이 현실로부터 그들을 숨겨 줄 무언가를 갈구
하고 있는 것 같았다.
　「아, 내 잘못이오!」 클레어가 말문을 열었다.
　하지만 그는 말을 이어 갈 수 없었다. 말은 침묵이나 매한
가지로 아무것도 표현할 수 없었다. 하지만 나중에 가서야 명

확해진 사실이긴 하지만 그는 어렴풋하게나마 한 가지는 알고 있었다. 그건 바로 그가 알고 있던 원래의 테스는 그의 눈앞에 있는 자신의 육체를 영적으로는 더 이상 자신의 것으로 받아들이지 않고 있다는 거였다. 그녀는 자신의 육체를 그저 물살에 떠내려가는 시체처럼 살아 있는 의지와는 상관없는 방향으로 표류하게 내버려 두고 있다는 사실이었다.

짧은 순간이 흘러갔고 그는 테스의 모습이 사라진 걸 알았다. 이 상황에 온 정신을 쏟으며 서 있던 그의 얼굴은 점점 우울해지면서 초췌해져만 갔다. 그리고 잠시 후, 그는 자신이 정처 없이 길을 따라 걸어가고 있다는 사실을 발견했다.

제56장

하숙집 헤론즈의 여주인으로서 이 모든 화려한 가구를 소유하고 있는 브룩스 부인은 썩 호기심이 많은 사람은 아니었다. 오랫동안 이익과 손해라는 수학적 악마에게 붙들려 있어야 했던 탓에 그녀는 철저하게 물질적으로 변한 가엾은 여인이었고, 그래서 투숙객들의 호주머니 사정과 관계가 없는, 순전히 호기심만을 위한 호기심은 아예 없는 사람이었다. 그럼에도 불구하고 그녀가 더버빌 부부로 알고 있는, 방세를 잘 내는 그 투숙객을 에인절 클레어라는 사람이 방문한 것은, 숙박업과 무관한 일이면 쓸모없는 것으로 눌러 버렸던 그녀의 여성적 성향을 부추기기에 그 시간이나 내용 면에서 부족할 게 없는 특이한 사건이었다.

테스는 식당으로 들어가지 않고 그냥 문간에서 그녀의 남편과 이야기를 나누었으므로, 복도 뒤쪽의 응접실 문을 반쯤 열어 둔 채 그 안에 있던 브룩스 부인은 이들 비참한 두 영혼이 주고받는, 딱히 대화라고 할 수 있을지도 의문인 이야기를 단편적으로나마 주워들을 수 있었다. 그녀는 테스가 계단을 밟으며 2층으로 올라가는 소리를 들었고, 그리고 클레어가

나가고 현관문이 닫히는 소리도 들었다. 그런 다음 2층의 방문이 닫혔는데, 테스가 다시 방으로 들어갔다는 걸 브룩스 부인은 그래서 알았다. 젊은 부인이 옷을 다 갖춰 입은 것이 아니었으므로 얼마 동안은 다시 방 밖으로 나오지 않을 거라는 생각이 들었다.

그래서 그녀는 계단을 살금살금 올라가서 앞쪽에 있는 응접실 문 앞에 섰다. 이 방은 흔히들 설치하는 접이식 문을 통해 침실로 사용하는 바로 뒤편에 있는 방과 연결되어 있었다. 더버빌 부부는 브룩스 부인의 하숙집에서 가장 좋은 방들이 있는 이 2층을 주 단위로 세를 내며 쓰고 있었다. 뒷방은 지금 조용했고, 소리가 들려온 것은 응접실이었다.

처음 그녀가 알아들은 소리는 마치 익시온의 수레바퀴[132]에 묶여 있는 한 영혼이 내는 것 같은 낮은 신음 소리로 끊이지 않고 이어지는 외마디 비명이었다.

「오…… 오…… 오!」

다시 정적이 감돌더니 깊은 한숨 소리가 들렸고, 그리고 다시 신음 소리가 났다.

「오…… 오…… 오!」

하숙집 여자는 열쇠 구멍으로 들여다보았다. 안쪽으로 극히 일부의 공간만 보였는데, 거기에 이미 아침 식사가 차려져 있는 식탁의 한 귀퉁이가 있었고 그 옆에 의자가 하나 있었다. 바로 그 의자 앞에 무릎을 꿇은 테스가 의자의 앉는 부분

132 익시온은 라피타이의 왕으로 그리스 신화에 나오는 인물이다. 헤라의 미모에 반한 그를 떠보려고 제우스가 구름으로 헤라의 형상을 만들어 가까이 가게 했더니 익시온은 그 구름을 헤라로 착각하여 범했다. 그 구름과 익시온 사이에서 켄타우로스가 태어났는데 이에 대로한 제우스는 익시온을 바로 지옥에 떨어뜨리고 영원히 멈추지 않는 수레바퀴에 매달아 버렸다.

에 얼굴을 묻고 있었다. 그녀는 두 손을 머리 위로 움켜쥐고 있었고, 그녀의 뒤로 실내복의 치맛자락과 잠옷에 놓인 자수가 물결을 이루고 있었으며, 슬리퍼가 벗겨져 나간 그녀의 맨발이 카펫 위로 삐쭉 나와 있었다. 형언할 수 없는 절망의 탄식은 바로 그녀의 입에서 나온 것이었다.

그때 옆에 붙은 침실에서 남자의 목소리가 들렸다.

「무슨 일이야?」

그녀는 대꾸를 하지 않았고, 외침이라기보다는 독백으로, 아니 독백이라기보다는 만가(挽歌)와도 같은 어조로 외마디 탄식을 토해 내고 있었다. 브룩스 부인이 알아들을 수 있었던 건 그중 일부뿐이었다.

「내가 사랑하는, 사랑하는 남편이 내게 돌아왔어……. 그런데도 난 모르고 있었어!…… 당신은 잔인할 정도로 날 설득했었지……. 당신은 그런 수법을 결코 멈추지 않았어. 그래, 멈추지 않았다고! 동생들과 어머니에게 필요한 것들, 당신은 그런 것들을 가지고 내 마음을 흔들어 댔지……. 그리고 내 남편이 절대로, 절대로 돌아오지 않을 거라고 했어. 그러면서 날 놀려 댔고 남편을 기다리다니 어쩌면 그렇게 바보처럼 구느냐고 했었지!…… 결국 난 당신 말을 듣고 포기해 버린 거야!…… 그런데 그가 돌아왔어! 이제 그는 떠났어. 다시 떠났으니 이제 난 그를 영원히 잃어버리게 되었어……. 그는 날 조금도 사랑하지 않을 거고 미워만 할 거야!…… 아, 난 그이를 다시 잃었어. 바로 당신 때문에 다시 잃었다고!」 의자에 얼굴을 묻고 몸부림치고 있던 테스의 얼굴이 문 쪽을 향했고, 브룩스 부인은 그녀의 얼굴에 나타난 고통스러운 표정을 볼 수 있었다. 입술은 깨물어서 피가 흐르고 있었고 눈을 감고 있는 그녀의 긴 속눈썹이 눈물에 젖어 뺨에 엉겨 붙어 있었다. 그녀의 말이 계속되었다. 「그리고 그는 죽어 가고 있었어. 그는 죽어 가고 있는 사람처럼 보였어!…… 내가 지은 죄 때문에 내가 아니라 그이가 죽게 될 거라고!…… 오, 당신은 내 삶을 갈기갈기 찢어 놓았어……. 다시는 날 이렇게 만들지 말라고 그토록 애원했는데 또 그렇게 만들어 버렸다고!…… 나만의 진정한 남편은 절대로, 절대로 — 오, 하느님 — 난 도저히 이를 견딜 수가 없어! 참을 수가 없다고!」

남자에게서 더 많은 말이 더 날카로운 어조로 나왔고, 그러고 나선 갑자기 바스락거리는 소리가 들렸다. 하숙집 여자는 얼른 일어났다. 테스가 밖으로 뛰쳐나올 거라고 생각한 브룩스 부인은 허둥지둥 계단을 내려갔다.

하지만 그럴 필요까지는 없었으니 응접실의 문이 열리지 않았던 것이다. 어쨌든 브룩스 부인은 층계참에서 엿듣는 것은 안전하지 않다고 생각했고 그래서 아래층 자기 방으로 들어갔다.

가만히 귀를 기울이고 있었지만 바닥을 통해 들리는 소리는 없었고, 그래서 부인은 먹다 만 식사를 마저 하러 주방으로 들어갔다. 즉시 아래층 거실로 와서 바느질거리를 집어 든 부인은 위층 손님들이 식탁을 치우라고 벨을 울리길 기다렸으니 자기가 직접 그 일을 하면서 무슨 일인지 알아볼 심산이었다. 앉아 있는 머리 위쪽으로 누군가가 걸어다니는 듯 마룻바닥이 삐걱거리는 소리가 희미하게 들려왔는데, 이런 움직임은 곧 옷이 계단의 난간을 스치는 소리와 현관문이 열리고 닫히는 소리, 그리고 테스처럼 보이는 여자가 거리로 나가려고 문을 향해 가고 있는 모습으로 설명되었다. 테스는 지금 처음 여기에 도착했을 때처럼 산책을 나가는 돈 많은 젊은 부인의 옷매무새를 완벽하게 갖추고 있었는데, 다만 한 가지 보태진 것이 있다면 그녀의 모자와 검은 깃털 위로 베일이 드리워져 있다는 거였다.

브룩스 부인은 그녀의 손님들이 위층 문간에서, 이 작별이 잠깐이든 그 반대이든 서로 인사를 나누는 소리를 듣지 못했다. 그들은 다퉜는지도 모르고 아니면 더버빌 씨는 원래 일찍 일어나는 사람이 아니었으니까 아직 잠을 자고 있는지도 모른다.

부인은 그녀가 전용으로 쓰는 뒤편에 있는 방으로 들어가서 하던 바느질을 계속했다. 여자 손님은 돌아오지 않았고 남자 손님 역시 벨을 울리지 않았다. 부인은 늦어지는 이유에 대해서, 그리고 그토록 이른 시간에 찾아왔던 남자는 위층의 부부와 어떤 관계가 있는지에 대해서 곰곰이 생각하고 있었다. 생각에 생각을 거듭하던 부인이 몸을 뒤로 젖히며 의자에 몸을 기댔다.

몸을 뒤로 젖히던 부인의 시선이 우연히 위를 향하며 천장을 보았고, 그리고 그때 흰색 천장 중앙에 지금까지 보지 못했던 얼룩 하나가 시선을 잡아끌었다. 처음 봤을 땐 웨이퍼[133]만 한 크기였던 얼룩은 순식간에 손바닥만큼 커졌고 붉은색이라는 걸 알 수 있었다. 정중앙에 진홍빛 얼룩을 가진 장방형의 하얀 천장은 하트 문양이 있는 거대한 카드처럼 보였다.

브룩스 부인은 왠지 불안한 느낌이 들었다. 그녀는 테이블 위로 올라가서 손가락으로 그 얼룩을 만져보았다. 얼룩은 축축했는데 문득 핏자국이라는 생각이 들었다.

133 아이스크림 따위를 곁들이는 얇고 가벼운 과자이다.

테이블에서 내려온 부인은 위층 방, 그러니까 응접실 뒤편에 있는 침실에 들어가 보려고 방을 나서 계단을 올랐다. 하지만 용기가 꺾이면서 도저히 방문 손잡이를 직접 돌릴 수가 없었다. 부인은 가만히 귀를 기울였다. 안에는 죽음과도 같은 침묵이 감돌았고 그 침묵을 깨뜨리는 것은 일정한 간격으로 딱딱 부딪치는 소리뿐이었다.

뚝, 뚝, 뚝.

브룩스 부인은 혼비백산하여 아래층으로 황급하게 내려와서는 현관문을 열고 거리로 뛰쳐나갔다. 마침 인근 빌라에서 고용한 안면이 있는 인부가 지나가고 있었는데, 부인은 그에게 집 안으로 들어와서 자기와 위층으로 함께 좀 올라가 달라고 부탁했다. 그녀의 집에 묵고 있는 손님에게 무슨 일이라도 일어났을까 봐 걱정이 되었던 것이다. 인부는 그러마고 했고 그래서 부인을 따라 층계를 올라갔다.

응접실 문을 연 부인은 한 걸음 뒤로 물러서서 남자가 먼저 지나가게 한 다음 자기는 그 뒤를 따랐다. 방에는 아무도 없었다. 식탁에는 커피와 달걀 그리고 차가운 햄으로 구성된 푸짐한 아침 식사가 그녀가 올려 보냈던 그대로 손도 대지 않은 채 있었는데, 다만 고기를 써는 칼만 보이지 않았다. 부인은 남자에게 접이식 문을 통해서 침실로 들어가 보라고 부탁했다.

문을 열고 두어 발짝 안으로 내딛던 남자가 혼비백산한 얼굴로 금방 되돌아 나왔다. 「세상에, 침대에 있는 신사 양반이 죽었어요! 칼에 찔린 것 같아요. 바닥으로 피가 흥건하게 흘렀어요!」

즉시 경보가 울렸고 마냥 조용하기만 했던 하숙집엔 수많은 사람들의 발자국 소리가 울렸는데 그들 중에는 의사도 한 명 있었다. 상처는 작았지만 칼날이 피살자의 심장을 지나갔다고 했다. 피살자는 공격을 받은 후 옴짝달싹 못한 듯 핏기가 하나도 없이 꼼짝 않고 죽은 채 누워 있었다. 이 읍내에 잠시 머물고 있던 한 신사가 침대에서 칼에 찔려 죽었다는 소식은 이 유명한 해안 휴양지의 온 동네와 집으로 삽시간에 퍼져 나갔다.

제57장

한편 에인절 클레어는 자신이 왔던 길을 따라 몸이 가는 대로 걸음을 옮겼다. 자신의 숙소로 들어온 그는 멍하니 허공을 응시하며 아침 식탁에 앉았다. 그는 아무런 생각 없이 먹다가 마시다가 하더니 갑자기 계산서를 달라고 요구했다. 그리고 계산을 치른 뒤 자신이 들고 왔던 유일한 짐인 여행용 세면도구 가방을 집어 들었다.

막 출발하려던 그에게 어머니가 보낸 짤막한 전보 하나가 전달되었다. 전보에는 그의 주소를 알게 되어서 식구들이 기뻐하고 있다는 내용과 커스버트 형이 머시 찬트에게 청혼을 했는데 그녀가 그 청혼을 받아들였다는 소식이 담겨 있었다.

클레어는 전보 용지를 구겨 버리고는 기차역을 향해 난 길을 따라갔다. 역에 도착해 보니 기차가 떠나려면 아직 한 시간은 넘게 기다려야 했다. 그는 기다리려고 앉았고, 그렇게 15분을 앉아 있다가 불현듯 더 이상 그곳에서 기다릴 수 없다는 마음이 들었다. 달리 서두를 이유야 없었지만 가슴은 만신창이가 되어 아무런 감각도 느낄 수 없었기에 이런 고통스러운 경험을 안긴 이 도시에서 한시라도 빨리 벗어나고 싶은 마음뿐이었고, 그래서 다음 역에서 기차에 몸을 실을 작정으로 무작정 걷기 시작했다.

그가 걸어가고 있는 막힌 데 없이 탁 트인 한길은 얼마쯤 지나자 골짜기로 내려가는 내리막길로 이어졌다. 길은 한쪽 끝에서 다른 쪽 끝까지 골짜기를 가로질러 뻗어 있었다. 움푹 들어간 길을 상당히 멀리 지나쳐 왔고 이제 서쪽으로 난 오르막길을 올라가고 있다가 숨을 돌리려고 발걸음을 멈춘 그는 자신도 모르게 뒤를 돌아보았다. 왜 그랬는지는 그도 알 수 없었지만, 무언가가 그에게 그렇게 하도록 시킨 것 같았다. 납작한 끈을 닮은 길 표면은 그의 뒤로 눈길이 닿는 저 멀리까지 점점 가늘어지고 있었는데 그 원근화의 하얀 공백에 불쑥 움직이는 점 하나가 들어와 있는 게 보였다.

그것은 달려오고 있는 사람의 형상이었다. 확실하진 않지만 클레어는 누군가가 그를 따라오려고 한다는 생각으로 기다렸다.

비탈길을 내려오는 형체는 여자였다. 하지만 그는 그의 아내가 자신을 따라오리라는 건 꿈에도 생각하지 못했기 때문에, 테스가 좀 더 가까이 다가왔을 때도 완전히 달라진 옷차림 때문에 자기 눈앞에 나타난 그녀를 알아보지 못했다. 테스는 아주 가깝게 다가왔고 그제야 비로소 그녀가 테스라는 걸 알아볼 수 있었다.

「당신이 역에서 돌아 나오시는 걸 봤어요. 내가 거기에 도착하기 바로 직전에 말이죠. 그래서 여기까지 줄곧 당신을 따라왔어요!」

창백한 얼굴의 테스는 가쁘게 숨을 몰아쉬며 온몸으로 떨고 있어서 그는 아무것도 묻지 않았다. 그저 그녀의 손을 잡아 그의 팔 안으로 잡아끌며 이끌어 주었을 뿐이었다. 행여 지나가는 사람들의 눈에라도 뜨일세라 그는 한길을 빠져나와 전나무들 아래의 오솔길로 들어섰다. 신음 소리를 내고 있는 나뭇가지들 사이로 깊숙이 들어왔을 때 그는 발길을 멈추고 무슨 일이 있느냐는 표정으로 그녀를 바라보았다.

「에인절.」 마치 이 순간을 기다렸다는 듯 테스가 말했다. 「제가 왜 당신을 쫓아왔는지 아세요? 내가 그 남자를 죽였다는 말을 해주려고요!」 말을 하는 테스의 얼굴에 창백한 미소가 애처롭게 번져 나갔다.

「뭐라고요!」 그녀의 태도가 이상한 걸로 보아 그녀는 정신적으로 불안한 상태에 있다는 생각이 들었다.

「제가 해냈어요. 어떻게 해냈는지 저도 모르겠어요.」 그녀가 말을 이어 갔다. 「하지만, 당신을 위해서 그리고 나 자신을 위해서도 그랬어야 했어요. 오래전, 내가 장갑으로 그 사람의 입을 쳤던 그 순간부터 나는 순진했던 어린 시절 그 사람이 내게 쳐놓았던 덫과 날 통해 당신에게 못되게 굴었던 것에 대해 언젠가는 이런 일을 할지도 모른다는 두려움이 있었어요. 그 사람은 우리 사이에 끼어들어서 우릴 망쳐 놓았지만, 이제 더 이상 그럴 수 없을 거예요. 전 말이죠, 에인절, 당신을 사랑했지만 그 사람을 사랑했던 적은 한 번도 없었어요. 당신도 아시죠, 그렇죠? 제 말을 믿으세요? 당신은 제게 돌아오지 않았고, 그래서 전 그 사람에게 돌아갈 수밖에 없었어요. 왜 떠나셨나요? 제가 그렇게 당신을 사랑했는데 왜 그러셨어요? 당신이 왜 그러셨는지 전 도저히 이해가 가지 않아요. 그러나 당신을 비난하는 건 아니에요. 다만, 에인절, 이제 그 사람도 죽였으니 당신에게 저지른 제 죄를 용서해 주실래요? 뛰어

오면서 내내 이제 그 일을 해냈으니 당신이 절 틀림없이 용서해 주실 거라고 생각했어요. 그렇게라도 당신을 내게 돌아오게 만들어야 한다는 생각이 반짝거리는 빛줄기처럼 떠올랐어요. 당신을 잃는 걸 더 이상 견딜 수 없어요. 당신이 날 사랑하지 않는다는 걸 제가 얼마나 못 견뎌 하는지 당신은 모르세요! 이제 말씀해 주세요, 사랑하는 남편이여. 그를 죽였으니, 이제, 날 사랑한다고 말해 주세요!」

「테스, 당신을 정말로 사랑하오. 오, 사랑합니다. 모든 게 다시 돌아왔어요!」 그는 그녀를 안고 있는 팔에 더욱 힘을 주며 말했다. 「그런데 무슨 말인지, 당신이 그 사람을 죽였다고요?」

「제가 그랬어요.」 꿈속을 헤매듯 그녀는 중얼거렸다.

「세상에, 물리적으로 말이오? 그 사람이 죽었소?」

「그래요. 제가 당신 때문에 울고 있는데 그 사람이 그 소리를 들었어요. 그 사람은 날 심하게 비웃어 댔고 당신에게도 입에 담지 못할 욕을 했어요. 그래서 내가 그렇게 했어요. 내 마음이 그걸 참아 내지 못했던 거죠. 그는 전에도 당신을 들먹이며 날 들볶아 대곤 했었어요. 그런 다음에 난 옷을 입고 당신을 찾아 그곳을 떠났어요.」

조금씩 그는 그녀가 저질렀다고 본인의 입으로 말한 그 행동을 어설프게나마 시도했을 거라고 믿게 되었다. 그녀의 충동적인 성향에 그는 두려웠고, 이 두려움은 자신을 향한 그녀의 강렬한 사랑, 그리고 그녀의 도덕관념마저 완전히 없애 버린 그 생소한 사랑의 자질에 대해 경탄하는 마음과 뒤섞였다. 테스는 자신이 저지른 행위가 얼마나 엄청난 것인지 깨닫지 못한 채 이제 만족하고 있는 듯했다. 그는 행복에 겨워 눈물지으며 그의 어깨에 기대어 있는 그녀를 바라보았다. 그리고 만일 이를 기행(奇行)이라 부를 수 있다면, 더버빌 가문에 흐르는 어떤 알 수 없는 기질이 이런 기행을 초래했을까 하는 상념에 잠겼다. 더버빌 가문이 이런 일들을 저지르는 것으로 알려졌기 때문에 마차와 살인에 대한 이야기가 가문의 전설처럼 생겨난 것은 아닐까 하는 생각이 얼핏 마음을 스치고 지나가기도 했다. 생각이 마구 뒤엉키고 감정이 북받쳤지만 그는 최대한 차분하게 생각을 정리했고, 그래서 그녀가 말한 그 미칠 것 같은 순간에 마음의 균형이 깨지면서 그녀가 이런 구렁텅이에 빠진 거라고 생각했다.

그게 사실이라면 정말 끔찍한 일일 테고, 일시적인 환각 상태라면 그야말로 슬픈 일이었다. 하지만 어쨌건 간에, 그에게 버림받았던 아내, 그를 이다지도 열정적으로 사랑하는 여자는 그가 자신을 보호해 줄 거라는 사실에 추호의 의심도 없이 여기 이렇게 그에게 매달려 있는 것이다. 그녀의 마음속에서 그가 달리 행동할 수도 있다는 것은 아예 가능성의 영역 밖으로 밀려났던 것이다. 이제 사랑이 에인절의 마음에서 절대적인 우위를 차지했다. 그는 자신의 핏기 잃은 입술로 그녀에게 끊임없이 키스를 했고, 그녀의 손을 잡으며 말했다.

「난 당신을 버리지 않을 거요. 당신이 어떤 일을 했건, 아니면 하지 않았건 힘닿는 데까지 모든 수단을 동원해서라도 당신을 보호하리다!」

그들은 나무들 아래로 계속 걸어갔고 이따금 테스는 얼굴을 돌려 그를 바라보았다. 그는 지쳐 보였고 옛날의 잘생긴 얼굴도 아니었지만, 그녀는 그의 모습에서 털끝만큼의 결점도 찾아내지 못하는 게 분명했다. 그녀에게 그는 그 옛날처럼, 개인적으로나 정신적으로 완벽 그 자체였다. 그녀에게 그는 여전히 안티노우스[134]였으며, 심지어 아폴론이기도 했다. 애정 어린 그녀의 눈에 비친 병색이 완연한 그의 얼굴은 처음 보았던 그때 못지않게 아침처럼 싱그러웠다. 그건 이 세상에서 순수하게 그녀를 사랑했고, 그리고 그녀를 순수한 여인으로 믿어 주었던 단 한 사람의 얼굴이었던 까닭이다.

그는 본능적으로 뭔가 일어날 수도 있다는 직감이 들었고 그래서 처음 생각대로 읍내를 벗어난 곳에 있는 첫 번째 정거장으로 가지 않고 대신 여러 마일에 걸쳐 전나무가 촘촘하게 들어선 숲으로 깊숙이 들어갔다. 서로의 허리에 서로의 팔을 감고 그들은 바늘을 닮은 마른 전나무 이파리들이 깔린 곳을 걸었고, 둘이 마침내 함께 있다는 막연하지만 황홀한 감정에 취해 죽은 사람의 시체가 있다는 생각일랑 무시해 버렸다. 그렇게 그들은 몇 마일을 걸어가다가 문득 정신이 든 테스가 주변을 돌아보며 조심스럽게 말했다.

「어디 특별히 가는 데가 있나요?」

「나도 모르오. 그건 왜?」

「그냥요.」

「우리 몇 마일만 더 걸어가서, 저녁이 되면 어디에서든, 외딴 농가 같은 곳에 잘 곳을 찾아봅시다. 당신, 걸을 수 있겠어요?」

「네, 물론이죠! 당신 팔에 안겨서 계속, 영원토록 걸을 수도 있어요!」

모든 상황을 고려할 때 그렇게 하는 것이 좋은 일인 것 같았다. 그들은 곧 한길을 피해 어두운 오솔길을 따라 북쪽으로 짐작되는 방향을 향해 발길을 재촉했다. 하지만 낮 동안

134 오현제(五賢帝)의 한 사람인 하드리아누스 황제의 노예로 잘생긴 용모로 유명하다.

의 그들의 움직임을 보고 있노라면 왠지 현실적이지 못하다는 막연한 느낌이 들었다. 둘 중 어느 쪽도 효율적인 탈출이나 변장 또는 오랜 은둔 같은 문제를 고심하는 것 같지 않았던 것이다. 그들이 하는 생각은 나이 어린 두 아이들이 꾸미는 계획처럼 모두 일시적이고 용의주도하지도 못했다.

정오 무렵 그들은 길가에 있는 한 주막 가까이에 이르렀다. 뭔가 먹을 것을 구하러 테스도 함께 그곳에 들어갈 수도 있었지만, 그는 자신이 돌아올 때까지 숲과 황무지가 반반씩 섞여 있는 이곳 나무들 사이에 그냥 있으라고 그녀를 설득했다. 그녀가 입고 있는 옷은 최신 유행을 따르는 것들이었고, 그녀가 들고 있는 상아 손잡이의 파라솔만 해도 지금 그들이 헤매고 다니는 외딴 이곳에선 생소한 것이어서 주막의 긴 의자에 앉아 있을 사람들의 시선을 끌 수도 있을 것이기 때문이었다. 그는 금세 여섯 명은 충분히 먹을 만한 음식과 두 병의 포도주를 가지고 돌아왔는데, 설령 어떤 위기 상황이 일어난다고 해도 하루 정도는 너끈히 버틸 수 있는 양이었다.

그들은 죽은 나무 등걸에 앉아서 함께 식사를 했다. 1시가 지나고 아직 2시는 되지 않았을 때 그들은 남은 음식들을 싸 들고 다시 길을 나섰다.

「이제 기운이 펄펄 나서 얼마든지 걸을 수 있어요.」 그녀가 말했다.

「사람들이 보통 하는 방식대로 뚝 떨어진 한적한 시골로 가는 게 좋을 것 같소. 한동안 거기에 몸을 숨기고 있을 수도 있고, 해안 근처에 있는 것보다는 사람들의 눈에 띌 확률이 줄어들 테니 말이요.」 클레어가 의견을 내놓았다. 「나중에, 사람들이 우리를 잊어버릴 즈음, 항구로 갈 수 있을 거요.」

그녀는 아무런 대답도 하지 않았고 그저 그를 잡고 있는 손에 힘을 줄 뿐이었다. 그들은 곧장 내륙으로 향했다. 계절은 영국의 5월이었으나, 날씨는 구름 한 점 없이 화창했고 오후가 되자 상당히 더웠다. 그들은 이후 상당히 먼 거리를 걸어서 어느덧 뉴포레스트 숲의 깊숙한 곳에 당도했다. 저녁으로 접어들 무렵 오솔길의 모퉁이를 막 돌아가고 있을 때, 다리가 놓인 시냇물 뒤로 〈가구 딸린 훌륭한 집을 세놓음〉이라고 흰색 페인트로 쓰인 널찍한 널빤지가 보였고, 세부 사항은 런던에 있는 중개인에게 문의해 달라는 안내문이 있었다. 문을 통과하자 흔히 볼 수 있는 디자인의 널찍한 구식 벽돌 건물이 보였다.

「이 집을 알고 있소.」 클레어가 말했다. 「여긴 브람셔스트 코트요. 보다시피 닫혀 있고 진입로엔 풀도 자라고 있군요.」

「열려 있는 창문들도 있어요.」 테스가 말했다.

「방의 공기를 환기시키려고 그런 것 같군.」

「여기 방들은 모두 비어 있는데, 우리에겐 머리를 가려 줄 지붕 하나 없군요!」

「테스, 당신 피곤한 모양이군요!」 그가 말했다. 「조금만 가면 될 거요.」 그는 슬픔에 잠긴 그녀의 입에 키스를 하고 다시 그녀를 앞으로 이끌었다.

12마일에서 15마일가량을 헤매고 다녔으니 그 역시 점점 지쳐 갔고, 그래서 쉴 방도를 찾는 게 필요해졌다. 그들은 저만치 떨어져 있는 외딴 농가들과 자그마한 여관들을 바라보면서 그중 한 여관으로 가볼까 하는 생각이 들었지만, 끝내 용기가 나지 않아 방향을 바꿔 버리고 말았다. 무겁게 걸음을 옮기던 그들이 그 자리에 가만히 섰다.

「나무 아래에서 잘 수 있을까요?」 그녀가 물었다.

그는 아직 그럴 만한 계절은 아니라고 생각했다.

「난 우리가 오면서 봤던 그 빈집을 생각하고 있었어요.」 그가 말했다. 「우리 다시 그쪽으로 돌아갑시다.」

그들의 발자국을 따라 되돌아간 그들은 30분 후 아까처럼 다시 그 집 대문 밖에 서 있었다. 그는 그녀에게 꼼짝 말고 그 자리에 있으라고 신신당부하고 안에 사람이 있는지 살펴보러 갔다.

그녀는 대문 안쪽에 있는 키 작은 나무들 사이에 앉았고, 클레어는 조심조심 집을 향해 갔다. 그가 자리를 떠난 후 시간이 꽤 흘렀고, 자신 때문이 아니라 클레어에 대한 걱정으로 테스가 안절부절못하고 있을 즈음 그가 돌아왔다. 그는 집을 돌보는 노파가 한 명 있으며, 근처 마을에 살고 있는 그 노파는 맑은 날에만 와서 창문을 열고 닫는다는 정보를 한 남자아이에게서 알아냈다고 했다. 그러니까 해가 지면 노파가 창문을 닫으러 올 것이다. 「자, 턱이 낮은 창문으로 들어가서 쉬도록 합시다.」 그가 말했다.

그가 이끄는 대로 그녀는 느릿느릿 현관 쪽으로 걸어갔다. 눈먼 눈알처럼 셔터가 내려진 창문들은 감시자들이 존재할 가능성을 없애 주었다. 몇 발자국 더 가니 문이었고, 문 옆에 창문 하나가 열려 있었다. 클레어는 기어 올라가서 안으로 들어갔고, 그 다음 테스를 안으로 끌어 올렸다.

현관을 빼고 방들은 모두 어둠에 잠겨 있었다. 그들은 계단을 올라갔다. 위에도 셔터는 꽉 닫혀 있었는데, 아무래도 오늘만 앞쪽의 복도 창문과 뒤편의 위쪽 창문을 열어 두어서 형식적으로나마 환기를 시키고 있는 듯했다. 큰방 한 곳의 문고리를 벗긴 클레어는 더듬더듬 문지방을 넘어 앞으로 나아간 다음, 셔터를 2~3인치가량 열었다. 눈부신 한 줄기 햇살이 방 안으로 비쳐 들면서 육중하고 고풍스러운 가구들, 진홍빛의 비단 커튼 그리고 머리맡을 따라 아탈란테[135]의 경주로 보이는 뛰어다니는 형체들이 조각된 거대한 4개의 기둥을 가진 침대가 모습을 드러냈다.

「드디어 쉴 수 있군!」 가방과 음식 꾸러미를 내려놓으며 그가 말했다.

그들은 관리인 노파가 창문을 닫으러 올 때까지 조용히 있었다. 노파가 우연히 그들이 있는 방의 문을 열 수도 있다는 노파심에서 그들은 아까처럼 셔터도 닫고 깜깜한 암흑 속에 있었다. 노파는 6시에서 7시 사이에 왔지만, 그들이 있는 곳으로는 오지 않았다. 그들은 노파가 창문을 닫아 잠근 후, 문도 잠그고 멀어지는 소리를 듣고 있었다. 다시 클레어가 창문의 틈새를 통해 햇살이 들어오게 했고, 그들은 또 한 끼의 식사를 함께 나누어 먹었다. 이윽고 어둠의 장막이 그들을 에워쌌으나 그들에겐 그 장막을 거둬 줄 양초 한 자루 없었다.

135 그리스 신화에 나오는 여신이다. 아버지인 아르카디아 왕 이아소스는 딸의 결혼을 재촉하였고 거절하다 못한 아탈란테는 자신과 달리기 경주를 하여 이긴 남자와 결혼할 것이며 진 사람은 죽여 버리겠다는 조건을 내세웠다.

제58장

　이상하리만치 엄숙하고 고요한 밤이었다. 새벽녘에 테스는 에인절이 잠결에 그녀를 안고 프룸 강을 건넜던 이야기를 모두 그에게 들려주었다. 그들 둘 모두의 목숨을 당장이라도 앗아 갈 수 있는 위험을 무릅쓰면서 그가 다 허물어진 수도원의 한 석관에 그녀를 눕혔던 일을 말이다. 에인절은 그때까지도 그 일에 대해서 까맣게 모르고 있었다.

　「왜 그다음 날 말해 주지 않았어요?」 그가 말했다. 「엄청난 오해와 고통을 막을 수도 있었을 텐데 말이요.」

　「지난 일일랑 생각하지 마세요!」 그녀가 말했다. 「전 현재 이외의 다른 일은 생각하지 않겠어요. 그래야 할 이유가 있나요? 내일은 또 어떤 일이 우리를 기다리고 있을지 아무도 모르잖아요?」

　그다음 날 그들을 기다리고 있는 것은 슬픔은 아닌 듯했다. 아침 공기는 눅눅했고 안개가 자욱했다. 관리인 노파가 화창한 날에만 창문을 열어 둔다는 사실을 입수한 클레어는 잠이 든 테스를 그대로 두고 조용히 방을 빠져나와 집 안을 이리저리 둘러보았다. 집 안에 먹을 것이라곤 물뿐이었고, 그래서 그는 안개가 자욱한 틈을 타 2마일 떨어진 마을의 한 가게에서 차와 빵, 버터 그리고 연기를 내지 않고 불을 피울 수 있는 알코올램프와 작은 주전자 하나를 사 왔다. 테스는 그가 집으로 들어오는 소리에 잠이 깼고, 그들은 에인절이 구해 온 음식으로 아침 식사를 했다.

그들은 밖으로 나갈 마음이 없었고, 그렇게 해가 지고 밤이 찾아왔다. 하루가 다시 지나갔고 그다음 날도 그렇게 흘러갔다. 사람들의 그림자나 소리가 그들의 평화로운 시간을 방해하는 일 없이 외부 세계와 완전히 단절된 상태에서 그렇게 닷새가 후딱 흘러갔다. 날씨의 변화가 그 둘에게 일어난 유일한 사건이었고, 그들의 벗이라곤 뉴포레스트 숲의 새들 뿐이었다. 무언의 약속이나 한 듯 그들은 결혼식 이후에 일어난 지난 일들에 대해선 한마디도 꺼내지 않았다. 그간의 암울했던 시간은 혼돈 속에 묻혀 버린 듯했고, 현재와 그 이전의 시간들이 그 혼돈 위로 내려앉아 그런 암울한 시간이 존재하지 않았던 것처럼 덮어 버린 것 같았다. 에인절이 이 은신처를 떠나 사우스햄턴이나 런던으로 가자고 할 때마다 그녀는 이상할 정도로 길을 나서는 걸 내켜 하지 않았다.

「이 모든 감미롭고 행복한 것들을 왜 끝내야 하는데요?」 그녀는 반대했다. 「어차피 겪을 일이라면 결국 오고야 말겠죠.」 덧문 틈새로 밖을 내다보면서 그녀가 말했다. 「저기 밖에는 온통 고통뿐이죠. 이 안엔 이렇게 만족이 가득한데 말이에요.」

에인절도 밖을 내다보았다. 정말 그랬다. 안에는 사랑과 화합과 용서받은 과오가 있는데, 밖에는 온통 비정한 세상만 있었다.

「그리고, 그리고.」 에인절의 뺨에 자신의 뺨을 부비면서 테스가 말했다. 「지금 당신이 절 생각하는 마음이 오래가지 않을까 봐 두려워요. 저에 대한 당신의 사랑이 사라질 때까지 살아 있고 싶지 않아요. 당신이 절 경멸하는 때가 오면, 차라리 죽어 땅에 묻히는 게 나을 거예요. 그러면 당신이 날 몹시 싫어한다는 사실도 알 수가 없을 테니 말이죠.」

「내가 어찌 당신을 싫어할 수 있겠어요.」

「저도 그러길 바라고 있어요. 하지만 지금까지 제가 걸어온 인생을 보면 어떤 남자라도, 시간이 흐르면, 절 경멸할 수밖에 없을 거라는 생각이……. 제가 어떻게 그렇게 사악한 지경까지 미쳤던 걸까요! 옛날의 전 파리나 벌레 한 마리를 다치게 해도 가슴 아파했고, 새장에 갇힌 새만 봐도 자주 울곤 했는데요.」

그들은 하룻밤을 더 묵었다. 흐렸던 날씨가 밤새 맑게 개었고 이는 농가에 살고 있던 관리인 노파의 잠을 일찍 깨우게 되었다. 화창한 햇살이 그 노파를 전에 없이 활기차게 했고, 그래서 노파는 이렇게 맑은 날 빨리 근처 저택을 활짝 열어 두어서 확실하게 환기를 시켜야겠다고 작정했다. 6시 전에 도착한 노파는 아래층에 있는 방문을 열어 놓은 다음 침실이 있는 위층으로 올라갔다. 그리고 노파가 그들이 잠들어 있는 방의 손잡이를 돌리려던 바로 그때 방 안에서 사람의 숨소리가 들리는 것 같았다. 노쇠한 몸에 슬리퍼까지 신고 있어서 거기까지 올라오는 데 아무 소리도 내지 않았던 노파는 이내 방문에서 뒤로 물러났다. 하지만 자신이 무언가 잘못 들었을 거라고 생각하곤 다시 문으로 다가가서 살그머니 손잡이를 돌려 보았다. 문고리는 망가져 있었지만, 안쪽에 있는 가구 한 점이 앞쪽으로 옮겨져 있어서 노파는 문을 조금 밖에 열 수 없었다. 덧문 사이로 흘러들어 온 햇살이 곤히 잠든 두 사람의 얼굴 위로 쏟아져 내렸다. 테스의 입술이 에인절의 뺨 옆에서 반쯤 피어난 꽃봉오리처럼 벌어져 있었다. 관리인 노파는 그들의 순수한 모습과 의자에 걸쳐 놓은 테스의 가운, 그 옆에 있는 비단 스타킹, 예쁜 양산, 그리고 달리 갈아입을 게 없어 그대로 입고 있는 이곳에 도착했을 당시의 옷가지들을 보고 엄청 놀랐다. 뜨내기 부랑자들이 어처구니없는 행동을 저질렀다는 생각에 몹시 불쾌했던 노파의 처음 느낌은 조신해 보이는 이들이 사랑의 도피 행각을 벌인 것 같아 일순간 감상적인 기분에 젖어 들었다. 노파는 문을 닫고 자신이 발견한 이 야릇한 사건을 이웃 사람들과 의논해 보기 위해 올 때와 똑같이 살며시 나갔다.

테스가 눈을 뜨고 뒤이어 에인절이 잠에서 깨어난 것은 노파가 사라진 지 채 1분도 지나지 않았을 때였다. 두 사람 모두 무언가가 그들의 평온을 방해했다는 기분이 들었지만, 딱히 그게 무엇인지 꼬집어 말할 수는 없었다. 하지만 그로 인한 불안감은 자꾸 커져만 갔다. 옷을 여며 입자마자 에인절은 약간 벌어진 덧문 틈새 사이로 밖을 내다보며 잔디밭을 꼼꼼하게 살펴보았다.

「곧 여기를 떠나야 할 것 같아요.」 그가 말했다. 「날씨도 좋고, 누군가가 집 주변에 있다는 생각을 떨쳐 낼 수가 없구려. 아무튼 관리인 노파도 오늘은 올 게 분명하니까.」

그녀는 순순히 에인절의 말을 따랐다. 방을 정돈하고 자신들의 짐을 챙긴 다음 그들은 조용히 그 집을 나섰다. 그들이 뉴포레스트 숲에 접어들었을 때, 테스는 발길을 멈추고 마지막으로 그 집을 돌아보았다.

「아, 행복했던 집이여. 안녕! 이제 내 목숨은 고작해야 몇 주밖에 버틸 수 없어요. 그런데도 그곳에 더 머물 수 없는 건가요?」

「테스, 그런 말은 하지 말아요. 우린 곧 이 지역을 완전히 벗어나게 될 거요. 처음처럼 곧장 북쪽으로 갑시다. 거기에서 우리를 찾으려는 사람은 아무도 없을 거요. 그들이 우리를 수색한다면 웨섹스 항구가 되겠지. 일단 북쪽에 도착하면 아무 항구나 찾아가서 멀리 달아납시다.」

그는 그녀를 이렇게 설득한 후 계획을 밀고 나갔다. 그들은 북쪽으로 향하는 최단 코스를 계속 따라갔다. 저택에서 오랜 휴식을 취한 터라 그들에겐 걸을 수 있는 기운이 넉넉했고, 정오 무렵쯤 자신들이 나아가는 방향에 위치하고 있던 뾰족뾰족한 지붕을 가진 첨탑의 도시 멜체스터에 가까워졌다. 에인절은 오후에 테스를 나무 덤불 사이에서 쉬게 하고, 야음을 틈타 다시 길을 나서야겠다고 생각했다. 어둠이 몰려올 무렵 에인절은 여느 때처럼 먹을거리를 구입했고, 그리고 그들의 야간 행진은 이어졌다. 8시경 그들은 상부 웨섹스와 중부 웨섹스의 경계를 지나갔다.

도로를 벗어나서 시골길을 가로질러 가는 것이 테스에게 새로운 일도 아니어서 그녀는 왕년의 민첩함을 유감없이 발휘했다. 그들이 가는 도중에 위치한 옛 도시 멜체스터는, 그들 앞에 놓인 넓은 강을 건너려면 그 도시의 다리를 이용해야 했기에 지나쳐 갈 수밖에 없는 도시였다. 혹시 그들의 발소리라도 울릴까 봐 포장된 길을 피해 띄엄띄엄 서 있는 가로등 아래로 밝음과 어두움이 교차되는 인적 없는 길을 따라 걸음을 재촉하고 있을 때는 어언 자정 무렵이었다. 그들이 걸어가고 있는 왼편으로 성당 건축이 우아한 모습을 뽐내며 흐릿하게 솟아 있었지만 지금의 그들의 눈엔 전혀 들어오지 않았다. 일단 마을을 벗어난 그들은 유료 도로를 따라갔고, 몇 마일 지나자 갑자기 탁 트인 평원으로 들어섰다.

하늘에는 구름이 짙게 깔려 있었지만 구름 사이로 후하게 빛을 뿌려 주는 달이 지금까지는 어느 정도 도움을 주고 있었다. 하지만 이제 달도 그 모습을 감추었고, 구름은 바로 그들의 머리 위로 내려앉아 있는 듯했으며 이윽고 칠흑처럼 깜깜한 밤이 몰려왔다. 그러나 그들은 걸음을 늦추지 않았다. 발소리가 울리지 않도록 될 수 있으면 풀밭 위를 걸었는데 주위에 울타리나 담장이 없어서 별로 어려운 일은 아니었다. 공허한 외로움과 캄캄한 고독이 사방에 깔려 있었고 그 위로 매서운 바람이 지나가고 있었다.

그렇게 더듬거리며 2~3마일을 더 나아가던 순간 에인절은 그들 바로 앞에 거대한 물체가 풀밭에서 불쑥 위로 솟아 있다는 걸 알아차렸다. 하마터면 그 물체와 부딪칠 뻔했던 것이다.

「정말 기괴한 곳이군.」 에인절이 말했다.

「웅웅 소리가 들려요. 잘 들어 보세요!」 테스가 말했다.

에인절은 귀를 기울였다. 바람이 엄청난 규모의 구조물과 부딪치면서 한 줄로 이루어진 거대한 하프를 타는 것 같은 울림을 내고 있었다. 울림 이외의 다른 소리는 나지 않았다. 한 손을 쭉 뻗어 한두 걸음 나아가던 에인절에게 그 물체의 수직면이 만져졌다. 그것은 이음새도, 다듬은 흔적도 없는 단단한 돌인 것 같았다. 손가락을 위로 움직여 더듬어 보니 어마어마한 규모의 장방형 돌기둥임을 알 수 있었다. 왼손을 뻗어 보니 옆에도 비슷한 것이 느껴졌다. 높이를 가늠할 수 없이 높은

까마득한 머리 위에는 이 돌기둥들을 수평으로 연결하고 있는 들보 비슷한 것이 있어서 어두운 밤하늘을 더욱 어둡게 만들고 있었다. 그들은 조심조심 들보 아래 돌기둥 사이로 들어갔다. 돌기둥에 부드럽게 스치는 그들의 옷자락이 메아리를 만들어 내고 있었다. 그들은 아직도 건물의 내부가 아니라 외부에 있다는 느낌이 들었다. 천장이 없었기 때문이었다. 테스는 두려움에 숨을 삼켰고 에인절도 압도당한 듯 중얼거렸다.

「이게 뭘까?」

옆으로 손을 뻗어 보니 처음에 발견한 것처럼 단단한 장방형의 돌기둥이 느껴졌다. 그 너머에는 또 다른 돌기둥이, 그리고 또 그 너머에는 또 다른 돌기둥이 이어져 있었다. 그곳에는 온통 문과 돌기둥 천지였는데, 그중 일부는 상단이 연이은 들보로 연결되어 있기도 했다.

「바로 바람의 신전이군.」 에인절이 말했다.

어떤 돌기둥은 홀로 서 있었고, 어떤 것들은 세 개의 기둥으로 이루어진 것도 있었다. 옆으로 길게 누워 있는 돌기둥들도 있었는데, 그 옆으로 난 공간은 마차 한 대는 족히 지나갈 만큼 널찍했다. 이 모든 것들이 드넓은 초원 위에 거대한 돌기둥 숲을 이루고 있는 게 분명했다. 그들은 이들 돌기둥으로 구성된 밤의 누각 안으로 깊숙이 들어가 그 한가운데에 자리를 잡고 섰다.

「스톤헨지로군.」 클레어가 말했다.

「이교도의 신전 말인가요?」

「그래요. 더버빌 가문보다도 훨씬 역사가 오래된 유적이지. 자, 이제 어떻게 해야 할까? 조금 더 가면 쉴 곳이 있을 것 같은데.」

하지만 그 무렵 탈진 상태에 있던 테스는 돌기둥이 바람을 막아 주고 있는 바로 옆 길쭉한 석판 위에 털썩 주저앉아 버렸다. 그 돌은 지난 낮 동안 태양 빛을 받은 탓에 아직 따뜻하고 보송보송했으며, 치마와 신발을 축축하게 젖게 하는 주변의 황량하고 쌀쌀한 초원과는 기분 좋은 대조를 이루고 있었다.

「에인절, 더는 가고 싶지 않아요.」 그녀는 그의 손을 잡으려고 손을 내밀면서 말했다.

「여기에 있으면 안 될까요?」

「글쎄. 지금은 그렇지 않은 것 같지만, 낮이 되면 여기는 여러 마일 떨어진 곳에서도 훤히 보일 텐데.」

「아, 지금 생각나는데요, 이 근방에 사는 외가 쪽 누군가가 목동이라고 했어요. 탤벗헤이즈에 있을 때 당신은 날 이교도라고 부르곤 했었죠. 그러니까 이제야 나는 고향에 와 있는 셈이에요.」

그는 길게 몸을 누인 그녀 옆에 무릎을 꿇고 그녀의 입술에 자신을 입술을 포갰다.

「내 사랑, 잠이 오는가 보군. 그대는 지금 제단 위에 누워 있는 것 같소.」

「여기 있는 게 정말 좋아요.」 그녀가 중얼거리듯 말했다. 「벅찬 행복을 만끽한 다음이라 그럴까요. 여기는 정말 장엄하고 고즈넉하고 그리고 제 얼굴 위로는 하늘밖에 없어요. 마치 이 세상에 우리들 둘만 존재하는 것 같아요. 아무도 없으면 얼마나 좋을까. 리자 루만 빼놓고…….」

클레어는 날이 조금 더 밝을 때까지 그녀가 여기에서 쉬는 편이 좋겠다고 생각했고, 그래서 자신의 외투로 그녀를 덮어 주고 그녀 옆에 자리를 잡고 앉았다.

「에인절, 만일 제게 무슨 일이 생기면 저를 위해서라도 리자 루를 돌봐 주실래요?」 한참을 그렇게 함께 돌기둥 사이로 불어오는 바람 소리를 듣고 있다가 테스가 말문을 열었다.

「그렇게 하리다.」

「그 아인 정말 착하고 순박하고 순수해요. 아, 에인절, 만일 당신이 절 잃게 되면, 그 아이와 결혼해 주시겠어요? 곧 절 잃게 되실 거예요. 그렇게만 해주신다면 얼마나 좋을까요.」

「내게 당신을 잃는다는 건 곧 전부를 잃는 것이라오. 그리고 리자 루는 내 처제이지 않소.」

「그건 문제될 게 없어요. 말롯에서는 처제와 결혼하는 일이 자주 있어요. 제 동생은 너무도 착하고, 그리고 날이 갈수록 아름다운 모습으로 피어나고 있어요. 아, 우리가 영혼이라면 전 기꺼이 동생과 함께 당신을 가질 수도 있을 거예요! 당신이 그 아이를 가르쳐 주신다면, 그래서 당신에게 어울리는 사람으로 성장하게만 해주신다면⋯⋯. 그 아이는 저의 가장 좋은 점만 두루 갖추고 있어요. 제가 가진 나쁜 면들은 하나도 없죠. 제 동생이 당신의 아내가 되어 준다면, 죽음도 우리를 갈라놓지 못할 거예요⋯⋯. 자, 이제 제 말은 다 끝났어요. 다시 그런 말은 하지 않을게요.」

그녀는 말을 끝냈고, 그는 생각에 잠겼다. 멀리 북동쪽 하늘 돌기둥 사이로 수평을 이룬 한 줄기 빛이 그의 눈으로 들어왔다. 사방을 우묵하게 덮고 있던 검은 구름이 마치 항아리 뚜껑처럼 통째로 걷히면서, 대지 끝자락으로 새로운 태양 빛이 스며들고 있었다. 밝아오는 태양 빛을 받아 한 개 또는 세 개로 구성된 돌기둥들이 거무스름한 윤곽을 드러내기 시작했다.

「사람들이 여기에서 하느님께 제물을 바쳤나요?」 그녀가 물었다.

「아니오.」

「그럼 누구한테?」

「태양신에게 바쳤을 거요. 저기 홀로 우뚝 서 있는 돌기둥이 태양을 향하고 있는데 그 바로 뒤로 금세 태양이 떠오르겠지요.」

「그 말을 들으니 막 생각나는 게 있어요. 우리가 결혼하기 전에 당신은 제 믿음에 대해선 절대 간섭하지 않겠다고 말씀하셨는데, 기억나세요? 하지만 전 언제나 당신의 마음을 알고 있었어요. 그래서 당신이 생각하시는 대로 생각했어요. 저 나름의 무슨 이유가 있어서가 아니라 당신이 그렇게 생각하셨기 때문이죠. 에인절, 말씀해 주세요. 우리가 죽은 뒤에 다시 만나게 될 거라고 생각하세요? 알고 싶어요.」

그는 그 순간 답변을 피하며 그녀에게 키스했다.

「아, 에인절, 만날 수 없다는 의미인가요?」 울음을 삼키며 그녀가 말했다. 「전 정말로 당신을 다시 만나고 싶었어요. 너무도 간절하게요. 에인절, 이토록 서로를 사랑하는 당신과 나도 안 되나요?」

그는 이 중요한 순간 이 중요한 질문에 자신보다 위대한 사람이 그랬던 것처럼 답하지 않았다.[136] 그리고 그들은 다시 침묵에 잠겼다. 잠시 후 그녀는 숨결이 조금 평온해졌고 그의 손을 잡고 있던 손에 스르르 힘이 풀리면서 잠이 들었다. 동쪽 지평선을 따라 엷은 은빛의 띠들이 나타나면서 솔즈베리 평원의 먼 곳까지도 거무스레한 모습을 가깝게 드러냈다. 주위의 모든 광활한 풍경에는 수줍음과 과묵함 그리고 먼동이

136 「마태오의 복음서」 27장 14절 참고.

트기 직전이면 늘 그러하듯 망설임의 여운 같은 것이 담겨 있었다. 동쪽을 향하고 있는 돌기둥들과 그 기둥을 덮고 있는 들보들이 빛을 받아 검게 우뚝 솟아 있었고, 그들 너머에는 불꽃 모양을 한 태양석이 그리고 그 중간에 제단석이 서 있었다. 밤바람이 금세 잦아들면서 그릇 모양으로 움푹 파인 돌에 담겨 찰랑거리던 물도 움직임을 멈추었다. 바로 그때 굴곡을 이루고 있는 동쪽의 경사지 근방에서 자그마한 점 같은 것이 움직이고 있는 듯했다. 그것은 바로 태양석 너머의 경사지에서 그들 쪽으로 다가오고 있는 한 남자의 머리였다. 여기서 멈추지 말고 그들의 길을 계속 갔어야 했다는 후회가 클레어에게 밀려들었지만, 지금의 상황에서는 그냥 가만히 있기로 했다. 사람 모양의 형체는 원을 그리며 돌기둥들이 서 있는 그들이 있는 곳을 향해 다가오고 있었다.

발이 스치는 소리가 뒤에서 들렸다. 돌아다보니 옆으로 누워 있는 돌기둥 너머에도 한 사람이 더 있었다. 그리고 어느새 또 한 사람이 세 개의 돌로 이루어진 오른편 돌기둥 아래에 서 있었고 왼쪽에도 사람이 한 명 더 있었다. 새벽 햇살이 서쪽 방향에서 다가오는 남자의 얼굴 위로 한가득 쏟아지고 있었다. 클레어는 그 남자가 키가 클 뿐더러 훈련을 받은 사람처럼 걷고 있다는 걸 알 수 있었다. 그 사람들은 모두 명확한 목표를 가지고 포위망을 좁혀 들어오고 있었다. 테스의 말이 맞았다. 벌떡 일어선 에인절은 무기가 될 만한 것이나 굴러다니는 돌멩이 그리고 도망갈 방법 등을 찾아 주변을 두리번거렸다. 바로 그때 가장 가까이에 있던 남자가 그를 잡았다.

「소용없습니다. 이 평원에만 우리 동료들이 열여섯이나 있고, 전국에서도 수색 중입니다.」

682

「잠이 깰 때까지만 기다려 주십시오.」 그는 주위에 모여든 남자들에게 작은 목소리로 간청했다.

그때까지 그 남자들은 테스가 어디에 있는지 몰랐다. 하지만 이제 그들은 그녀가 어디에 누워 있는지 확인했고 그래서 에인절의 부탁을 들어주었다. 그들은 주변의 돌기둥처럼 부동의 자세로 서서 그녀를 지켜보며 서 있었다. 에인절은 그녀가 잠들어 누워 있는 돌로 다가가서 그녀 위로 몸을 숙이며 그녀의 여리고 작은 손을 잡았다. 그녀의 호흡은 빠르고 가냘파서 한 여자의 숨결이라기보다는 그보다 약한 어떤 피조물의 숨소리 같았다. 그들은 점점 환해지는 햇살을 받으며 기다리고 있었다. 그들의 손과 얼굴은 은으로 도금을 한 것처럼 빛났고, 그 이외의 다른 부분은 어두움을 띠고 있었다. 돌기둥들은 암녹색으로 번쩍거리고 있었지만 평원은 아직 하나의 어두운 그림자 덩어리였다. 이윽고 햇살이 강렬해지면서 한 줄기 광선이 아무것도 모른 채 잠들어 있는 그녀의 몸 위로 내려앉더니, 눈꺼풀 아래로 스며들어 그녀의 잠을 깨웠다.

「무슨 일이에요, 에인절?」 놀라 일어나 앉으면서 테스가 물었다. 「절 잡으러 온 건가요?」

「그래요. 그들이 왔어요.」 에인절이 말했다.

「당연히 올 것이 온 거예요! 전 차라리 기뻐요. 그래요, 정말 기뻐요. 이런 행복이 오래갈 순 없는 거예요. 과분한 행복이었어요. 그 행복을 맘껏 누리기도 했고요. 이제 당신이 절 미워하게 될 때까지 살지 않아도 되겠어요!」

그녀는 일어서서 용기를 내어 앞으로 나아갔으나, 그 남자들 중 움직이는 사람은 한 명도 없었다.

「이제 가시죠.」 그녀가 나직하게 말했다.

제59장

　7월의 어느 날 아침, 기복이 심한 드넓은 초원 한가운데를 차지하고 있는 아름다운 고도로서 웨섹스의 옛 수도였던 윈턴세스터는 밝고 따사로운 대기의 품에 안겨 있었다. 박공이 있는 벽돌집, 기와집 그리고 돌집에 붙어 있던 이끼들은 계절이 계절인지라 거의 말라 없어졌고, 초원을 가로질러 흘러가고 있는 시냇물도 그 양이 줄어들었다. 비탈진 하이 스트리트에서는 웨스트게이트웨이에서 중세기의 십자가가 있는 곳까지, 그리고 다시 그 십자가에서 다리에 이르기까지 고풍스러운 장이 설 때면 늘 있는 쓸고 닦기 작업이 한가롭게 진행되고 있었다.

　윈턴세스터 사람이라면 누구나 알고 있듯이, 서쪽에 위치한 문에서 시작되는 이 큰길은 인가를 뒤로 한 채 규칙적인 경사를 유지하며 정확히 1마일 동안 이어지는 기다란 언덕길이었다. 도심지를 벗어나 바로 이 언덕길을 빠른 걸음으로 오르고 있는 두 사람이 있었다. 그들은 이 힘든 언덕길을 전혀 개의치 않는 것처럼 올라가고 있었는데, 이는 타고난 낙천적인 기질 때문이기보다는 무언가에 몰두하고 있기 때문인 듯했다. 그들은 언덕 아래쪽에 있는 높은 담장의 철창 달린 쪽문을 나와 이 길로 올라왔다. 그들은 사람들과 사람들이 사는 집에서 벗어나려고 애쓰는 것처럼 보였고, 이 길이 그렇게 할 수 있는 가장 빠른 지름길인 것 같았다. 젊은이들이었지만 머리를 숙이고 걷는 수심에 가득 찬 그들의 발걸음에 햇살이 무정한 미소를 보내고 있었다.

그중 한 사람은 에인절 클레어였고, 다른 한 사람은 소녀티와 여인의 성숙미가 모두 나고 테스보다는 호리호리하고 키가 훤칠하며, 눈이 아름다운 테스가 정신적으로 승화된 것처럼 막 피어나려는 꽃봉오리를 닮은 클레어의 처제 리자 루였다. 핏기가 가신 그들의 얼굴은 수척해져서 원래의 크기에서 반쪽으로 줄어든 것 같았다. 그들은 손을 꼭 잡은 채 걷고 있었고, 그들 사이에 오가는 말은 한마디도 없었다. 머리를 숙인 그들의 모습은 마치 지오토[137]의 그림에 나오는 〈두 사도〉와 같았다.

그들이 웨스트힐 꼭대기에 이르렀을 때 시내의 시계들이 일제히 8시를 알렸다. 시간을 알리는 소리에 둘 다 움찔 놀랐지만 그들은 몇 발자국 더 나아갔다. 이제 그들은 언덕을 뒤로하고 초원의 한 가장자리에 하얗게 서 있는 첫 번째 이정표에 다다랐는데, 거기서 길은 탁 트여 있었다. 풀밭으로 들어선 그들은 자신들을 압도하는 어떤 힘에 이끌린 듯 갑자기 걸음을 딱 멈추고 몸을 돌린 뒤, 온몸을 마비시킬 것 같은 두려

137 Giotto di Bondone(1266?~1337). 이탈리아 피렌체 출신의 화가. 화면의 간명한 합리적 구성, 인물의 조형성, 극적 내용의 심리적 표현 등에서 획기적인 기법을 보였다. 화면은 인물과 공간을 합리적으로 연결시켜 무대처럼 구성했고, 인물의 형태는 조형적으로 구성해 각각의 움직임을 입체적으로 표현했다.

움에 휩싸여 이정표 옆에 서서 조용히 기다렸다.

이 꼭대기에서는 모든 경치를 내려다볼 수 있었다. 바로 아래에 보이는 계곡에 방금 그들이 떠나온 도시가 있었다. 등거리 화법의 그림에서처럼 좀 더 두드러진 건물들이 있었는데, 그중에는 노르만 양식의 창문, 어마어마하게 긴 측랑 그리고 본당을 갖춘 대성당의 탑, 성 토머스 성당의 첨탑, 대학의 작은 첨탑이 있었고, 오른편으로 시선을 돌리면 지금까지도 순례자들에게 빵과 맥주를 제공하는 유구한 역사를 지닌 자선 단체의 탑과 박공도 보였다. 도시 뒤로는 성 캐서린 힐의 둥근 고지대가 펼쳐져 있었고 그 너머로 눈길을 주니 지평선이 그 위에 걸려 있는 태양 빛에 묻혀 사라질 때까지 경치가 끊임없이 펼쳐지고 있었다.

이렇게 멀리까지 펼쳐진 경치를 배경으로 사람을 가두는 곳임을 알 수 있는 창살 달린 창문과 평평한 회색 지붕을 가진 빨간색의 커다란 벽돌 건물이 도시의 다른 건축물들 정면에 자리 잡고 있었다. 이 건물은 그것이 지닌 딱딱함 때문에 주변의 고딕 건축물들의 진기한 자유분방함과 뚜렷한 대조를 이루고 있었다. 주목과 사철나무에 가려 있어서 바로 앞 도로를 지나칠 때도 잘 보이지 않던 건물이었지만, 이렇게 높은 곳에 서니 훤히 다 보였다. 두 사람이 방금 전에 나온 쪽문이 바로 이 건물 담장에 나 있었다. 이 건물의 중앙부에 꼭대기가 납작하고 보기 흉한 팔각형의 탑이 동쪽의 지평선을 배경 삼아 솟아 있었다. 여기에서 보니 빛을 등지고 그림자 진 곳에 있는 그것은 도시의 미관을 해치는 한 점 얼룩처럼 보였다. 그런데 이들 두 사람이 응시하고 있는 것은 도시의 아름다움이 아니라 바로 이 얼룩이었다.

장대 하나가 탑의 돌출 부위에 꽂혀 있었다. 그들의 시선도 그 장대에 꽂혀 있었다. 시간을 알리는 소리가 나고 몇 분이 지나자 장대 위로 서서히 올라가며 미풍에 나부끼는 무언가가 있었다. 그것은 검은색 깃발이었다.

〈정의〉가 실현되었다. 아이스킬로스[138]의 말을 빌리자면, 신들의 수장은 테스와의 희롱을 모두 끝낸 것이다. 더버빌 가문의 기사와 귀부인들은 아무것도 모른 채 무덤 속에서 계속 잠들어 있었다. 묵묵히 이를 바라보던 두 사람은 기도라도 올리듯 땅바닥에 엎드린 채 한참을 미동도 없이 그렇게 있었다. 깃발은 소리 없이 계속 펄럭였다. 기운을 차린 두 사람은 일어나서 다시 손을 잡았고, 그리고 가던 길을 계속 갔다.

138 Aeschylos(B.C. 525?~B.C. 456). 고대 그리스의 대 비극 시인으로 모두 90편의 비극을 썼으며 온 그리스에 명성을 떨쳤다. 『오레스테이아』, 『페르시아인』 등의 비극이 남아 있으며 작품을 통해서 인간과 신의 정의가 일치한다는 것을 노래했다.

순결 이데올로기에 스러진 순결한 정신

1

토머스 하디의 『테스*Tess of the d'Urbervilles*』만큼 한국 독자들의 꾸준한 사랑을 받은 문학 작품은 많지 않을 것이다. 『테스』는 1891년 7월 『그래픽*The Graphic*』지에 먼저 연재되었고, 이후 같은 해 11월에 잡지 연재 당시 수정 및 삭제될 수밖에 없었던 부분이 복원되어 단행본으로 출판되었다. 그러니까 우리가 지금 읽고 있는 『테스』가 나오기까지 수정, 삭제 그리고 복원의 과정을 거쳤다는 이야기인데, 이는 사회적 비난까지 감수하면서 당시 빅토리아 사회의 보수적인 성도덕과 종교적 인습에 맞서고자 했던 하디의 진면목이 드러나는 대목이라고 할 수 있다. 당시 출판 시장의 환경 그리고 비평가들 및 독자들의 부정적인 반응 때문에 어쩔 수 없이 작품의 일부가 수정되고 삭제되어야 했지만, 격렬한 비난을 예상하면서까지 원래대로 복원해서 단행본으로 냈다는 것은 곧 하디가 지닌 작가적 양심의 발로라고 볼 수 있기 때문이다. 더욱이 하디가 나중에 첨가했다는 〈순결한 여인〉이라는 부제는 그야말로 당시의 성 인습을 정면으로 거스르는 행위였던 것이다. 결국 『테스』는 뒤이어 나온 하디의 마지막 소설인 『무명의 주드Jude the Obscure』와 함께 그에게 소설가로서 엄청난 명성을 안겨 주었지만, 한 웨이크필드 주교의 그 유명한 『무명의 주드』 분서 사건이 상징하듯 사회적으로 엄청난 비난과 야유를 받았고, 급기야 다시는 소설을 쓰지 않겠다는 결심을 굳히게 했던 작품이다.

테스는 순결을 잃은 미혼모에다가 살인까지 저지른 여성이다. 그럼에도 불구하고 하디는 테스를 당시의 이상적인 여성상인 〈집 안의 천사〉와 여러 면에서 충돌하는, 독립적이고 의연하며 타인을 배려하고 손에서 일을 놓지 않는 강인한 여성으로 묘사한다. 이렇게 하디는 당시 테스와 유사한 상황의 여성들을 뭉뚱그려 표현했던 타락한 여인상a fallen woman과 다른 자질을 지닌 여성으로 그녀를 그려 내면서 순결 이데올로기, 다시 말해 당시의 인습적인 성도덕에 정면으로 도전장을 내민다. 하디가 보기에 순결은 한 인간의 품성에서 우러나오는 내면적인 미덕이지 결코 사회가 규정한 외면적인 형식에 좌우되는 것이 아니었다. 그렇게 하디는 사회의 인습적인 성도덕이 여성을 옥죄는 도구로 작용될 수 있음을 테스의 지난한 인생 역정을 통해 보여 준다.

『테스』는 여러 각도의 책 읽기가 가능한 텍스트이다. 한 순수한 농촌 처녀를 중심으로 서로 다른 두 명의 남성이 엮어 가는 비극적 사랑 이야기로서 소위 〈통속적〉이라는 표현을 붙일 수 있는 대중 소설로도 접근이 가능할 뿐더러, 이런 통속적이고 대중적인 표면 아래에 숨어 있는 성과 계급, 성과 물질 그리고 두 명의 남성들이 보여 주는 서로 다른 여성관을 엿볼 수도 있는 작품이다. 아울러 19세기 영국 전역에 불어 닥친 산업 혁명이 농촌의 구조에 어떤 변화를 초래했으며, 그 변화의 물살에 휩쓸려 농업 노동자로 또는 도시 빈민으로 전락해야 했던 농민들의 애환은 어떠했는지 가늠하게도 한다. 그리고 자본주의가 잠식하면서 혈통에 의해 구분되던 옛 위계질서가 부의 소유에 의해 결정되는 신(新) 계급 질서와 혼동을 일으키는 사회의 제 현상을 목격할 수도 있고, 인간 사회에서 받은 상처를 자연 속에서 치유 받고 기운을 얻는 테스를 통해서 자연과 사회 혹은 자연법과 사회법의 상관관계라는 그 난해한 문제를 읽어 낼 수도 있다. 무엇보다도 『테스』는 가장 중요한 굵직한 주제, 이런 여러 가지 문제를 관통하는 인간 그 자체, 삶 그 자체에 대한 가공되지 않은 심오한 분석을 담고 있기에 이토록 오래 우리의 사랑을 받고 있는 것이리라.

2

소설은 테스의 아버지 존 더비필드가 자신이 그 지방 최고의 귀족이었던 존 더버빌 가문의 후예라는 사실을 우연히 알게 되는 장면으로 시작하는데, 여기에는 테스의 비극을 암시하는 상당히 중요한 역사적 사실이 숨어 있다. 이 사실을 알려준 트링엄 목사도 시인하듯이 이런 귀족 가문의 역사는 기껏해야 지방 사학자 또는 족보 연구가에게나 흥미가 동하는 일일 뿐 아무런 가치가 없었지만, 사는 집과 터가 자신의 대에서 끝날 처지에 놓인 가난한 종신 보유농의 신분에다가 게

으르고 무능하기까지 했던 그녀의 아버지가 이 새로운 사실에 우쭐해지면서 딸을 불행으로 내몰게 된다.

혈통으로 신분을 구분하던 위계질서가 무너지기 시작한 것은 이미 오래전 일이었고, 알렉 더버빌의 이력이 대변하듯 당시 영국은 돈이 새로운 계급 질서를 형성, 구축해 가는 단계에 있었다. 하디는 명목뿐인 가문의 내력을 알고 우스꽝스러울 정도로 허세를 부리는 존과 심부름을 시키자 돈을 받기 전엔 마냥 미적거리던 소년이 돈을 손에 쥐자마자 〈존 경 나리〉라고 부르며 아부하는 모습을 희화화시키고 있는데, 이런 풍자는 작품 곳곳에서 〈존 경이 말씀하셨다〉 등의 표현으로 변주되고 있다. 결국 현실을 제대로 인식하지 못하고 지나간 과거의 영광에 매달리려는 존의 시대착오적인 무능함이 딸의 험난한 인생을 예고하는 중요 변수로 작용한 것이다.

엄밀히 말해 존은 농부라고도 할 수 없다. 그는 유일한 생계 수단인 한 필의 말을 가지고 행상을 하고 있으며, 앞서 언급했듯이 현재 살고 있는 집도 그가 죽을 때까지만 권리가 보장되는 종신 보유농의 처지이다. 종신 보유농은 이후 테스가 이 농장 저 농장 떠돌게 되는 농업 노동자의 이전 단계로 볼 수 있는데, 이는 자본주의적 영농이 도입되면서 다수의 농민이 소수의 지주 밑에서 노동자로 일하게 되는 당시 영국 농촌의 실상을 말해 준다. 당시 자신의 땅을 소유할 수 없었던 대다수 농민들의 현실은 테스가 고용된 슬로프의 양계장을 묘사하고 있는 장면에서도 여실히 드러난다.

더버빌 집안이 이곳에 들어와서 정착하기 이전에 이 집을 소유했던 사람들의 후손들은 스토크-더버빌 부인이 법적 소유권을 수중에 넣자마자 그들의 조상이 수 세대에 걸쳐 그렇게 많은 돈과 애정을 쏟았던 이곳이 아무렇지도 않게 양계장으로 용도 변경되는 처사를 보며 그들 집안이 무시당하고 있다는 느낌이 들기도 했다. (……) 한때 수많은 갓난아이들이 젖을 달라고 보채며 울어 대던 방에는 이제 병아리들의 모이 쪼는 소리로 가득 찼다. 그 옛날 과묵한 농부들의 몸을 받쳐 주던 의자가 놓였던 자리는 지금 우리 안의 산만한 닭들이 차지하고 말았다. (……) 대를 이어 여기에서 삶을 꾸려 왔던 주인들이 손수 삽질을 해서 알뜰살뜰 가꾸었던 문 밖 뜰은 수탉들이 마구 파헤쳐 놓았다. (본문 98~99면)

저택의 소유주인 더버빌 부인이 눈먼 여자로 등장한다는 사실도 많은 상징성이 있다. 거의 모든 게 돈에 의해 결정되는 자본주의는 타인의 고통엔 그저 눈을 감아 버리는 이기심을 수반하는 경향이 농후하기 때문이다. 집안의 실질적 가장인 테스가 아버지가 돌아가시고 집을 내줘야 하자 경제적 궁지에 몰린 나머지 알렉에게 돌아가야 했던 연유에도 이런 영국의 전반적인 경제적 상황이 맞물려 있었다.

테스와 함께 있으면 〈제임스 1세 시대와 빅토리아 여왕 시대가 나란히 있는 것〉처럼 시대착오적이고 지각없는 어머니 조앤도 딸의 불행에 일조하긴 마찬가지였다. 그녀는 딸의 의사를 무시하고 거의 반강제적으로 그녀를 트란트리지에 살고 있는, 같은 성을 가졌다는 부인에게 보낸다. 딸의 미모를 앞세워 돈이 많다는 친척 덕을 보려는 얄팍한 속셈이었던 것이다. 이렇게 해서 테스는 무능하기 이를 데 없는 부모 때문에 북부에서 장사로 돈을 벌었다는, 일설에 의하면 고리대금업자였다는 말도 있는 사이먼 스토크가 돈으로 사들인 이름을 물려받아 버젓이 더버빌 행세를 하고 있는 그의 아들 알렉을 만나게 된다.

테스와 알렉의 관계는 단순히 피해자와 가해자 혹은 돈 많은 난봉꾼과 그에게 능욕당한 순수한 시골 처녀로만 보기 힘든 면들이 있다. 물론 알렉이 테스의 비극적인 삶에 실로 엄청난 영향을 준 것은 부인할 수 없는 사실이지만 작품을 좀 더 꼼꼼하게 읽다 보면 이 둘의 관계가 단순히 피해자와 가해자라는 간단한 도식만으로는 설명될 수 없다는 느낌이 든다. 둘이 처음으로 만났던 장면에서 알렉이 건네주는 딸기를 〈반쯤은 즐겁게, 반쯤은 마지못해〉 받아먹는 테스의 모습하며, 체이스 숲에서 테스가 순결을 잃는 장면에서도 테스가 일방적으로 당했다고 못 박아 말할 수 없는 점들이 발견된다. 잡지 연재 당시 독자의 반응을 우려하여 체이스 숲에서의 사건과 함께 삭제되었던 내용이 바로 그 전에 남녀가 신나게 뒤엉켜 춤을 추는 장면이었는데, 이는 〈여인으로 성숙해 가는 문턱〉에 있던 테스의 본능을 자극했을 수도 있을 뿐더러, 알렉 본인도 숲 속에서 길을 잃었다는 사실에 당혹스러워했다는 점 그리고 그때 알렉을 대하는 테스의 애매한 태도로 봐도 그를 일방적으로 악한으로만 치부할 수 없는 여지를 제공한다. 더구나 하디는 지척을 구분할 수 없을 정도로 안개가 자욱한 체이스 숲에서 일어난 장면을 자욱한 안개만큼이나 모호하게 건너뛰고 있는데, 이는 성적 장면을 자유로이 표현할 수 없었던 당시의 사회적 여건을 고려하더라도 이 둘의 관계가 단순히 강압적이고 일방적인 것으로 읽히길 원치 않는 작가의 바

694

람이 숨어 있다고 볼 수 있다. 게다가 알렉이 전도사로 개종한 이후 테스를 다시 만났을 때도 물론 테스에 대한 과거의 욕망이 되살아났을 테지만, 결혼 허가증을 들고 플린트콤애시로 그녀를 찾아와서 과거의 죗값을 보상하겠다며 청혼하는 모습에도 그를 일방적으로 악인으로만 몰고 갈 수 없는 일말의 여지가 보이는 게 사실이다.

테스와 알렉의 관계에서 눈여겨봐야 할 점은 테스는 진짜 더버빌이고 알렉은 허울만 귀족인 가짜 더버빌이지만, 현재 그 둘의 관계에서 중요하게 작용하는 변수는 경제력이라는 사실이다. 테스는 〈자신의 모든 게 그의 어머니 손에 달려 있지만, 부인은 아무런 힘이 없었고 그래서 어쩔 수 없이 그에게 기댈 수밖에 없었으므로 단순한 관계 이상으로 그의 말을 유순하게 따랐던 것이다〉. 다시 말하면 이 둘의 관계에서는 가해자 남성/피해자 여성이라는 단순한 도식을 떠나서 경제력이 계급을 구성하던 당시의 성과 자본, 성과 계급의 복잡한 관계도 아울러 살펴봐야 한다는 것이다. 그렇다면 하디가 굳이 사회적 비난을 감수하면서 테스를 순결하다고 한 이유는 무얼까? 작가가 강조하는 것은 순결을 잃었다는 외형적인 사실이 아니라 이후 테스가 보인 꿋꿋한 태도, 어떤 사회적 비난을 감수하더라도 단지 주변의 압력과 일신의 안일을 얻자고 그녀에게 〈티끌과 잿더미〉에 지나지 않는 알렉과 〈자신의 명예를 위해서라도 결혼하지 않겠다〉는 독립적이고 강인한 그녀의 태도라고 하겠다.

에인절은 목사의 아들이지만 기존 종교에 회의적이고 그리스 문명을 이상적으로 생각하는 빅토리아 시대의 진보적인 지식인을 대변하는 인물이다. 그에게는 〈체계적인 교육의 틀로 해마다 찍어 내는〉 그의 두 형들에게서 볼 수 없는 자유분방함이 있고, 그래서 기존의 어떤 한계도 뛰어넘을 수 있는 가능성이 보이는 인물이다. 하지만 처음 테스를 보면서 〈정말로 순수하고 순결한 자연의 딸이구나!〉라고 감탄하는 그의 말에서 드러나듯 그는 여성은 순결해야 한다는 당대의 이상적인 여성관에 속속들이 젖어 있었고 그래서 테스의 고백을 듣자 현실 속의 테스를 받아들이지 못하는, 다시 말해 의식과 실천의 양립을 이루지 못하는 진보적인 지식인의 한계를 드러낸다.

지난 25년의 세월이 훌륭하게 만들어 낸 이 진보적이고 호의적인 청년이 모든 일을 독립적으로 판단코자 기울였던 노력에도 불구하고 막상 뜻밖의 일에 놀라자 어릴 적의 배움으로 도망쳐 관습과 인습의 노예로 전락하고 만 것이다. (본문 455면)

하디가 에인절을 통해 말하고 싶은 것은 사회의 악습을 인지하고 이를 넘어서고자 했던 소위 진보적인 지식인조차도 성문제에 관한 한 기존 인습의 벽을 넘지 못했다는 사실이다. 에인절이 테스의 진실한 사랑과 그 사랑을 받아들이지 못한 자신의 편협했던 정신적 한계를 깨달은 것은 영국을 떠나 그 반대편에 있는 브라질에서 고통스러운 경험을 겪으면서였다. 이때 에인절이 노새를 타고 함께 내륙을 횡단하던 낯선 남자와의 대화를 통해 새로운 진리를 터득하는 과정이 나오는데, 이는 에인절에게 그런 진리를 깨우치게 하고 죽음을 맞이하는 낯선 남자가 보여 주듯 죽음 같은 고통을 치른 이후라야 진정한 깨달음에 이를 수 있다는 매우 상징적인 의미를 담고 있다.

696

에인절과의 관계에서 테스가 보여 준 태도는 일견 수동적이라는 인상이 들 수도 있다. 하지만 테스도 처음에는 〈당신이 화를 내고 있는 대상은 당신의 마음속에 존재한다고요, 에인절〉이라고 항의하거나, 그녀를 〈올바른 사회 관습을 가르치는 교육 근처에도 가보지 못한 아무것도 모르는 시골 여자〉라고 깎아내리는 에인절에게 〈현재의 내 위치가 시골 여자이지 태생이 그런 건 아니에요!〉라고 응수하기도 한다. 하지만 에인절이 그들이 함께 살 경우 혹여 자녀들에게 미칠지도 모를 영향을 이야기하자 그때 비로소 테스는 〈자신의 불행한 운명을 다른 이들에게 가할지도 모른다는〉 두려움으로 현실을 수긍하게 된다. 테스가 에인절과 헤어지고 집으로 돌아왔을 때, 그녀는 바보 같은 짓을 했다며 과거를 고백한 자신을 꾸짖는 어머니에게 〈만일 다시 이런 일이 일어난다고 해도 전 똑같이 할 거예요. 그 사람에게 죄를 짓는 일을 할 수 없을 뿐더러 감히 생각할 수도 없다고요!〉라고 말하며 어떤 어려움이 닥쳐도 자존감을 잃지 않겠다는 의연한 태도를 보인다. 그리고 그녀는 자신이 사랑하는 사람이니까 그의 결심을 있는 그대로 받아들이겠다는 보다 커다란 포용력을 보여 준다.

영국 전역을 뒤덮은 산업 혁명의 물결은 농촌 사회에도 영농의 자본주의화와 생산성의 극대화를 요구한다. 영농의 자본주의화는 자본을 소유한 지주를 중심으로 농촌의 구성원을 재편성했고, 결국 과거 농촌의 핵심 세력으로서 농촌 문화의 담지자였던 많은 이들은 고향을 등지고 농업 노동자로 혹은 도시 빈민으로 전전하는 현상을 낳게 된다. 하디는 『테스』에서 이런 현상을 〈농촌 인구의 대도시 집중 경향〉이라고 빗대어 말하면서, 이는 사실 〈기계를 이용해 억지로 물을 언덕 위로 끌어올리는 현상〉이라고 설명한다.

테스의 인생 여정은 바로 이런 변화의 과정을 잘 보여 주고 있다. 그녀는 고향 말롯에서 시작해서 알렉을 만나 불행이 시작된 트란트리지로 갔다가 고향으로 돌아와 알렉의 아이를 낳았고 그 아이가 죽어 아이를 땅에 묻고 비탄에 빠져 지낸다. 그리고 만물이 소생하는 봄과 함께 원기를 회복해서 탤벗 헤이즈로 가게 되는데 거기서 사랑하는 에인절을 만나게 된다. 테스의 짧은 인생에서 가장 행복했던 이곳에서 그녀는 에인절과 결혼하지만 알렉과의 과거를 고백한 탓에 에인절과는 별거에 들어간다. 이후 남의 도움 없이 독립적으로 살아 보려고 찾아간 곳이 플린트콤애시 농장이었고, 그곳에서 그녀는 육체적으로 모진 고생을 할뿐더러 다시 알렉을 만나게 되면서 정신적인 고통까지 가중된다. 이후 테스는 어머니의 병환으로 고향으로 돌아왔으나 아버지가 돌아가시면서 식구들이 살던 집에 대한 권리도 소멸되자 고향을 떠날 수밖에 없게 된다. 식구들이 마땅히 거처할 장소를 마련하지 못해 고심하고 있던 테스에게 알렉의 집요한 설득 및 회유가 이어졌고, 테스가 알렉에게 간 경위는 생략된 채 우리는 마지막 7부에서 테스가 알렉과 함께 샌드본이라는 휴양지에 있는 걸 발견하게 된다. 여기서 중요한 사실은 테스가 거쳐 간 이들 장소가 바로 영농의 근대화에 따른 농촌의 변천사와 농업 노동자로 전전하는 농민의 이농 현상을 일목요연하게 보여 주고 있다는 것이다.

하디는 생산성의 극대화를 위한 기계의 도입이 필요하다는 사실을 인정한다. 하지만 인간이 기계에 종속되면서 소외 현상으로 이어지는 과정을 우려했고, 이를 플린트콤애시의 탈곡하는 장면을 통해 적나라하게 보여 주고 있다. 말이 끌던 말롯의 수확기, 달리 표현하면 인간이 기계를 통제하던 것과는 달리 플린트콤애시의 탈곡기는 그야말로 〈마치 절대 군주처럼 자신이 돌아가고 있는 동안 여자들도 그들의 근육과 신경의 고단함을 참아 내야 한다고 강요〉하는 〈붉은 포식자〉였던 것이다.

온몸의 모든 세포를 끊임없이 뒤흔들어 댄 탓에 그녀는 몽롱한 마비 상태에 빠져 들었고, 그녀의 팔은 의식에서 떨어져 나와 저 혼자 일을 하고 있었다. 그녀는 자기가 어디에 있는지도 의식하지 못했고 아래쪽에 있던 이즈가 머리카락이 헝클어져 다 쏟아져 내렸다고 일러 주는 소리도 듣지 못했다. (본문 571면)

하디는 〈팔은 의식에서 떨어져 나와 저 혼자 일을 하고 있〉는 상황, 즉 인간 의식의 소외 현상을 우려한다. 생산성의 극대화를 위한 기계의 도입은 불가피하겠지만 하디는 〈몸은 농업 세계에 있지만…… 그 세계의 구성원이 아닌〉 엔진 기사의 묘사를 통해 인간성 상실을, 그리고 끊임없이 인간을 복속시키려 드는 기계의 속성을 경계하고 있다.

3

어째서 하디는 『테스』를 출간한 이후 사회의 성도덕을 어지럽히는 요주의 인물로 간주되면서 사회의 지탄을 받아야 했을까? 살인을 저지른 테스는 결국 사형을 당했고, 그렇다면 사회에서 요구하는 〈정의〉는 이루어진 것이 아닐까? 아마도 그 해답은 작품 속 주인공인 테스와 자주 작품에 등장해서 자신의 의견을 타진하는 작가 하디의 태도에서 찾을 수 있을 것이다.

테스가 트란트리지에서 고향으로 돌아온 이후 마을 사람들의 따가운 시선을 피해 유일하게 위안을 얻는 곳은 자연 속에서였다. 작가는 어둠이 찾아드는 숲 속에서 테스가 인간들을 피해 마음의 평정을 찾는 모습을 이렇게 묘사하고 있다.

그녀는 어둠이 두렵지 않았다. 그녀를 온통 지배하고 있는 것은 인간을 피해야겠다는 생각뿐인 듯했다. 아니, 세상이라고 불리는 그 냉혹한 덩어리, 따로따로 있으면 불쌍할 정도로 보잘것없지만 하나로 뭉치면 끔찍할 정도로 무시무시해지는 그 집단을 피하고픈 생각뿐이었다. (본문 152면)

인습이라는 허상에 똘똘 뭉친 냉혹한 인간 세상은 테스를 순결하지 못하다고 비난하지만, 작가는 결코 이에 동조할 수 없었다. 그래서 나중에 올 혹독한 비난을 예상하면서까지 〈순결한 여인〉이라는 부제를 첨가했던 하디의 의도는 다음의 인용문에서 보다 확실해진다.

하지만 테스를 싫어하는 자잘한 인습의 조각들로 만들어진 망령과 목소리들이 가득한 생각의 감옥은 그녀 본인의 상상에서 나온 유감스럽고도 잘못된 창작물이었다. 다시 말해서, 아무 이유도 없이 그녀를 공포로 몰아넣는 도덕이라는 허깨비들의 그림자였던 것이다. 현실 세계와 조화를 이루지 못하고 있는 것은 그것들이었지 결코 테스가 아니었다. (……) 그녀가 어쩔 수 없이 사회적으로 통용되는 질서를 깨뜨릴 운명이긴 했지만, 그리하여 이 자연 속에서 스스로를 정상에서 벗어난 존재로 생각하고 있지만 사실 자연이 알고 있는 자연의 질서를 어긴 것은 아니었던 것이다. (본문 152~153면)

하디는 죽어 가는 아이에게 직접 세례를 주는 테스의 용기와 그런 테스의 모습을 제왕처럼 위엄 있는 모습으로 묘사하면서 기존 종교에도 성찰을 요구한다. 세례를 주는 일은 목사만이 그것도 남성만이 할 수 있는 일이었으니, 미혼모에 불과한 테스가 감히 이를 집전한다는 것은 실로 기존 윤리를 정면으로 거스르는 용서할 수 없는 행위였고 그래서 연재 당시 이 부분은 삭제될 수밖에 없었다. 하지만 이후 하디는 삭제된 이 부분을 원래의 형태로 복원시켜 단행본으로 출간했고, 이는 곧 어떤 비난이 있더라도 작가로서의 소신을 굽힐 수 없다는 의지의 발로였던 것이다.

테스는 어떤 역경에서도 삶의 의지를 잃지 않은 강인하고 독립적이며 자신의 느낌에 솔직한 여성이다. 그녀는 무능한 부모를 대신해서 집안을 이끌어 가는 실질적 가장으로서 어린 동생들에게 스스로 〈하느님이 되어 주어야 한다〉고 생각하는 책임감이 강한 여성이다. 또한 그녀는 절망의 나락에 떨어져서도 끊임없이 솟아나는 생명력으로 자연 속에서 용기를 얻을 줄 알고 결코 희망의 끈을 놓지 않으며 늘 손에서 일이 떠나지 않았던 근면한 여성이기도 했다. 비록 선생님이 되려는 꿈은 접어야 했으나 뭐든 배우려는 앎에의 욕구가 충만한 여성이었고, 주변 사람들의 마음을 어루만져 누구도 그녀를 시기할 수 없게 만드는 따뜻한 마음을 지닌 아름다운 여성이었다. 하지만 결국 그녀는 알렉을 죽여 살인자가 되었고 스톤헨지에서 체포되어 형장의 이슬로 사라진다.

　그들은 주변의 돌기둥처럼 부동의 자세로 서서 그녀를 지켜보며 서 있었다. 에인절은 그녀가 잠들어 누워 있는 돌로 다가가서 그녀 위로 몸을 숙이며 그녀의 여리고 작은 손을 잡았다. 그녀의 호흡은 빠르고 가냘파서 한 여자의 숨결이라기보다는 그보다 약한 어떤 피조물의 숨소리 같았다. 그들은 점점 환해지는 햇살을 받으며 기다리고 있었다. 그들의 손과 얼굴은 은으로 도금을 한 것처럼 빛났고, 그 이외의 다른 부분은 어두움을 띠고 있었다. 돌기둥들은 암녹색으로 번쩍거리고 있었지만 평원은 아직 하나의 어두운 그림자 덩어리였다. (본문 683면)

태곳적 종교 의식에서 제단으로 쓰였던 돌 위에 누워 있는 테스와 그녀를 부동의 자세로 빙 둘러싸고 있는 경찰들은 사회 인습에 희생되는 테스의 이미지를 선명하게 부각시켜 보여 준다. 테스가 처형되고 이를 알리는 검은색 깃발이 올라가자 작가는 이제 〈정의〉가 실현되었으며, 〈신들의 수장은 테스와의 희롱을 모두 끝냈다〉고 말한다. 하디가 오늘을 살아가는 우리에게 남긴 숙제는 바로 이 〈정의〉와 〈신들의 수장〉의 현재적 의미를 끊임없이 곱씹는 작업이 아닐까 한다.

김문숙

토머스 하디 연보

1840년 출생 6월 2일 영국 도싯 주 도체스터 근방의 하이어복햄턴에서 석공이었던 아버지 토머스Thomas Hardy Sr.와 독서를 좋아했던 어머니 저미마Jemima Hand 사이에 장남으로 태어났으며, 남동생으로 헨리Henry Hardy 그리고 여동생으로 메리Mary Hardy와 케이트Kate Hardy가 있음. 그의 작품의 배경으로 등장하는 웨섹스는 고향 도체스터 및 인근 도시들을 모델로 한 것임. 음악을 좋아했던 아버지에게 바이올린 연주를 배웠고 어머니는 아들에게 독서에 대한 사랑을 심어 줌. 할아버지가 지은 그의 생가는 하디의 첫 웨섹스 소설인 『녹음 아래에서 Under the Greenwood Tree』에서 묘사된 대로 보존되어 1948년부터 기념관으로 일반인에게 공개되고 있음.

1848년 8세 지역 유지 줄리아 마틴Julia Martin이 경영하는 마을의 학교에 입학. 걷는 것보다 책을 먼저 읽었다고 할 정도로 독서를 좋아하는 조용하고 생각이 깊은 아이였음.

1849년 9세 도싯 주의 수도 도체스터에 있는 학교로 전학하여 그리스어와 라틴어를 배움.

1853년 13세 아이작 라스트Isaac Last가 운영하는 학교로 옮겨 공부를 계속함. 여기에서 그는 라틴어 등을 배우며 학문적인 가능성을 보여 줌. 하지만 집안 형편상 대학에 진학할 수 없었고 그의 공식 교육은 도체스터에서 건축업을 하고 있던 존 힉스John Hicks의 도제로 들어가는

16살에 끝남.

1856~1862년 16~22세 가업을 이어받기 위해 도체스터의 건축가요 건물 복원 기술자인 존 힉스의 사무실에 나가기 시작. 건축사 일을 배우는 틈틈이 책벌레라는 별명이 붙을 만큼 많은 책을 섭렵. 도싯 주 복햄턴에서 시행된 교수형을 목격, 자서전에서 그는 교수형 시각을 8시로 적고 있는데 이는 테스가 처형당하는 시각과 일치. 그에게 문학적, 정신적으로 많은 영향을 준 호러스 모울Horace Moule과 알게 되고 그와는 평생의 지기로 남음. 모울의 영향으로 샤를 푸리에Charles Fourier와 오귀스트 콩트Auguste Comte의 글을 읽게 되었고, 존 밀John Mill의 저서들도 읽음.

1862~1867년 22~27세 4월 런던으로 진출하여 당시 교회 복원가이자 설계자로 명성이 높던 아서 블룸필드Arthur Bloomfield의 설계 사무실에서 조수로 근무. 고향에서 경험하지 못했던 연극, 오페라 등 문화생활을 접할 수 있는 기회가 생겼고, 아가멤논, 오이디푸스 등의 고전 문학과 새커리Thackeray 등 당대 영문학을 탐독하면서 문학에 대한 열정을 키워 나감. 하지만 단조롭고 기계적인 자신의 일에 흥미를 느끼지 못했고, 아무 연고가 없는 런던에서 계급 갈등 및 소외된 이방인의 느낌을 받음. 본인의 논문 「현대 건축에서 채색 벽돌과 테라코타의 적용」이 영국 건축 협회의 현상 모집에 당선(1863년)되면서 건축과 문학을 접목하는 건축 평론가가 될 수도 있다는 생각을 함. 시를 쓰기 시작해서(1865년) 출판사에 보내지만(1866년) 번번이 거부됨. 하지만 포기하지 않고 2년여 동안 시에 전념하느라고 산문을 거의 읽지 않음.

1867년 27세 여름, 건강이 나빠져서 요양차 고향 도체스터로 내려와 존 힉스의 건축 사무소에서 다시 일하게 됨.

1868년 28세 런던에서의 자신의 경험을 바탕으로 쓴 첫 번째 소설 「가난한 남자와 귀부인The Poor Man and the Lady」이 완성되었으나 지나친 진보적 시각 등의 이유로 출판사들에 의해 번번이 거절당함.

1869년 29세 당시 문단의 대가 조지 메러디스George Meredith를 만나서 창작에 대한 그의 충고를 듣고 「가난한 남자와 귀부인」의 출판을 단념. 메러디스는 젊은이의 개혁 의지가 노골적으로 드러나는 점을 지적하면서 구성을 보강해서 좀 더 문학적으로 개작할 것을 조언. 존 힉스가 죽자 웨이머스에 있는 크릭메이G.R. Crickmay 건축 사무소로 옮겨 교회 보수를 담당. 그 무렵 웨이머스에 살고 있던 열한 살이나 어린 사촌 트라이피나 스파크스Tryphena Sparks를 사랑해서 그녀와 약혼하지만 두 집안의 강한 반대에 부딪혀 곧 파혼. 하디는 이후 그의 소설에 그녀를 연상시키는 여성 주인공들을 등장시켰고 그의 시에서 종종 그녀를 〈잃어버린 보물〉로 표현.

1870년 30세   교회 건물의 복원 문제로 북부 콘월의 세인트 줄리엇을 방문하게 되는데, 여기에서 장차 그의 아내가 될 에마 기퍼드Emma Gifford를 만남. 하디는 그의 창작에 관심을 보이며 문학적 열정을 지녔던 에마에게 강하게 끌림.

1871년 31세   장편소설 『절망적인 처방*Desperate Remedies*』을 익명으로 간행했고 비교적 호평을 받음. 원래 시를 쓰고자 했으나 우연히 소설에서 재능을 발휘하면서 위대한 소설가로서 첫발을 내딛게 됨.

1872년 32세   장편소설 『녹음 아래에서*Under the Greenwood Tree*』를 익명으로 간행.

1873년 33세   장편소설 『푸른 두 눈동자*A Pair of Blue Eyes*』를 간행하며 처음으로 하디의 이름을 붙임. 모울의 자살(당시 41세)로 큰 충격을 받으며, 이후 그의 작품 세계에까지 비극적인 영향을 끼침. 레슬리 스티븐Leslie Stephen을 만나 그의 철학과 비평에 많은 영향을 받음.

1874년 34세   레슬리 스티븐이 주관하는 『콘힐*Cornhill*』지에 『광란의 무리를 떠나서*Far From the Madding Crowd*』를 연재하는데 사람들은 이 글이 조지 엘리엇George Eliot의 글일 거라고 생각함. 이 작품에서 하디는 〈웨섹스Wessex〉라는 지역 명칭을 처음 창안. 9월 17일 에마 기퍼드와 결혼하고 런던 근교의 서비턴에 정착함. 11월 간행된 『광란의 무리를 떠나서』가 성공을 거두자 건축업을 접고 문학에 전념.

1876년 36세   장편소설 『애덜버타의 손*The Hand of Ethelberta*』을 간행.

1878년 38세   장편소설『귀향*The Return of the Native*』을 간행하면서 당대의 문인으로 명성을 굳힘. 아내 에마는 하디의 집필에 많은 도움을 주었지만 결혼 생활은 평탄치 않았음. 그들 사이에 아이가 없었다는 점 및 변호사를 아버지로 둔 에마가 장인 계급에 속하는 하디의 집안을 탐탁지 않게 여기는 계급적 우월 의식 등이 부부 사이를 벌어지게 함. 불행했던 하디의 결혼 생활은『귀향』을 비롯한 그의 여러 작품에서 등장 인물들의 행복하지 못한 결혼으로 반영.

1880년 40세   장편소설『트럼펫 주자*The Trumpet-Major*』간행.

1882년 42세   장편소설『탑 위의 두 사람*Two on a Tower*』전3권 간행.

1883년 43세   도싯 지역의 농업 노동자들의 참상에 주목, 그에 관한 글을 발표. 도시 생활을 접고 전원으로 돌아가고자 고향에 스스로 설계한 집을 짓기 시작하고 〈맥스 게이트*Max Gate*〉라고 명명함.

1884년 44세   장편소설『캐스터브리지의 시장*The Mayor of Casterbridge*』의 집필에 착수하고『맥밀란*Macmillan*』지에 다른 장편『숲 속의 사람들 *The Woodlanders*』을 연재할 것을 약속함.

1885년 45세   맥스 게이트에 정착.

1886년 46세   장편소설『캐스터브리지의 시장』간행.

1887년 47세   장편소설『숲 속의 사람들』을 간행. 장편 서사시『제왕들 *The Dynasts*』을 구상.

1888년 48세   아내 에마와 파리를 방문. 첫 단편소설집『웨섹스 이야기*Wessex Tales*』를 간행.『테스*Tess of the d'Urbervilles*』를 쓰기 시작.

1891년 51세   장편소설『테스』를 출간. 이는 소설가로서 하디의 명성을 높여 주었지만, 동시에 작품에 드러난 여러 가지 민감한 쟁점들이 빅토리아 사회와 충돌을 빚으면서 사회적 비판을 받기 시작.

1892년 52세   아버지 사망. 마지막 소설이 될『무명의 주드*Jude the Obscure*』를 쓰기 시작. 장편소설『사랑받는 사람들*The Well-Beloved*』

출간.

1895년 55세　장편소설『무명의 주드』출간. 영국 사회의 편협한 교육 및 결혼 제도 그리고 종교의 경직성을 공격했다는 이유로 혹독한 비난을 받으며, 이 작품을 끝으로 소설 쓰기를 그만둠. 사회적 비판이 강하게 담긴 이 작품은 『테스』와 함께 소설가 하디에게 세계적인 명성을 안겨 주었지만 동시에 소설가로서의 명맥을 끊어 놓은 작품이기도 함. 사촌 간의 사랑을 다룬 『무명의 주드』가 출간되자 에마는 많이 분노했고 이 일로 부부 사이는 더욱 나빠짐.

1898년 58세　손수 삽화를 그려 넣은 첫 시집 『웨섹스 시편*Wessex Poems and Other Verses*』 출간. 에마와 사이가 벌어지면서 별거.

1901년 61세　두 번째 시집 『과거와 현재의 시편*Poems of the Past and Present*』 출간. 하디의 중요한 사색적 시편들이 여기에 포함.

1904년 64세　어머니 저미마 별세. 장편 대서사시극 『제왕들』 제1부 출간.

1905년 65세　플로렌스 더그데일Florence Dugdale 만남. 맥스 게이트에 머물면서 하디와 에마의 문필 작업을 돕기도 했던 그녀는 하디 사후 그의 자서전을 출간.

1906년 66세　『제왕들』 제2부 출간.

1908년 68세　『제왕들』의 마지막 제3권 출간으로 구상에서부터 33년 만에 결실을 맺음.

1910년 70세　국왕으로부터 공로 훈장을 받고 〈도체스터의 명예 시민〉이 됨.

1912년 72세　부인 에마 사망. 소원한 부부 사이였지만 그녀가 갑작스럽게 세상을 떠나자 하디는 큰 충격에 빠짐. 그는 에마를 처음 만난 세인트 줄리엇으로 참회의 순례 여행을 가기도 했고 이후 그녀를 그리는 시를 남기기도 했음.

1913년 73세　단편집 『변해 버린 사람과 그 밖의 이야기*A Changed*

Man and Other Tales』를 출간. 케임브리지 대학에서 명예 문학 박사 학위를 받음.

1914년 74세   2월 그의 비서로 있던 플로렌스 더그데일과 재혼. 제1차 세계 대전이 일어나자 크게 낙담하면서, 이런 참화를 예견할 수 있었다면 『제왕들』에서 낙관적인 종결은 가능하지 않았을 거라고 함.

1915년 75세   하디에게 각별했던 여동생 메리 사망.

1917년 77세   시집 『통찰의 순간들*Moments of Vision*』 출간.

1919년 79세   『시선집*Collected Poems*』 출간.

1920년 80세   옥스퍼드 대학에서 명예 문학 박사 학위를 받음. 런던을 마지막으로 방문. 조지 5세 왕 및 수상을 비롯하여 많은 이들로부터 80세 생일 축하 인사를 받음.

1922년 82세   『고금 서정시집*Late Lyrics and Earlier*』 간행. 옥스퍼드 대학 퀸즈 칼리지의 명예 평의원에 추대됨.

1923년 83세   웨일즈의 왕자가 맥스 게이트로 하디를 방문.

1925년 85세   시집 『인간의 모습들*Human Shows*』 간행. 하디 자신이 각색한 『테스』가 극장에 올려져 1백 일간의 장기 공연 기록을 세우고 이후 맥스 게이트에서 상연됨.

1928년 88세   찬 바람에도 불구하고 로마 시대의 포장도로를 답사하다 병을 얻어 1월 10일, 맥스 게이트 자택에서 별세. 그의 장례는 국장으로 치러졌고 유해는 웨스트민스터 사원의 〈시인의 묘지*Poets' Corner*〉에 묻힘. 고향에 묻히고 싶어 했던 그의 유언에 따라 심장은 고향 도싯의 스틴스퍼드 교회에 있는 에마의 묘 옆에 매장. 유고 시집 『겨울의 말*Winter Words*』 출간. 하디는 죽기 얼마 전부터 자서전 집필에 들어갔는데, 그의 사후 부인 저로 『토머스 하디의 생애』(1930년) 간행.

1937년   두 번째 부인 플로렌스 하디 암으로 사망.

1940년   하디의 마지막 혈육인 여동생 케이트 사망.

열린책들 세계문학 185 테스 하

옮긴이 김문숙 한국외국어대학교 영어과를 졸업하고 동 대학원에서 「조이스 소설에 나타난 식민주의 비판」으로 박사 학위를 받았다. 한국외국어대학교, 한국산업기술대학교 등에 출강했으며, 현재 명지대학교에서 객원 교수로 재직 중이다. 조이스에 관한 연구 논문 「페넬로피: 여성 섹슈얼리티의 탈식민주의적 재현」, 「죽은 사람들: 죽음, 재생, 그리고 여성」, 「스티븐과 어머니: 사랑의 쓰라린 신비」 등을 발표했고, 옮긴 책으로는 『과학이 아직까지 풀지 못한 10가지 질문』이 있다.

지은이 토머스 하디 **옮긴이** 김문숙 **발행인** 홍예빈 · 홍유진
발행처 주식회사 열린책들 **주소** 경기도 파주시 문발로 253 파주출판도시
전화 031-955-4000 **팩스** 031-955-4004 **홈페이지** www.openbooks.co.kr
Copyright (C) 주식회사 열린책들, 2011, *Printed in Korea.*
ISBN 978-89-329-1185-4 03840 **ISBN** 978-89-329-1499-2 (세트)
발행일 2011년 9월 25일 세계문학판 1쇄 2021년 10월 25일 세계문학판 3쇄

이 도서의 국립중앙도서관 출판예정도서목록(CIP)은 서지정보유통지원시스템 홈페이지(http://seoji.nl.go.kr)와 국가자료공동목록시스템(http://www.nl.go.kr/kolisnet)에서 이용하실 수 있습니다.(CIP제어번호:CIP2011003793)

열린책들 세계문학
Open Books World Literature

001 **죄와 벌**　표도르 도스또예프스끼 장편소설 ｜ 홍대화 옮김 ｜ 전2권 ｜ 각 408, 512면

003 **최초의 인간**　알베르 카뮈 장편소설 ｜ 김화영 옮김 ｜ 392면

004 **소설**　제임스 미치너 장편소설 ｜ 윤희기 옮김 ｜ 전2권 ｜ 각 280, 368면

006 **개를 데리고 다니는 부인**　안똔 체호프 소설선집 ｜ 오종우 옮김 ｜ 368면

007 **우주 만화**　이탈로 칼비노 단편집 ｜ 김운찬 옮김 ｜ 416면

008 **댈러웨이 부인**　버지니아 울프 장편소설 ｜ 최애리 옮김 ｜ 296면

009 **어머니**　막심 고리끼 장편소설 ｜ 최윤락 옮김 ｜ 544면

010 **변신**　프란츠 카프카 중단편집 ｜ 홍성광 옮김 ｜ 464면

011 **전도서에 바치는 장미**　로저 젤라즈니 중단편집 ｜ 김상훈 옮김 ｜ 432면

012 **대위의 딸**　알렉산드르 뿌쉬낀 장편소설 ｜ 석영중 옮김 ｜ 240면

013 **바다의 침묵**　베르코르 소설선집 ｜ 이상해 옮김 ｜ 256면

014 **원수들, 사랑 이야기**　아이작 싱어 장편소설 ｜ 김진준 옮김 ｜ 320면

015 **백치**　표도르 도스또예프스끼 장편소설 ｜ 김근식 옮김 ｜ 전2권 ｜ 각 504, 528면

017 **1984년**　조지 오웰 장편소설 ｜ 박경서 옮김 ｜ 392면

019 **이상한 나라의 앨리스**　루이스 캐럴 환상동화 ｜ 머빈 피크 그림 ｜ 최용준 옮김 ｜ 336면

020 **베네치아에서의 죽음**　토마스 만 중단편집 ｜ 홍성광 옮김 ｜ 432면

021 **그리스인 조르바**　니코스 카잔차키스 장편소설 ｜ 이윤기 옮김 ｜ 488면

022 **벚꽃 동산**　안똔 체호프 희곡선집 ｜ 오종우 옮김 ｜ 336면

023 **연애 소설 읽는 노인**　루이스 세풀베다 장편소설 ｜ 정창 옮김 ｜ 192면

024 **젊은 사자들**　어윈 쇼 장편소설 ｜ 정영문 옮김 ｜ 전2권 ｜ 각 416, 408면

026 **젊은 베르테르의 슬픔**　요한 볼프강 폰 괴테 장편소설 ｜ 김인순 옮김 ｜ 240면

027 **시라노**　에드몽 로스탕 희곡 ｜ 이상해 옮김 ｜ 256면

028 **전망 좋은 방**　E. M. 포스터 장편소설 ｜ 고정아 옮김 ｜ 352면

029 **까라마조프 씨네 형제들**　표도르 도스또예프스끼 장편소설 ｜ 이대우 옮김 ｜ 전3권 ｜ 각 496, 496, 460면

032 **프랑스 중위의 여자**　존 파울즈 장편소설 ｜ 김석희 옮김 ｜ 전2권 ｜ 각 344면

034 **소립자**　미셸 우엘벡 장편소설 ｜ 이세욱 옮김 ｜ 448면

035 **영혼의 자서전**　니코스 카잔차키스 자서전 ｜ 안정효 옮김 ｜ 전2권 ｜ 각 352, 408면

037 **우리들** 예브게니 자먀찐 장편소설 | 석영중 옮김 | 320면

038 **뉴욕 3부작** 폴 오스터 장편소설 | 황보석 옮김 | 480면

039 **닥터 지바고** 보리스 빠스쩨르나끄 장편소설 | 박형규 옮김 | 전2권 | 각 400, 512면

041 **고리오 영감** 오노레 드 발자크 장편소설 | 임희근 옮김 | 456면

042 **뿌리** 알렉스 헤일리 장편소설 | 안정효 옮김 | 전2권 | 각 400, 448면

044 **백년보다 긴 하루** 친기즈 아이뜨마또프 장편소설 | 황보석 옮김 | 560면

045 **최후의 세계** 크리스토프 란스마이어 장편소설 | 장희권 옮김 | 264면

046 **추운 나라에서 돌아온 스파이** 존 르카레 장편소설 | 김석희 옮김 | 368면

047 **산도칸 ─ 몸프라쳄의 호랑이** 에밀리오 살가리 장편소설 | 유향란 옮김 | 428면

048 **기적의 시대** 보리슬라프 페키치 장편소설 | 이윤기 옮김 | 560면

049 **그리고 죽음** 짐 크레이스 장편소설 | 김석희 옮김 | 224면

050 **세설** 다니자키 준이치로 장편소설 | 송태욱 옮김 | 전2권 | 각 480면

052 **세상이 끝날 때까지 아직 10억 년** 스뜨루가츠끼 형제 장편소설 | 석영중 옮김 | 224면

053 **동물 농장** 조지 오웰 장편소설 | 박경서 옮김 | 208면

054 **캉디드 혹은 낙관주의** 볼테르 장편소설 | 이봉지 옮김 | 232면

055 **도적 떼** 프리드리히 폰 실러 희곡 | 김인순 옮김 | 264면

056 **플로베르의 앵무새** 줄리언 반스 장편소설 | 신재실 옮김 | 320면

057 **악령** 표도르 도스또예프스끼 장편소설 | 박혜경 옮김 | 전3권 | 각 328, 408, 528면

060 **의심스러운 싸움** 존 스타인벡 장편소설 | 윤희기 옮김 | 340면

061 **몽유병자들** 헤르만 브로흐 장편소설 | 김경연 옮김 | 전2권 | 각 568, 544면

063 **몰타의 매** 대실 해밋 장편소설 | 고정아 옮김 | 304면

064 **마야꼬프스끼 선집** 블라지미르 마야꼬프스끼 선집 | 석영중 옮김 | 384면

065 **드라큘라** 브램 스토커 장편소설 | 이세욱 옮김 | 전2권 | 각 340, 344면

067 **서부 전선 이상 없다** 에리히 마리아 레마르크 장편소설 | 홍성광 옮김 | 336면

068 **적과 흑** 스탕달 장편소설 | 임미경 옮김 | 전2권 | 각 432, 368면

070 **지상에서 영원으로** 제임스 존스 장편소설 | 이종인 옮김 | 전3권 | 각 396, 380, 496면

073 **파우스트** 요한 볼프강 폰 괴테 희곡 | 김인순 옮김 | 568면

074 **쾌걸 조로** 존스턴 매컬리 장편소설 | 김훈 옮김 | 316면

075 **거장과 마르가리따** 미하일 불가꼬프 장편소설 | 홍대화 옮김 | 전2권 | 각 364, 328면

077 **순수의 시대** 이디스 워튼 장편소설 | 고정아 옮김 | 448면

078 **검의 대가** 아르투로 페레스 레베르테 장편소설 | 김수진 옮김 | 384면

079 **예브게니 오네긴** 알렉산드르 뿌쉬낀 운문소설 | 석영중 옮김 | 328면

080 **장미의 이름** 움베르토 에코 장편소설 | 이윤기 옮김 | 전2권 | 각 440, 448면

082 **향수** 파트리크 쥐스킨트 장편소설 | 강명순 옮김 | 384면

083 **여자를 안다는 것** 아모스 오즈 장편소설 | 최창모 옮김 | 280면

084 **나는 고양이로소이다** 나쓰메 소세키 장편소설 | 김난주 옮김 | 544면

085 **웃는 남자** 빅토르 위고 장편소설 | 이형식 옮김 | 전2권 | 각 472, 496면

087 **아웃 오브 아프리카** 카렌 블릭센 장편소설 | 민승남 옮김 | 480면

088 **무엇을 할 것인가** 니꼴라이 체르니셰프스끼 장편소설 | 서정록 옮김 | 전2권 | 각 360, 404면

090 **도나 플로르와 그녀의 두 남편** 조르지 아마두 장편소설 | 오숙은 옮김 | 전2권 | 각 408, 308면

092 **미사고의 숲** 로버트 홀드스톡 장편소설 | 김상훈 옮김 | 424면

093 **신곡** 단테 알리기에리 장편서사시 | 김운찬 옮김 | 전3권 | 각 292, 296, 328면

096 **교수** 샬럿 브론테 장편소설 | 배미영 옮김 | 368면

097 **노름꾼** 표도르 도스또예프스끼 장편소설 | 이재필 옮김 | 320면

098 **하워즈 엔드** E. M. 포스터 장편소설 | 고정아 옮김 | 512면

099 **최후의 유혹** 니코스 카잔차키스 장편소설 | 안정효 옮김 | 전2권 | 각 408면

101 **키리냐가** 마이크 레스닉 장편소설 | 최용준 옮김 | 464면

102 **바스커빌가의 개** 아서 코넌 도일 장편소설 | 조영학 옮김 | 264면

103 **버마 시절** 조지 오웰 장편소설 | 박경서 옮김 | 408면

104 **10 1/2장으로 쓴 세계 역사** 줄리언 반스 장편소설 | 신재실 옮김 | 464면

105 **죽음의 집의 기록** 표도르 도스또예프스끼 장편소설 | 이덕형 옮김 | 528면

106 **소유** 앤토니어 수전 바이어트 장편소설 | 윤희기 옮김 | 전2권 | 각 440, 488면

108 **미성년** 표도르 도스또예프스끼 장편소설 | 이상룡 옮김 | 전2권 | 각 512, 544면

110 **성 앙투안느의 유혹** 귀스타브 플로베르 희곡소설 | 김용은 옮김 | 584면

111 **밤으로의 긴 여로** 유진 오닐 희곡 | 강유나 옮김 | 240면

112 **마법사** 존 파울즈 장편소설 | 정영문 옮김 | 전2권 | 각 512, 552면

114 **스쩨빤치꼬보 마을 사람들** 표도르 도스또예프스끼 장편소설 | 변현태 옮김 | 416면

115 **플랑드르 거장의 그림** 아르투로 페레스 레베르테 장편소설 | 정창 옮김 | 512면

116 **분신** 표도르 도스또예프스끼 장편소설 | 석영중 옮김 | 288면

117 **가난한 사람들** 표도르 도스또예프스끼 장편소설 | 석영중 옮김 | 256면

118 **인형의 집** 헨리크 입센 희곡 | 김창화 옮김 | 272면

119 **영원한 남편** 표도르 도스또예프스끼 장편소설 | 정명자 외 옮김 | 448면

120 **알코올** 기욤 아폴리네르 시집 | 황현산 옮김 | 352면

121 **지하로부터의 수기** 표도르 도스또예프스끼 장편소설 | 계동준 옮김 | 256면

122 **어느 작가의 오후** 페터 한트케 중편소설 | 홍성광 옮김 | 160면

123 **아저씨의 꿈** 표도르 도스또예프스끼 장편소설 | 박종소 옮김 | 312면

124 **네또츠까 네즈바노바** 표도르 도스또예프스끼 장편소설 | 박재만 옮김 | 316면

125 **곤두박질** 마이클 프레인 장편소설 | 최용준 옮김 | 528면

126 **백야 외** 표도르 도스또예프스끼 소설선집 | 석영중 외 옮김 | 408면

127 **살라미나의 병사들** 하비에르 세르카스 장편소설 | 김창민 옮김 | 304면

128 **뻬쩨르부르그 연대기 외** 표도르 도스또예프스끼 소설선집 | 이항재 옮김 | 296면

129 **상처받은 사람들** 표도르 도스또예프스끼 장편소설 | 윤우섭 옮김 | 전2권 | 각 296, 392면

131 **악어 외** 표도르 도스또예프스끼 소설선집 | 박혜경 외 옮김 | 312면

132 **허클베리 핀의 모험** 마크 트웨인 장편소설 | 윤교찬 옮김 | 416면

133 **부활** 레프 똘스또이 장편소설 | 이대우 옮김 | 전2권 | 각 308, 416면

135 **보물섬** 로버트 루이스 스티븐슨 장편소설 | 머빈 피크 그림 | 최용준 옮김 | 360면

136 **천일야화** 앙투안 갈랑 엮음 | 임호경 옮김 | 전6권 | 각 336, 328, 372, 392, 344, 320면

142 **아버지와 아들** 이반 뚜르게네프 장편소설 | 이상원 옮김 | 328면

143 **오만과 편견** 제인 오스틴 장편소설 | 원유경 옮김 | 480면

144 **천로 역정** 존 버니언 우화소설 | 이동일 옮김 | 432면

145 **대주교에게 죽음이 오다** 윌라 캐더 장편소설 | 윤명옥 옮김 | 352면

146 **권력과 영광** 그레이엄 그린 장편소설 | 김연수 옮김 | 384면

147 **80일간의 세계 일주** 쥘 베른 장편소설 | 고정아 옮김 | 352면

148 **바람과 함께 사라지다** 마거릿 미첼 장편소설 | 안정효 옮김 | 전3권 | 각 616, 640, 640면

151 **기탄잘리** 라빈드라나트 타고르 시집 | 장경렬 옮김 | 224면

152 **도리언 그레이의 초상** 오스카 와일드 장편소설 | 윤희기 옮김 | 384면

153 **레우코와의 대화** 체사레 파베세 희곡소설 | 김운찬 옮김 | 280면

154 **햄릿** 윌리엄 셰익스피어 희곡 | 박우수 옮김 | 256면

155 **맥베스** 윌리엄 셰익스피어 희곡 | 권오숙 옮김 | 176면

156 **아들과 연인** 데이비드 허버트 로런스 장편소설 | 최희섭 옮김 | 전2권 | 각 464, 432면

158 **그리고 아무 말도 하지 않았다** 하인리히 뵐 장편소설 | 홍성광 옮김 | 272면

159 **미덕의 불운** 싸드 장편소설 | 이형식 옮김 | 248면

160 **프랑켄슈타인** 메리 W. 셸리 장편소설 | 오숙은 옮김 | 320면

161 **위대한 개츠비** 프랜시스 스콧 피츠제럴드 장편소설 | 한애경 옮김 | 280면

162 **아Q정전** 루쉰 중단편집 | 김태성 옮김 | 320면

163 **로빈슨 크루소** 대니얼 디포 장편소설 | 류경희 옮김 | 456면

164 **타임머신** 허버트 조지 웰스 소설선집 | 김석희 옮김 | 304면

165 **제인 에어** 샬럿 브론테 장편소설 | 이미선 옮김 | 전2권 | 각 392, 384면

167 **풀잎** 월트 휘트먼 시집 | 허현숙 옮김 | 280면

168 **표류자들의 집** 기예르모 로살레스 장편소설 | 최유정 옮김 | 216면

169 **배빗** 싱클레어 루이스 장편소설 | 이종인 옮김 | 520면

170 **이토록 긴 편지** 마리아마 바 장편소설 | 백선희 옮김 | 192면

171 **느릅나무 아래 욕망** 유진 오닐 희곡 | 손동호 옮김 | 168면

172 **이방인** 알베르 카뮈 장편소설 | 김예령 옮김 | 208면

173 **미라마르** 나기브 마푸즈 장편소설 | 허진 옮김 | 288면

174 **지킬 박사와 하이드 씨** 로버트 루이스 스티븐슨 소설선집 | 조영학 옮김 | 320면

175 **루진** 이반 뚜르게네프 장편소설 | 이항재 옮김 | 264면

176 **피그말리온** 조지 버나드 쇼 희곡 | 김소임 옮김 | 256면

177 **목로주점** 에밀 졸라 장편소설 | 유기환 옮김 | 전2권 | 각 336면

179 **엠마** 제인 오스틴 장편소설 | 이미애 옮김 | 전2권 | 각 336, 360면

181 **비숍 살인 사건** S. S. 밴 다인 장편소설 | 최인자 옮김 | 464면

182 **우신예찬** 에라스무스 풍자문 | 김남우 옮김 | 296면

183 **하자르 사전** 밀로라드 파비치 장편소설 | 신현철 옮김 | 488면

184 **테스** 토머스 하디 장편소설 | 김문숙 옮김 | 전2권 | 각 392, 336면

186 **투명 인간** 허버트 조지 웰스 장편소설 | 김석희 옮김 | 288면

187 **93년** 빅토르 위고 장편소설 | 이형식 옮김 | 전2권 | 각 288, 360면

189 **젊은 예술가의 초상** 제임스 조이스 장편소설 | 성은애 옮김 | 384면

190 **소네트집** 윌리엄 셰익스피어 연작시집 | 박우수 옮김 | 200면

191 **메뚜기의 날** 너새니얼 웨스트 장편소설 | 김진준 옮김 | 280면

192 **나사의 회전** 헨리 제임스 중편소설 | 이승은 옮김 | 256면

193 **오셀로** 윌리엄 셰익스피어 희곡 | 권오숙 옮김 | 216면

194 **소송** 프란츠 카프카 장편소설 | 김재혁 옮김 | 376면

195 **나의 안토니아** 윌라 캐더 장편소설 | 전경자 옮김 | 368면

196 **자성록** 마르쿠스 아우렐리우스 명상록 | 박민수 옮김 | 240면

197 **오레스테이아** 아이스킬로스 비극 | 두행숙 옮김 | 336면

198 **노인과 바다** 어니스트 헤밍웨이 소설선집 | 이종인 옮김 | 320면

199 **무기여 잘 있거라** 어니스트 헤밍웨이 장편소설 | 이종인 옮김 | 464면

200 **서푼짜리 오페라** 베르톨트 브레히트 희곡선집 | 이은희 옮김 | 320면

201 **리어 왕** 윌리엄 셰익스피어 희곡 | 박우수 옮김 | 224면

202 **주홍 글자** 너대니얼 호손 장편소설 | 곽영미 옮김 | 360면

203 **모히칸족의 최후** 제임스 페니모어 쿠퍼 장편소설 | 이나경 옮김 | 512면

204 **곤충 극장** 카렐 차페크 희곡선집 | 김선형 옮김 | 360면

205 **누구를 위하여 종은 울리나** 어니스트 헤밍웨이 장편소설 | 이종인 옮김 | 전2권 | 각 416, 400면

207 **타르튀프** 몰리에르 희곡선집 | 신은영 옮김 | 416면

208 **유토피아** 토머스 모어 소설 | 전경자 옮김 | 288면

209 **인간과 초인** 조지 버나드 쇼 희곡 | 이후지 옮김 | 320면

210 **페드르와 이폴리트** 장 라신 희곡 | 신정아 옮김 | 200면

211 **말테의 수기** 라이너 마리아 릴케 장편소설 | 안문영 옮김 | 320면

212 **등대로** 버지니아 울프 장편소설 | 최애리 옮김 | 328면

213 **개의 심장** 미하일 불가꼬프 중편소설집 | 정연호 옮김 | 352면

214 **모비 딕** 허먼 멜빌 장편소설 | 강수정 옮김 | 전2권 | 각 464, 488면

216 **더블린 사람들** 제임스 조이스 단편소설집 | 이강훈 옮김 | 336면

217 **마의 산** 토마스 만 장편소설 | 윤순식 옮김 | 전3권 | 각 496, 488, 512면

220 **비극의 탄생** 프리드리히 니체 | 김남우 옮김 | 320면

221 **위대한 유산** 찰스 디킨스 장편소설 | 류경희 옮김 | 전2권 | 각 432, 448면

223 **사람은 무엇으로 사는가** 레프 똘스또이 소설선집 | 윤새라 옮김 | 464면

224 **자살 클럽** 로버트 루이스 스티븐슨 소설선집 | 임종기 옮김 | 272면

225 **채털리 부인의 연인** 데이비드 허버트 로런스 장편소설 | 이미선 옮김 | 전2권 | 각 336, 328면

227 **데미안** 헤르만 헤세 장편소설 | 김인순 옮김 | 264면

228 **두이노의 비가** 라이너 마리아 릴케 시 선집 | 손재준 옮김 | 504면

229 **페스트** 알베르 카뮈 장편소설 | 최윤주 옮김 | 432면

230 **여인의 초상** 헨리 제임스 장편소설 | 정상준 옮김 | 전2권 | 각 520, 544면

232 **성** 프란츠 카프카 장편소설 | 이재황 옮김 | 560면

233 **차라투스트라는 이렇게 말했다** 프리드리히 니체 산문시 | 김인순 옮김 | 464면

234 **노래의 책** 하인리히 하이네 시집 | 이재영 옮김 | 384면

235 **변신 이야기** 오비디우스 서사시 | 이종인 옮김 | 632면

236 **안나 까레니나** 레프 똘스또이 장편소설 | 이명현 옮김 | 전2권 | 각 800, 736면

238 **이반 일리치의 죽음 · 광인의 수기** 레프 똘스또이 중단편집 | 석영중 · 정지원 옮김 | 232면

239 **수레바퀴 아래서** 헤르만 헤세 장편소설 | 강명순 옮김 | 272면

240 **피터 팬** J. M. 배리 장편소설 | 최용준 옮김 | 272면

241 **정글 북** 러디어드 키플링 중단편집 | 오숙은 옮김 | 272면

242 **한여름 밤의 꿈** 윌리엄 셰익스피어 희곡 | 박우수 옮김 | 160면

243 **좁은 문** 앙드레 지드 장편소설 | 김화영 옮김 | 264면

244 **모리스** E. M. 포스터 장편소설 | 고정아 옮김 | 408면

245 **브라운 신부의 순진** 길버트 키스 체스터턴 단편집 | 이상원 옮김 | 336면

246 **각성** 케이트 쇼팽 장편소설 | 한애경 옮김 | 272면

247 **뷔히너 전집** 게오르크 뷔히너 지음 | 박종대 옮김 | 400면

248 **디미트리오스의 가면** 에릭 앰블러 장편소설 | 최용준 옮김 | 424면

249 **베르가모의 페스트 외** 옌스 페테르 야콥센 중단편 전집 | 박종대 옮김 | 208면

250 **폭풍우** 윌리엄 셰익스피어 희곡 | 박우수 옮김 | 176면

251 **어셴든, 영국 정보부 요원** 서머싯 몸 연작 소설집 | 이민아 옮김 | 416면

252 **기나긴 이별** 레이먼드 챈들러 장편소설 | 김진준 옮김 | 600면

253 **인도로 가는 길** E. M. 포스터 장편소설 | 민승남 옮김 | 552면

254 **올랜도** 버지니아 울프 장편소설 | 이미애 옮김 | 376면

255 **시지프 신화** 알베르 카뮈 지음 | 박언주 옮김 | 264면

256 **조지 오웰 산문선** 조지 오웰 지음 | 허진 옮김 | 424면

257 **로미오와 줄리엣** 윌리엄 셰익스피어 희곡 | 도해자 옮김 | 200면

258 **수용소군도** 알렉산드르 솔제니찐 기록문학 | 김학수 옮김 | 전6권 | 각 460면 내외

264 **스웨덴 기사** 레오 페루츠 장편소설 | 강명순 옮김 | 336면

265 **유리 열쇠** 대실 해밋 장편소설 | 홍성영 옮김 | 328면

266 **로드 짐** 조지프 콘래드 장편소설 | 최용준 옮김 | 608면

267 **푸코의 진자** 움베르토 에코 장편소설 | 이윤기 옮김 | 전3권 | 각 392, 384, 416면

270 **공포로의 여행** 에릭 앰블러 장편소설 | 최용준 옮김 | 376면

271 **심판의 날의 거장** 레오 페루츠 장편소설 | 신동화 옮김 | 264면

272 **에드거 앨런 포 단편선** 에드거 앨런 포 지음 | 김석희 옮김 | 392면

273 **수전노 외** 몰리에르 희곡선집 | 신정아 옮김 | 424면

각 권 8,800~15,800원